btb

»Reden ist mein Ding«, sagt der Psychiater Mendel Adenauer, der in einer Klinik in Assen im Nordosten der Niederlande arbeitet und ganz gut zu tun hat, auch einige Erfolge verzeichnen kann. Bis ein mysteriöser Mann umherirrend im Wald gefunden wird und ebenso mysteriös wieder verschwindet. Die Geschichte dieses Niekas oder Lazar oder de Zwarte – er hat im Laufe seines Lebens viele Namen bekommen – reicht einige Jahrhunderte zurück und vereint die Legende von Ahasver, dem wandernden Juden, und den uralten Mythos des Buches Raziel, nach dem Niekas sucht: Bei der Vertreibung aus dem Garten Eden gab der Engel Raziel Adam ein Buch, das das Schicksal der gesamten Menschheit enthalten soll ...

Marcel Möring, geboren 1957 in Enschede, gilt als einer der bedeutendsten zeitgenössischen Literaten der Niederlande. Für seinen ersten Roman »Mendel« erhielt er 1991 den wichtigsten Debütpreis des Landes, den Geertjan-Lubberhuizen-Preis, und weitere Romane wurden mit dem AKO-Literaturpreis, der Goldenen Eule und dem Flämischen Literaturpreis ausgezeichnet. Sein Roman »Der nächtige Ort« wurde 2007 mit dem Ferdinand-Bordewijk-Preis zum besten niederländischen Roman des Jahres gekürt. Marcel Möring lebt in Den Haag.

Marcel Möring bei btb
Der nächtige Ort. Roman (74329)

Marcel Möring

Eden

Roman

Aus dem Niederländischen von
Helga van Beuningen

btb

Die Originalausgabe erschien 2017 unter dem Titel »Eden«
bei De Bezige Bij, Amsterdam.

Die Übersetzerin dankt dem Deutschen Übersetzerfonds
für die großzügige Unterstützung dieser Arbeit.

FSC www.fsc.org MIX Papier aus verantwortungsvollen Quellen FSC® C014496

Klimaneutral* Druckprodukt ClimatePartner.com/14044-1912-1001

Penguin Random House Verlagsgruppe FSC® N001967

1. Auflage
Deutsche Erstausgabe September 2022
btb Verlag in der Penguin Random House Verlagsgruppe GmbH,
Neumarkter Straße 28, 81673 München

Umschlaggestaltung: semper smile, München
Covermotiv: © Shutterstock/ Phatthanit; Yuliya Koldovska
Druck und Einband: Druck und Einband: GGP Media GmbH, Pößneck
CP · Herstellung: sc
Printed in Germany
ISBN: 978-3-442-77236-0

www.btb-verlag.de
www.facebook.com/btbverlag

Für Harry Cock

History, Stephen said, is a nightmare from which
I am trying to awake.

James Joyce, *Ulysses*

Ich bin geboren in einem Wald ohne Grenzen, alt und wüst wie die Schöpfung selbst, wo der Wisent umherzog und die Bäume älter waren als alles, was lebte. Es gab Wölfe und Bären, und wenn es Winter wurde, lag der Schnee so hoch, dass sich jeder Gedanke an Reisen verbot, Dörfer monatelang eingeschlossen waren und einsame Holzfäller hungers starben oder erfroren. Im Frühjahr, wenn der Schnee schmolz und das Eis auf Bächen und Flüssen und Tümpeln brach, war überall im Wald Wassertröpfeln zu hören und das Murmeln kleiner Rinnsale, die sich einen Weg zwischen Baumwurzeln und umgestürzten Stämmen suchten, bis sie einen Bach oder Fluss erreichten, in den sie sich strudelnd und schäumend ergossen. Gräser und Kräuter schossen nach diesem ersten Frühlingstag in die Höhe. Die Vögel, die den ganzen langen, kalten Winter über wie verstummt geschienen hatten, riefen einander zu. Bäume und Büsche begannen zu knospen. Keine zwei Wochen später lag über allem ein Hauch von zartem jungem Grün. Im Sommer schien die Sonne lange auf das dichte Blätterdach, die dicke Humusschicht am Boden erwärmte sich, und überall roch es nach moderndem Laub und Harz und frisch gesägtem Holz, denn die Männer waren dann schon wieder in den Wald gezogen, um Bäume zu fällen. Wilde Erdbeeren schimmerten wie Blutstropfen zwischen dem Grün, Orchideen dufteten betäubend, Bienen schwirrten umher, und honigtrunkene Hummeln umsummten die blühenden Thymiansträucher. Nach dem langen, stillen Winter herrschte im Wald emsiges Treiben: Holzarbeiter fällten Baumriesen für die Sägewerke, Jäger schossen Bären um der Felle willen, Wisente wegen des Fleischs und Wölfe zu ihrem Vergnügen. In gemächlich dahinfließenden Flüssen und Bächen lauerte der Hecht reglos auf Beute, Karpfen wurden groß und fett, Otter spielten im quecksilbrig glitzernden Wasser, und Biber bauten mit so viel Hingabe an ihren Dämmen, als hofften sie, es werde ihnen in diesem Sommer endlich gelingen, den weitläufigen Wald in ihre Wasserträume zu verwandeln.

In diesem Wald, in einem Dorf ohne Namen, kam ich zur Welt. Es hatte keinen Namen, weil es dort gar nicht hätte sein sollen. Es war ein Ort, an dem sich Holzfäller, Köhler und Pelzjäger niedergelassen hatten. Wenn einer von uns gefragt wurde, wo wir wohnten, dann sagte er »dort« und wies in die Richtung des nicht existierenden Dorfes, und wenn wir hier waren, inmitten unserer kleinen Häuser und Hütten, dann nannten wir es »hier« und schauten uns um, als müssten wir uns selbst davon überzeugen, dass es das Dorf tatsächlich gab.

Ich selbst hatte auch keinen Namen, und das aus demselben Grund. Vor meiner Geburt waren vier andere Kinder gestorben. Keines von ihnen war älter als einen Monat geworden. Es waren ein Mädchen, zwei Jungen und noch ein Mädchen gewesen. Als ich geboren wurde, war das Vertrauen meiner Eltern in die Lebensfähigkeit ihrer Sprösslinge so gesunken, dass sie hofften, der Engel des Todes würde mich übersehen, wenn ich namenlos blieb. Es war der gleiche Aberglaube, der Mütter ihren kranken Kindern einen anderen Namen geben ließ.

Meine Mutter war nach der Entbindung fiebrig und schwach. Ihre Brüste waren leer, und sie musste das Bett hüten. Da es im ganzen Dorf, das aus lediglich acht kleinen Häusern und einigen Hütten bestand, keine stillende Frau gab, wickelte mein Vater mich in Tücher, schlug ein Stück Fell um das Bündel und ging in das nächstgelegene Dorf. Dort fand er eine litauische Bäuerin, die ihr Kind noch an der Brust hatte. Doch sosehr er auch schmeichelte, jammerte und feilschte, sie wollte ihre Milch dem Balg eines Gottesmörders nicht zukommen lassen. Sie verstaute ihre tropfenden Brüste im Mieder, spuckte aus und rief den Bauern, der meinen Vater mit dem Dreschflegel vom Hof jagte. Und so ging es weiter, Tür um Tür, Hof um Hof. Am Ende des Tages, als mein Vater sich mit seinem hungrigen Kind auf den Rückweg machte, kam am Dorfrand eine Frau auf ihn zu. Es war eine Frau von schlechtem Ruf, die Kinder von verschiedenen Männern hatte und sich und ihre Sprösslinge dadurch am Leben erhielt, dass sie für die Bäuerinnen des Dorfes wusch. Es gab auch Leute, die sagten, sie verkaufe ihren Körper.

»He du«, rief sie meinem Vater zu, »wohin gehst du mit diesem Kind?«

Mein Vater, ein starker Holzfäller, aber lammfromm und scheu, wenn es um Weltliches ging, senkte den Kopf und erzählte ihr murmelnd von den vier toten Säuglingen, seiner kranken Frau, ihren leeren Brüsten und der fruchtlosen Suche nach einer Amme. Die Waschfrau betrachtete ihn unter ihren wirren Locken hervor und lächelte.

»Du siehst nicht aus wie ein Mann, der keine gesunden Kinder machen kann«, sagte sie. Sie griff ihn beim Arm, legte seine Hand auf ihren vollen Busen und sagte: »Ich habe genug für zwei. Ich habe sogar zu viel.« Sie ließ seine erstarrte Hand los und lachte. »Ich habe so viel, dass ich sogar dich noch säugen kann.« Dabei lachte sie so laut, dass mein Vater sich umsah, ob jemand sie beobachtete. Die Waschfrau winkte ihm und ging in ihr Häuschen, ohne zu schauen, ob mein Vater ihr folgte.

So wurde mir das Leben gerettet, durch die unbekümmerte Wohltäterin, die meine Amme wurde. Mein Vater legte mich in ihre Arme und überließ mich meinem Schicksal. Sein Kind würde mit Sicherheit sterben, falls er es in das Dorf ohne Namen zurückbrächte. Besser, es dort zu lassen, wo es vielleicht verdorben wurde, als es vor der Schändlichkeit der Welt zu bewahren, dabei aber seinen Tod zu riskieren, denn wer auch nur einen einzigen Menschen rettet, rettet die ganze Welt.

In jener Nacht, als er zu seiner fiebernden Frau zurückkehrte, wo eine der anderen Frauen die Hitze mit einem Sauerampferwickel zu senken versuchte, zuckte er mit den Achseln und sagte, es sei alles zu spät gewesen und vergebens. So wenig Hoffnung hatte er, dass er sein Kind dem Engel des Todes übergab, bevor dieser es einforderte.

Die Waschfrau hieß Ana. Als mein Vater sie mit mir allein gelassen hatte, löste sie die Schnürung an ihrer Jacke, hob die linke Brust heraus und legte mich an. Ich trank wie ein Durstender, der lange umhergeirrt ist und endlich eine Quelle gefunden hat, und als die linke Brust leer war, legte sie mich an die rechte, und auch davon trank ich. In jener Nacht bangte sie um mein Leben, weil ich mich unter Krämpfen wand und trotzdem nicht schrie. Am nächsten Morgen, als sie mir den Bauch gerieben und meine Lippen mit Fenchelsud benetzt hatte, legte sie mich wieder an, und ich trank zum zweiten Mal, und obwohl mir die Milch auch diesmal Krämpfe bescherte, war bereits nach einem Tag zu sehen, dass ich kräftiger und gesünder wurde, und sechs Monate später, als mein Vater wieder ins Dorf kam, diesmal um Häute zu verkaufen und Salz und Stoffe mitzunehmen, sah er ein Kind mit roten Wangen, einem widerspenstigen Schopf pechschwarzen Haars und einem Leib wie ein fettes Ferkel. Meine Mutter war da bereits gestorben.

Als ich kein Säugling mehr war, holte mein Vater mich ab, und ich kehrte zurück in das Dorf, das es nicht gab. Weil niemand dort je von einem Kind ohne Namen gehört hatte und es keinen gab, der Aufschluss geben konnte, beließ mein

Vater es dabei. Man nannte mich »der weg war« oder Niekas, was »niemand« bedeutet.

Die Jahre verstrichen, heiße Sommer kamen, weiße Winter gingen, und ich wuchs zu einem Jungen heran, der beim Fällen der Eiche und beim Häuten des Bibers half. Wenn ich am dahineilenden Wasser stand, in dem die Baumstämme stromabwärts trieben, war es, als sei der Wald die ganze Welt und als gehöre alles zu ihm. Bäume wuchsen und fielen, und kaum lagen die Stämme der frisch gefällten Bäume auf der Erde, da schossen schon wieder junge kleine Eichen aus ihr hervor. Laub trudelte zu Boden, wurde, noch ehe es verdorren und vermodern konnte, unter einer dicken Schneeschicht begraben und bildete im Frühling, wenn der Schnee geschmolzen war, eine duftende Humusschicht, in der sich Würmer und Käfer und Mäuse und Salamander tummelten, und aus dieser vermodernden Schicht schossen Farne und Gräser und Kräuter in die Höhe und kleine blasse Orchideen und duftende Anemonen und winzige Walderdbeeren, die wie frische Blutstropfen zwischen den grünen Blättern blinkten. Die Lerche stieg über Waldlichtungen zur Sonne empor, riesige Ameisen krabbelten über morsche Baumstümpfe, die manchmal kaum sichtbar waren unter den Moosen, der Wisent stand still und starrte traurig vor sich hin, als wüsste er bereits, welches Schicksal ihm beschieden war, und aus dem gemächlich vorbeifließenden Fluss schnellten Fische empor und pflückten eine Wasserjungfer oder eine Fliege aus der Luft. Es wurden Bäume gefällt, es wurde gefischt. Häute wurden gegerbt und Beeren gepflückt. Die Jahre glitten dahin, und die Zeit wiederholte sich. Was war, war schon gewesen und würde wieder sein. Alles war Leben, alles verging und wurde neu und alt, und ich war ein Teil davon.

Als ich alt genug war, wurde ich zum Fluss geschickt. Dort waren wir zu fünft: die Zwillinge, die Moses und Aaron genannt wurden, weil der eine stotterte und der andere seine gebrochenen Worte ergänzte; Jaakov, der Jüngste; Adam und ich. In einer Biegung des Flusses lagen die Baumstämme, die die Männer stromaufwärts gefällt und ins Wasser gerollt hatten. Wir banden sie zu Flößen zusammen, die wir aneinander festmachten und zur Flussmitte stakten, worauf wir sie zum nächsten Dorf treiben ließen, wo das Holz zur Lagerung in ein Nassloch gezogen wurde. Wenn wir fertig waren, brachten wir die Fischnetze aus, setzten uns ans grasige Ufer und schauten den träge über den Feldblumen hängenden Hummeln zu und dem Blütenstaub in der Luft. Aus dem Wald ertönte das Hämmern der Spechte. Wir kauten auf langen Halmen herum und lagen rücklings im duftenden, würzigen Gras.

Eines Tages, der Himmel fast weiß und die Sonne so grell, dass das Grün an den Bäumen dumpf und schlaff herabhing und die Hitze uns die Haut versengte, sahen wir Malka, die Gänsehirtin, ein Mädchen unseres Alters, das so eigensinnig wie in sich gekehrt war und am liebsten allein durch den Wald streifte. Jeder wusste noch, wie sie einmal auf einem Tarpan ins Dorf geritten war. Das Pferd habe sie gefragt, ob sie nicht auf seinen Rücken steigen wolle, sagte sie. Die Gruppe, die sich um sie versammelt hatte, war in Hohngelächter ausgebrochen, und ein Junge hatte gerufen, dass Pferde nicht sprechen könnten, und wieder ein anderer, ob sie am nächsten Tag mit einem Stein ankäme, wenn dieser sie bäte, ob er mitdürfe. Malka war ungerührt sitzen geblieben, die Fäuste in der struppigen Mähne, die dünnen braunen Beine fest an die Flanken gedrückt. Ihre einsamen Streifzüge durch den Wald hatten ein Ende gefunden, als sie Gänsehirtin wurde und ihre Vögel am Flussufer weidete.

An jenem heißen Sommertag, als wir vom Waldrand zum Fluss gekommen waren, um Flöße zu bauen, stand sie ein Stück weiter stromaufwärts und hütete ihre Gänse. Das Gras reichte ihr bis zu den Knien, sie trug ein verschossenes braunes Kleid, und ihr rotes Haar flammte im Sonnenlicht. Stäubchen und Blütenfädchen umschwebten sie. Hoch über uns schossen Schwalben durch die Luft. Adam rief und winkte, und Malka drehte sich um. Ich stakste steif und unbehaglich durchs hohe Gras und schaute nicht auf, als Malka Adams Gruß erwiderte.

Es lag viel Holz herum, und wir hatten lange damit zu tun, die Stämme aneinanderzubinden. Als das erste Floß fertig war, stakte Jaakov es zu dem Pfahl, der ein Stück vom Ufer entfernt in den Grund geschlagen war, und machte es dort fest. Adam folgte und band sein Floß an das von Jaakov. Moses und Aaron stritten sich, wer jetzt folgen sollte, und derweil stand ich auf meinem Floß und sah mich um. Um uns herum nichts als Schilf, saftiges Grasland, Rieselwiesen und der Waldrand. Malka war aus dem Blickfeld verschwunden, doch meine Augen suchten sie noch, und ihr Bild im kniehohen Gras mit ihrem verschossenen Kleid und dem flammenden Haar wollte mir nicht aus dem Sinn.

Als wir die Stämme beisammenhatten und in der gemächlichen Strömung davonschwimmen sahen und die Netze ausgebracht waren, ließen wir uns im Gras nieder. Ich schloss die Augen, lauschte den anderen und spürte, wie mein Körper sich an die Erde schmiegte. Jaakovs Stimme erklang. Das Gras federte seufzend hoch, und ich hörte das *schwiek-schwiek, schwiek-schwiek* von Füßen, die durch die langen

Stängel strichen. Jemand rief, ein Platschen, das Prusten nach dem Wiederauftauchen. Ich sah Moses und Aaron Hand in Hand vom Uferrand springen, Jaakov, der bereits im Wasser schaukelte, der Kopf knapp über der Oberfläche, Haare nass an den Schläfen, Adam, der mit dem rechten Fuß fühlte, wie kalt es war. Es dauerte eine Weile, bevor mir klar wurde, dass meine Augen noch immer geschlossen waren. Sah ich, was ich nicht sehen konnte?

Mein Blick schweifte vom Wasser weg und stieg wie eine Lerche empor. Jetzt waren die Köpfe der Jungen kleine dunkle Kugeln auf der glitzernden Wasserfläche, ein dünnes Wölkchen hing in der Ferne über der Lichtung, auf der unser Dorf stand. Kinder spielten dort um ein Feuer, ein paar Frauen kneteten Teig im Holztrog vor dem Kochhaus, zwei Hunde lagen, den Kopf auf dem Bauch des anderen, schlafend im Sand. Vor einem Haus saßen ein paar Mädchen und flochten Kränze aus Feldblumen.

»Langer! Komm ins Wasser!«

Ich stand am grasbewachsenen Ufer und blickte auf die schaukelnden Köpfe meiner Freunde. Ich konnte mich nicht erinnern, aufgestanden zu sein.

»Spring rein, Niekas. Spring!«

Die Augen der Jungen waren wegen des glitzernden Wassers zu schmalen Schlitzen zusammengekniffen. Ich fragte mich, was da vor sich ging und warum es schmerzte, was ich gesehen hatte. Dann schüttelte ich den Kopf, stieß mich ab und sprang wie jemand, der ins Nichts taucht.

Eines Tages war das Dorf, das es nicht gab, verschwunden. Wir kamen mit dem Fang vom Fluss zurück, und Jaakov, der vorausgegangen war, blieb plötzlich stehen. Als wir neben ihm standen, sahen wir die Frauen und die Kinder zwischen Hausrat und Töpfen und Pfannen und den schwelenden Haufen beieinandersitzen, die unsere Häuser gewesen waren. Die Männer des Herrn waren gekommen und hatten alles dem Erdboden gleichgemacht.

An jenem Abend saßen wir um ein großes Feuer herum, die Gesichter orangerot im Widerschein der Flammen, und es gab keinen, der nicht an den Weg unserer Vorfahren dachte. Jakub, der Älteste, erzählte die Geschichte den Kindern, und die Männer und die Frauen erhoben ihre Becher und sagten »nächstes Jahr, nächstes Jahr zu Hause«, doch währenddessen wurden Pläne für ein neues Dorf gemacht, nicht weit von hier, in der Nähe des Flusses. Die Frauen tunkten den kleinen Finger in den Wein und benetzten damit die Lippen der Kleinsten. Ich fragte meinen Vater, warum wir jedes Mal, wenn unser Dorf zerstört wurde, weggingen und neu begannen, warum wir jedes Jahr hofften, wir würden im nächsten zu Hause sein, warum wir nicht aufbrachen und fortzogen. Warum nahmen wir unser Schicksal nicht in die eigene Hand?

»Es ist nur eine Geschichte«, sagte mein Vater.

»Gibt es denn kein Gesetz, das uns schützt?«, fragte ich. »Die Welt gehört doch allen, oder?«

Einer der Männer blickte auf: »Welches Gesetz? Das Gesetz ist das Gesetz des Stärkeren. Wer macht das Gesetz? Der Wolf oder der Hirsch? Und wenn der Hirsch das Gesetz macht, kümmert sich der Wolf dann darum?«

Im Flackern der Flammen starrten die milchigen Augen des alten Jakub in meine Richtung. Ich verfolgte die Fünkchen, die aus dem Feuer aufstiegen und zwischen den blau in den schwarzen Himmel ragenden Baumwipfeln verschwanden, und fragte mich, ob mein Leben so sein würde wie die Geschichte unseres Dorfes: aufbrechen und von neuem beginnen, fortziehen und ankommen, und ich dachte an die Geschichte, die Jakub über einen Vorfahren erzählt hatte, der zu Fuß aus einem Land gekommen war, in dem die Menschen in Holztürmen wohnten, hoch wie eine Eiche, untereinander verbunden durch Laufstege. Das Vieh graste dort auf Weiden, die zwischen den Türmen hingen, und es gab Äcker in der Luft, auf denen Roggen und Weizen angebaut wurden, und Obstgärten, in denen Äpfel, Pflaumen und Datteln wuchsen. Mir wurde klar, ich glaubte nicht mehr, dass der Wald die ganze Welt war.

Am Morgen darauf, alle waren am Packen für den Aufbruch, sagte ich, ich wolle nicht mit.

Mein Vater sah nicht auf und fuhr fort, die Strohsäcke auszuschütteln.

»Ich will in die Welt.«

Er stand auf, einen leeren Strohsack in den schwieligen Händen, und sah mich verständnislos an. Er schüttelte den Kopf und drückte mir den Sack in die Hände. Während ich ihn zusammenrollte, sagte ich, ich wolle mehr von der Welt wissen, wolle Dinge lernen, wolle andere Menschen und andere Länder sehen und nicht von einer Waldlichtung zur nächsten gejagt werden, wolle einen Ort finden, an dem ich bleiben könne, ein Zuhause.

»Dies hier ist zu Hause«, sagte mein Vater.

»Warum sagen wir dann immer ›nächstes Jahr zu Hause‹?«

»Das ist eine Geschichte. Nur eine Erzählung. Von Erzählungen kannst du nicht leben.«

»Aber Jakub …«, sagte ich.

»Jakub …«, knurrte mein Vater. Er starrte über mich hinweg und kniff die Augen zusammen, obwohl es nicht sonnig war, und verschränkte die Arme.

»Das war die Milch von der Amme.«

Ich sah ihn an.

»Stirb oder verdirb«, sagte er. »Das hab ich gedacht. Und jetzt sieh, was daraus geworden ist …«

Er nickte, als sei ich eine Bestätigung dessen, was er geahnt hatte, des Schicksals, das er befürchtet und vorhergesehen hatte. Er drehte sich um und ging zu der Stelle, wo unser Hausrat lag.

Um uns herum wurden Bündel geschultert und Riemen fester gezurrt, irgendwo belud man einen Karren. Die Zeit strömte dahin, und ich stand still. Mein Vater stand mit Sack und Pack bei den anderen Männern. Sogar so, von mir abgewandt, eine Kiste auf dem Rücken, sprach sein Körper. Er sagte: Ich nehme keinen Abschied von etwas, was ich nie willkommen geheißen habe.

An jenem Tag jedoch, als die Luft schwer von dem war, was nicht ausgesprochen wurde, als das Dorf, das keinen Namen hatte, kein Ort mehr war und mein Verlangen fortzugehen wie die ersten Schösslinge im Frühjahr hervorgebrochen war, an jenem Tag konnte ich dennoch keine Entscheidung treffen, und so nahm auch ich meine Sachen und zog zum nächsten Platz mit. Damals verstand ich noch nicht, dass große Wendungen im Leben selten die Folge von Beschlüssen sind, sondern einfach geschehen.

Im neuen Dorf hatten mein Vater und ich schweigend eine Hütte gebaut, und danach war er ohne Lebewohl in den Wald gezogen. Dort blieb er im Holzfällerlager und kehrte nicht zurück. Es hatte Momente gegeben, bevor er fortging, in denen ich ihm hatte sagen wollen, dass ich ihn nicht im Stich lassen wollte, dass ich zwar von einer, wie er es nannte, schlechten Frau genährt worden war, aber trotzdem sein Sohn war und sein wollte, doch jedes Mal, wenn ich in seine Nähe kam, drehte er mir den Rücken zu, und zwischen uns wurde es still und kalt, und mein Mund konnte die Worte nicht aussprechen, die mein Kopf dachte.

Ich zimmerte einen Tisch und eine Bank, und abends, wenn die Familien zum Essen hineingingen und sich der Platz zwischen den kleinen Häusern leerte, saß ich an diesem Tisch und aß Schwarzbrot mit Salzfisch und eingelegten Rüben, und wenn ich dann die Augen schloss, sah ich die anderen Väter, die Mütter und die Kinder beim Essen.

Ich war noch kein Mann, aber auch kein Junge mehr, als Jakub mich eines Tages zu sich rief. Er saß vor seiner Hütte, auf einer Bank, die lediglich eine entrindete Bohle auf zwei grob zugehauenen Holzkloben war. In die Sitzfläche hatte er mit seinem Messer endlos sich windende Weinranken geritzt.

Der Boden rings um seine Füße war immer mit Spänen bedeckt und seine Kleidung mit Holzsplittern übersät. Es war mir ein Rätsel, wie jemandem, der nicht sehen konnte, solche feinen Schnitzereien gelangen, genauso wie ich auch nicht verstand, woher er wusste, wer gerade vorbeiging.

Als er jung war, musste er größer gewesen sein als die meisten Männer aus unserem Dorf, doch jetzt war alles an ihm geschrumpft. Sein Gesicht war gegerbt und runzlig und umrahmt von weißem Bart- und Kopfhaar. Er erinnerte mich an die Frucht, die Etrog heißt und jedes Jahr von einem Reisenden gebracht wurde, der sie in einer kleinen Kiste auf einem Strohbett mit sich trug. Jakubs Rücken war gebeugt, wo die Schulterblätter ansetzten, und sein Kopf nach vorn gestreckt, als starre er trotz seiner Blindheit in die Ferne. Er trug eine ärmellose Jacke aus Ziegenleder, die ihm bis knapp über die Hüften ging, die Beine seiner wattierten Hose steckten in oft geflickten Stiefeln, denen man aber immer noch ansah, dass sie einmal schön und kostbar gewesen waren.

»Mein Junge«, sagte er. »Du kennst die Buchstaben des Alphabets. Du kannst lesen. Aber wenn du in die Welt hinausziehst, musst du die Sprache der Menschen sprechen können, unter die du dich begibst, und du musst Dinge wissen, die man nirgendwo findet als in Büchern. Die Sprache ist dein Schild und deine Waffe, sie ist dein Haus und dein Bett, sie ist Speise und Trank.«

»Vielleicht bleibe ich hier.«

»Und außerdem muss jemand die Geschichten bewahren.«

»Welche Geschichten?«, fragte ich.

»Alle«, sagte Jakub. »Die von diesem und die von jenem und deine eigene Geschichte. Ich werde dich lehren, was ich weiß, und im Tausch dafür hörst du dir meine Geschichte an.

Vielleicht kann sie dir irgendwann einmal nützen. Vielleicht erzählst du sie weiter, und meine Geschichte wird Teil deiner eigenen und deine wiederum der Beginn der Geschichte von jemand anderem. Da drinnen liegt mein Buch. Hol es.«

Es dauerte lange, bis meine Augen sich an das Dämmerlicht gewöhnt hatten. Nach einer Weile entdeckte ich auf einem schiefen Tisch einen Stapel aneinandergenähter Blätter verschiedener Größe, manche kaum größer als eine Hand, andere so groß, dass sie zusammengefaltet im Buch steckten. Als ich darauf zuging, sah ich eine Bewegung. Ich blickte mich um. Nichts. Ich beugte mich vor, um nach dem Buch zu greifen. Wieder bewegte sich etwas. Ich richtete mich auf und inspizierte die Umgebung. Erst jetzt erkannte ich, dass die Wände des Häuschens mit Holzschnitzereien bedeckt waren, so dicht, dass es schien, als krabbelten Ameisen in langen, sich dahinschlängelnden Ketten über die Bretter. Meine Augen wanderten über die bewegte Schnitzerei, und mein Blick fiel auf die Tischplatte, die ebenfalls aus dichten, sich windenden Girlanden bestand. Im spärlichen Licht tauchten Buchstaben auf. Sie waren kaum zu erkennen, und die meisten hatten keine Ähnlichkeit mit denen, die ich kannte, sie waren merkwürdig rund oder aber hoch und eckig. Mir war, als wäre ich in einem Buch gelandet. Eine unbekannte Hast ergriff mich. Ich stellte mich vor eine der Wände und fuhr mit den Fingern über die Wölbungen und Einkerbungen. Nahe der Tür, in Höhe der Schlaufe, die als Klinke diente, erkannte ich ein Wort. Während Jakub fragte, wo ich bliebe, las ich eilig, mit den Fingern über die Wörter aus Holz wandernd, einen Satz, der am Türpfosten emporkletterte und wie Efeu weiterkroch und über die Wand wucherte. Es waren nicht nur Wörter und Sätze, sondern auch Textfetzen, Bruchstücke in unbekannten Sprachen, Abbildungen, ähnlich dem, was man mit einem Stock in den Sand malt, um einem Fremden den Weg ins nächste Dorf zu erklären, Wörter, die die Form eines Baums oder Hauses, von Wäldern und Seen angenommen hatten, Sätze, die sich dahinschlängelten wie Waldwege.

Als ich wieder ins Freie trat, war ich atemlos vor Staunen.

An jenem Tag zeigte Jakub mir das Buch, in dem er schreiben gelernt hatte und das er seitdem immer bei sich getragen hatte, ständig ergänzt um Erlebnisse und Wissenswertes, Karten von seinen Wanderungen und Dinge, die er gelernt hatte. Die Buchstaben auf der ersten Seite waren von Kinderhand geschrieben und sagten in drei Sprachen: »Ich bin Jakub ben Adam, geboren in der Stadt Kaffa.«

So, mit den jugendlichen Schreibübungen Jakubs als Vorbild, lernte ich die lateinische und die griechische Schrift, und während die Wörter und Sätze in dem Buch fließender wurden und der Schreibende gewandter, nahm auch meine Geschicklichkeit zu, und ich lernte, die Wörter an der passenden Stelle zu verwenden und Sätze zu bilden, die nicht mehr nur das Allersimpelste sagten, sondern in sich schön und rein waren.

Jakubs Buch war das erste, das ich je in Händen hielt, und wenn es nicht das merkwürdigste war, das ich in meinem Leben zu Gesicht bekommen sollte, so doch zumindest das zweitmerkwürdigste. Es enthielt Zeichnungen von Geschöpfen, die ich nur vom Hörensagen kannte: Zentaur, Zyklop, Greif, Feuervogel. Es enthielt fremdartige und furchterregende Kreaturen: Kynokephale, die einen Hundekopf auf dem Körper eines Menschen tragen; den dreiköpfigen Zerberus, Harpyien, die so grauenerregend schreien, dass Menschen das Blut in den Adern gerinnt. Das Buch enthielt Geschichten, die Jakub unterwegs gehört hatte, und berichtete von Menschen, denen er begegnet war: dem kabbalistischen Alchemisten Abramelin, der behauptete, er habe Einblick in das geheime Buch der Schöpfung genommen; dem letzten der Chasaren, der auf der Suche nach der letzten chasarischen Frau umherzog; dem okkulten Arzt Agrippa, der verkündete, Mann und Frau seien ganz sicherlich gleich, das weibliche Geschlecht jedoch wahrscheinlich vortrefflicher als das männliche. In dem Buch waren Orte abgebildet, so groß, dass ich erst glauben konnte, dass wirklich so viele Menschen beieinander wohnen können, als Jakub von seiner Heimatstadt erzählte, die aus Hunderten von Straßen und Tausenden von Häusern bestand.

Sie waren Regen in der Wüste meines Geistes, diese Geschichten und Bilder in Jakubs Buch. Samenkörner, die jahrelang im Sand gelegen und gewartet hatten, keimten, schossen in die Höhe und wurden zu einer Decke aus Blumen und Blättern, dicht und bunt wie die Teppiche der Perser. Neue Ideen, was möglich war und was unmöglich, kämpften um Beachtung. Dass Menschen in Städten wohnten, so groß wie ein Wald ... Dass manche an Bord von Schiffen gehen, ohne die Gewissheit einer anderen Küste, um zu entdecken, was sie nicht kennen, oder auf der Flucht vor bereits allzu Bekanntem ... Dass es Zwerge, Riesen, Einfüßler, gelbe und braune Menschen gibt, Menschen, die im Wasser oder auf ihm leben, und andere, die sich in den Wipfeln hoher Bäume aufhalten und den Fuß niemals auf festen Boden setzen ... Eine Wüste nach einem Regenguss war ich, ein Wald, in dem es Frühling wurde. Alles in mir blühte und suchte das Licht.

Später, als ich in meinen täglichen Unterrichtsstunden schon etwas weiter vorangekommen war, erzählte Jakub von seiner Jugend; dass er als junger Mann ein begieriger Leser gewesen war, der bis spätabends bei flackerndem Kerzenlicht Wörter und Sätze akribisch studierte, und dass er morgens in aller Frühe aufstand, um noch vor dem Frühstück lesen zu können, und wie er, als die Jahre dahingingen und er fast alles gelesen hatte, was im Hause seines Vaters vorhanden war, merkte, dass seine Augen schwächer wurden, dass er sich immer tiefer über die Buchstaben beugen musste, um sie zu erkennen. Da hatte er gewusst, dass seine schwindende Sehkraft ihm den Zugang zu dem versagen würde, was er über alles liebte.

»Die Sehkraft wurde mir genommen, damit ich sehen konnte«, sagte er.

Die Geschichte von Jakub ben Adam und seinen Eltern, Adam von Zypern und Bella d'Ancona, ihre Ansiedlung in Kaffa am Schwarzen Meer, ihr Glück und ihr Unglück, und der Schwarze Tod, der von Kaffa aus über die ganze Welt zog

***

Der Vater von Jakub, Adam, wurde in Zypern geboren. Nicht lange nach seiner Geburt ließ dessen Vater Abraham, ein Gewürzhändler, sich in Kaffa nieder, einem genuesischen Handelsposten. Die Stadt war einige Jahre zuvor von Tochtai, dem Khan der Goldenen Horde, belagert worden. Die Genueser waren geflüchtet, indes erneut zurückgekehrt, als Tochtais Nachfolger, Özbeg, ihnen Frieden anbot und sogar die Stadt Tana schenkte. Um den Handel wieder in Gang zu bringen, riefen die Genueser Händler aus Städten rund ums Mittelmeer auf, sich in Kaffa niederzulassen. Jakubs Großvater war einer von ihnen. Die Stadt, gelegen an der unter genuesischer Oberhoheit stehenden Schwarzmeerküste, beherrschte zusammen mit Jalta und Balaklawa den Karawanenhandel aus dem Fernen Osten und die Schifffahrtsrouten aus Konstantinopel, den Niederlanden, den deutschen Fürstentümern, Haifa und Jaffa, Damaskus, dem Libanon, Riga, Danzig und Genua. Für den Gewürzhandel ließ sich kein besserer Ort denken, und so brachte die Übersiedlung der Familie Glück. Ihr Wohlstand mehrte sich, und Adam erhielt die Erziehung und Bildung, die dem Sohn eines begüterten Kaufmanns gemäß waren.

Die Kinder des Schicksals heißen Glück und Unglück, und wenn das eine seinen Besuch abgestattet hat, lässt das andere meist nicht lange auf sich warten.

Eines Tages wurden Adams Eltern auf der Straße von einem betrunkenen Griechen angegriffen, der sie für ein türkisches Paar hielt. Es war ein unglücklicher Zufall, ein Missverständnis, eine grausame Laune des Schicksals, die den gerade erst erwachsen gewordenen Adam zum Waisen machte. Bis dahin hatte er sich über alte Bücher gebeugt und überall in der Stadt Philosophen und Gottesgelehrten gelauscht, denn ihn dürstete es nach Wissen, und er wollte trotz der Bedenken seines Vaters aus jeder Quelle trinken, die seinen Durst löschen konnte. Jetzt trug er plötzlich die Verantwortung für das Gewürzgeschäft. Anstatt Kommentare zu alten Schriften zu verfassen, schrieb er Briefe an Händler in Indien und China, in der Türkei und in Ägypten. Er beugte sich über Kassenbücher und Vorratslisten, und mehr als einmal schweiften seine Gedanken zu der Zeit ab, als er noch studiert hatte und dazu vorbestimmt schien, der erste Gelehrte der Familie zu werden. Er fand sich indes mit seinem Schicksal ab und arbeitete hart, um die Geheimnisse des Gewürzhandels zu ergründen. Doch obwohl seine treue Hingabe dazu führte, dass die Geschäfte genauso gut gingen wie unter der Führung seines Vaters, blieb sein Geist hungrig, und er wusste, dass ihn nur die Bücher sättigen konnten, die er studiert hatte.

Eines Tages wurde ein Ballen Myrtenzweige geliefert, und während er zuschaute, wie dieser ins Lager getragen wurde, entdeckte er plötzlich Buchstaben auf den Pergamentstreifen, mit denen die duftenden Zweige umwickelt waren. Er ließ den Packen absetzen und zerschnitt die Schnur. Was er in den Händen hielt, als er die Streifen nebeneinandergelegt hatte, erkannte er sofort als Fragment eines seltenen alten Textes: das Buch des Aufrechten. Es war ein Buch, das keiner je gesehen hatte, von dessen Existenz man jedoch dank zweier obskurer Erwähnungen im Alten Testament wusste, eine in Samuel: »... es ist geschrieben im Buch des Aufrechten«, und die andere in Josua: »Ist dies nicht geschrieben im Buch des Aufrechten?« Am selben Abend noch schrieb er dem Armenier, der die Myrte geliefert hatte, und fragte nach dem Ursprung des Verpackungsmaterials. Die Antwort kam drei lange Monate später, und als Adam den Brief seines Handelspartners las, kannte seine Enttäuschung keine Grenzen. Das Pergament sei von einem Kaufmann aus Isfahan geliefert worden, der seinerseits eine Partie aus Susa geholt habe, und es sei nicht mehr zu ermitteln, wie die Pergamentreste, offenbar aus einer zerschnittenen Schriftrolle, dorthin geraten seien.

Der Fund ließ Adam keine Ruhe, und er benutzte seine Handelsverbindungen, um Erkundigungen über Schriftrollen, Handschriften und Bücher einzuziehen. Er kam in Kontakt mit Gelehrten, die wie er nach besonderen, geheimen oder scheinbar verschollenen Schriften suchten, und wann immer möglich, ließ er sich zusammen mit Pfeffersäcken, Zimtkisten und Ölkrügen auch Bücher kommen. Er sammelte alles in einem eigenen Raum im Haus, in dem die Regale voller und voller wurden. Abends saß er dort und las, machte sich Notizen und stellte Listen von Büchern und Schriftrollen und sogar Tontafeln auf, die ihm in seiner Bibliothek noch fehlten und ihn möglicherweise auf die Spur des verschollenen Buches des Aufrechten bringen könnten.

Als die Jahre dahingingen, verbreitete sich das Gerücht von seinem Wissen, und anfangs kamen ein paar vereinzelte, allmählich aber immer mehr Menschen zu ihm und baten ihn um Rat. Seine Weisheit wurde gerühmt, und sein richtiger Name, Adam von Zypern, geriet in Vergessenheit. Stattdessen nannte man ihn Adam den Wundertäter. Er verbrachte immer mehr Zeit in seiner Bibliothek, die inzwischen so umfangreich war, dass er eine Wand zum angrenzenden Raum hatte durchbrechen lassen.

Nicht lange nach dem tragischen Tod seiner Eltern war ihm die Hand von Bella, der ältesten Tochter eines seiner Lehrer, angeboten worden, und nachdem er sich vergewissert hatte, dass sie ein Mensch war, der sich zu helfen wusste und nichts auf äußeren Schein gab, hatte er sie zu seiner Frau genommen. Sie heirateten, und ein Jahr später wurde Jakub geboren. Er wuchs unter der Obhut seiner Mutter auf, die sich um seine Bildung kümmerte, ihn in den drei wichtigsten Sprachen der Stadt lesen und schreiben lehrte und im Gebrauch des Abakus unterrichtete sowie in Geometrie, Sprachlehre, Musik und Astronomie.

Obwohl das Bücherzimmer seines Vaters für jeden verbotenes Terrain war, durfte Jakub es jeden Abend vor dem Schlafengehen betreten.

»Dann setzte er mich auf seinen Tisch«, sagte Jakub, »und während ich da saß, unsere Gesichter auf gleicher Höhe, erzählte er Geschichten. Erst viele Jahre später sollte ich verstehen, dass jede Geschichte eine Lektion umfasste und dass mein Vater mich durch Geschichten bildete. In meinem späteren Leben hat es mehrfach Momente gegeben, in denen ich mich in einer heiklen Lage befand oder vor einem großen Problem stand, und dann plötzlich an eine seiner Geschichten dachte und eine Lösung fand.«

Da sein Vater mehr und mehr Zeit in seiner Bibliothek verbrachte und immer häufiger von Kaufleuten zu Ländern und Bräuchen, von Amtspersonen zu Fragen von Recht und Gesetz und auch von Bürgern und Bauern um Rat gebeten wurde, lagen die Geschicke der Gewürzhandlung schließlich in Bellas Händen. Sie war die Tochter aus einem Geschlecht von Schriftgelehrten und nicht an die Listen und Fallstricke des Handels gewöhnt, aber sie lernte schnell, und es dauerte nicht lange, da war sie bekannt als gewiefte, aber verlässliche Geschäftsfrau. Christen, Juden und Muslime respektierten sie und behandelten sie als Ebenbürtige.

So wuchs Jakub auf, mit den Geschichten, die ihm sein Vater erzählte, wenn er auf dem Tisch in dessen Bibliothek saß, und im Gewürzlagerhaus, in dem seine Mutter an einem Pult stehend Briefe schrieb und Verzeichnisse erstellte und in dem es nach schwarzem Pfeffer und getrocknetem Ingwer aus Indien, Zimt aus Ceylon, Muskat und Nelken von den Molukken-Inseln, griechischem Safran und Gelbwurz aus Indien, Paradieskörnern aus Afrika, Zucker in kegelförmigen Hüten, Sumach aus Neapel und Sandelholz aus Timor duftete. In einem gesonderten Raum lagen Kisten, mit Blei ausgeschlagen und mit schweren Schlössern versehen, in denen Weihrauch und Myrrhe aufbewahrt wurden. In einem großen, mit Eisenbändern beschlagenen Schrank lagen Blattgoldblätter zwischen Seidenpapier neben Gläsern und Holztöpfen mit seltenen und gefährlichen Ingredienzien für Arzneien wie Theriak, Opium, Borneo-Kampfer, ein Stoff namens Drachenblut, Ranunkelextrakt, chinesische Alraune, Sulphur vivum, Stiergalle, Eselinnenmilch und Biberwein, Kupferblüte, Grünspan und Alaun.

Genauso wie die Räume seines Vaters eine Schatzkammer waren, in der die Hervorbringungen des menschlichen Geistes gesammelt wurden, so enthielt auch das Lagerhaus seiner Mutter das Erlesenste dessen, was die Erde hervorgebracht hatte.

Jakubs Jugend war von Düften und Farben und Büchern und Geschichten geprägt. Er war ein Junge, der nie Hunger litt und jeden Tag die Wunder der Welt sah, wenn er mit seinen Freunden die Stadt durchstreifte und am Kai stand und zuschaute, wie Schiffe gelöscht und beladen wurden, wenn er seinen Vater an einem mit Schriftrollen und Buchbänden überhäuften Tisch sah, wenn er im Lager half und Säcke mit stark duftenden Gewürzen auf Wagen lud, wenn er durch die Straßen unterhalb der großen Zitadelle ging, zwischen Genuesern, Mongolen, Griechen, Venezianern, Arabern und Armeniern. Kaffa, das war endlose Mannigfaltigkeit, und dem jungen Jakub schien, dies alles werde nie vergehen.

»Ich wusste, dass die wirkliche Welt größer war«, sagte Jakub, »sogar noch größer als die, in der die Routen der Karawanen und Schiffe endeten, die Gewürze in unsere Lagerhäuser brachten, aber ich dachte auch, man könne alles, was es gab, in unserer Stadt sehen, als sei Kaffa im Kleinen, wie das Große aussah, eine Abbildung, genauso wie eine Landkarte auf einem einzigen Blatt zeigt, was in Wirklichkeit unüberschaubar ist.«

Eines Nachmittags im frühen Frühjahr erschien ein graubrauner Strich am Horizont, der sich mit dem Verstreichen der Stunden in eine hohe heranrollende Staubwolke verwandelte. Die Wächter auf den Mauern der Zitadelle hielten es für Sand, den ein ferner Sturm von den Steppen geblasen hatte. Doch am nächsten Morgen, als die Dämmerung wich und die ersten Sonnenstrahlen tief über das Land strichen, war die Stadt auf drei Seiten von einem riesigen Zeltlager eingeschlossen, und niemand konnte mehr an der Ursache der Staubwolke zweifeln. Unterhalb der Stadtmauern glühte das Gelb der Zelte, dem die Goldene Horde ihren Namen verdankte. Der Konsul berief unverzüglich eine Zusammenkunft mit einflussreichen Bürgern und Weisen ein, um die Belagerung durch Dschani Beg, den neuen Khan, zu erörtern. Unter ihnen befand sich auch Jakubs Vater.

Das Vertrauen in die Uneinnehmbarkeit der Zitadelle, deren Mauern in den Jahren zuvor noch verstärkt worden waren, war so groß, dass Thorello Adorno, Neffe des Herrschers von Genua und Kommandant der Truppen, sich über die Situation fast zu freuen schien.

»Unsere Mauern sind uneinnehmbar«, rief er. »Sie schützen nicht nur die Stadt, sondern auch den Hafen, so dass wir uns auch weiterhin mit Nachschub versorgen können. Das einzige Opfer dieser Belagerung wird dieser verräterische Hund Dschani Beg sein. Er wird seine Pferde schlachten müssen, um seine Truppe zu verproviantieren.«

»Ihr sprecht voller Vertrauen über die Unfehlbarkeit unserer Verteidigung«, sagte Adam. »Und es ist wahr, was Ihr sagt: Unsere Mauern sind hoch und dick, und falls er Leitern baut, die lang genug sind, um die Mauern zu erklimmen, werden seine Krieger leichte Ziele für unsere Verteidigung sein.«

Die Runde saß um einen langen Tisch im Ratskabinett des Konsuls. Außer Adam von Zypern waren zwölf Männer anwesend: sieben Genueser – Amtsträger, Händler und der Truppenkommandant –, zwei Griechen, ein Armenier, zwei Muslime. Alle nickten: Undenkbar, dass die Angreifer die Stadt durch eine Belagerung auf die Knie zwingen würden. Das war vierzig Jahre zuvor nicht geglückt und würde jetzt, mit den verstärkten Mauern und der Erfahrung der vorausgegangenen Belagerung, nur noch schwerer sein.

»Das Schicksal«, sagte Jakubs Vater, »hüllt sich freilich in den Mantel des Unwahrscheinlichen.«

Thorellos Gesicht verdüsterte sich.

»Der Sohn, der von seinem Vater als Findelkind ausgesetzt wird, damit dieser der Prophezeiung entrinnt, er werde ihn ermorden, tötet Jahre darauf im Kampf einen Unbekannten, der sich als sein Vater erweist. Was weggeworfen wurde, ist zurückgekehrt. Ein Mann wird von seinen eifersüchtigen Brüdern an Fremde verkauft und sieht sie Jahre später wieder, als er Großwesir eines mächtigen Reiches ist und seine hungrigen Brüder bei dem Mann Korn kaufen wollen, in dem sie ihren Bruder nicht erkennen. Was in die Tiefe geworfen wurde, steht jetzt über ihnen.«

»Wer hat den Fremden gebeten, Geschichten zu erzählen?«, rief Thorello. »Soll er sich doch auf den Markt stellen mit seinen Märchen. Hier sprechen Männer über den Krieg.«

Der Konsul hob die Hand und sah Jakubs Vater an.

»Herr Adorno«, sagte Adam, »ich habe Euren Grimm erregt. Ich bitte Euch um Verzeihung. Wie die übrigen Anwesenden kann auch ich nicht anders, als Euch, Euren Männern und unserer großartigen Zitadelle zu vertrauen. Ich wollte nur deutlich machen, dass es an Euch, der Mannschaft und den Mauern nicht liegen wird. Doch oft sind die Dinge nicht, was sie scheinen. Der Tod kann in Gestalt eines Freundes kommen, ein Geschenk kann ein Fluch sein, Kraft eine Schwäche und ein klares Ziel eine Luftspiegelung.«

»Und Verrat«, sagte Thorello, »kann die Gestalt hübscher Geschichten annehmen.«

Adam neigte das Haupt.

»Genug«, sagte der Konsul. »Unsere Mauern sind stark und unsere Verteidiger bereit. Wir werden die Vorräte rationieren und einen Boten per Schiff nach Genua schicken. Wir werden uns nicht zu einem Kampf provozieren lassen. Dschani Beg und seine Mannen können sich am Anblick unserer Türme erfreuen, bis sie sogar in ihren Träumen nichts anderes mehr sehen. Wir kommen morgen wieder zusammen.«

Beim Verlassen des Ratskabinetts hielt der Konsul Adam auf. Er führte ihn zum Fenster, und dort, mit Aussicht auf die Stadtmauern und die mit Zelten übersäte Ebene in der Tiefe, sagte er: »Thorello ist ein Hitzkopf, aber ein guter Soldat. Worüber macht Ihr Euch Sorgen, Adam von Zypern?«

»Darüber, was wir übersehen. Oder, nein, nicht das, was wir übersehen, sondern das, was in unserem Blickfeld liegt und was wir trotzdem nicht sehen. Die Griechen belagerten Troja zehn Jahre lang und ...«

»Jajaja«, sagte der Konsul ungeduldig, »aber Ihr glaubt doch wohl nicht, dass wir ein hölzernes Pferd hereinschleifen?«

»Nein«, sagte Adam. »Aber ich fürchte unsere Sicherheit. Nichts ist heil und nichts ist vollkommen. Ich fürchte, dass wir unsere Fehlbarkeit vergessen. Ich bin mir dessen bewusst, Herr Konsul, dass meine Bemerkungen unklar sind und dass ich keine Schwachstelle in unserer Verteidigung benennen kann. Aber wir sollten sie lieber selbst suchen, bevor der Angreifer sie findet.«

Der Konsul starrte aus dem Fenster.

»Gut«, sagte er. »Wir werden die Anlage inspizieren, die Tore, die Wassertunnel und die Brunnen. Mehr kann ich nicht tun.«

Die Belagerung dauerte eine Woche, zwei Wochen, einen Monat, zwei Monate. Die Sommerhitze kündigte sich mit dem Salzgeruch der Meeresluft an, in der Stadt begannen die Weinranken zu klettern und Obstbäume zu knospen.

Die Zelte der Belagerer leuchteten golden in der strahlenden Sonne, und jeder wusste, dass die Hitze in Dschani Begs Lager, das durch Bäume kaum geschützt war, mit jedem Tag unerträglicher wurde. Die Belagerungstürme, mit denen der Feind in den ersten Wochen versucht hatte, sich den Mauern der Zitadelle zu nähern, waren zerlegt worden, und aus dem Material hatte man Ballisten gebaut. Eine Zeitlang hatten die Belagerer die Stadt mit Trümmern und Steinen beschossen, doch die Angriffe hatten wenig Wirkung gezeigt. Sofern die Geschosse die hohen Mauern überhaupt überwanden, dauerte es nicht lange, bis Thorellos Bogenschützen die Männer an den Ballisten außer Gefecht gesetzt hatten. Es war eine ausweglose Situation entstanden. Nur hin und wieder galoppierten Reitergruppen auf der Ebene vor der Stadt hin und her, schwenkten ihre Speere und schossen von ihren kurzen Bögen Pfeile ab, während von den Mauern herab Beleidigungen ertönten und Hohngelächter.

Als der Sommer verstrichen und der Herbst gekommen war, war aus der Belagerung ein Ritual geworden. Von Zeit zu Zeit flog ein Geschoss über die Mauern, woraufhin die Waffe unschädlich gemacht wurde, und dann geschah wieder tagelang nichts. Die Lebensmittel waren rationiert, doch Hunger litt keiner in der Stadt, denn im Hafen konnten nach wie vor Schiffe anlegen. Dschani Begs Leute dagegen mussten immer weiter reiten, um Proviant zu finden.

»Es sind Heuschrecken«, hatte Thorello während einer der wöchentlichen Zusammenkünfte gesagt. »Sie fressen das Land kahl, und wenn nichts mehr da ist, werden sie weiterziehen.«

Der Einzige, der nicht zustimmend genickt hatte, war Jakubs Vater gewesen.

Es wurde Winter, und obwohl es nicht sehr kalt war, konnten sowohl die Belagerer als auch die Belagerten sich kaum wärmen. In der Stadt war das Brennmaterial knapp, und im Lager der Goldenen Horde sowie in dessen Umkreis waren die meisten Bäume gefällt, und man konnte nur noch Pferdemist verheizen. Doch es gab immer weniger Pferde und nicht genug Zeit, den Mist zu trocknen.

Dann, eines Morgens im Februar, ertönte ein Ruf von einem der sechsundzwanzig Wachtürme, und nicht lange danach tauchten weiße Segel mit dem roten Sankt-Georgs-Kreuz am Horizont auf. Die genuesische Flotte landete in dem geschützten Hafen, und ein endloser Strom von Soldaten ging von Bord. Sie wurden wie Helden empfangen. Zwei Tage später unternahmen sie einen Ausfall und fegten die Truppen der Goldenen Horde hinweg. Am Ende des Tages war die Ebene übersät mit Leichen.

Wieder rief der Konsul seine Berater zusammen. Thorello erschien in Kampfkleidung und bester Laune.

»Du hattest recht, Adam von Zypern. Das Schicksal hüllt sich in den Mantel des Unwahrscheinlichen. Dschani Beg konnte nicht ahnen, dass sein Heer von unserer Verstärkung weggefegt wird.«

Gelächter erhob sich, denn Thorello war jetzt der Mann, der die Stadt gerettet hatte, obwohl seine Truppen nur ein unbedeutender Teil der Befreiungsmacht gewesen waren, die aus dem Tor gestürmt war, um die durch Krankheit, Kälte und Erschöpfung geschwächten Belagerer anzugreifen.

Es war Frieden. Was zerstört war, wurde repariert, Bäume wurden gepflanzt, wo welche gefällt worden waren, verbrannte Äcker gepflügt und eingesät, die beim Ausfall getöteten Tataren begraben. Es wurde Herbst und Winter und

Frühling, und da erschienen die Reiter abermals vor den Toren, und was geschehen war, geschah von neuem. Wie der Prediger sagt: *Was geschehen ist, eben das wird hernach sein. Was man getan hat, eben das tut man hernach wieder, und es geschieht nichts Neues unter der Sonne.*

Die Tataren schlugen ihr Lager auf und bauten Belagerungswaffen, und in der Stadt wurden die Mauern erneut mit Bogenschützen besetzt, die jeden unter Beschuss nahmen, der sich zu nahe heranwagte. Die Freude über die siegreiche Befreiung war von kurzer Dauer gewesen, und die Bürger von Kaffa begannen, sich zu fragen, wie viele Belagerungen sie wohl durchstehen konnten. Der Hafen war voll von Schiffen, die Händler und ihre Familien mit ihrem gesamten Hab und Gut an sicherere Orte brachten.

Die zweite Belagerung zog sich hin und zog sich länger hin, und es änderte sich nicht viel an der Situation, bis es im Lager von Dschani Beg ruhig zu werden begann. Während einer Zusammenkunft beim Konsul versuchten die Mitglieder des Rates, eine Antwort auf die Frage zu finden, was da los sei.

Thorello kannte keine Zweifel.

»Ihr Widerstand ist gebrochen«, sagte er. »Sie sehen ein, dass die Zitadelle uneinnehmbar ist und dass Kaffa nicht fallen wird. Aber sie sind zu stolz, um das einzugestehen, und darum hocken sie wie alte Weiber in ihren Zelten und schmollen und zanken. Der Zwist ist so groß, dass es mehr Tote durch Streitereien gibt als durch den Krieg.«

»Tote?«, fragte Adam.

Thorello ignorierte ihn und sagte zum Konsul: »Jedes Mal, wenn eine Leiche aus einem der Zelte getragen wird, versammeln sich meine Männer auf dem Wehrgang und jubeln und rufen. Das erfüllt die Tataren mit ohnmächtiger Wut, und diese Wut kühlen sie aneinander.«

»Wie viele Tote?«, fragte Adam.

»Wie viele Tote?«, sagte Thorello. »Haltet Ihr mich für einen Totengräber, der ihre Leichen zählt?«

Der Konsul rief ihn zur Ordnung.

»Dies ist eine Ratsversammlung, Thorello. Beantwortet die Frage.«

Die Gesichtszüge des Garnisonskommandanten erstarrten.

»Ein paar«, sagte er.

»Was sind ein paar?«, fragte Adam.

»Sprecht ihr unsere Sprache nach all den Jahren in unserer Mitte noch immer nicht gut genug?«

Der Konsul schlug mit der flachen Hand auf den Tisch.

»Einige«, sagte Thorello widerstrebend.

»Fünf am Tag?«

Thorello zuckte mit den Achseln.

Adam von Zypern holte tief Luft. Dann sagte er: »Herr Konsul, es erstaunt mich, dass die Verluste des Feindes nicht gezählt werden. Wie sollen wir jetzt wissen, wie stark er ist?«

Er wandte sich zu Thorello und sah ihn lange an.

»Unsere heiligen Bücher, die auch die Eurigen sind, sagen: *Freue dich nicht über den Fall deines Feindes.* Anstatt zu jubeln, hätten Eure Männer besser zählen sollen.«

Thorello zog eine höhnische Miene. Der Konsul wandte sich an Adam und fragte ihn nach seiner Ansicht über die Toten im Lager Dschani Begs.

»Herr«, sagte dieser. »Es kann sein, was unser Kommandant denkt, dass Verzweiflung und Ärger zu Streit führen und dass Stolz sie daran hindert, die Belagerung abzubrechen.«

Thorello machte eine Geste, die Selbstzufriedenheit ausdrückte.

»Aber es kann auch etwas anderes sein. Daher möchte ich darum bitten, jemanden zu bestimmen, der über die Todesfälle im Lager Buch führt. Kampf ist nicht nur Waffengeklirr. Er ist auch Information. Je mehr Informationen wir haben, umso besser wissen wir über unseren Feind und seine Lage Bescheid.«

»Wir sind Soldaten, keine Buchhalter.«

»Thorello«, sagte der Konsul, »sucht einen Mann, der lesen und schreiben kann, lasst ihn die Toten zählen und mir täglich Bericht erstatten.«

»Herr ...«, sagte Thorello.

»Damit ist die Versammlung beendet«, sagte der Konsul. »Morgen zur selben Zeit sprechen wir uns wieder.«

Eine dunkle Wolke zog über das Gesicht des Kommandanten der Zitadelle. Er starrte auf die Tischplatte und atmete schwer. Dann erhob er sich zusammen mit den anderen und stürmte aus dem Raum. Der Konsul hielt Adam auf.

»Etwas quält Euch.«

Adam nickte.

»Warum sollten unsere Belagerer sich gegenseitig umbringen?«, sagte er.

»Sie hocken schon fast ein Jahr im Lager«, sagte der Konsul, »ohne Ergebnis, die Bedingungen müssen dort schlecht sein. Glaubt Ihr nicht, dass ...«

»Herr«, sagte Adam, »während der vorigen Belagerung war von Streit untereinander keine Rede. Warum dieses Mal?«

Der Konsul betrachtete ihn nachdenklich.

»Ihr seid ein weiser Mann, aber Ihr habt mehr Fragen als Antworten.«

»Einem Problem«, sagte Adam, »kommt man besser mit Fragen bei als mit Antworten.«

Ein paar Tage darauf kamen die ersten Berichte: Es wurden ungefähr zehn Tote pro Tag aus dem Lager getragen, die Belagerungsmaschinen standen unangerührt da, und es zeigten sich keine Reiter mehr auf der Ebene zwischen den Stadtmauern und dem Lager.

Der Rat trat zusammen und befasste sich mit der Lage. Im einfallenden Sonnenlicht glühte das Kirschbaumholz des großen Tisches rosarot. Der Konsul ließ seinen Blick über die Anwesenden wandern.

Er sprach: »Ich glaube nicht, dass diese Todesfälle lediglich die Folge von Streitigkeiten sind.« Er wandte sich an den armenischen Archimandriten Ioannes. »Was denkt Ihr, Vater?«

Der Priester sah aus wie ein Basaltmonolith. Er blickte reglos vor sich hin.

»Etwas anderes als die Strafe, die Gott dem Dschani Beg Khan zugeteilt hat?«, sagte er.

Er fuhr sich durch den Bart. Bevor er antworten konnte, ertönten draußen Rufe, es wurde an die Tür gehämmert, und ein atemloser Diener stürzte herein.

»Herr«, sagte er keuchend, »die Tataren …«

»Was ist mit ihnen?«

»Sie …«

Der Konsul verließ den Raum, auf dem Fuße gefolgt von den anderen.

Als sie draußen standen, in der Wärme der Sommersonne, die auf die Befestigungsanlagen schien, kam ein Mann durch die Luft geflogen. Er trudelte durch das Blau, Arme und Beine schlenkerten in alle Richtungen, und dann purzelte er wie ein angeschossener Fasan zu Boden.

Später am selben Tag sollte Jakub sie auch sehen. »Fliegende Männer«, sagte er, »die im Bogen über die Mauern der Zitadelle in die Stadt segelten. Es war wundersam und schrecklich.«

Die Tataren waren von einer unbekannten Krankheit befallen worden. Das war der Grund für die Sterblichkeit in ihrem Lager und die Abnahme der Angriffe. Jetzt hatten sie ihre Ballisten wieder in Stellung gebracht und schleuderten ihre Toten in die Stadt, um die Krankheit unter den Bewohnern von Kaffa zu verbreiten. Die Leichen schlugen auf Dächern und Plätzen auf und zerbarsten an Hauswänden. Ein grauenhafter Gestank entströmte ihren entstellten Körpern. Der Konsul gab den Auftrag, sie wegzuschaffen, doch nach einigen Tagen brach die Seuche auch unter denjenigen aus, die die Leichen weggeschleppt hatten, und nicht lange danach verbreitete sie sich auch unter den übrigen Bürgern. Draußen vor den Wällen steckten die Soldaten des Feindes ihre Belagerungsmaschinen in Brand, Zelte wurden abgebaut und Pferde eilends zusammengetrieben. Stunden später war das Lager verlassen. Hie und da lagen Leichen zwischen schwelenden Holz- und Aschehaufen, einige zusammengesackte Zelte waren zurückgeblieben, und die Ebene war übersät mit den Resten eines Heeres, das überstürzt aufgebrochen war.

Der Konsul befahl, Schiffe bereit zu machen, weil die Seuche jetzt wie ein Strohfeuer durch die Stadt jagte. Die Furcht, die die Tataren in die Flucht geschlagen hatte, nahm auch von Kaffa Besitz, Tausende strömten auf den Kais zusammen, manche mit ihrer Habe in Kisten und Säcken, andere lediglich mit dem, was sie am Leibe trugen. Man kämpfte um einen Platz an Bord, Menschen stürzten zu Boden und starben, Panik wogte durch die Menge. Schon bald wurde jeder, der krank war oder auch nur schlecht aussah, fortgejagt. Tote warf man ins Wasser.

Frieden, Sorge für den Nächsten, Verständnis, gute Manieren, sie sind eine dünne Haut. Wenn die Not groß ist und die Angst regiert, zerbirst die Haut und der Eiter quillt hervor, dann eitert der Körper der Familie, des Dorfes, der Stadt, und es gibt nur wenige, die nicht angesteckt werden und nach wie vor Würde und Mitmenschlichkeit aufbringen.

»Meine Eltern fanden einen Platz für mich auf einem der ersten Schiffe, die die Stadt verließen«, sagte Jakub. »Für das kleine Stückchen Deck, auf dem ich die Reise machte, zahlten sie ein Vermögen. Sie selbst blieben zurück, um die Kranken zu versorgen, die nicht reisen konnten. Ich fand Obdach bei einem Onkel meiner Mutter in Genua, doch als wir dort ankamen, stellte sich heraus, dass die Krankheit mit uns gereist war. Binnen einer Woche flog die Pest durch die Straßen, und mein Onkel schickte mich zu Verwandten nach Lucca, und als auch dort das Sterben begann, zog ich wieder weiter, jetzt allein, mit nicht viel mehr als einem Ranzen und einem Stock. Wir aus Kaffa hatten den Tod nach Genua gebracht, und von dort schlich er sich ins Umland ein und weiter, noch weiter, viel weiter. Später erreichten uns Berichte von erschreckenden Sterbeziffern in anderen Ländern, von Dörfern, in denen niemand überlebte, und Städten, in denen Menschen sich selbst einmauerten, um dem Tod zu entrinnen, von fernen Ländern, wo Totenschiffe strandeten. Jeder misstraute jedem, denn die Krankheit war unsichtbar, und jeder Mann, jede Frau und jedes Kind konnte sie in sich tragen. Am meisten misstraute man Fremden und Reisenden. Ich beschloss, mich als Bettelmönch zu kleiden, und zog so dahin, fünf lange Jahre. Dann war das schlimmste Sterben vorbei, und weite Teile der uns bekannten Welt lagen brach, die Dörfer ausgestorben.«

Jeden Tag auf dem Weg zum Fluss, wenn meine Füße über federndes Moos gingen und meine Hände durch die Blätter eines Haselnussstrauchs strichen, flüsterte ich: Lass alles neu und besonders sein, lass mich die Welt immer spüren. Das Sonnenlicht brach in stiebenden Bahnen durch das Laubdach, Stäubchen schwebten in der Luft, Zweige knackten und Bäume ächzten. Jeder Baum, jeder Strauch, jeder Kaninchenbau, jeder Wildpfad, jeder Stein wollte sehen. Die Stimme in meinem Kopf sagte: Es gibt zehntausend Dinge auf der Welt, und du bist eines von ihnen, du bist wie die Bäume, die Sträucher, die Kaninchen und die Füchse und die Libellen und die Bienen, du bist eins mit allem. Und dann spürte ich, wie mein Herz sich öffnete, und ich wusste, dass ich nicht nur die Welt spürte und alles, was in ihr war, sondern auch, was nicht da war, das Nichts zwischen meinem Vater und mir und das Nichts meiner Mutter, die ich nie gekannt hatte, nach der ich mich aber trotzdem sehnte, das Unbekannte, das außerhalb unseres Waldes lag und nach dem es mich hungerte. Ich lebte im Garten Eden, war jedoch, wie Adam, hungrig nach der Frucht, die Erkenntnis heißt, und würde hineinbeißen, wenn sie mir dargeboten wurde. Ich war hier, aber auf dem Weg nach dort, auch wenn ich noch keinen Schritt getan hatte.

»Warum«, fragte ich Jakub eines Tages, »bauen wir keine Gewächse an? Jetzt müssen wir zu den Bauern gehen, die viel zu viel von uns für das Schlechteste ihrer Ernte verlangen.«

»Weil wir in Erwartung leben«, sagte Jakub.

»Wie lange muss man warten?«, sagte ich. »Der Wald gehört allen. Niemand hat ihn gemacht, und was man nicht gemacht hat, gehört einem nicht.«

Jakub nickte. Seine Finger glitten über die Schale, an der er schnitzte, auf der Suche nach einer Unebenheit.

»Selbst das, was du gemacht hast, gehört dir nicht«, sagte er.

Er setzte das Messer an die Schale und schnitt einen Holzspan weg.

»Es gibt zehntausend Dinge auf der Welt«, sagte er, »und sie sind alle eins. Nichts ist für sich allein und jemandes Besitz.«

Er balancierte die Schale in seiner Hand und legte den Kopf in den Nacken, als wolle er im Geiste betrachten, was er geschaffen hatte.

»Geh«, sagte er. »Werde Bauer. Finde heraus, dass der Bauer nichts anderes ist als der Fischer oder der Holzfäller, dass das eine das andere ist und das andere das eine.«

An jenem Tag schnitzte ich einen Spaten aus Holz, brach die Erde hinter unserer Hütte und legte einen kleinen Acker an, auf dem ich Knollen und Bohnen aus den Vorräten pflanzte. Ich fasste das Rechteck aus schwarzer Erde mit Soden und Steinen ein, um kriechendes Getier fernzuhalten. Eine der Frauen kam vorbei und fragte, was ich machte, und ich sagte, dass ich Gewächse anbaute, damit wir nicht in entlegene Dörfer gehen müssten, um sie zu kaufen. Am nächsten Tag lieh sie sich meinen Spaten aus, und wieder einen Tag darauf kam eine andere Frau mit derselben Bitte. Überall im Dorf tauchten kleine Äcker auf, und Frauen und Kinder pflanzten Knollen und Bohnen und Samen. Die aufgeregten

Stimmen der Kleinsten schrillten in der Luft, und von Zeit zu Zeit hörte ich die Frauen lachen. Einige Tage später jedoch kamen ein paar Männer aus dem Wald zurück, sie traten die Wälle um die Äcker weg, wühlten den Boden um und zerbrachen den Spaten. Ich fand ihn in drei Stücken vor meiner Tür.

»Wir sind kein Kainsvolk«, sagte einer von ihnen. »Und unsere Frauen brauchen nicht auf dem Land zu arbeiten, um für Nahrung zu sorgen.«

Ich stand auf meinem umgewühlten Acker und dachte an den Spaten und wie er das Gras durchschnitten hatte, dachte an die Soden, die ich gestapelt hatte, den dunklen Geruch, der aus der Erde aufgestiegen war, die Würmer, die zwischen den feuchten Schollen krochen, und die Sonne, die die Erde schließlich trocknete und grau machte. Einer der Männer hatte gesagt, dass es nicht zu uns passe, wie Bauern zu leben, denn der Bauer arbeite in Erwartung des kommenden Jahres und des Jahres danach. Er lebe in der Zeit, wir außerhalb davon. Ich dachte: Wir sind Zwischenmenschen.

An jenem Abend saß ich an dem Tisch, den ich gemacht hatte, und schaute auf die stille Lichtung zwischen den Häusern. Die Dämmerung sank auf das Dorf herab, eine tiefe grüne Dämmerung, wie es sie nur im Wald gibt, Vögel riefen gegen das nahende Dunkel an, aus den anderen Häusern drang das Geräusch von Stimmen. Ich verspürte Wut und Demut, Wut über das halsstarrige Festhalten am Alten bei den Männern und Demut, weil ich geglaubt hatte, recht zu haben sei genug, um Veränderungen herbeizuführen. Ich war stolz auf das gewesen, was ich bewerkstelligt hatte, aber alles hatte sich als vergebens erwiesen. Als ich mich bei Jakub beklagt hatte, hatte er gesagt, es sei schön, wenn eine Eichel auf den Waldboden falle, doch damit ein Baum entstehe, dafür brauche es mehr als nur eine Frucht.

»Die Menschen«, sagte er, »fürchten das Unbekannte, die Veränderung. Wer sie durch die Wüste in die Oase führen will, darf nicht nur den Weg weisen. Er muss ihren Glauben gewinnen, ihren Glauben an ihn.«

Ich hatte ihn gefragt, wie ich das tun sollte, wenn die Kraft der Wahrheit nicht genügte.

»Ein Soldat«, sagte Jakub, »zieht mit dem Heer den Berg hinauf, um im Tal auf der anderen Seite eine Schlacht zu schlagen. Zehntausend Männer kämpfen sich hinauf, durch den Schnee, über Eisflächen, an hohen Felsblöcken vorbei, die scharf wie Beilschneiden sind. Vorneweg, unter dem Banner, marschiert der, für den sie kämpfen und sterben werden. Der Wind tost, Schnee fegt dahin und nimmt ihnen die Sicht. Bei keinem dieser zehntausend gibt es Zweifel, obgleich kaum einer weiß, warum das Heer auf der anderen Seite des Berges bekämpft werden muss. Sie werden töten und getötet werden.«

Ich sah ihn unter gerunzelten Augenbrauen hervor an. Als ich zu einer Antwort anhob, hatte Jakub mir die Hand aufs Knie gelegt.

»In dieser riesigen Truppe entschlossener Kämpfer gibt es einen, den Furcht und Zweifel quälen. Und in der weißen Blindheit an jener Bergflanke, während er sich weiterkämpft, rührt der Zweifel an sein Herz und schließlich sogar an seinen Fuß. Er stolpert und bleibt im Schnee zurück, während das Heer weiterzieht. Das Geräusch von Füßen auf Eis und Schnee erstirbt, und die Schlachtrufe und der Gesang werden schwächer. Eine gewaltige Müdigkeit ergreift den Soldaten, und während er dort liegt und Schnee ihn langsam zudeckt, schließt er die Augen und gibt sich dem Schlaf hin.«

Jakub hatte um Wasser gebeten, und ich war in die Hütte gegangen, hatte einen Becher aus dem Tonkrug gefüllt und ihm gebracht.

»Er wurde wach«, sagte Jakub, nachdem er getrunken hatte, »und sein Geist war leer und unwirtlich wie der Berghang. Er wusste nicht mehr, wer er war und wo er war. Er stolperte den Berg hinunter, richtungslos und verzweifelt, und während er seinen Weg fortsetzte, merkte er, dass sein Haar gewachsen war und Kinn und Wangen mit einem dichten Bart bedeckt waren. Er hatte schon fast die Talsohle erreicht, als er Menschen in zerrissenen Kleidern sah, die ihn anstarrten und riefen, und er brauchte eine Weile, bis er verstand, was sie sagten. Die Sonne kam gerade über den Berggipfel und hüllte ihn in ihre ersten Strahlen. ›Herr!‹, ertönte es. ›Ihr seid aus dem Licht gekommen, um uns aus unserem Elend zu befreien! Führt uns, und wir folgen Euch!‹ Er erkannte keinen von ihnen, und sogar ihre Sprache war ihm fremd, doch seine Proteste nützten nichts. Man gab ihm Essen und Kleidung, und ehe er wusste, wie ihm geschah, stand er vor einer Truppe von zehntausend Kämpfern, die ihn erwartungsvoll anstarrten. Er rief: ›Ich bin nicht euer Führer!‹ Doch sie antworteten, er sei der aus der Prophezeiung, er, der aus dem Nichts des Berges gekommen sei, ohne Namen und ohne Land. Und sie riefen: ›Führt uns zum Sieg!‹ Und er beugte das Haupt, was als Zeichen der Demut betrachtet wurde, die einen Führer ziert, und er führte sie an, an der Spitze eines Heeres, das in seinem Namen töten würde und getötet würde.«

Ich hatte Jakub angesehen und nicht verstanden, was er mir mit seiner Geschichte erklären wollte. Er trank wieder aus seinem Becher und seufzte dann tief.

»Bergauf ging es, durch Schnee und über Eis, und obwohl keiner der zehntausend genau wusste, wofür und weshalb sie kämpfen sollten, gab es keinen Zweifel daran. Außer bei einem, der zwischen den vielen dahinstolperte, einem, bei dem sich Fragen erhoben, die keine Antwort fanden, einem, in dessen Kopf Zweifel wuchs, der sein Herz füllte und schließlich auch seine Füße ergriff, so dass er stolperte. Und während das Heer weiterzog und im dahinjagenden Schnee verschwand, blieb er liegen, und er spürte, wie eine gewaltige Müdigkeit von ihm Besitz ergriff.«

Jakubs blinder Blick traf mich.

»Ich verstehe es nicht«, hatte ich gesagt.

»Nicht jede Geschichte kann verstanden werden«, sagte Jakub. »Nicht aus jedem Getreidekorn wird eine Ähre, aber jedes wird gebraucht. Wer sät, denkt an den Acker, nicht an die einzelne Pflanze.«

Vielleicht, dachte ich, während ich die Reste meines Abendessens wegräumte, meinte Jakub, dass unser Handeln häufig ein Tasten im Nichts ist, weil wir die Zukunft nicht kennen und die Folgen unserer Taten nur selten erahnen können. Vielleicht meinte er, dass Zweifel ein besserer Ratgeber ist als Entschlossenheit. Das waren zu viele »Vielleicht«. Ich spülte meinen Teller und Becher ab, noch immer tief in Gedanken.

Als ich wieder zum Tisch unter dem Fenster kam, sah ich eine Krähe auf der Fensterbank sitzen. Sie betrachtete die Krümel auf der Tischplatte, den Kopf schief gelegt, als überlege sie, ob diese Reste von Schwarzbrot es wert seien, sich in die Hütte zu wagen. Ich blieb stehen, und als nichts geschah, sagte ich, ich weiß nicht, warum: »Nimm, Krähe. Mein Brot ist dein Brot.« Sie hob den Kopf ein wenig. Dann ging sie, wie ein Mann, der, die Hände auf dem Rücken, dahinschreitet, zu den Krümeln und begann, sie aufzupicken. Während die Krähe über meinen Tisch spazierte und Krümel aß, stand ich im Dämmerlicht und sah ihr zu. Es wurde dunkler und dunkler. Zuletzt sah ich nur noch ihren Umriss vor dem hellen Rechteck des offenen Fensters. Dann, nach scheinbar langer Zeit, richtete sich der Vogel auf, ging zur Fensterbank, hüpfte hinauf und flog davon.

Später, im Bett, erinnerte ich mich an die Geschichte, die Jakub mir einmal von einem Mann erzählt hatte, der jahrelang in einem Verlies eingesperrt gewesen war und zu jedermanns Erstaunen daraus anscheinend unversehrt wiederaufgetaucht war. Niemand hatte so lange in jenen Kerkern gelebt, ohne vor Elend zu sterben oder vor Einsamkeit den Verstand zu verlieren, doch dieser Mann sah aus, als habe er dort nur wenige Tage zugebracht. Man fragte ihn, wie das möglich sei, und er hatte geantwortet, dass seine Verzweiflung immer größer wurde, bis er so ratlos war, dass er nicht einmal mehr aufstand, sondern sich dem Engel des Todes ergeben wollte. Da hatte er ein Rascheln vernommen und gesehen, dass sich an dem Stück angeschimmelten Brotes, das neben ihm lag, ein Mäuschen zu schaffen machte. Es knabberte an dem Brot. Der Mann sah die Schnurrhaare des Tierchens zittern, sah, wie es sich die Pfötchen leckte und die Haare auf dem Kopf glättete. Das Tier war geflüchtet, als der Mann sich bewegte, doch am nächsten Tag hatte der Mann still gewartet, bis die Maus erneut erschien, und er hatte ihr mit ganz langsamen Bewegungen ein Brotstückchen hingeschoben. Tage, Wochen, Monate vergingen, und dann hatten sich der Mann und die Maus so aneinander gewöhnt, dass das Tier in seiner Hand hockte und die Krümel fraß, mit denen er es fütterte.

»Das«, sagte der Gefangene nach seiner Befreiung, »hat mich am Leben erhalten, die Sorge für ein anderes Wesen und sein Vertrauen.«

Die Krähe kam ebenfalls wieder, und es dauerte nicht lange, da erschrak sie nicht mehr, wenn ich mich bewegte, und nach einer Weile setzte sie sich auf meinen Arm und blieb dort sitzen, während es rings um uns dunkel wurde. Ich beschloss, sie Kahn zu nennen, nach dem Laut, den sie von sich gab, wenn sie meine Aufmerksamkeit erregen wollte.

Kahn bot mir Gesellschaft, erinnerte jedoch die Leute im Dorf an den unglücklichen Stern, unter dem ich zur Welt gekommen war.

Als meine Mutter die erste Wehe spürte und nach Hause eilte, hatte sich eine Krähe auf dem Dach niedergelassen und war dort sitzen geblieben, bis der letzte schwache Wehlaut meiner Mutter ertönte und ich mit meinem ersten Schrei die Welt begrüßte. Danach krächzte sie und flog davon. Die Frauen wussten: Dieses Kind würde nicht überleben. Doch ich überlebte. Das unglückliche Vorzeichen wäre vielleicht vergessen worden, hätte sich nicht herumgesprochen, was ich zu meinem Vater gesagt hatte: dass ich in die Welt hinauswollte, und wie seine Antwort gelautet hatte: dass ich dank der Milch der Nährmutter nicht gestorben war, dafür aber verdorben, dass ich dem Engel des Todes anheimgegeben war. Jetzt, da ich mit Kahn auf der Schulter durchs Dorf ging, kehrte die Erinnerung an meine Geburt zurück, die den Tod meiner Mutter bedeutet hatte, und daran, dass ich keinen Namen hatte, aber viele merkwürdige Ideen. Mütter riefen ihre Kinder zu sich, und sogar die Männer, die solches Weibergeschwätz sonst immer verächtlich abtaten, kehrten mir den Rücken zu.

Jakub schüttelte den Kopf, als ich es ihm erzählte.

»Junge«, sagte er, »du stellst Fragen, du sprichst von der großen Welt, du willst Bauern aus uns machen und läufst mit einer Krähe auf der Schulter herum. Du tust, was niemand sonst tut, und bist, was niemand sonst ist. Du bist anders. Es gibt nur zwei Möglichkeiten, so zu leben. Entweder gewöhnst du dich an die Einsamkeit und den Hohn der Welt, oder du machst dich unsichtbar. Einen Zwischenweg gibt es nicht.«

Einige Tage nach unserem Gespräch wurden Moses und Aaron, Jaakov und Adam geholt, um beim Holzfällen zu helfen. Als ich mich ihnen anschließen wollte, hatte der Mann, der sie mitnahm, den Kopf geschüttelt und mir einen kalten Blick zugeworfen.

Von dem Moment an baute ich die Flöße allein, und auch der Fischfang war jetzt meine Aufgabe. Morgens ging ich in aller Frühe durch den Wald zu den saftigen Wiesen am Wasser. Das Gras war dann noch betaut, und die Vögel riefen in den dichten Baumwipfeln. Manchmal sah ich Hirsche am Ufer trinken. Wenn sie mich noch nicht gewittert hatten und sich unbeobachtet fühlten, blieb ich am Waldrand stehen und beobachtete das Männchen mit seinem großen Geweih, das sich wachsam umsah, und die Hirschkühe, die die Köpfe neigten, um von dem kalten Wasser zu trinken.

Die Netze hingen an Stangen in der Biegung eines ruhigen Nebenarms, wo Barsch und Schleie schwammen und der Hecht reglos zwischen den sich träge wiegenden Stängeln des Hahnenfußes stand. Ich musste ein paar Meter waten, um dorthin zu gelangen und meinen Fang aus den Maschen zu lösen und in einen Korb zu legen. Jedes Mal, wenn ich die glitschigen Fische in den Korb warf, wo sie zappelnd nach Luft schnappten, kämpfte ich gegen meinen Ekel an und kam mir wie ein Mörder vor. Doch aus Neuem wurde Gewohntes. Es grauste mich nicht länger, und ich wurde mit der Arbeit vertraut. Jetzt band ich die Stämme in der halben Zeit zusammen. Ich gewöhnte mich auch an das Alleinsein am Fluss, auf dem Wasser und abends in der Hütte, wo ich am Tisch saß und in Stille aß, von Kahn beobachtet, der mir Brot aus der Hand pickte.

Die Sommertage kamen und gingen und verloren sich in der Wiederholung des Alltäglichen. Nur gelegentlich geschah etwas, das vom Üblichen abwich. Einmal erschien ein Aufseher des Herrn in einem grünen Wams mit goldenen Knöpfen auf einem großen schwarzen Pferd. Er hielt auf dem Dorfplatz neben dem Feuer, stieg aber nicht ab. Stattdessen schaute er mit einem Blick um sich, der kalt und leer war, als sähe er nicht Frauen und Kinder und das Feuer und unsere Hütten, sondern nur Inventar, das erstellt werden musste. Die ersten Kinder überwanden ihre Scheu und scharten sich zögernd um sein Pferd. Der ungerührte Blick des Aufsehers glitt über ihre Köpfe und hielt bei Malkas rotem Haar inne. Sie sah ihn an, ohne den Blick zu senken. Eine Frau trat vor mit Brot und Salz. Der Aufseher sagte etwas, doch niemand verstand seine Sprache. Da lächelte er dünn und ritt ruhig davon. Es schien, als hätte er alle Zeit und als gehörte die Welt ihm.

Ich empfand eine merkwürdige Bewunderung für den Reiter. Er war sogar dann am richtigen Platz, wenn er in ein fremdes Dorf ritt, in dem er niemanden kannte. Er war kein Teil der Welt, sondern die Welt ein Teil von ihm. Später sollte ich begreifen, dass dies die Haltung des Siegers war.

Kahn war stets bei mir. Er saß auf einer der Stangen, an denen die Netze hingen, wenn ich dort beschäftigt war, und ließ sich auf meiner Schulter nieder, wenn ich ins Dorf zurückging. Zwischen den Bäumen hing dann noch die Kühle des erwachenden Waldes. Es roch nach trockenem Holz und dürren Blättern, dem frischen Eichenlaub junger Bäume und hie und da nach dem süßen Duft von Blüten, die sich gerade geöffnet hatten. Ich schritt dahin zwischen den Bäumen, die ich schon mein ganzes Leben lang kannte, und spürte die Krallen der Krähe auf meiner Schulter. Manchmal nahm ich nicht den üblichen Weg ins Dorf, sondern einen, der über eine Lichtung im Wald führte. Dort legte ich mich rücklings ins hohe Gras und schaute empor, so lange, bis sich in mir etwas löste und aufstieg und weit fortreiste, in die Länder und Städte, von denen Jakub erzählt und geschrieben hatte, denn auch wenn ich nicht fortgegangen war aus dem Dorf ohne Namen, so zog es mein Herz doch nach wie vor ins Unbekannte.

Eines Tages lag ich wieder dort, den Korb mit den Fischen in einer Erdmulde, zugedeckt mit Farnblättern, und sah den Schwalben zu, die hoch oben am Himmel nach Insekten jagten. Ich dachte daran, was Jakub von dem Land erzählt hatte, in dem die Zeit gestohlen worden war und die Stunden und Minuten von Männern mit großen Sanduhren gezählt wurden. »Es gibt keine Geschichte, wenn es keine Zeit gibt«, hatte Jakub gesagt, und meine Gedanken waren abgeschweift, ich hatte mir einen Mann vorgestellt, der mitten in der Stadt auf einem hohen Turm saß und alles sehen konnte und aufschrieb, was dort geschah. Jakub hatte nachsichtig gelacht, als ich ihm erzählte, was ich mir überlegt hatte, und er sagte, *ein* Mann könne unmöglich alles festhalten, und ich hatte mir einen noch größeren Turm vorgestellt, auf dem auf allen vier Seiten Männer in Reihen saßen und in Bücher schrieben.

»Du bist ein Träumer«, hatte Jakub gesagt, aber sein Ton war anders gewesen als der meines Vaters.

Ich schaute zu den Wolken, sah die zeitlose Stadt, die Männer, die alles aufschrieben und sogar Gedanken und Gefühle sehen konnten. Pollen und Blütenfädchen tanzten im Licht, und ich stellte mir vor, dass es Zeitstaub war und dass die Zeit nicht irgendwohin ging, sondern auf ewig umherflirrte, und mit einem Mal dachte ich an meinen Vater, er tief im Wald und ich hier, und dass es besser gewesen wäre, wenn wir auch die Gefühle und Gedanken des anderen hätten sehen können, und die Wolken veränderten ihre Form, und zum ersten Mal seit sehr langer Zeit vermisste ich meine Mutter, die ich nie gekannt hatte, und ich fragte mich, wie es wäre, umarmt zu werden und mein Gesicht an ihrer Schulter zu begraben und den Klang ihrer Stimme, ein tröstendes Summen, und ihren Geruch und …

Ich schrak auf. Malka stand zwischen mir und der Sonne, und das Licht ließ ihr rotes Haar flammen.

»Du hast geschlafen, Niekas.«

»Ich habe nachgedacht«, sagte ich.

»Du hast geschlafen«, sagte sie, »wie ein junger Hund.«

Sie machte mir vor, wie meine Arme und Beine gezuckt hatten.

Sie setzte sich neben mich ins Gras.

»Ich glaube, du magst mich nicht, Niekas.«

»Ich war böse«, sagte ich nach einer Weile.

Malka runzelte die Stirn.

»Auf mich? Was hab ich getan?«

Ich dachte daran, was ich fühlte, wenn ich durch den Wald ging und allein war und doch eins mit dem Wald und den Bäumen und den Farnen und den Tieren, und mir wurde klar, dass ich böse war, weil das, was ich fühlte, wenn ich Malka ansah, nicht ohne sie existieren konnte, und dass mich das schwach und verwundbar machte.

Malka legte mir einen Arm um die Mitte und zog mich hinunter, und dort, im hohen Gras, drückte sie einen Kuss auf meinen Mund, und das letzte Restchen meines Böseseins löste sich auf, und obwohl ich nach wie vor wusste, dass ich verwundbar sein würde, spürte ich, dass diese Schwäche auch eine Kraft war. Das war der Tag, an dem ich lernte, was Hingabe ist: wie Fallen im Vertrauen darauf, dass da jemand ist, der dich auffängt.

In jenem Sommer trafen wir uns jeden Tag auf der Lichtung, und dann lagen wir Hand in Hand im weichen Gras und sahen den vorüberziehenden Wolken zu. Manchmal streichelte ich ihre Beine mit einem Blatt, und sie legte ihre Hand auf meine Brust. Wir entdeckten, was Küssen ist, und ich lernte die Stellen kennen, die sie zum Lachen brachten oder sanft und träumerisch werden ließen. Oft lagen wir still im Gras, die Augen geschlossen, ihre Hand auf meiner Hüfte, meine Hand auf ihrem Schenkel, und ließen die Zeit durch uns hindurchströmen.

Kahn hatte sich an sie gewöhnt, und nach einer Weile stand er auf ihrem Kopf, wenn wir durch das hohe Gras auf der Lichtung gingen. Einmal sagte ich, sie gleiche einer Märchengestalt.

»Aus welchem Märchen?«

Ich blickte zum Waldrand und dem Schatten, der unter den Ästen hing.

»Ein armes Ehepaar«, sagte ich, »hatte eine Tochter. Zu dritt arbeiteten sie auf ihrem kleinen Acker. Im Frühling säten sie, im Sommer jäteten sie, und wenn es Zeit zum Ernten geworden war, standen sie krumm gebeugt mit der Sichel auf dem Feld, um das Korn zu mähen, und abends, nach getaner Arbeit, lauschte die Tochter den Geschichten, die ihre Eltern erzählten. Im Winter saßen sie am offenen Feuer und erzählten einander noch mehr Geschichten. Das war der einzige Unterricht, den die Tochter erhielt. Sie wusste nichts von der Welt und von dem, was in ihr vor sich ging.

So verstrich die Zeit, bis sie dreizehn wurde und ihre Eltern ihr zwei Geschenke gaben. Von ihrem Vater bekam sie einen Stock, den er geschnitzt hatte. Ihre Mutter schenkte ihr eine zahme Krähe.

›Tochter‹, sagten sie, ›wir sind arm und besitzen nur unseren Acker und die Geschichten, die du gehört hast. Unsere Geschenke sind ärmlich, aber damit wirst du dich begnügen müssen. Der Tag wird kommen, an dem du allein dastehst, und diese Krähe wird dir dann ein lauschendes Ohr sein. Vielleicht wirst du irgendwann einmal nach dem richtigen Weg suchen. Wenn es so weit ist, wird der Stock dir die Richtung zeigen.‹

Die Tochter dankte ihren Eltern, obwohl sie nicht verstand, wovon diese sprachen. Ihre Eltern waren nicht alt, und vom Weggehen hatte sie noch nie geträumt. Sie legte den Stock unter ihr Bett und brachte der Krähe bei, auf ihrer Schulter zu sitzen und zu kommen, wenn sie sie rief. Sie nannte sie Kra.

Dann brach das Jahr an, in dem der Sommer nicht kam. Auf ein dunkles, nasses Frühjahr folgte ein grauer, kalter Sommer, und als es Herbst wurde und die Haselsträucher keine Nüsse trugen und die Felder karg und schlammig dalagen, hörte die Tochter ihre Eltern eines Abends im Bett flüstern. Sie sprachen von der Ernte, die kaum genug eingebracht hatte, um den Winter zu überleben, und schon gar kein Saatgut.

›Wir werden mit Sicherheit sterben‹, sagte der Vater. ›Wir haben unser Leben gelebt, und obwohl wir noch nicht alt sind, bin ich dankbar für die gemeinsamen Jahre und für unsere Tochter. Was aber soll aus ihr werden?‹

Daraufhin hörte die Tochter die Mutter leise jammern und die tröstenden, aber ohnmächtigen Worte ihres Vaters.

In jener Nacht, im zögerlichen Dunkel vor der Morgendämmerung, nahm die Tochter ihren Stock, setzte die Krähe auf ihre Schulter und zog los.

Sieben Monate war sie unterwegs. Anfangs war es kalt und das Gebiet bekannt, danach wurde es milder und die Umgebung fremder, und schließlich war es Sommer, und sie hatte keine Ahnung, wo sie war. Das war der Moment, in dem sie sich an die Worte ihres Vaters erinnerte und den Stock wählen ließ, wie sie weitergehen sollte. Sie stellte ihn auf seine Spitze, ließ los und ging, obwohl sie nicht sonderlich daran glaubte, in die Richtung, in die der Knauf zeigte.

Sie kam in eine Stadt, in der alle in Trauerkleidung waren. Der Bäcker trug eine schwarze Schürze und bestreute seine Brote nicht mit Mehl, sondern mit Mohnsamen. Der Friseur schnitt nur Schwarzhaarigen die Haare und färbte alle, die blond waren. Der Schriftsteller schrieb mit weißer Tinte auf schwarzem Papier. Der Brauer braute Bier, das so dunkel war, dass das Licht in ihm versank, und nach seinem Genuss bliesen alle Trübsal.

Als das Mädchen fragte, warum die Stadt in Trauer war, zog eine Frau sie mit sich.

›Sei still und stell keine Fragen‹, sagte die Frau. ›Der Sohn des Königs spricht nicht und hört nicht. Er bewegt sich kaum. Jeder, in dem noch ein Restchen Freude ist, ein Fünkchen Leben, wird ins Schloss gebracht, und niemand kehrt zurück.‹

In dem Moment spürte das Mädchen eine schwere Hand auf ihrer Schulter.

Zwei Stunden später stand sie in ihren ärmlichen Kleidern, den Stock in der Hand und die Krähe auf der Schulter, vor dem König. Er sah sie mit einem Blick an, als hätte er etwas Verdorbenes gegessen.

›Ein Kind‹, sagte er mit einer Stimme, schwer von Enttäuschung. ›Was nützt uns ein Kind? Weg damit.‹

›Ein Kind, ein Stock und eine Krähe‹, sagte das Mädchen.

Der König sah sie missbilligend an.

›Bring mich zum Prinzen‹, sagte das Mädchen zu dem Soldaten, der sie festgenommen hatte.

Der Mann blickte zum König. Der zuckte mit den Achseln und bewegte seine Hand matt.

›Es ist alles egal‹, sagte der König.

Der Prinz lag auf einem Bett, so groß wie das Haus, in dem das Mädchen aufgewachsen war. Die Vorhänge des Baldachins waren fast ganz zugezogen, die Läden vor den Fenstern geschlossen. Das einzige Licht war der flackernde Schein zweier riesiger Kerzen auf nahezu mannshohen Leuchtern. Im Zimmer lag der Geruch von abgestandener Zeit.

›Was jetzt, Kra?‹, sagte das Mädchen zu der Krähe auf ihrer Schulter. ›Wir sind dort angekommen, wo wir offenbar sein müssen, aber ich habe keine Ahnung, was wir hier tun sollen.‹

Die Krähe strich mit ihrem Schnabel über ihre Ohrmuschel, und davon musste das Mädchen lachen.

Der Prinz auf seinem riesigen Bett bewegte sich. Sein

Kopf drehte sich von links nach rechts und von rechts nach links und erhob sich dann aus den Kissen.

›Wer ist da?‹, fragte er schwach.

›Hier sind eine Krähe, ein Stock und ein Mädchen.‹

Der Kopf sank in die Kissen.

Das Mädchen ging zum Fenster und stieß die Läden auf. Das Licht des Sommertages erfüllte den Raum.

Sie stellte sich neben das Bett und sagte: ›Hier ist er, Kra. Zufrieden?‹

Der Prinz sah sie aus zusammengekniffenen Augen an.

Die Krähe strich mit ihrem Schnabel an ihrem Ohr entlang, und wieder lachte das Mädchen.

›Ja, Kra, du hast recht. Wir dürfen Stock nicht vergessen.‹

Das Mädchen hob den Stock, sah ihn an und fragte: ›Stock, wohin sollen wir gehen?‹

Sie neigte den Kopf und lauschte. Dann nickte sie.

›Komm‹, sagte sie zu dem Prinzen. ›Es ist Zeit.‹

Die Augen des Prinzen öffneten sich weit.

›Zeit?‹, sagte er. ›Wer bist du? Bist du verrückt?‹

›Verrückt?‹, sagte das Mädchen.

›Du sprichst mit einer Krähe und einem Stock.‹

›Und du sprichst mit keinem und liegst nur im Bett.‹

Der Prinz dachte nach.

›Es hat keinen Sinn‹, sagte er. ›Alles ist vorbestimmt. Ich bin der Prinz, wenn mein Vater stirbt, bin ich der König, sogar eine Frau ist schon für mich ausgesucht.‹

Die Krähe stieß ein heiseres Krächzen aus.

Das Mädchen nickte.

›Armer Prinz. All dieser Reichtum, keine Sorgen um das tägliche Brot, aber den größten Schatz, den kennst du nicht.‹

Der Prinz setzte sich auf.

›Welchen Schatz?‹

›Reg dich nicht auf‹, sagte das Mädchen. ›Du hast alles. Das Einzige, was du willst, ist, hier zu liegen und den Mund zu halten.‹

Das Gesicht des Prinzen wurde dunkel.

›Ich befehle dir zu antworten‹, rief er. ›Ich bin der Prinz. Du bist ein Bauerngör, das mit einem Stock und einer Krähe spricht.‹

›Was sagst du, Stock?‹, sagte das Mädchen, während sie den Stock an ihr Ohr führte. Sie nickte und lachte, während sie lauschte.

›Ja‹, sagte sie, ›große Worte für jemanden, der wie eine Niere im Bett liegt und vor sich hin schmort. Aber so ist das, Stock: Wer alles besitzt, glaubt, dass er auch recht hat.‹

Sie stellte den Stock auf den Boden und lächelte den Prinzen an, der erbost in seinen Kissen saß.

›Komm, wir gehen wieder.‹

›Gehen? Wohin?‹

Der Prinz sprang aus dem Bett.

›Ich verbiete dir zu gehen!‹

Das Mädchen lächelte.

Sie hatte die Tür noch nicht hinter sich geschlossen, da kam der Prinz schon herausgestürmt.

›Wo gehst du hin?‹, rief er. ›Nimm mich mit!‹

Sie antwortete nicht und ging weiter, durch lange Gänge und über viele Treppen hinab.

Nach einer Weile standen sie im Freien.

Sie hörte den Prinzen atmen, tief und in vollen Zügen.

›Wo gehen wir hin?‹, fragte er.

Das Mädchen sah ihn an und schüttelte den Kopf.

›Erst sagst du gar nichts, und jetzt kannst du nicht aufhören zu reden. Wart's ab.‹

Sie gingen und gingen, und als es Abend wurde, wickelte das Mädchen sich in ihr Umschlagtuch und legte sich unter einen Baum. Der Prinz setzte sich an den Stamm und maulte, dass er friere und hungrig sei.

Am nächsten Tag gingen sie und gingen, und so immer weiter, bis sie zu dem kleinen Haus kamen, in dem die Eltern des Mädchens wohnten.

›Vater, Mutter‹, sagte sie, ›ich habe einen Knecht mitgebracht, damit die Arbeit weniger schwer ist.‹

Der Prinz öffnete den Mund, um etwas zu sagen, doch das Mädchen sah ihn an, und die Art und Weise, wie sie die Augenbrauen hochzog, machte, dass er schwieg.

Ein Jahr lang arbeitete der Prinz auf dem Feld und sagte nichts als ›Danke sehr‹ und ›Ja, Bauer‹ und ›Nein, Bauer‹. Er lernte zu graben und zu jäten, zu pflügen und zu säen, zu ernten und zu mähen. Vor allem lernte er, die Erde in seinen Händen zu spüren, junge Pflanzen zu hegen und nach den Gesetzen von Sonne und Mond und den Launen von Wind und Wetter zu leben.

Als es Frühling geworden war und der Sommer sich mit Schwalben und Marienkäfern ankündigte, nahmen das Mädchen und der Prinz Abschied und machten sich auf den Weg zum Schloss des Königs. Sie gingen und gingen, Tag um Tag, bis sie in der Ferne die Türme sahen.

›Ich habe gewartet‹, sagte der Prinz.

Das Mädchen nickte.

›Worauf habe ich gewartet?‹

›Das wirst du sehen, wenn du da bist.‹

Im Schloss wurde der Prinz von seiner Amme schluchzend in die Arme geschlossen, und sein Hund kam und legte den Kopf in den Schoß des verlorenen Sohnes. Der König und die Königin sahen zu.

›Erst liegst du im Bett und sprichst nicht, dann verschwindest du bei Nacht und Nebel‹, sagte der König. ›Wenn du einen Bruder hättest, würde ich ihn zum Nachfolger ernennen.‹

›Zum Nachfolger wovon?‹, fragte der Prinz.

Der König sah ihn erstaunt an.

›Von mir natürlich. Als neuer Herr.‹

›Vater‹, sagte der Prinz. ›Ich kann kein Herr werden.‹

›Was? Hat dieses zerlumpte Ding dich …‹

›Ich kann kein Herr werden, weil ich das schon bin.‹

Die Eltern betrachteten ihn von ihren hohen Sesseln aus.

›Was schwafelst du da? Herrschen ist deine Aufgabe, so bist du geboren.‹

›Ich habe im Frühjahr gepflügt‹, sagte der Prinz, ›und danach gesät. Ich habe im Sommer gejätet und danach geerntet. Im Herbst habe ich die Mäuse aus der Scheune verjagt und die Stoppeln abgebrannt. Als es Winter wurde, saß ich am Feuer und lauschte dem Verstreichen der Stunden. Und während dieser ganzen Zeit war ich mein eigener Herr. Niemand wird in Freiheit geboren, aber jeder ist trotzdem sein eigener Meister.‹

›Aufruhr!‹, rief der König. ›Widernatürlichkeit! Alles hat seinen Platz. So ist die Welt beschaffen.‹

›Vater‹, sagte der Prinz. ›Wer ist der Herr des Korns?‹

Der König sah ihn sprachlos an.

›Der Herr des … Du redest wirres Zeug. Korn ist Korn.‹

›Das Korn wird gesät, und wenn die Sonne scheint und es genügend regnet, dann wächst es. Ist der Säer der Herr?

Die Sonne? Der Regen? Wind und Ungeziefer und Plagen können es vernichten. Ist der Wind dann der Herrscher oder vielleicht die Krankheit? Niemand ist der Herr des Korns. Alle Ähren sind gleich.‹

›Der Mensch ist keine Kornähre‹, sagte der König.

›Steht nicht geschrieben: Des Menschen Tage sind wie Gras, er blüht wie die Blume des Feldes?‹

Der Prinz griff nach der Hand des Mädchens, und gemeinsam verließen sie das Schloss. Sie gingen zum Häuschen ihrer Eltern zurück, wo der Prinz, der jetzt kein Prinz mehr war, als Knecht auf dem Feld arbeitete. Später heirateten sie, säten und jäteten und ernteten und erzählten einander Geschichten am Feuer, wenn es Winter war und das Land kahl und schwarz unter dem grauen Himmel lag.«

»Ein Märchen«, sagte Malka.

»So wie es mir aus Jakubs Buch in Erinnerung ist«, sagte ich.

»Wie hieß das Mädchen?«

»Ich weiß es nicht mehr. Malka?«

Sie küsste mich auf die Stirn, und während sie mich rücklings ins hohe Gras drückte, sagte sie: »Wenn ich es nicht besser wüsste, würde ich denken, du bist Jakubs Sohn.«

Und während ich da im duftenden Sommergras lag, Malkas Arm über meiner Brust, ihr sanfter Atem an meinem Hals, dachte ich: Ich bin niemandes Sohn, ich bin die Fortsetzung der Geschichte.

Der Herbst schlich heran wie die Abenddämmerung nach einem sonnigen Tag. Es begann, nach feuchter Erde zu riechen, nach fernen Feuern und nach Pilzen. Es war noch immer warm, und obwohl die Nächte bereits deutlich kühler wurden, schöpften manche Pflanzen so viel Hoffnung aus dem milden Wetter, dass sie erneut zu blühen begannen. Trotzdem, sagten die Alten, würde es ein strenger Winter werden, denn Eichen und Kastanien waren schwer von Früchten, und die Eichhörnchen legten bereits Vorräte an.

Eines Mittags kamen Kahn und ich zur Lichtung, und ich sah auf der anderen Seite, im tiefen Schatten des Waldrands, übersät mit Lichtfleckchen, ein schwarzes Pferd, das an dem Zügel zog, mit dem es an einem Ast festgebunden war. Nicht weit davon lag ein Mann mit dem Gesicht im Gras. Ich konnte nicht erkennen, wer es war, aber ich erkannte das Reittier des Aufsehers. Ich schlich so lautlos wie möglich und hielt den Atem an, als hätte ich Angst, dass der Mann, der dort lag, mein Keuchen hören könnte. Auf der Mitte der Lichtung, wo das Sonnenlicht herabstob und Blütenfädchen in der Luft schwebten, sah ich, dass er sich bewegte. Sein Körper ruckte und zuckte. Ich hörte ein leises, tiefes Stöhnen. Das Pferd senkte den Kopf und sah mich von der Seite her aus einem großen, glänzenden Auge an. Ich ließ den Korb mit den Fischen fallen.

»Herr?«

Der Körper auf der Erde erstarrte, die Schultern krümmten sich wie in einem Krampf, und dann sprang der Aufseher auf die Füße.

Die Haare hingen ihm strähnig um den Kopf, sein Wams war offen und der Hosenlatz aufgeknöpft. Im hohen, weichen Gras lag Malka. Ihre Augen quollen hervor, aber ich wusste sofort, dass sie nichts sahen. Sie waren so verdreht, dass fast nur noch das Weiß zu sehen war.

»Fort mit dir!«, knurrte der Aufseher.

Malkas Kleid war zerrissen und bis über die Hüften hochgezogen. An ihren Schenkeln waren rote Schlieren.

»Du hast hier nichts zu suchen. Fort!«

Der Aufseher hielt seinen Hosenlatz mit einer Hand fest und bückte sich nach seinem Gürtel.

»Was stehst du hier noch rum?«, sagte er.

Er richtete sich auf. Ich blickte auf das große Messer an seinem Gürtel. Kahn flog von meiner Schulter auf und ließ sich auf einem Ast nieder.

Etwas blitzte auf. Ich hörte den rasselnden, gehetzten Atem des Aufsehers. Seine Augen waren zu schmalen Schlitzen unter den schweren Brauen zusammengekniffen. Ich wich zur Seite. Er machte einen Schritt nach links, ich nach rechts. Das Pferd ruckte unruhig am Zügel und schnaubte.

Ich war groß, einen Kopf größer als der Aufseher, aber er war ein erwachsener Mann, der sich wie jemand bewegte, der wusste, wie man eine Waffe einsetzt. Er trat zur Seite und ich zur anderen, den Blick auf die Klinge geheftet, die hin- und herschwang und im Sonnenlicht funkelte.

Ich stand so nahe bei Malka, dem hellen Fleck ihres Gesichts, ihren Beinen im hohen Gras, dass ich kaum Platz zum Ausweichen hatte. Hinter mir Bäume, vor mir der Aufseher. Ich tat einen kleinen Schritt zur Seite. Das Pferd trat nervös hin und her, aus seiner Brust kam ein tiefes Geräusch, kein Wiehern, eher so etwas wie Stöhnen.

Eine andere Möglichkeit gab es nicht: Ich sprang.

Einen Moment lang war alles still. Ich schwebte, Malkas Körper unter mir, die Pferdeflanke groß und schwarz vor mir. Alles war sehr klar, und obwohl ich wusste, es war unmöglich, konnte ich mich umsehen und die ganze Umgebung bis ins Detail erkennen. Kahn, der auf seinem Ast saß und mich mit schief gelegtem Kopf beäugte. Der abgewandte Pferdekopf und darin dieses große rollende Auge. Das zertretene zarte Gras unter den Bäumen. Das glänzende Messer in der Hand des Aufsehers und der Siegelring an seinem Finger. Malka, den Kopf zur Seite gerollt, das rote Haar ein flammender Fächer im Grün und ihr weißes Gesicht ein Fleck in diesem Rot und Grün und ...

Da landete ich neben dem Pferdekopf. Ängstliches Wiehern. Ich machte einen Satz und rannte in den Wald.

Äste flogen an mir vorbei, totes Laub vom letzten Herbst stob auf, Zweige peitschten mir ins Gesicht. Ich rannte und rannte und rannte. Der Waldgeruch war überall um mich und so stark, dass ich mich fragte, warum ich alles so intensiv roch: das grüne Laub von diesem Jahr, die spröde knisternden abgefallenen Blätter aus der Zeit vor dem Winter, die leicht feuchte Erde unter diesem Laub und die Fäulnis darunter. Das Blattwerk huschte wie ein grüner Schleier um mich herum, ich sprang über umgefallene Bäume, das Moos wogte und federte unter meinen Füßen.

Erst nach einer ganzen Weile blieb ich stehen, um zu horchen, doch das Einzige, was ich hörte, war mein Atem und das Hämmern meines Herzens. Meine Wange fühlte sich feucht an. Als ich mit der Hand darüberfuhr, merkte ich, dass mein Gesicht blutete, und ich sah, dass auch meine Arme und Beine mit dünnen Kratzern von Zweigen und kleinen Ästen übersät waren. Dämmrig war es hier, das Blätterdach dicht und hoch. Ich blickte mich um, als könnte mir irgendetwas den Weg zeigen und sagen, was jetzt die beste Entscheidung war: Hilfe zu holen oder zurück zu Malka. Die Männer würden nicht im Dorf sein. Die waren im Wald, beim Bäumefällen. Ich musste zu Malka.

Die Sonne war hier nicht zu sehen. Ich senkte den Kopf und versuchte, meine wilde Flucht zu rekonstruieren, verlor die Spur aber schon nach zwei oder drei Haken. Verzweiflung stieg in mir auf wie Rauch aus einem erlöschenden Feuer.

In dem Moment fiel mir wieder ein, dass bei jenem Mal am Fluss etwas in mir hochgeschwebt war und alles gesehen hatte. Ich glaubte an meine Fähigkeit, wie ein Vogel zu sehen, und gleichzeitig glaubte ich nicht daran, aber hier, tief im Wald, ohne Hinweis darauf, wo ich mich befand, kam ich auf keine andere Lösung. Ich versuchte, mein Herz zur Ruhe zu bringen und meine Gedanken zu sammeln. Ich suchte die Stille, wie ich sie bei Jakub kennengelernt hatte, wenn wir schweigend nebeneinander auf der Bank saßen und alles zwischen uns verebbte, wie eine Sanduhr, die leerläuft. Doch ich fand keine Ruhe. In mir pochte und toste es. Ich senkte den Kopf und fühlte, wie ein Schluchzer in mir aufbrodelte. Da hörte ich ein Krächzen, und Kahn ließ sich auf meiner Schulter nieder. Er strich mir mit dem Schnabel am Ohr entlang. »O Kahn«, seufzte ich. »O Kahn, zeig mir Malka.« Er krächzte leise, und dann hob er ab und flog in die Höhe. Etwas in mir wurde leicht, es stieg auf. Ich sah Baumstämme, Farne, widerspenstiges Unterholz, alles wurde so klar erkennbar, als fiele kein Licht darauf, sondern als wäre es selbst Licht.

Mein Blick begann zu wandern, zwischen den Stämmen in die Höhe, durch die dichten Kronen, bis die Äste wichen und ich über dem Laubdach des Waldes schwebte. Die Sonne schien auf die Blätter, und sie glitzerten und glänzten im grellen Licht. Vögel flogen dicht über dem Wald, tauchten hinein und verschwanden, um kurz darauf, vielleicht aber waren es andere Vögel, wieder aus den grünen Wogen in die Höhe zu schießen. Ich flog neben Kahn, und gemeinsam glitten wir über diesen ausgedehnten Ozean, und ich war leicht und frei und ... ja, sogar glücklich. In der Ferne stieg die dünne Rauchsäule des Dorfes auf. Die Lichtung war nicht weit davon entfernt. Dicht über den Baumwipfeln bewegte ich mich eilends in diese Richtung. Ich konnte bereits eine Art Untiefe im wogenden Grün erkennen. Dann, die Bäume in der Ferne begannen auseinanderzuweichen und die Lichtung im Wald zeichnete sich in ihren Umrissen ab, ging ich tiefer, und dort unten, wie eine weggeworfene Flickenpuppe, klein und unwirklich, lag Malka. Neben ihr kniete ihre Mutter und bewegte den Oberkörper sacht hin und her. Um sie herum standen einige Frauen aus dem Dorf. Ein paar Schritte daneben sah ich Moses und Aaron, Jaakov und Adam. Eine der Frauen löste sich aus der kleinen Gruppe und deutete auf die Jungen, und während Malkas Mutter ihre Tochter in die Arme nahm und an sich drückte, bewegten sich die anderen Frauen in die Richtung, wo Jaakov den Arm hob und im grellen Sonnenlicht etwas in die Höhe hielt. Alles zerfloss, die Bäume, das hohe Gras, meine Freunde da unten und die Frauen, die sich um sie drängten. Das Sonnenlicht glitzerte auf den Schuppen der Fische im Korb.

—

»Ich habe dich letzte Woche noch gerufen«, sagt Carla. »Frau Helder …«

Sie beugt sich über den Empfangstresen und nimmt ihr Headset ab.

»Ist sie …«

»Sie ist vor den Zug gesprungen.«

… schon da? hatte ich fragen wollen: Ist sie schon da?

In der Personalküche bekomme ich einen Becher, auf dem in roten Buchstaben DON'T ASK ME ABOUT MY DAY steht, und Carla erzählt mir, dass Frau Helder nach der Sitzung das Gebäude verlassen und den Parkplatz überquert hat und auf die andere Seite der kleinen Straße vor dem Hauptgebäude gegangen ist, wo sie im Gebüsch an den Gleisen auf den Zug um 10:28 Uhr gewartet hat.

Jedes Krankenhaus, jede psychiatrische Einrichtung und eine Menge Hausarztpraxen haben Carlas, Frauen im Alter zwischen vierzig und sechzig, von denen man sagt »Wir wüssten nicht, was wir ohne … tun sollten« und »… ist unser Fels in der Brandung«. Sie haben Termine, Akten und Klienten im Griff, die sich im falschen Moment mit der falschen Frage am Tresen melden. Es sind formidable Frauen, die in ihrem Bestreben, alles wie geschmiert laufen zu lassen, etwas Herrisches und zugleich Mütterliches an den Tag legen und uns mit einem leicht mitleidigen Blick betrachten, weil sie wissen, dass wir ohne sie tatsächlich aufgeschmissen wären. Ich bin davon überzeugt, dass die Carlas dieser Welt den Betrieb leiten könnten, in dem sie als Sekretärin arbeiten. Stattdessen rackern sie sich diensteifrig weiter ab, pampern und steuern Manager, deren Hauptqualifikation darin besteht, irgendwann einmal den MBA gemacht und an der Wiege von drei Insolvenzen gestanden zu haben, natürlich ohne eigene Schuld.

Unsere Carla ist verheiratet, sie hat drei Kinder, befindet sich in der Menopause und trägt unstrukturierte Röcke, Blusen mit allem möglichen Schnickschnack sowie Stiefel, in denen man gut laufen kann. Rot gefärbtes Haar, eine Brille am Band. Ich weiß nicht, was ihr Mann von Beruf ist, aber ich vermute, dass Carla auch zu Hause alles wie geschmiert laufen lässt und daher manchmal mit ihren Gedanken an zwei Orten gleichzeitig ist. Ich habe einmal einen Zettel mit einer Terminänderung auf meinem Schreibtisch gefunden, den sie mit »Mama« unterschrieben hatte.

»Vor den … Aber es gibt doch eine Absperrung entlang den Gleisen«, sage ich.

»Ja«, sagt Carla, »aber wenn man auf dem Radweg bis zu der kleinen Unterführung geht, kann man über die Böschung hoch, und schon ist man an den Gleisen. Ich weiß nicht mal, ob man das übersehen hat. Ich meine: Wer es will, macht es auch, und dann lieber dort als beim Bahnübergang mit all den wartenden Leuten.«

Menschen, die »es« erst einmal im Sinn haben, tun »es« früher oder später ohnehin. Es ist ein unausrottbarer Volksglaube, der Trost der Hinterbliebenen, die ihre Ohnmacht nur mit einer Art mystischem Todestrieb erklären können, der Besitz vom Opfer ergriffen hat. Ich glaube, dass jeder gerettet werden kann, dass es Zeit kostet, viel Zeit, und viel Geduld und Liebe, aber dass wir den nicht aufgeben dürfen, der sich selbst aufgegeben hat.

Aber vielleicht ist das meine Achillesferse.

Mein Lehrmeister, Abraham Vogel, hat einmal gesagt, es ist schön, wenn man alle retten will, dass man sich dann aber auch die Frage stellen muss, warum man das will. Weil es die Aufgabe des Menschen ist, hatte ich gesagt, einander und die Welt zu heilen: »Was wollen wir? Bessere Zitruspressen oder weniger Kummer?« Vogel hatte gefragt, ob das eine Frage sei oder eine Ansicht. Worauf ich geantwortet hatte, dass es möglicherweise eine rhetorische Frage sei oder der Beginn eines Diskurses, dass das aber nichts daran ändere, dass …

»Was wäre mein Wunsch, Menschen zu retten, denn sonst?«

Vogels Antwort war ein Lächeln gewesen.

Heilung ist mir im Falle von Frau Helder nicht gelungen.

Carla sieht mich, mit verschränkten Armen an den Aktenschrank gelehnt, prüfend an.

»Hast du das erst am Ende des Nachmittags erfahren?«, sage ich.

»Wir haben dich nicht angerufen, weil du auf diesem Symposium warst. Und man wusste auch nicht, wer es war. Schon, dass es jemand von uns sein musste, natürlich, aber …«

Jemand von uns … Die Spiegelung der Neonröhre kräuselt sich in meinem Becher.

»Im Wartezimmer sitzt jemand von der Polizei.«

Ich strecke den Kopf durch die Tür. Da sitzt Bergkamp zwischen einer Handvoll Wartender. Er liest etwas, das aussieht wie eine alte *Opzij*. Er trägt denselben blauen Regenmantel wie vor drei Jahren.

»Er möchte dir ein paar Fragen stellen. Ich hab gedacht, er soll am besten gleich vorbeikommen.«

»Ja, diese Stunde ist jetzt ja frei.«

Sie zuckt entschuldigend mit den Achseln.

»Sorry«, sage ich.

»Kommst du klar?«

»Na klar. Ich bin Psychiater«, sage ich. »Dein Freund und Retter.«

Carla nickt.

»Übrigens, wie war's in Helsinki?«

»Kalt.«

—

Vor drei Jahren und einem Monat. Gegen elf Uhr abends. Der Telefonist vom Polizeipräsidium: ob ich Beistand leisten könne. Ich hatte mein Fahrrad hinausgetragen und war durch den peitschenden Herbstregen zum Stadtrand gefahren, wo mich hinter einem kleinen verschlafenen Bungalowpark, auf dem Parkplatz der Mineralölgesellschaft, ein junger Polizeibeamter mit einer Taschenlampe erwartete. Fünfzig Meter weiter, wo die Bahn einen kleinen Fluss kreuzte, stand ein Arbeitsscheinwerfer auf einem Stativ in einem unbarmherzigen weißen Lichtkreis. Die stumpfe Nase eines Intercitys. Ein paar Männer, die gebückt zwischen den Gleisen gingen.

Ein Polizeibeamter kam auf mich zu: hochgewachsen, Mitte vierzig, kurzes schwarzes Haar, das an den Schläfen zu ergrauen begann. Er trug einen blauen Regenmantel, bis zum Kinn zugeknöpft. Wir gaben uns die Hand in einer Wolke von Sprühregen.

»Harry Bergkamp.«

»Mendel Adenauer.«

Er ließ das Lichtbündel seiner Taschenlampe flüchtig über mich gleiten.

»Sie ist ein Stück weiter hinten vor den Zug gesprungen.«

Bergkamp machte mit dem Kopf eine Bewegung in Richtung Zug.

»Eine Frau?«

»Ja, wieso?«

»Frauen bevorzugen meistens Formen, die … ähm … weniger Schlamassel verursachen.«

»Die da offenbar nicht«, sagte Bergkamp. »Wir haben den Kopf noch nicht gefunden.«

»Den …«

»Der Lokführer hatte Kontakt mit dem Bahnhof, aber als wir eintrafen, war er verschwunden.«

»Und die Fahrgäste?«

»Sind mit einem Bus abgeholt worden. Es ist vor einer Stunde passiert.«

»Also bin ich hier …«

»Wegen des Lokführers«, sagte Bergkamp.

Den Zug entlang, aus dem Licht, der Schein der Taschenlampe auf einem Fußweg neben den Schienen, kaum mehr als zwei Hände breit. Der Polizeibeamte sagte, dass der Lokführer sich wahrscheinlich irgendwo hinter dem Zug, links oder rechts von den Schienen, befand.

»Da.«

Wir hatten das Zugende hinter uns gelassen und sahen in der Ferne das Licht eines weiteren Strahlers.

»Wie weit ist das weg, fünf-, sechshundert Meter?«

»Mindestens.«

Wir schlängelten uns um die Oberleitungsmasten herum und gingen dann weiter.

»Die Züge drosseln die Geschwindigkeit schon früh, aber der Bremsweg ist trotzdem noch fast einen Kilometer lang.«

»Und warum sollte der Lokführer sich dort befinden?«

Bergkamp blieb stehen und sah sich um.

»Weil ein Lokführer immer, selbst wenn er zu Tode erschrocken ist, nachsehen geht.«

Außerhalb des Schutzes durch den Zug tobte der Wind ungehindert über das flache Land. Der Regen peitschte mir ins Gesicht. Das Licht der Taschenlampe war durch meine nassen Brillengläser ein Schleier aus funkelnden Sternen.

Auf dem schmalen Pfad war das Laufen mühsam. Nach einer Weile durchquerten wir den Tunnel, der die Reichsstraße kreuzte, und näherten uns dem Schein der Lampe. Zwei Männer in weißen Einweganzügen waren unter Aufsicht einer jungen Frau dabei, etwas in Säcke zu stecken. Jemand von der Spurensicherung machte Fotos, während ein Kollege ihn mit Hilfe eines altmodischen Herrenregenschirms trocken zu halten versuchte.

Bergkamp grüßte die Männer mit den Plastiksäcken und stellte mich der Leichenschauärztin vor, einer Frau Anfang dreißig.

»Wir suchen jetzt den Lokführer.«

»Kann ich hier Hilfe bekommen, um ...«

»Wir haben niemanden«, sagte Bergkamp. »Wenn sie vorne fertig sind, kannst du sie hierherholen.«

Die Frau nickte gelassen.

»Also«, sagte der Polizist. »Was meinst du?«

»Das hängt davon ab, wo der Kopf ist.«

Der Beamte und die Frau sahen mich an, als hätte ich gesagt, dass ich dafür erst die Sterne befragen müsse.

»Wenn der Lokführer hierhergegangen ist, dann hat er wohl den Kopf gesucht. Ein Rumpf ist keine Person.«

»Wieso ist ein Rumpf keine Person?«, meinte Bergkamp mürrisch.

Ich unterdrückte die Neigung, von einer Beobachtungssitzung in meiner Ausbildungszeit zu erzählen, als ich im Schneidersitz zwischen spielenden Kindern gesessen hatte und ein ungefähr fünfjähriges Mädchen mit einem Puzzle zu mir gekommen war, einer Sperrholzplatte mit einer ausgesparten Figur und dazu ein paar Sets mit unterschiedlich gekleideten Ober- und Unterkörpern und Köpfen. Sie hatte mir einen Kopf hingehalten.

»Schau, das ist er.«

Es war der Kopf eines Mädchens. Sie legte ihn weg und hielt einen Oberkörper hoch.

»Wo ist er?«

Ich hatte gesagt, ich wisse es nicht.

Sie nahm wieder den Kopf und zeigte ihn mir.

»Ah«, sagte ich.

Ich hatte gefragt, ob das, ein Pullover aus Holz, auch ein »er« sei.

Nein.

»Nur ein Kopf ist ein ›er‹?«

Ja.

»Wir sind auf Gesichter und Augen fixiert«, sagte ich zu Bergkamp. »Wir müssen den Kopf suchen.«

Ich hörte mich selbst: jemand, der versucht, ein makabres Puzzle aus Körperteilen zu lösen, damit der Verkehr weiterlaufen kann.

»Wo hat sie gestanden?«

Sie war über den Parkplatz der Mineralölgesellschaft zum Gleisbett gegangen, eineinhalb Kilometer zurück, und hatte hier wahrscheinlich hinter dem Oberleitungsmast gewartet. Dort, in Höhe dieses Masts, hatte man die meisten Überreste gefunden.

»Also rechts von uns«, sagte ich. »Wenn sie dann einen Schritt nach vorn gemacht hat, könnte ihr Kopf links vom Gleis sein.«

Bergkamp nickte zustimmend.

Wir überquerten knirschend das Gleisbett. Im Lichtbündel der Taschenlampe leuchteten die silberweißen Stämme eines Birkenwäldchens auf.

»Meister!«, rief Bergkamp.

Er bückte sich, um unter den Baumkronen durchzuschauen.

»Ist ein Krankenwagen gerufen worden?«

Bergkamp sah sich um und runzelte die Stirn.

»Erst mal müssen wir ihn finden. Vielleicht ist er ja nach Hause gegangen.«

Wir schlitterten die Böschung hinunter und wollten gerade in das Wäldchen gehen, als etwas im Taschenlampenlicht aufleuchtete. Bergkamp blieb so plötzlich stehen, dass ich auf ihn prallte.

»Verdammt ...«

Zwischen den ersten Birken des Wäldchens stand der Kopf. Aufrecht. Die Augen waren geöffnet und reflektierten das Lampenlicht.

—

Als Bergkamp im Sprechzimmer Platz genommen hat, sieht er sich kurz um. Sein Blick bleibt an der Couch hängen. Ich habe Kaffee mitgebracht und stelle ihn auf den kleinen Tisch zwischen uns, Pappbecher für ihn, Carlas Becher für mich. Bergkamp wirft einen kritischen Blick auf den Becher und dann auf mich.

»Denkst du noch manchmal daran?«, frage ich.

Der Polizeibeamte greift nach seinem Becher und starrt hinein, als versuche er herauszukriegen, was diese braunschwarze Flüssigkeit darstellen solle.

»In meinem Beruf erlebt man so einiges.«

Wir schweigen.

»So was?«

Bergkamp sieht mich lange an.

»Bist du jetzt dabei, mich …«

»Nur interessehalber.«

»Manchmal«, sagt Bergkamp. »Manchmal denke ich daran.«

Wieder schweigen wir kurz.

»Ich auch. Wann?«

Bergkamp trinkt von seinem Kaffee.

»Nachts.«

Wenn er nach dem Spätdienst nach Hause komme, müde, zu viel im Kopf, um schlafen zu können, dann bleibe er noch eine Weile sitzen und …

»… dann kehrt dieses Bild wieder?«

»Manchmal.«

Ob er je Nachsorge bekommen habe.

Er schnaubt.

»Wenn wir damit erst anfangen, liegt die Hälfte der Leute auf der Couch.«

»Und wir sehen die Polizei natürlich lieber auf der Straße als auf der Couch«, sage ich.

Bergkamp sieht mich an und schüttelt den Kopf.

»Dieser Fall von letzter Woche …«, sagt er.

»Frau Helder.«

Bergkamp nickt.

»Gab es irgendein Anzeichen …«

Ich schaue hinaus, wo die Herbstsonne auf das sich verfärbende Laub der Bäume entlang den Gleisen scheint.

»Vorbehaltlich der Wahrung des Berufsgeheimnisses und so weiter«, sage ich, während Bergkamp ein Notizbuch aus der Manteltasche zieht und seinen Kuli testet. »Unter diesem Vorbehalt also ... Nein, kein Anzeichen. Ich glaubte nicht, dass Frau Helder suizidgefährdet ist. Sie war unglücklich. Aber nicht verwirrt.«

»Sie lief durch die Stadt und hatte sich wie ein Indianer ...«

»Jaja. Das war damals. Der Schrei nach Hilfe, wie das heißt. Aber es ist meine feste Überzeugung, dass sie nicht psychotisch war. Sie wusste, was sie tat, als sie so rumlief. Sie wollte um Hilfe rufen, aber sie wusste nicht, wie man das macht. Es war ein Akt der Verzweiflung.«

Bergkamp starrt mich an.

»Um Hilfe zu bitten«, sage ich, »ist schwer. Viele Menschen haben nie gelernt, dass man das darf, viele Menschen wissen nicht, wie man das macht, und es gibt auch eine Menge, die es verlernt haben, weil sie zu oft auf die Nase gefallen sind. Man braucht nicht nur Mut dafür, sondern auch das Vertrauen, dass es jemanden gibt, der dich auffängt, wenn du fällst.«

Bergkamps Miene verrät nichts.

»Ja«, sagt er nach einer Weile. Er räuspert sich. »Frau ...«

»Helder.«

»Konnte sie das Gelände einfach so verlassen? Jemand in ihrem Zustand, muss der nicht betreut werden?«

»Bergkamp«, sage ich, »sie wurde betreut. Sie wurde in mein Zimmer gebracht. Und was du als ›ihren Zustand‹ bezeichnest ... Sie hat nicht von Tod oder von Aussichtslosigkeit gesprochen oder von … Frau Helder war eine traurige Frau, aber sie war nicht verrückt, sie war nicht unzurechnungsfähig, sie … Ich verstehe auch nicht recht, wie sie das Gebäude einfach verlassen konnte und vom Gelände kam, aber was ist eigentlich los, dass du diese Fragen stellst?«

»Ermittlungen«, sagt er gemessen. »Ganz normale Ermittlungen. Ein Selbstmord ist keine rein administrative Angelegenheit.«

»Das ist mir klar. Aber wenn du untersuchen willst, ob in irgendeiner Weise die Rede von Nachlässigkeit ist, dann kann ich dir nur sagen, das ist immer der Fall.«

Bergkamp blickt mich scharf an.

»Die ganze Welt, ihre ganze Umgebung, ich, sogar du, alle haben es unterlassen, sich um sie, umeinander und um sich selbst zu kümmern. Es gibt viel Schmerz und Unglück auf der Welt, Bergkamp, und wir leben alle in der Illusion, dass Krankenhäuser, Ärzte und Psychiater das Problem schon lösen. Wir haben unser Mitgefühl institutionalisiert. Wenn wir etwas mehr …«

»Was ist bei eurem letzten Gespräch passiert? Sie ist unmittelbar danach …«

»Inhaltlich kann ich nichts dazu sagen. Aber ich kann unter Eid erklären, dass es keinerlei Anzeichen dafür gab, dass Frau Helder sich vor den Zug werfen würde.«

Bergkamp trinkt den letzten Rest seines Kaffees. Als er aufschaut, schweift sein Blick zum Fenster. Ich folge ihm, und während wir da sitzen, schießt der gelbe Blitz des Neun-Uhr-achtundzwanzig-Zugs vorbei.

—

Das Birkenwäldchen war im suchenden Licht der Taschenlampe ein Chaos hin- und herspringender Schatten und Regenböen, die durch die dünnen Wipfel jagten. Bergkamp blickte auf, richtete den Strahl der Lampe etwas weiter weg und fing den Lokführer ein. Er hockte auf der Erde, mit dem Rücken an einem Birkenstamm, das Gesicht totenbleich und nass, der stierende Blick ausdruckslos. Seine Hände lagen neben ihm, weiß, geöffnet.

Auf die Fragen, die ich ihm stellte, kam keine Antwort, und als wir ihn unter den Achseln packten und hochzogen und zu den Gleisen führten, mit einem Umweg, um dem Kopf auszuweichen, war es, als schleppten wir einen Sack Zement. Auf dem Weg zum Parkplatz, fast zwei Kilometer durch die Dunkelheit, fiel kein Wort.

Ein Rumpf ist keine Person, hatte ich gesagt, aber ich war nicht darauf vorbereitet gewesen, was ein Kopf ohne Rumpf ist. Während wir den schmalen Pfad neben den Gleisen entlangkeuchten, merkte ich, dass der Raum zwischen mir und der Welt still und leer wurde. Eine Form von Dissoziation, die ich von ganz früher kannte und die mich mit unbestimmter Unruhe erfüllte.

Auf dem Parkplatz stand inzwischen eine Ambulanz, und während man dem Lokführer in den Wagen half, stiefelte Bergkamp davon. Er war bereits hundert Meter entfernt, ein schwankender Lichtkegel in der Finsternis zwischen den Bäumen, als ich ihn einholte.

»Der Kopf«, sagte Bergkamp, den Blick starr voraus gerichtet.

Wir gingen weiter, bis wir zu dem Punkt kamen, wo die Frau und die beiden Männer noch immer am Suchen waren. Bergkamp winkte der Frau brüsk und ging entschlossenen Schrittes zu der Stelle, an der wir den Kopf gesehen hatten.

»Aber es sind noch keine Fotos gemacht worden«, sagte sie.

Ich hatte ihr einen Blick zugeworfen, der beruhigend gemeint war, aber wahrscheinlich eher einer Grimasse glich, einem verzerrten Grinsen, über das ich wenig Kontrolle hatte.

Bergkamp stand am Fuße der Böschung, die Arme am Körper herabhängend, das Lichtbündel der Taschenlampe auf den Kopf gerichtet. Er starrte auf die Birkenstämme, die grell aufleuchteten und aussahen wie etwas aus einem dunklen Märchen.

»Ich versteh nicht«, flüsterte die Ärztin.

Ich blickte fragend zur Seite.

»... dass der Kopf so ...«

Später, als wir zurückgingen, ergriff Bergkamp das Wort.

»So etwas muss so schnell wie möglich erledigt werden.«

Sein Ton war steif und förmlich.

»Eine Frage des Respekts.«

Ich hatte genickt: »Es ist kein Gegenstand.«

Bergkamp hatte ruckartig den Kopf abgewandt.

Auf dem Parkplatz nahmen wir Abschied. Die Arbeiten beim Zug waren beendet, und ein neuer Lokführer machte Anstalten, den Intercity zum Bahnhof zu fahren. Bergkamp gab mir die Hand, wich dabei meinem Blick aus. Hinter uns setzte sich der Zug in Bewegung. Wir drehten uns um und schauten zu, wie das riesige gelbe Ding in Richtung Bahnhof rollte.

—

»Was war das?«, sagt Carla, als ich Bergkamp zur Tür gebracht habe.

Über ihre Schulter hinweg sehe ich mich in dem Spiegel, vor dem die Damen vom Empfang Make-up und Lippenstift auffrischen: ein fünfzigjähriger Mann mit müden Augen hinter Brillengläsern.

»Als Therapeut sage ich: unverarbeitete Trauer. Als nützliches Mitglied der Gesellschaft weiß ich es nicht. Hat denn keiner Frau Helder begleitet?«

»Doch«, sagt Carla, »aber sie ist nach der Sitzung mit ihrem Mann auf dem Gelände spazieren gegangen.«

Ich sehe sie auf eine Art und Weise an, die ich gern als unbewegt bezeichnen würde.

»Ihr Mann hat sie bisher noch nie besucht. Hat er sie wieder beim Pavillon abgeliefert oder …«

»Ich weiß es nicht.«

Wir stehen in dem kleinen Büro, und sie sucht die Mappe des nächsten Klienten heraus.

»Denkst du noch an die Besprechung?«

»Äh, nein. Wann ist die?«

»Um drei. Du hattest sie also vergessen. Hier ist er. Du hast ihn bei J eingeordnet.«

»So hat man das früher gemacht«, sage ich. »Jong, Harald Komma de.«

»Prima«, sagt Carla. »Aber heutzutage machen wir es anders. Brauchst du noch Öl für deine Lampen?«

»Jaja.«

»Kohle für den Ofen?«

»Ja, Carla.«

Sie reicht mir die Mappe.

»Ich bestelle dir neue Gänsekiele«, ruft sie, als ich auf den Flur hinaustrete.

Als ich in meinem Zimmer bin, klingelt das Telefon. Carla meldet, dass Harald de Jong abgesagt hat.

»Monday, Monday«, brummele ich.

»Just another manic Monday«, singt Carla.

»I got Friday on my mind.«

»Immer das letzte Wort.«

»Weißt du doch.«

Ich gehe ans Fenster. Draußen steht ein Mann und schaut zu den Bahngleisen hinüber. Es dauert einen Moment, bis ich Bergkamp erkenne. Als ich ihn anrufe, erschrickt er.

»Woher hast du meine Nummer?«

»Die steht auf der Karte, die du mir gegeben hast, damals, vor drei Jahren und einem Monat.«

Bergkamp brummelt etwas Unverständliches.

»Ich höre gerade, dass Frau Helder nach der Sitzung Besuch von ihrem Mann hatte und dass sie zusammen auf dem Gelände spazieren gegangen sind.«

Der Polizeibeamte geht zu seinem Fahrrad. Er beugt sich vor und löst die Kette, das Telefon zwischen Ohr und Schulter geklemmt.

»Und er hätte sie dann wieder zurückbringen müssen …«

»… zum Pavillon.«

»Habt ihr mit ihm gesprochen?«

»Die Direktion, wahrscheinlich. Ich war nicht da.«

»Hm«, sagt Bergkamp.

—

»Ich will nur, dass meine Kinder nicht unglücklich sind.«

»Darum geht es Ihnen?«

»Ja.«

»Dass Ihre Kinder nicht unglücklich sind ...«

»Ja.«

»Was für eine Art von Menschen sagt das?«

»Menschen, die ihre Kinder lieben, nehme ich an?«

»Menschen, die ihre Kinder lieben, lieben ihre Kinder in dem Bewusstsein, dass sie manchmal auch unglücklich sind. Sie wissen, dass es kein Glück gibt ohne Unglück. Regen und Sonnenschein, so was.«

»Was für eine Art von Menschen ist es dann?«

»Menschen, die unglücklich sind.«

»Ich bin überhaupt nicht unglücklich. Ich bin nur ...«

»Was sind Sie?«

»Besorgt ...«

»Um Ihre Kinder.«

»...«

»Letzte Woche haben Sie gesagt, dass es Ihren Kindern gut geht. Dass sie gesund sind und einigermaßen wohlhabend und ...«

»Eine Mutter ist immer besorgt.«

»Aber Sie haben von Unglück gesprochen. Ist das der Grund für Ihre Besorgtheit?«

»Ja. Nein! Ich weiß nicht. Vielleicht.«

»Warum sollten Ihre Kinder unglücklich sein? Haben sie gesagt, dass sie unglücklich sind? Fangen Sie Signale auf, die ...«

»…«

»Könnte es sein, dass Sie selbst unglücklich sind und dass Sie es für undenkbar halten, dass andere, zum Beispiel Ihre Kinder, es nicht sind?«

»…«

»Glauben Sie, dass Ihr Mann auch unglücklich ist?«

»Nein.«

Die Herbstsonne hatte in die Straße geschienen. Das Kopfsteinpflaster ein mattorangeroter Fluss, die Baumkronen auf der anderen Straßenseite glühende Wolken sich verfärbenden Laubs. Die Windschutzscheibe eines vorbeifahrenden Autos blitzte im Licht.

Frau Helder – die nicht glaubt, dass sie unglücklich ist, sich aber nicht vorstellen kann, dass andere Menschen glücklich sind, mit Ausnahme ihres Mannes, Schlachter Helder – war schon fast peinlich sorgfältig gekleidet. Dunkelblaue Kostüme, die sich in mühsamem Kampf mit einem Körper befanden, der für die Konfektionsgröße, die sie für die richtige hielt, zu üppig war. Wenn wir uns gegenübersaßen, getrennt durch den niedrigen kleinen Tisch mit der Kleenexschachtel und der Uhr mit dem in meine Richtung zeigenden Zifferblatt, wand sie sich auf ihrem Stuhl, als würde der sie genauso einengen wie ihre Kleidung.

Ihre Träume handelten von Blut. Manchmal war sie es, die blutete, aber es gab auch einen Traum, in dem die Zimmerpflanzen auf der Fensterbank bluteten, und einmal hatte sie geträumt, dass aus einem Fleck an der Schlafzimmerwand eine Wunde wurde.

Die Träume einer Schlachtersfrau.

»Er nennt sie ›Euter‹«, hatte sie einmal gesagt. Eine flüchtige Augenbewegung in Richtung ihres Busens.

Genauso wie er von ihrem Hinterteil als ihren »Schinken« sprach.

Früher einmal hatte sie das erregend gefunden.

»Ich fühlte mich begehrt.«

»Als Frau? Oder als Fleisch?«

Ein atemloser Blick.

Sie war das Resultat einer Erziehung, der man fast nur noch in Sprechzimmern wie meinem begegnete: eine Jugend, in der Sünde, Schuld und Buße um den Vorrang stritten. Ich hatte mir ein scheues Mädchen vorgestellt. Wahrscheinlich weil sie gesagt hatte, sie sei in ihrer Jugend dünn gewesen, sehr dünn. Bis Helder kam und ihr Körper unter seinen Schlachterhänden zu dem aufblühte, was jetzt in einem Kostüm gegen die falsche Größe kämpfte.

»Er hat mich fett gemästet.«

Sie hatte es ohne Groll gesagt.

»Wie meinen Sie das? Füttert er Sie?«

»Nein …«

Herumgewinde auf dem Stuhl, Schultern, die sich in der Jacke bewegten.

»Er liebt füllige Frauen.«

Das Bild, das mir kam: das eingeschnürte Fleisch eines Rollbratens.

Frau Helder und der Schlachter hatten keine Kinder. Wenn sie von ihren Kindern sprach, dann meinte sie die Kinder, die sie hätte haben wollen. Oder noch bekommen wollte. Die Wahrscheinlichkeit war gering. Frau Helder war zweiundvierzig, und ihr Mann hatte sich ihr schon fünf Jahre lang nicht genähert. Ihre Träume – von Wänden, Pflanzen, ihren blutenden Händen – handelten von ihrer Menstruation. Schon seit dreißig Jahren hatte sie pünktlich jede zweite

Woche im Monat ihre Regel. Das Blut kam nach wie vor, aber es kamen keine Kinder. Ihr Bluten war die Manifestation einer Fruchtbarkeit, die keine Frucht trug. Was war sie noch anderes als Euter und Schinken, Fleisch, das Schlachter Helder nicht mehr anfassen wollte? Ein verschmähter Rollbraten.

»Haben Sie Verlangen nach Ihrem Mann?«

»…«

»Nach Sex?«

»Wir haben keinen Sex.«

»Ich habe gefragt, ob Sie Verlangen danach haben. Befriedigen Sie sich selbst?«

»Nein!«

»Sie tun so, als würde ich Sie beschuldigen.«

»Na ja …«

»Wäre es schlecht, wenn Sie es täten? Vielleicht haben Sie Verlangen danach, und es ist doch nicht schlimm, so ein harmloses Verlangen zu befriedigen, wenn Ihr Partner es nicht tut.«

»Ich denke, das tut er schon.«

»Das verstehe ich nicht. Sie sagen …«

»Befriedigen. Sich selbst … Sein Computer …«

»Aber er befriedigt Sie nicht.«

»Nein.«

Gewinde, Gedrehe. Mehr Klienten wie Frau Helder, und dieser Stuhl müsste jedes Jahr neu bezogen werden.

Unser erster Termin war zwei Wochen zuvor gewesen. Ich war morgens ins Haus gekommen, und Carla hatte mich gleich zu sich gewinkt und gesagt, es gebe »einen kleinen Eilfall« und Speelman habe gefragt, ob ich …

Was für »ein kleiner Eilfall« das war. Für Carla war ein aus seinen Schlagadern blutender Serienmörder mit einem Samuraischwert »'ne kleine Sache«.

Die Akte war dünn und deutlich: Frau, zweiundvierzig Jahre alt, Zwangsaufnahme in der vergangenen Nacht, nachdem sie mit blutverschmiertem Gesicht durch die Stadt geirrt war. Das Blut, so stellte sich heraus, hatte sie sich mit ihrem Tampon streifenförmig als Kriegsbemalung aufs Gesicht geschmiert. Eine überzeugende Manier, die eigene Fruchtbarkeit zu demonstrieren.

Ein Krankenpfleger hatte sie zu mir gebracht. Sie sah müde und verzweifelt aus. Als ich ihr einen Stuhl anbot, fragte sie, noch während sie sich setzte: »Bin ich verrückt?«

»Warum sollten Sie verrückt sein?«

»Wegen dem, was ich getan habe.«

»Das klingt, als wüssten Sie, was Sie getan haben.«

Sie nickte.

»Ich glaube, wir haben festgestellt, dass Sie nicht verrückt sind.«

»Darf ich dann nach Hause? Es ist niemand da, der sich um meinen Mann und die Kinder kümmert.«

»Ich denke, das ist alles geregelt. Lassen Sie uns erst mal über die Frage sprechen, warum Sie getan haben, was Sie getan haben.«

Der Zug um 10:58 Uhr hatte sich angekündigt.

In den fünf Jahren, die ich hier arbeitete, waren die Züge, die diese Provinzstadt mit der Welt verbanden, zu einem Teil meiner inneren Uhr geworden. Der Zug kurz vor halb sagte mir, dass ich in der Mitte der Sitzung war, der kurz vor voll kündigte ihr Ende an. Ich sah sie schon fast nicht mehr. Sogar so dicht vor dem Bahnhof waren sie kaum mehr als ein gelber Blitz hinter den Bäumen an der Straße vor dem Gebäude.

»Warum ich getan habe, was ich getan habe?«

»Ja. Sie wussten doch, was Sie taten, oder?«

»Aber nicht, warum. Ich sah, was ich tat. Als ob ich mir selbst zusehen würde, aber ich wusste nicht, warum ich das tat. Was schreiben Sie da auf?«

»Ich mache mir Notizen. Die helfen mir, besser zu behalten, was Sie gesagt haben.«

»Und was schreiben Sie da jetzt?«

»Depersonalisation. Fragezeichen. Das bedeutet, dass jemand quasi aus sich heraustritt und sich wie ein Außenstehender betrachtet. Das kommt bei den meisten Menschen gelegentlich vor. Woran haben Sie gedacht, als Sie da so herumliefen?«

»Bin ich verrückt?«

»Denken Sie das?«

»Nein, das frage ich.«

»Sie sind nicht verrückt. Ich denke, Sie sind offensichtlich sehr müde und verzweifelt, aber nicht verrückt. Woran haben Sie gedacht?«

Eine Weile war es still gewesen. Frau Helder hatte den Blick abgewandt und nach draußen geschaut, wo der Zug vorbeischoss.

»Die *Matthäus*«, sagte sie. »Ich dachte an die *Matthäus-Passion.*«

Ganz kurz hatte ich die Radierung von Félicien Rops vor mir gesehen, auf der der heilige Antonius von einer wollüstigen gekreuzigten Frau in Versuchung geführt wird.

»Wenn Sie sagen, dass Sie nicht wollen, dass Ihre Kinder unglücklich sind, woran denken Sie dann?«

»Dass sie gesund sind, dass es ihnen gut geht, dass sie … einfach … glücklich sind.«

»Ungesunde Menschen, Menschen, die krank sind, sind nicht immer unglücklich. Ein Körper, der leidet, ist etwas anderes als ein Geist, den etwas schmerzt. Fürchten Sie, dass Ihre Kinder fühlen, was Sie fühlen?«

Sie hatte mich angesehen. Einen Moment lang sah es so aus, als würden wir die Blockade durchbrechen und als würde es dann nur so strömen. Sie hatte den Kopf abgewandt und nach draußen geschaut.

Ich hatte auf meine Uhr geschaut.

»Wir sprechen uns Montag wieder. Ich hoffe, Sie haben ein gutes Wochenende. Wenn Sie mich in der Zwischenzeit sprechen wollen …«

Sie hatte gelächelt.

Wir standen auf, und ich begleitete sie zur Tür.

»Übrigens, an welche Passage aus der *Matthäus* haben Sie gedacht?«

Sie hatte gezögert.

»*O Haupt voll Blut und Wunden*«, sagte sie. »Ich dachte an *O Haupt voll Blut und Wunden.*«

Ich schlief unter verdorrten Blättern oder, wenn die Wölfe heulten, in der Astgabel eines Baums. Ich hatte keine Ahnung, wohin ich unterwegs war. Ich ging und ging, und je länger ich ging, umso größer schien die Welt und umso kleiner wurde ich. Es war, als ob nicht ich mich bewegte, sondern als dehnte sich die Welt aus. Morgens erwachte ich unter den gleichen Bäumen wie tags zuvor, nachts schlief ich an einem Ort ein, der genauso gut der von vorgestern oder einer Woche zuvor hätte sein können. Ich ging, bis es keine Zeit mehr gab, und wenn ich nicht mehr wusste, wohin ich gehen sollte, ließ ich mich von Kahn führen und folgte ihm. Ich aß Beeren und Nüsse und Pilze. Ich fing einen Fisch und wilderte ein Kaninchen, ich stahl Essen bei einem Köhler und dessen Sohn, die in der Mittagssonne zwischen ihren rauchenden Meilern schliefen. Je länger ich so herumvagabundierte, umso mehr Ähnlichkeit bekam ich mit dem, was mich umgab. Nach einiger Zeit war ich nicht mehr jemand, der fortgegangen war, ich war »fort« geworden. Ich wusste nicht, »wo« ich war, denn es gab keinen Ort. Es gab nur, was es gab: die Bäume, die Bäche, die Füchse, die nachts durch das Mondlicht schnürten, die umherschwirrenden Stare bei Einbruch des Abends, bevor sie sich für die Nacht in den Baumwipfeln niederließen, Libellen, die glänzend und irisierend über Moortümpeln hingen, in träge Nebelschwaden gehüllte Grabhügel. Ich sah merkwürdige Dinge: eine schwarze Messe auf einer vom Vollmond beschienenen Lichtung, ein Galgenfeld mit halb verwesten Toten, die an fransigen Stricken baumelten, Krähen, die in die fauligen Augenhöhlen pickten. Ich sah den Blitz in einen Baum einschlagen. Für einen Augenblick, der lange dauerte, wurde die Welt grellweiß erleuchtet. Eines Nachts sah ich den Feuervogel durch den dunklen Wald fliegen.

Wie groß der Wald war und wie es außerhalb von ihm aussah, wusste ich nicht. Davon hatte ich keine Vorstellung. Der Wald war alles gewesen, und ich hatte lange gedacht, die ganze Welt müsse so sein: *ein* großer, wilder, ausgedehnter Wald, ein riesiger Tann, in dem wir genauso wie die Bäume, die Kräuter und die Tiere geboren wurden, wo wir lebten und arbeiteten und zum Schluss starben, ein Ort, an dem Zeit keine Richtung hatte, wo die Zeit kein dahinströmender Fluss war, sondern ein stiller Zyklus von Geburt, Leben und Tod, der sich immerfort wiederholte, ein Schritt auf der Stelle, ohne Anfang und ohne Ende, eine Bewegung ohne Richtung und ohne Ziel, wie Blütenstaubkörnchen, die im Sonnenlicht schwebten, bis sie davonwehten.

Ich dachte an meinen Vater und was er gesagt hatte, stirb oder verdirb, und dass Bedauern in seiner Stimme geklungen hatte. Nicht über das, was geschehen war, sondern darüber, dass er sich falsch entschieden hatte. Ich war der Tod meiner Mutter gewesen und selbst dem Tode entkommen, weil mein Vater mich einer Unbekannten gegeben hatte. Und dann war ich zurückgekehrt, fett gemästet wie ein junges Ferkel, strotzend vor Gesundheit. So viel Leben war in mir, dass es eine Schande war. Ich war über Malkas toten Körper hinweg ins Leben gesprungen.

Ich empfand die Schuld meiner Unschuld und die Unschuld meiner Schuld.

Es wurde Herbst. Blätter trudelten von den Eichen, und der Geruch des Waldes veränderte sich. Nachts war es so kalt, dass ich fröstelnd erwachte. Der erste Schnee fiel, nur einige Zentimeter, aber genug, mich so durchzukühlen, dass mir angst wurde. Es würde nicht mehr lange dauern, bis alles weiß wurde und blieb. Hier, in dem riesigen Wald, wo die Winter lang und grausam waren, würde ich ohne Vorräte und ohne Feuer nicht überleben. Ich musste mir einen Platz unter den Menschen suchen.

Man findet nicht etwas, sondern wird von dem gefunden, was man sucht. Das habe ich gelernt. Der Einsiedler, der sich absondert, um Gott zu suchen, kann warten, bis er sich in seinen Bart hüllen kann, doch Gott findet er nicht. Erst wenn Gott ihn findet, hat der Einsiedler gefunden. So ergeht es auch dem, der umherirrt und einen Weg sucht.

Der Winter kam mit Schnee und Kälte und Eis, und ich streifte zwischen schwarzen Stämmen umher. Die Bäche waren zugefroren. Morgens musste ich das Eis aufbrechen, um Wasser zu trinken, so kalt, dass mir die Zähne schmerzten. Einmal war der Panzer zu dick, und während ich ihn mit einem Stein zu spalten versuchte, sah ich einen im Eis gefangenen Fisch. Als ich da am Ufer des gefrorenen Tümpels kniete, spürte ich, wie die Tränen auf meinen Wangen gefroren. Ich dachte, ich sei dieser Fisch.

Eines Morgens wurde ich wach, und Kahn lag neben mir, sein kleiner Leib kalt und hart und die Augen gebrochen. Ich hatte ihn oft in meinem Wams mit mir getragen. Nachts aber hatte er auf einem Baum gesessen, zusammengeduckt, mit geplusterten Federn. Wie ein schwarzer Schutzengel. Jetzt hatten Hunger und Kälte ihn übermannt. Als ich ihn in die Hände nahm, spürte ich, wie leicht er war, jetzt, da das Leben aus ihm gewichen war, und ich erinnerte mich an Jakubs Worte, dass die Seele auf uns lastet. Jetzt spürte ich das Gewicht meiner Seele in der Brust und im Kopf. Es war ein schwarzes Gewicht.

In einem tiefen Erdloch, einer Höhle, die ich mühsam gegraben und mit Zweigen und dürrem Laub und Moos abgedeckt hatte, verkroch ich mich für den Winter. Es war so bitterkalt, dass in mir ein Eiszapfen wuchs. Ich war im Begriff, Winter zu werden. Langsam schwanden die letzten Reste Zeit aus mir, und es schwand der Unterschied zwischen Tag und Nacht, denn die Tage waren dunkel unter dem schweren Schneehimmel und die Nächte hell, wenn der Mond auf den weißen Boden schien. Ich lag in meiner Höhle und spürte, wie das Leben aus mir strömte, als würde das letzte bisschen Wärme in mir vom Winter aufgesogen, als labte der Winter sich an mir wie ein Vampir an seinem Opfer.

Ich träumte, es sei Sommer, und die Frauen pflückten Kräuter zwischen den Bäumen, und Kinder spielten im diesigen Sonnenlicht. Es roch nach Holz und Erde und Gras. Sogar die Sonne konnte ich riechen. Der Kopf meiner Mutter erschien und verdunkelte die Sonne. Ihr Haar flammte im Licht. Das Klirren von Geschirr war zu hören und eine Stimme, die ein Lied mit einer unbekannten Melodie sang. Ich lag hoch, begraben unter dicken Fellen. Über mir hingen Speckseiten und Büschel getrockneter Kräuter an den Dachsparren, von der Seite, durch die halb geöffneten Fensterläden, fiel eine Bahn Sonnenlicht herein, in der Staubkörner tanzten. Draußen muhte eine Kuh. Ich schloss die Augen und sank in schläfrige Wärme.

Als ich die Augen wieder öffnete, lachte mich ein unbekanntes Gesicht an. Eine Frauenhand fütterte mich mit Buchweizenbrei. »Schttttt«, sagte eine Stimme. »Schttttt.«

Sieben Tage und sieben Nächte lag ich auf dem Ofen unter den Fellen und schlief und träumte. Dann, eines Morgens, half die Frau mir herunter und wusch mich mit Wasser aus einer Kanne. Ich war schwach und stützte mich auf ihre Schulter, während ich dem Wasser lauschte, das von meinem Körper fiel, und ihrer Stimme, die wie das Wasser war. Sie fragte nach meinem Namen und woher ich gekommen sei, und als ich keine Antwort wusste, legte sie ein Tuch um mich und sagte, während sie mich trocken rieb: »Lazar werde ich dich nennen.« Danach führte sie mich zu einer Holzbank. Ich setzte mich und blickte in das Licht, das auf einen kleinen Tisch am Fenster fiel, und das dort liegende Häuflein Walnüsse. Zwei bunt bemalte Stühle standen am Tisch. An der Wand hing ein ebenso bunt bemaltes Kreuz mit zwei Querbalken, einem kurzen unten und einem längeren oben, und an dem Kreuz ein Mann. Drei Steintöpfe mit schweren Deckeln standen auf dem Boden, in der Ecke lehnte ein Reisigbesen. Die Frau reichte mir einen Napf. Ein säuerlicher, prickelnder Geschmack füllte meinen Mund. Sie öffnete eine Kiste, aus der sie Kleidungsstücke nahm, die sie auf dem Deckel ausbreitete.

Es dauerte noch einmal sieben Tage, bis ich bei Kräften war. Ich lernte meine Umgebung kennen, die Kuh in dem kleinen, schiefen Stall, die Wiese mit fahlem Wintergras und von Hecken umschlossene Kräutergärten, die darauf warteten, dass die Sonne stark genug war, die Keime zu wecken, den Wald dahinter. Abends saß ich an dem kleinen Tisch und aß Schwarzbrot und Bohnensuppe mit Speck und Sauerampfer. Die Tage gingen dahin, und wenn die Frau den Namen rief, den sie mir gegeben hatte, reagierte ich, aber immer noch wusste ich nicht, woher ich kam, wie ich hieß und wer ich war.

Die Frau hieß Julia. Sie hatte nach Stechpalmen gesucht und war in meine mit Zweigen und Schnee bedeckte Grube gefallen.

»Ich dachte, du bist tot, Lazar«, sagte sie. »Aber dann sah ich hier ...«, und sie legte ihren Zeigefinger an meine Schläfe, »... Leben, und dann habe ich aus Ästen einen Schlitten gebaut und dich hierhergeschleppt.«

Ich blickte auf ihr rundes Gesicht, das blonde, unter dem Tuch hervorlugende Haar und ihre Augen, so leuchtend blau, dass ich mit einem Mal dachte, mit ihrem goldgelben Haar und ihrem kornblumenblauen Blick sei sie der Sommer in Person.

In jener Nacht träumte ich von Malka. Ich kniete über ihr und starrte auf meine Hände. Als ich aufblickte, war ich umringt von einem Kreis schweigender Frauen. Sie wichen auseinander, und Jaakov trat vor, einen Korb mit glitzernden toten Fischen in der Hand.

Ich wachte auf von einer kühlen Hand auf meiner Stirn.

»Lazar ... Du hast geträumt. Alles ist gut. Hier. Komm.«

Sie drückte meinen Kopf an ihre Brust. Ich sank in Schlaf wie ein Kind.

Später erwachte ich und starrte ins Dunkel, und ich sah die Lichtung in unserem Dorf und den hellblauen Himmel darüber, der einem von grünen Ufern gesäumten See glich. Daran, und wie man mich genannt hatte, erinnerte ich mich in jener Nacht, als ich im Dunkel dalag und die Lichtung sah und den hellblauen Himmel und Malkas nackte Beine, das hohe Gras, die Lichtsprenkel auf den Blutspuren an ihren Schenkeln, ihr weißes Gesicht und die hervorquellenden Augen, alles, woran ich mich nicht erinnern wollte und was ich doch nicht vergessen konnte.

Niekas, dachte ich. Und ich wusste, dass ich weg war.

Am nächsten Tag fragte Julia, wie meine Pläne aussähen. Sie sah mich an. Ob ich bleiben wolle? Als ich »ja« sagte, klatschte sie in die Hände.

Julia hatte als junges Mädchen einen Mann aus dem Dorf geheiratet. Kein Jahr später wurde er vom Blitz getroffen und war auf der Stelle tot.

»Ich habe nicht um ihn getrauert, Lazar.«

Ich hatte sie erstaunt angesehen. Wir waren im Garten, und ich stand mit einem Arm voll Sauerampfer da, während sie mit ihrer Sichel Blätter schnitt. Ihr Häuschen stand etwas außerhalb des Dorfs, umgeben von Gärten, die durch Haselnusshecken gegen den Wind geschützt waren. Sie verkaufte Kräuter, bereitete Extrakte und Tinkturen zu, und in einem Schuppen hinter den Gärten räucherte sie Schinken und Speckseiten.

»Mein Vater«, sagte sie, »hat meine Mutter und mich als Vieh betrachtet. Er habe zehn Schweine auf dem Hof und zwei im Haus, sagte er. Und so behandelte er uns auch. Wenn man in seine Nähe kam, musste man sich vor seinem Stock hüten.«

Eines Tages kam ein Händler, um Ferkel zu kaufen. Er wollte fünf, es gab nur vier.

»Da hat mein Vater mich mitgegeben«, sagte sie.

Sie sagte es ohne Groll, als lohne es sich nicht mehr, sich noch darüber aufzuregen.

»Man hat dich verkauft?«, fragte ich. »Wie Vieh?«

Sie richtete sich auf, die Rechte ins Kreuz gestützt, die glänzende Sichel in der Linken.

»Das ist alles lange her. Meine Mutter wollte mich nicht gehen lassen, ich wollte nicht von ihr weg. Wir hielten uns aneinander fest. Mein Vater prügelte uns mit seinem Stock auseinander. Aber ich war halsstarrig und stolz, hockte mich auf den Boden und schlang die Arme um meine Knie, und da packte der Händler mich und setzte mich auf seinen Karren, und das war das Ende der Geschichte. Stolz und Halsstarrigkeit, die tragen einem blaue Flecken ein.«

So war sie ins Dorf gekommen. Das war fünfzehn Jahre her. Nach dem Tod ihres Mannes war sie allein geblieben. Sie hatte die Tiere verkauft und angefangen, Kräuter anzubauen, genauso wie ihre Mutter es getan hatte. Durch ihre Extrakte und Tinkturen wurde sie bei den Frauen beliebt und von den Männern misstrauisch beäugt. Vor allem der Pferdehändler, Karol, konnte sie nicht ausstehen. Und mich folglich auch nicht. Als ich einmal mit einem Sack Haselnüsse ins Dorf ging, brachte er mich zum Stolpern. Während ich herumkroch, um die Nüsse einzusammeln, rief er laut: »Seht nur, das Schoßhündchen der Hexe. Kannst du auch bellen, Junge?« Und er hatte einen Fuß auf meinen Rücken gestellt und mich in den Staub gedrückt. Ich hatte die Zähne zusammengebissen und war so lange still liegen geblieben, bis einer der anderen Männer gesagt hatte, er solle aufhören. Er ließ keine Gelegenheit aus, mich zu beschimpfen.

Als der Frühling verstrichen war und der Sommer und es Herbst geworden war und Winter und ich schon fast ein Jahr in Julias kleinem Dorf war, merkte ich, dass das Neue alltäglich geworden war und mein Leben wie das der Menschen um mich herum und der Ort, an dem wir wohnten. Ich war jetzt einer von ihnen, mit den gleichen täglichen Arbeiten und Aufgaben. Ich fühlte mich wie ein Baum im Wald, eine

Ameise unter Ameisen, einer von vielen. Ich war nicht mehr anders, auch wenn ich größer war als die anderen Dorfbewohner und lesen und schreiben konnte.

Die Arbeit in Julias Gärten hatte mich stark und sonnengebräunt gemacht. Als ich einmal Fische fangen ging und mein Blick auf mein Spiegelbild im Wasser fiel, sah ich nicht den Jungen, der ich in meinen Gedanken war, sondern einen Mann mit mandelförmigen braunen Augen, dichten schwarzen Locken und einem Vollbart, und ich erkannte in diesem Spiegelbild den schwarzen Jesus auf der Ikone in der kleinen Kirche. Ich war ungefähr achtzehn, größer als die anderen, und mir wurde klar, weshalb der Pferdehändler mich schon eine Weile nicht mehr belästigt hatte.

Der Frühling war unerwartet warm, und es gab viel Arbeit. Julia und ich hatten von Sonnenaufgang bis Sonnenuntergang zu tun und merkten nicht, was im Dorf geschah. Es war fünf Tage vor der Karwoche, und immer mehr Menschen kamen zu uns, weil sie krank waren. Ihre Haut war wachsbleich und feucht und warm, und trotzdem klagten sie über Kälte. Zu Anfang waren es vor allem Ältere und kleine Kinder gewesen, doch ein paar Tage später griff die Krankheit auch auf die Erwachsenen über.

»So etwas habe ich noch nie gesehen«, sagte Julia. »Ich kann ihnen nicht helfen.«

Schon bald gab es kaum mehr genug Gesunde, um die Kranken zu versorgen. Der Platz vor der kleinen Holzkirche war leer, das Gehämmer aus der Schmiede verstummt, es fuhren keine Karren mehr auf die Felder, und von den Wiesen her drang das Muhen von Vieh, das gemolken werden musste. Diejenigen, die noch gesund waren, betrachteten einander argwöhnisch. Als ich eines Morgens ins Dorf kam, stieß ich auf ein Grüppchen Männer vor der Kirche. Sie lauschten dem Pferdehändler.

»Sie tanzte und sang in einer fremden Sprache«, sagte er zu den wenigen, die noch auf den Beinen waren und sich um ihn geschart hatten.

»Tanzen? Wer?«, fragte ich.

»Die Hexe, bei der du wohnst.«

Schweiß glänzte auf seiner Stirn, unter seinen Augen war es dunkel.

»Wie eine Hexe hat sie getanzt«, sagte Karol. »Ich hab sie im Mondschein gesehen.«

Jemand sagte, sie sei »nicht von uns«, und ein anderer erinnerte daran, wie ihr Mann sie seinerzeit auf einem Karren ins Dorf gebracht hatte, weil sie zum Laufen zu hochmütig war.

»Sie hat nicht getanzt«, sagte ich. »Und sie spricht auch keine anderen Sprachen.«

Eine schwere Stille trat ein.

Jemand flüsterte etwas. Ich glaubte, ein Wort aufzufangen.

»Was hast du gesagt?«, rief ich.

»Warum sollten wir auf das Schoßhündchen hören, das an ihrem Fußende schläft«, sagte Karol. »Oder vielleicht sogar in ihrem Bett?«

Meine Rechte schoss vor und meine Faust packte Karol an dem ledernen Band um seinen Hals, an dem ein Kupferkreuz baumelte. Ich drehte meine Hand und zog das Band fester. Sein Gesicht wurde rot.

»Weißt du nicht, was der heilige Petrus gesagt hat, Pferdehändler? Wer das Leben lieben und gute Tage sehen will, der hüte seine Zunge, dass sie nichts Böses rede.«

Ich ging mit dem Gesicht dicht an seines heran. Sein Atem war heiß und roch nach Mist, seine Augen waren trübe und blutunterlaufen. Er drehte den Kopf weg und murmelte etwas in kläglichem Ton. Die anderen Männer packten mich und zogen mich weg.

Als ich ging, spürte ich das Leben in Schultern und Armen, meine Brust war gebläht, und es kribbelte in meinem Körper. Ich verspürte so viel Kraft in mir, dass mir war, als wäre ich von einem Bären besessen.

An jenem Abend, als wir vor dem Essen am Tisch saßen, war ich kurz davor, Julia von dem Vorfall zu erzählen, aber dann hörte ich wieder, was die Männer gesagt hatten, und ich erinnerte mich, was im Jahr zuvor geschehen war.

Es war am frühen Morgen, und ich saß auf dem hohen Baum hinter den Gärten. Bienen wurden in hohlen Bäumen gehalten, und während des Sommers war ich ein paarmal hinaufgeklettert, um zu ernten. Jetzt war es Ende August und wahrscheinlich die letzte Gelegenheit, Honig zu holen. Wir hatten drei Nester, und ich wollte gerade das erste leeren, als die Tür zuschlug und Julia mit einem großen dampfenden Topf herauskam, den sie in den Trog kippte, in dem wir das Regenwasser auffingen. Sie rührte mit einem Stock im Wasser, Dampf quoll empor. Dann begann sie, sich auszuziehen. Die meisten Bienen waren noch im Nest, und die, die mir um den Kopf summten, waren träge und friedlich, denn es war noch früh und kühl. Aber ich traute mich trotzdem nicht, zu rufen und Julia zu warnen. Sie legte ihre weite Jacke auf den Hauklotz, zog die Schürze aus, die Schuhe und die wollenen Strümpfe und zum Schluss ihren Unterrock. Ein paar Bienen schwirrten um meinen Kopf, ich roch den Honig und das Wachs. Julia band ihr Kopftuch auf und zog das lange Unterhemd über den Kopf. Mein Blick blieb an ihr haften, obgleich ich den Kopf abwenden wollte. Als sie ihr

Haar löste und sich vorbeugte, um ins Wasser zu fassen, sah ich ihre schweren Brüste herabfallen, die Rundung ihres Rückens, ihren kräftigen Hintern und die Muskeln in ihren Beinen, die jetzt angespannt waren. Ich dachte an die keusche Susanna, die in ihrem Garten badete und belauert wurde, und an König David, der Bathseba heimlich bei ihrem Bad beobachtet hatte. Julia stieg in den Trog und wusch sich. Sie ließ den Kopf zurücksinken und tauchte ihr Haar ins Wasser. Die ganze Zeit saß ich auf dem Querholz unter dem Bienennest. Ich umklammerte den Baum und wandte den Blick nicht ab.

Die Erinnerung war wie ein Hund, der weggelaufen ist und jetzt, unerwartet zurückgekehrt, an einem hochspringt. Ich schaute zu Julia, auf ihr rundes Gesicht und das blonde Haar, das unter ihrem Kopftuch hervorlugte. Ich sah die Wölbung ihres Busens unter der Jacke, und die Rundung ihrer Hüften nistete sich in meinen Gedanken ein, ihre großen weißen Gesäßbacken und kräftigen Schenkel.

»Was ist, Lazar? Du bist so abwesend.«

Ich schüttelte den Kopf.

»Ich denke an die Krankheit«, sagte ich.

Meine Stimme brach, und ich musste mich räuspern, um weitersprechen zu können.

»Ich war heute im Dorf und habe fast niemanden mehr draußen gesehen.«

Julia nickte.

»Warum wird der eine krank und der andere nicht?«, sagte sie. »Wer dieses Rätsel ergründet, ist der mächtigste Heiler aller Zeiten.«

»Es liegt in Gottes Hand«, sagte ich.

Sie lächelte.

»Die Frömmigkeit des Messdieners passt nicht zu dir, Lazar.«

Ich sah sie betroffen an. Vor einiger Zeit war ich Messdiener geworden. In der kleinen Holzkirche, in der ich meinen Namen wieder gehört hatte und erfuhr, was er bedeutet, hatte der Priester, der selbst kaum lesen konnte, gesehen, dass ich es konnte, und hatte mich zur Erleichterung meines Vorgängers gefragt, ob ich Messdiener werden wolle.

Julia legte ihre Hand auf meinen Arm.

»Wenn du unter Unbekannten nicht der sein kannst, der du bist, dann doch zumindest bei mir.«

Ich neigte den Kopf und nickte. In mir war Scham, aber nicht wegen meiner falschen Frömmigkeit.

Nach dem Essen ging ich zum Popen, um Vorbereitungen für die Osterwoche zu treffen. Er saß in sich zusammengesunken im Halbdunkel seines einzigen Zimmers im Bett, eingehüllt in den Dunst seines ungewaschenen Körpers und den Geruch von schal gewordenem Alkohol, und brummelte, ohne aufzublicken, leise vor sich hin. »Blut«, verstand ich. »Verhöhner ...« Er hob den Kopf und betrachtete mich mit einem schielenden Blick. »Lazar ... Komm her.« Ich trat einen Schritt vor. »Die Krankheit.« Er atmete rasselnd. »Der Brunnen ...« Ich schüttelte den Kopf. »Vergiftet.« Ich streckte den Kopf etwas weiter vor. »Ostern. Die Juden.« Er öffnete den Mund und schnappte nach Luft. Es war, als würge er, aber was er erbrach, waren Worte. »Das Blut des lebendigen Gottes ...« Er langte zur Seite, griff nach dem Krug neben seinem Bett. Als er daraus trank, klang es, als habe jemand ein Spundloch in ein Fass geschlagen, das jetzt strudelnd leerlief. Seine Hände waren spinnenartig verkrampft, die Finger verfärbt. Fast schwarz sahen sie aus. »Ruf die

Gläubigen!«, rief er. Sein Blick war auf eine Stelle in der Ecke seines Bettes geheftet, die Augen weit aufgerissen. Er wich zurück, an die Wand hinter sich. »Da ist er!« Ich schaute in die leere Ecke. »Tu was, Lazarus! Da steht er! Seine Augen, der gierige Mund ... Der Jude!«

Der Pope sackte ohnmächtig zusammen, der Krug fiel klirrend zu Boden, und es begann noch heftiger nach Alkohol zu riechen. Als ich mich über ihn beugte, war der stinkende Atem, der seinen Mund verließ, kaum zu spüren. Nur eine träge pochende blaue Ader an seiner Stirn verriet, dass Leben in ihm war.

Erst nach einer ganzen Weile kam der Priester wieder zu sich, aber er sah noch immer Mörder und Teufel ringsum. Schlapp und bleich lag er im Bett, und im Schein der Kerze sah ich schwarze Ringe unter seinen Augen. Sein Haar war schweißnass, und ich spürte, wie eine feuchte Hitze aus dem Bett aufstieg. Ich ging hinaus, um Wasser zu holen, mit dem ich sein Gesicht kühlen konnte.

Die Abendluft war klar und unerwartet kalt. Es schien, als wäre der Winter wieder erwacht. Ich hob den Deckel von der Tonne und tauchte den Krug ein, und während er sich gluckernd und blubbernd füllte, versuchte ich einzuordnen, was ich roch. Es dauerte ein Weilchen, bis der Geruch eine Stelle in meiner Nase erreichte, die mich ihn erkennen ließ. Fleisch? Briet hier jemand Fleisch in der Fastenzeit? In dem Moment sah ich eine Rauchwolke und aufstiebende Funken. Ich stellte den Krug auf die Erde und sah zu den glühenden Feuerfünkchen, die in der dunklen Luft aufstiegen und wieder zu Boden schwebten.

Julia war dabei, Eimer mit Wasser zum brennenden Räucherschuppen zu tragen. Getrocknete Kräuterbüschel trudelten brennend um die eigene Achse, und zwischen den Flammen lagen zerbrochene Töpfe und halb verkohlte Schinken. Der Feuerschein beleuchtete die Unterseite der Baumkronen, die sich in diesem Flackerlicht zu bewegen schienen. Ich ergriff einen Reisigbesen und begann, auf die Flammen einzuschlagen.

Als wir das Feuer gelöscht hatten, waren nur noch schwelendes Holz, verkohlte Stangen und Asche übrig. Zwischen den schwarz versengten Brettern des Schuppens lagen geborstene Krüge und Töpfe. Julia sah sich das, in ein Umschlagtuch gehüllt, schweigend an. Ich nahm sie am Arm und führte sie ins Haus. Dort saßen wir am Tisch und schwiegen. Ich sagte: »Wann hast du den Räucherschuppen zuletzt benutzt?«

»Ich habe ihn nicht benutzt. Immer erst nach Ostern.«

Wir sahen uns wortlos an.

»Wir bauen einen neuen«, sagte ich. »Wir säen Kräuter und ...«

Sie zuckte mit den Achseln und senkte den Kopf.

»Ich muss zum Priester zurück«, sagte ich. »Er ist krank und trinkt in einer Tour.«

Draußen, auf dem Hasenweg entlang der Haselhecke, sah ich etwas blinken. Es lag zwischen den Wurzeln der Haselnusssträucher, und ich erkannte es sofort. Ich hob es auf und steckte es in meine Tasche.

Die Kälte, die ich schon vorher in der Luft gespürt hatte, war jetzt hart und klar wie ein Trinkglas. Im Dorf herrschte eine merkwürdige Stille. Der Platz war leer, die Türen fast aller Häuser standen offen, und aus der Kirche strahlte Licht. Als ich näher kam, sah ich Kerzen und Öllampen brennen, nicht nur die, die normalerweise dort standen. Alles, was

Licht geben konnte, war hervorgeholt und angezündet worden, und in diesem lodernden Lichterschein standen alle und lauschten. Auch die Kranken waren da. Sie lagen auf dem Boden oder saßen an die Wand gelehnt. Der Priester lehnte in einer Ecke. Er wirkte eher tot denn lebendig. Ich stellte mich unbemerkt im Hintergrund dazu. Alle Augen waren auf den Pferdehändler gerichtet. Er hatte ein weißes Tuch umgelegt und trug in den Armen die Ikone des schwarzen Jesus. Um seine Augen lagen dunkle Ringe, das nasse Haar hing ihm strähnig vom Kopf, der Mund war feuerrot und das Gesicht totenbleich. Er sah aus wie ein Geist, doch die Stimme war laut und kräftig.

»Ich sah ein Weib sitzen auf einem scharlachfarbnen Tier, das war voll lästerlicher Namen und hatte sieben Häupter und zehn Hörner. Und das Weib war bekleidet mit Purpur und Scharlach und übergoldet mit Gold und edlen Steinen und Perlen und hatte einen goldenen Becher in der Hand, voll Gräuel und Unflat ihrer Hurerei, und an ihrer Stirn war geschrieben ein Name, ein Geheimnis: das große Babylon, die Mutter der Hurerei und aller Gräuel auf Erden. Und ich sah das Weib trunken von dem Blut der Heiligen und von dem Blut der Zeugen Jesu.«

Ein Schauder ging durch die zusammengedrängte Menge. Ich blickte zur Seite, zum Priester, der an der Wand saß, den Kopf angelehnt, die Zunge heraushängend und die Augen verdreht, dass nur noch das Weiße zu sehen war.

»Und ich sah, und siehe, ein weißes Pferd. Und der darauf saß, hatte einen Bogen, und ihm ward gegeben eine Krone, und er zog aus sieghaft und dass er siegte. Und es ging heraus ein anderes Pferd, das war feuerrot. Und dem, der darauf saß, ward gegeben, den Frieden zu nehmen von der Erde und dass sie sich untereinander erwürgten, und ihm ward ein großes Schwert gegeben. Und ich sah ein schwarzes Pferd. Und der darauf saß, hatte eine Waage in seiner Hand. Und ich sah ein fahles Pferd. Und der darauf saß, des' Name hieß Tod; und die Hölle folgte ihm nach. Und ihnen ward Macht gegeben über den vierten Teil der Erde, zu töten mit dem Schwert und Hunger und Tod und durch die wilden Tiere auf Erden.«

Ein Jammerschrei ertönte. Gemurmel erhob sich. Eine Frau riss sich die Jacke auf und begann, sich auf die Brust zu schlagen. Ich sah, dass auch ihre Finger schwarz waren. Großes Wehklagen schwoll an. Es war, als käme es aus einem einzigen Mund, der mit vielen Stimmen sprach. Der Pferdehändler hob die Ikone, das Gesicht himmelwärts gewandt.

Ein Mann rannte an mir vorbei ins Freie. Seine Augen waren groß, aber sahen nichts. Als er in der Mitte des Platzes angelangt war, begann er zu tanzen, als wäre er in ein Ameisennest geraten. Alle eilten ihm nach. Ich drückte mich gegen die hintere Wand. Menschen wurden über den Haufen gerannt. Ein alter Mann geriet zwischen Beine und Füße, und ich hörte ein trockenes Knacken, als seine Arme brachen, doch auf seinem Gesicht lag ein Ausdruck wahnsinniger Verzückung. Kerzenleuchter wankten, Öllampen wurden umgestoßen.

Auf dem Dorfplatz brach ein wildes Getümmel aus mit Tanzen, Springen und Schreien. Man riss sich die Kleider vom Leibe, doch niemand achtete auf die Nacktheit der anderen. Aus dem Brüllen und Schreien erhoben sich Stimmen, die »Das Feuer!« riefen. Etwas schwebte von oben herab. Ich schaute hoch und sah eine Schneeflocke fallen. Ein Mann kletterte auf den Rand des Brunnens und sprang in die Tiefe. Geschrei und Gegurgel drangen herauf.

»Reinige uns!«, rief jemand.

Alle Blicke waren auf mich oder auf etwas hinter mir gerichtet. Als ich mich umdrehte, sah ich den Pferdehändler. Er stand mitten in der kleinen Kirche, die Ikone erhoben, und war umgeben von Flammen.

Ein spinnenartiges Knäuel aus Gliedmaßen krebste im bleichen Mondschein über den Platz, und es ertönten Rufe, die ich nicht mehr verstehen konnte. Der flackernde Schein der Flammen tanzte über blutige Arme und Beine. Ich wollte dem Pferdehändler zurufen, er solle dort weg, denn die Flammen schlugen bereits durch das Kirchendach, aber ich konnte den Lärm nicht übertönen. Während die nackten und halbnackten Menschen um mich herum tanzten und sprangen, blieb mein Blick auf die Kirchentür und Karol, den Pferdehändler, gerichtet und auf die lodernde, tosende Glut hinter ihm. Ich sah, wie sein weißes Tuch von den Flammen erfasst wurde und ihn in Feuer hüllte, wie sein Kopf zurücksank, als böte er sich dem Himmel dar, wie die Ikone zu brennen begann und zu Boden fiel, und schließlich, wie Karol selbst von den Flammen geschluckt wurde, bis ich ihn nicht mehr sehen konnte. Es krachte laut, ein Dachbalken stürzte herab, und aus dem Feuer schoss eine Fontäne aus Funken und glühenden Brocken in die Höhe.

In dem Moment erschien Julia in einer Gasse zwischen zwei Häusern. Geschrei erhob sich. »Die Hexe«, rief jemand. »Die Hure von Babylon«, schrie ein anderer. Ich lief zu ihr und zog sie mit.

Wir tauchten zwischen die Bäume und rannten los. Hinter uns trommelten Schritte. Schmerz- und Wutschreie durchschnitten die Nachtluft.

»Lauf«, keuchte ich. »In den Wald. Nicht stehen bleiben.«

Ich spürte Widerstand, doch ich stieß sie voran, und während ich sie in der Dunkelheit verschwinden sah, drehte ich mich um. Die Verfolger waren bleiche Schemen zwischen den Stämmen. Als sie so nahe gekommen waren, dass ich das Weiß ihrer Augen sehen konnte, hob ich die Hand und darin das, was ich zwischen den Heckenwurzeln gefunden hatte. Das kupferne Kreuz des Pferdehändlers fing einen bleichen Mondstrahl ein, der sich durch die Baumwipfel bohrte. Die Meute gefror und starrte auf das Funkeln.

»Christus ist auferstanden«, sagte eine heisere Stimme.

»Er ist wahrlich auferstanden«, riefen die anderen.

Eine Wolke schob sich vor den Mond, Dunkelheit glitt über den Wald, und dichter Schneefall setzte ein, der alles und alle der Sicht entzog. Ich ließ das Kreuz aus meinen Fingern gleiten und schlich zwischen den Stämmen davon.

Zwei Tage irrte ich durch den Wald. Am Mittag des ersten Tages hörte es auf zu schneien. Ich fand einen Unterstand für Vieh, ein windschiefes Ding aus drei Bretterwänden und einem Dach aus Grassoden. In dieser Hütte begrub ich mich unter altem Stroh und schlief ein. Gegen Abend erwachte ich und suchte weiter. Es schneite wieder, träge und stetig. Ich ging und ging.

Im bleigrauen Morgenlicht des zweiten Tages fand ich Julia. Sie saß da, den Rücken an einen Baum gelehnt, halb begraben unter Schnee und so weiß und gefroren, dass ich fast an ihr vorbeigelaufen wäre. Ich beugte mich über sie, wischte ihr den Reif vom Gesicht und blies in ihre Augen, doch sie blinzelte nicht, ihre Lippen waren ohne Farbe und die Haut eisbleich. Erst nach einer kleinen Weile traute ich mich, die Hand an ihren Hals zu legen. Ihr Blut strömte nicht. Es war keine Wärme in ihr.

—

»Wie läuft's mit Iks?«, fragt Speelman.

Drei Leute sitzen am Tisch, als ich mit meinem Tablett anrücke: Speelman; Lina Wolters, Psychologin; Gerrit Kampman, Arzt in Weiterbildung.

»Iks?«, sagt Kampman.

»X«, sagt Speelman. Er zeichnet es mit dem Zeigefinger in die Luft. »Kollege Adenauers geheimnisvoller Klient.« Und mit einem Blick auf mich: »Was machen wir mit ihm?«

»Heilen?«

Speelman zieht den Deckel von seinem Puddingbecher ab und beginnt, den Inhalt durchzurühren. Der ganze Tisch wartet atemlos ab, was seine Alchemie wohl hervorbringt.

»Heilen …«, meint Speelman sinnend. »Ist er denn Patient? Oder muss er in die Mühle der Justiz? Oder …«

»Ganz wie du meinst. *Du* hast ihn doch auf meine Liste gesetzt.«

Speelman schiebt sich den ersten Löffel Grießpudding mit Johannisbeersaft in den Mund und blickt in die Ferne. Er schließt jedes Mittagessen mit diesem Pudding ab, und jedes Mal scheint es nie dagewesene Empfindungen in ihm zu wecken.

Lina sagt: »Amnesie, oder?«

Ich schaue auf meine zwei Scheiben Roggenbrot mit Käse.

»Ich weiß es noch nicht.«

Der Arzt in Weiterbildung öffnet den Mund und schließt ihn wieder.

»Schieß los«, sagt Speelman. »Lass uns an dem teilhaben, was dich quält, Gerrit.«

Der junge Mann rutscht auf seinem Stuhl herum und sagt dann, das Gesicht zu Speelman gewandt: »Ich dachte, Amnesie sei leicht festzustellen.«

Speelman blickt grinsend in meine Richtung.

»Wenn wir davon ausgehen, dass der Patient die Wahrheit spricht, schon«, sage ich. »Aber es gibt sehr viele Gründe, warum manche das nicht tun. Und es kann sogar so sein, dass das, was wir für Gedächtnisverlust halten, nicht so sehr ein Verlust oder Defekt des Gedächtnisses ist, sondern die Realität, in der der Patient lebt.«

Gerrit Kampman sieht mich fragend an.

»Zum Beispiel«, sage ich, »wenn jemand aus neurologischen oder psychologischen Gründen kaum Ereignisse oder Erfahrungen speichert. Dann gibt es keinen Verlust. Es war nie da.«

»Neurologisch bedingt ist es nicht«, sagt Speelman. »Er ist untersucht worden. Also bleibt uns nur noch eine begrenzte Zahl von Möglichkeiten: Invention oder Läsion.«

Er scheint recht zufrieden mit seinem Poesiealbumreim.

»Ob es eine Läsion ist, weiß ich nicht«, sage ich. »Wir sind noch nicht zu irgendwelchen Ereignissen gekommen, die den Verlust verursacht haben könnten. Sofern es sie überhaupt gegeben hat.«

Ich wende mich an Kampman, der unbehaglich vor sich hin schaut.

»Die Amnesie kann löschen oder unzugänglich machen, was vor einem bestimmten Ereignis vorgefallen ist – die Läsion, der Schnitt, sagen wir mal –, und dann ist sie retrograd. Wenn der Verlust die Periode danach betrifft, ist sie anterograd. Aber das sagt alles nicht viel, wenn man nicht als Erstes hat feststellen können, ob es sich um eine echte Amnesie handelt und was das auslösende Ereignis war.«

Und an Speelman gewandt: »Das Problem scheint mir nicht zu sein, dass er kein Gedächtnis hat, sondern dass er keine Identität hat.«

»Ich möchte noch einmal«, sagt Speelman, »und wahrscheinlich überflüssigerweise, auf die Kosten hinweisen, die …«

»Du tust so, als hätte ich einen herrenlosen Hund gefunden und wollte ihn behalten«, sage ich. »Darf ich dich daran erinnern, dass du ihn mir zugewiesen hast?«

»Aber sicher darfst du das«, sagt Speelman, der seinen Becher ausgelöffelt hat. Er lächelt. Er steht auf, nimmt sein Tablett und begibt sich nach einem kurzen Kopfnicken zu dem Wagen, auf dem das benutzte Geschirr gesammelt wird. Das ist für Gerrit das Zeichen aufzustehen. Lina Wolters und ich bleiben übrig. Sie hat nach der *ELLE Decoration* gegriffen und stochert geistesabwesend in ihrem Rohkostschälchen herum. Ich blicke auf mein Roggenbrot und schlage ein Kreuz. Sie schaut von der Zeitschrift auf und runzelt die Stirn.

»Was machst du da?«

»Alles, um diese Woche zu einem guten Ende zu bringen.«

Ich berichte von Frau Helders Selbstmord, Bergkamps Besuch und von der ersten Begegnung mit ihm vor drei Jahren und einem Monat.

»Meinst du, du hättest diesen Suizid vorhersehen können?«

»Ich weiß es nicht. Sie hat nicht den Eindruck erweckt … Aber ich habe eine Art … Dringlichkeit gespürt.«

»Eine Art Dringlichkeit.«

Sie klappt die Zeitschrift zu.

»Es ist eher eine Vermutung. Ein Gefühl. Kleinigkeiten. Die

Art und Weise, wie sie gefragt hat, wie lange sie noch bleiben muss.«

»Das fragen alle. Was ist das? Schuldgefühl?«

»Keine Schuld. Verantwortung, vielleicht. Eine unmögliche Verantwortung. Eine prinzipielle Verantwortung für das Schicksal anderer.«

»Eine prinzipielle Verantwortung für …« Sie legt die Zeitschrift beiseite. »Das ist keine Psychologie. Das ist Politik.«

»Alles ist Politik.«

»Kollege Adenauer«, sagt sie, »die siebziger Jahre sind schon mehr als vierzig Jahre vorbei.«

»Und damit auch jede Vorstellung von der Welt?«

»Als ich heute Morgen aufwachte, lebten wir im Zeitalter des kalkulierenden Bürgers, der versucht, sich in der Marktwirtschaft zu behaupten.«

»Jaja.«

»Du«, sagt sie, »hast Klienten mit interessanten und komplizierten Problemen und Geschichten. Wir sind, mit dem bisschen an professioneller Integrität, das man uns gelassen hat, zur Expressreparaturwerkstatt der psychischen Gesundheitsfürsorge geworden. Weißt du noch, dass *good enough* mal in Mode war?«

»Winnicott. Das ist wieder passé?«

»Ja«, sagt Lina. »Das Motto lautet jetzt ›die eigene Kraft‹. Mach dem Patienten seine eigene Kraft bewusst. Nimm nicht das in den Blick, was unmöglich ist, sondern das, was möglich ist, woraus er Kraft beziehen kann. Empowerment … Das Geschenkpapier um die leere Schachtel der Sparmaßnahmen. Mein Gott, ich wollte Menschen heilen, als ich studierte. Jetzt muss ich sie in sechs oder zwölf Sitzungen hinauskomplimentieren und sagen: Du schaffst das, vertraue auf deine Kraft, stütze dich nicht auf deine Schwäche. Raus mit dir und Teil der Wirtschaft werden. Wie war's in Helsinki?«

»Kalt.«

Sie schüttelt den Kopf.

»Worum ging das mit Speelman?«, fragt sie. »Doch nicht um diese Amnesie?«

»Sparmaßnahmen. Speelman muss kürzen, und ich bin der Mann der endlosen Behandlungen.«

»Aber warum bringt er das jetzt aufs Tapet? Ich dachte, es ist eine Untersuchung für die Justiz. Dieser X ist doch kein Patient, oder?«

»Ich denke, man fürchtet, dass er es unter meinen Händen wird.«

»Du glaubst doch nicht, dass Speelman dir diesen Mann zugewiesen hat, um …«

Ich zucke mit den Achseln.

»Aber …«

»Wenn ich sparen müsste«, sage ich, »würde ich das bei mir selbst tun. Was macht man mit einem Freudianer, der die Biographie seiner Klienten aufdröseln will, wenn es mit Pillen viel schneller und viel billiger geht?«

»Du hörst dich bitter an«, sagt Lina.

»Ich bin nicht bitter. Realistisch, vielleicht, und die Realität kann bitter sein, aber innerlich bin ich völlig Zen.«

Sie blickt auf meinen Teller.

»Hör mal, soll ich mal was Anständiges für dich kochen?«

Wir sehen uns an. Eine bedeutungsvolle Sekunde verstreicht.

»Wenn du Angst hast, dass ich nicht genug Vitamine zu mir nehme, dann kann ich dich beruhigen. Ich nehme sie in Pillenform.«

Das Lächeln um ihre Lippen erstirbt.

Sie schlägt ihre Zeitschrift wieder auf und liest weiter. Ich esse mein Roggenbrot und starre auf die Leute in der Kantine, das Pflegepersonal, das zu sechst an einem Vierertisch sitzt und redet und lacht, den Physiotherapeuten im ernsten Gespräch mit der in vielen Rottönen gekleideten Kreativtherapeutin.

—

Im Sprechzimmer checke ich den Terminkalender. Danach stelle ich mich in Erwartung des nächsten Klienten ans Fenster und schaue hinaus, wo die Sonne die letzten Blätter an den Bäumen neben den Bahngleisen zum Leuchten bringt.

Warum hat Speelman X auf meine Liste gesetzt? In der Geschichte der Amnesiefälle wimmelt es von Phantasten, die meist nach etwa drei Wochen durch Hinweise von außen entlarvt werden. Dafür braucht man keinen Analytiker. Die Patienten mit wirklichem Gedächtnisverlust leiden an einem neurologischen Defekt oder haben tatsächlich etwas so Traumatisches erlebt, dass die Verbindung mit der Erinnerung gekappt ist. Und auch dann ist der freudianische Ansatz nicht das Erste, woran man denkt.

Während ich dastehe und hinausschaue, klingelt das Telefon. Es ist Bergkamp, der gleich mit der Tür ins Haus fällt.

»Eurer Direktion zufolge ist diese Frau mit ihrem Mann draußen spazieren gegangen, aber niemand kann sagen, was danach passiert ist. Wird das nicht registriert?«

»Auch dir einen guten Nachmittag«, sage ich.

Bergkamp brummelt etwas.

»Im Fall einer Zwangseinweisung hat der Patient das Recht, sich auf dem Krankenhausgelände frei zu bewegen, es sei denn es besteht Verdacht auf Selbstmord, Straftaten oder Aggression.«

Einen Moment lang ist es still.

»Hast du das jetzt abgelesen?«

»Ich hab es nachgeschaut. Wichtiger ist aber, dass Frau Helder nicht mehr zwangsweise hier war. Sie wurde freiwillig behandelt. Und da das hier bis auf eine Abteilung keine geschlossene Einrichtung ist …«

»Wieso ›freiwillig‹?«, sagt Bergkamp. Seine Stimme klingt empört.

»Nach einer Zwangseinweisung wird geprüft, ob es Anlass gibt, sie fortzusetzen. Wenn die Antwort auf drei Fragen ›ja‹ lautet, machen wir weiter, im anderen Fall kann der Patient selbst entscheiden, was er tut.«

»Was für Fragen?« Bergkamps Ton ist hart.

»Besteht noch Gefahr? Ergibt sich die Gefahr aus der Störung? Ist weiterer Verbleib notwendig?«

»Ja, ja, ja«, sagt Bergkamp.

»Nein, nein, nein.«

»Sie hat sich …«

»Ja, Bergkamp. Aber im Moment der Überprüfung war keine Rede von …«

»Mein Gott«, sagt Bergkamp. »So kann man jeden …«

»Sie war ruhig, aber traurig. Sie hat nicht von Selbstmord gesprochen. Sie war nicht verwirrt. Zwang ist eine harte Maßnahme, und jeder, wir, aber auch die Justiz, versucht, davon so sparsam wie möglich Gebrauch zu machen. Das heißt, sie war frei, sie durfte spazieren gehen und so weiter.«

»Ihr Mann sagt, er hat sich auf dem Gelände verabschiedet.«

»Aber er hat sie nicht auf die Station zurückgebracht?«

»In dem Punkt ist er vage«, sagt Bergkamp.

»Man würde doch erwarten, dass er sie zu einer Schwester bringt. Ich meine: Seine Frau war krank, die lässt man doch nicht einfach so stehen. Wäre das 'ne Idee, wenn ich versuche, mit ihm zu sprechen?«

»Ist das denn noch nicht geschehen?«

»Er schiebt es immer wieder von sich. Zu viel zu tun. Stress, solche Sachen. Und zwingen kann man niemanden.«

Bergkamp seufzt.

»Auch das ist der Rechtsstaat«, sage ich. »Wir können jemanden notfalls zwangsweise versorgen, aber wir können ihn nicht zwingen zu reden.«

»Schön, dass du mich noch darauf hinweist.«

»Ich will für jeden, der mich kennt, ein Quell von Wissen und Unterhaltung sein.«

Aber Bergkamp hat die Verbindung bereits unterbrochen.

—

Vier Züge sind vorbeigekommen, zwei auf dem Weg zum Bahnhof und zwei in Richtung Randstad. Es gab einen Regenschauer von fünf Minuten Dauer, und während es regnete, schien die Sonne weiter, das nasse Laub der Bäume neben den Gleisen begann zu glitzern und zu glänzen, und über dem Villenviertel jenseits der Gleise erschien ein Regenbogen.

Inzwischen ist es elf Uhr, und Stephanie hat, leise wie immer, angeklopft.

»Komm rein, Stephanie.«

Wir gehen zur kleinen Sitzecke am Fenster, und Stephanie installiert sich. Sie streicht ihren Rock hinten glatt, setzt sich, stellt die Füße nebeneinander, richtet sich auf, hebt den Kopf, lässt die Hände sinken, bis sie nebeneinander auf ihren Knien liegen.

Sie hat sich auf Drängen ihres Umfelds hin an uns gewandt. Sie ging nicht mehr aus dem Haus, weil ihre Zwangsneurose – Kontrolle von Licht, Gas, elektrischen Geräten und Schlössern – ihr das nicht erlaubte.

»Ich will nur sicher wissen, dass alles aus ist«, hatte sie während des ersten Gesprächs gesagt. Ihr Ton war leicht entrüstet gewesen: »Ja, 'tschuldigung, ist so.«

»Denn es ist wichtig, dass alles aus ist«, sagte ich.

»Ja, natürlich.«

»Alle machen das.«

»Na ja, die meisten, oder?«

»Nicht so intensiv, dass sie das Haus nicht mehr verlassen.«

Eine schlanke junge Frau, nicht besonders groß, Anfang dreißig, hübsches Gesicht, tiefschwarzes hochgestecktes Haar, todmüde von den Kontrollen und Inspektionen. Sie sagte es nicht, aber ich konnte sehen, dass sie sich nach etwas oder jemandem sehnte, der ihr alles abnahm, damit sie endlich ausruhen und alles vergessen konnte. Und tatsächlich, in den ersten Tagen in der Klinik tat sie nichts außer schlafen. So viel, dass ich die Schwester, die den Beobachtungsbogen ausgefüllt hatte, fragte, ob das wirklich stimmte.

Es hatte damit angefangen, wann, wusste sie nicht mehr, dass sie kontrollierte, ob das Gas aus war. Dann kamen die Wasserhähne dazu, als Nächstes die Lichtschalter, danach die Inspektion des Zählerkastens, der Fenster und Türen. Eine feste Runde, die sich zu einem ganzen Schema von Runden ausgeweitet hatte, als verdächtige sie Licht und Gas, hinter ihrem Rücken wieder anzugehen. Ihre Wangen hatten sich gerötet, als sie auf meine Bitte hin von ihren Kontrollgängen berichtet hatte. Nicht vor Scham.

Ihre Schwester hatte nach ihr geschaut, als sie das Telefon nicht mehr abnahm. Das hatte sie als Vorsorgemaßnahme aus der Steckdose gezogen, weil sie sonst den Hörer immer wieder abnehmen und auflegen musste, um zu kontrollieren, ob er auch richtig auflag. Das vergleichbare Problem mit der Kühlschrankbeleuchtung hatte sie dadurch gelöst, dass sie den Kühlschrank abtaute und ausschaltete. Da auch die Klingel abgestellt war, hatte ihre Schwester die Tür mit dem Ersatzschlüssel aufgeschlossen. Drinnen fand sie Stephanie im Bett. Nackt. Ihre gesamte Kleidung hatte sie gewaschen, zusammengelegt, gebügelt und in den Schrank gelegt.

Eine Form von Selbstaufgabe, hatte ich gedacht. Jemand, der alles erledigt und zu Ende führt, die Arbeiten, die Pflichten, das ganze Leben. Es gibt Selbstmörder, die etwas Vergleichbares machen, die vor dem Sprung von der Brücke oder vor den Zug Abonnements kündigen, Gas, Wasser und Strom abstellen lassen und bereits am Ort des Geschehens ihre Kleidung ausziehen, ordentlich übereinanderlegen und in manchen Fällen sogar eine Nachricht hinterlassen, in der sie sich für die Unannehmlichkeiten entschuldigen, die sie verursachen.

»Schrödingers Katze«, sagte ich zu Stephanie. »Das ist ein Gedankenexperiment aus der Physik. Du hast eine Kiste, in der eine Katze sitzt, und eine Uhr, die in einem bestimmten Moment ein Fläschchen mit Giftgas zerbrechen lässt. Dieser Moment kann jetzt sein oder in zehn Jahren. Du weißt es nicht. Und du kannst auch nicht wissen, ob die Katze vielleicht schon tot ist, denn wenn du die Kiste öffnest, zerbricht die Flasche so oder so.«

Ein leerer Blick.

»Es ist ein Unsicherheitszustand. Wenn du das Telefon ausstöpselst und den Stecker vom Kühlschrank rausziehst, schaltest du die Unsicherheit aus. Das ist eine Lösung. Aber für welches Problem? Für welche Unsicherheit?«

Sie hatte mich verständnislos angeschaut.

Das war vor einem Monat. Seitdem sind wir nicht viel weitergekommen. Jetzt sitzt sie hier, Fäuste geballt, Füße nebeneinander, gespannt wie eine Feder.

»Bist du nervös, Stephanie?«

»Nein.«

»Wie sitzt du, wenn du entspannt bist?«

»Ich bin immer angespannt, wenn jemand neben mir liegt. Sitzt. Wenn jemand bei mir ist. In Gesellschaft, meine ich. Ich bin kein sozialer Typ.«

»Was ist geschehen, dass du jetzt so angespannt bist?«

»Ich fühle mich eingesperrt, ich will hier weg, ich weiß zwar, dass ich freiwillig hier bin und wegkann, wenn ich das will, aber das kann ich doch nicht machen, aber ich will trotzdem raus, und weil ich das nicht kann, bin ich innerlich unruhig, es ist, als wäre jemand anders in mir, der alles Mögliche will, während ich selbst das nicht will.«

Ein Seufzer.

Diese atemlose Wortkette, dieses fast zwanghafte Aneinanderreihen von kann-nicht und will-doch, darf-nicht und darf-doch ist ein Versuch zu kommunizieren, und das verwehrt ihr den Zugang zu ihrem Gefühl, zu dem, was tief in ihr haust und sich bewegt, der Panther, der dort unruhig in seinem Käfig hin- und herläuft, die animalische Kraft und der Hunger und der Trieb, die in ihr eingeschlossen sind, dazu verdammt, hungrig, gefangen und gezähmt zu bleiben.

Fünf, zehn, manchmal fünfzehn Minuten lang singt sie das Lied, das ihre Unruhe beschreibt.

Die tiefsten Gefühle, Phantasien, Wünsche, Tabus, Traumata, all das ist fast immer fragmentarisch. Es schimmert … nein, flackert auf. Ganz schwach in der dunklen Höhle unserer Innenwelt. Es macht uns Angst. Es macht uns beschämt. Es erfüllt uns mit Abscheu. Erst nach langer Zeit kann es auch zu Einsicht führen.

Wie aber sieht die Einsicht aus? Vier Wochen, und ich habe noch immer keine Ahnung, warum diese gesunde junge Frau mit ihrem gesunden jungen Körper sich dieser Zucht unterworfen hat. Sie gestattet sich nichts. Sie läuft auf Zehenspitzen, um kein Geräusch zu machen. Sie leidet unter Verstopfung, um möglichst selten zur Toilette zu müssen, und trinkt kaum aus demselben Grund. Ihre sexuelle Geschichte ist eine von einer Handvoll zerebraler Beziehungen mit genauso zerebralen Männern. Zum Akt kam es selten, weil sie »zu eng« ist.

Ich hatte gefragt, was sie damit meine.

»Es passt nicht rein. Es tut weh. Es ist zu groß.«

»Was ist ›es‹?«

Ein Zwing-mich-um-Himmels-willen-nicht-Blick.

»Es kann ein körperlicher Grund vorliegen, das kann dann ein Gynäkologe untersuchen, oder es gibt einen psychologischen Grund, warum Sex so schwierig ist, und dann können wir hier darüber sprechen.«

Eine rundheraus schreckhafte Reaktion. Ich hätte genauso gut »Leichenhalle« anstatt Gynäkologe sagen können oder »Vogelgrippe« anstelle von Sex.

»Es gibt noch mehr als das«, sagte sie.

»Als Sex? Sicher. Nenn mal was.«

»Na ja, alles Mögliche.«

In einem »Ist ja wohl klar«-Ton.

»Zum Beispiel?«

Die bekannte Aufzählung der *NRC*-lesenden Niederlande: Bücher, Malerei, Ballett, Philosophie …

»Das ist nicht ›mehr‹. Das ist ›etwas ganz anderes‹.«

Keine Antwort, kein Gesichtsausdruck.

»Was ist diese Unruhe, die du spürst?«

Sie wisse es nicht.

»Was spürst du, wenn du das merkst?«

»…«

»Gehetztheit, Atemnot, Aggression, Frust?«

Sie schüttelte den Kopf.

Sie hat keinen Zugang dazu, was sie dieser Zucht aussetzt. Sie ist ihr eigener strenger Gebieter, aber sie weiß nicht, warum, oder was sie dabei erlebt oder empfindet. Wir stehen vor einem großen leeren Feld, und weder sie noch ich wissen in diesem Moment, wie wir es durchqueren sollen, um in den dunklen Wald zu gelangen, wo Pan haust.

Ich denke, es wäre gut, wenn sie sich auf die Couch legen würde. Klassische Psychoanalyse ist selten geworden, und ich sage nicht, dass sie ein Allheilmittel ist, aber für Fälle wie Stephanie ist ein langsamer, sorgfältiger Weg in die Tiefe des Waldes wahrscheinlich die beste Lösung. Wir können ihr neurotisches Verhalten mit Hilfe von Verhaltenstherapie ändern, wir können vielleicht mit Hilfe von Medikamenten dafür sorgen, dass sie funktioniert, und vielleicht verbessert das sogar einigermaßen ihre Lebensqualität, aber wie lange wird das dauern, und wird es ihr Unglück beseitigen, wird es die strafende Instanz in ihr aufspüren und sie mit ihr konfrontieren?

Wald. Rotkäppchen. Großmutter und der Wolf. Pan.

Ich merke, dass ich den Weg, den der Klient und ich zurücklegen, oft als eine Art Suche ins Innerste eines dunklen Walds betrachte. Davon handeln auch viele alte Märchen. Das Mädchen, das zur Frau werden soll, Rotkäppchen als Verweis auf ihre Menstruation, kommt in Berührung mit der atavistischen Welt von Lust und Gefahr, mit dem Wolf im tiefen Wald, als sie zur Großmutter geht. Was ist die Großmutter? Und wer der Wolf? Die Antwort liegt im tiefen Dämmerreich des Waldes.

Aber Stephanie will nicht in den Wald, und sie will sich auch nicht hinlegen.

Warum sie, als ich sie fragte, weshalb sie so angespannt sei, gesagt habe, das sei immer so, wenn jemand neben ihr liege, wo es doch darum geht, warum sie hier so sitzt? Ein Verlangen, doch auf dieser Couch …?

Sie schüttelt den Kopf.

»Liegen war das Wort, das du verwendet hast.«

»…«

»Hast du es nicht gesagt oder hast du es nicht gedacht?«

»Ich habe es nicht gedacht!«

Ein Blick zur Seite, wo die Couch steht.

»Aber gesagt hast du es.«

»Nein …«

»Du hast sogar eine Menge Wörter bemüht, um diesen Irrtum wiedergutzumachen.«

»Ja, aber es war ein Irrtum.«

»Ein Versprecher.«

»Sie irren sich doch auch mal, oder?«

»Irren ist menschlich.«

Eine vage Ungläubigkeit.

»Sich irren sagt viel über unsere Menschlichkeit aus. Würdest du bitte mal über ›sitzen‹ und ›liegen‹ nachdenken? Und vielleicht, Stephanie, ist es eine gute Idee aufzuschreiben, was du nicht sagen kannst. Wir sehen uns Mittwoch wieder.«

»Sorry.«

»Sorry? Wofür?«

»Es ist bestimmt schon zu spät.«

»Genau die richtige Zeit. Und falls du hier zu lange bleibst, so liegt das nicht an dir, sondern an mir. Bis morgen.«

»Mittwoch, oder?«

»... Ja. Natürlich. Siehst du? Irren ist menschlich.«

Ihr Blick. Dass sie kein Wort davon glaubt.

—

Es gibt keinen, der das Sprechzimmer betritt, ohne einen Blick auf die Couch zu werfen. Manchmal wie Bergkamp (*das ist also das Ding*), manchmal abwehrend (*alles, bloß das nicht!*), manchmal mit Bedauern (*bin ich nicht interessant genug für die Couch?*). Die Couch ist die Ikone der Psychoanalyse, das Freud'sche Vermächtnis, materialisiert in einem Objekt, das Faszination und Abscheu weckt, Schaudern und Verlangen. Es gibt keinen Cartoon über einen Psychiater ohne eine Couch. Keinen Film über neurotische New Yorker Intellektuelle ohne die Szene, in der eine Figur ihre Probleme im Liegen zusammenfasst. Die Couch ist für die Psychoanalyse, was das Kreuz fürs Christentum ist: ein ritualisierter Gegenstand, ein Pars pro toto, der ganz schön im Weg steht, der Baum, der den Blick auf den Wald versperrt.

Freuds eigenes Exemplar war das Geschenk einer Klientin, Madame Benvenisti. Sie soll gesagt haben, wenn er schon den Inhalt ihres Kopfes untersuchen wolle, dann wolle sie dabei wenigstens bequem liegen. Die Couch war beigefarben. Freud legte persische Teppiche und Kissen darauf. Der Stuhl stand damals noch nicht am Kopfende. Freud experimentierte mit verschiedenen Positionen und gelangte erst nach einiger Zeit zu der heute üblichen. Eine – wahrscheinlich apokryphe – Geschichte behauptet, eine Klientin habe ihn zu einem Schäferstündchen auf der Couch verführen wollen, und das sei der Grund für die Position des Stuhls. In einer anderen Geschichte sagt Freud, er möge es nicht, neun Stunden lang pro Tag angestarrt zu werden. Wahrscheinlicher ist, dass er erkannte, dass die Position am Kopfende zur Konzentration des Patienten beitrug, der so auch keine Missbilligung oder Zustimmung vom Gesicht des Psychiaters ablesen konnte.

Die Urcouch stand im Sprechzimmer in der Berggasse 19, bis die Familie Wien auf der Flucht vor dem antisemitischen Terror nach dem »Anschluss« verließ. Direkter Anlass für die Flucht war die Festnahme von Freuds Tochter und Schülerin Anna und ihr Verhör durch die Gestapo. Das war der Tropfen, der das Fass zum Überlaufen brachte. Endlich beschloss Freud, seine internationalen Kontakte zu nutzen, um die Abreise der Familie in die Wege zu leiten.

Die Abreise war eine Flucht, aber die Flucht war auch eine Abreise. Die Nazis wussten sich keinen Rat mit Freud. Die Familie wurde zwar durch unerwünschten und bedrohlichen Besuch von der Gestapo behelligt – von Martha Freud kühl mit den Worten empfangen, in ihrem Haus stünden Gäste nicht, ob die Herren nicht, bitte sehr, Platz nehmen wollten, was sie taten, um später mit dem Haushaltsgeld in Höhe von 6000 Schilling wieder zu gehen, was Freud den Ausruf entlockte, er selbst habe noch nie so viel für einen Hausbesuch bekommen –, doch trotz dieser Einschüchterungen wagte niemand, Freud festzunehmen und abzuführen. Seine Bücher wurden öffentlich verbrannt (»Was für ein Fortschritt«, sagte

Freud. »Im Mittelalter hätte man mich verbrannt.«), und seinem Sohn wurde auf der Straße eine Pistole an den Kopf gedrückt. Es entstand eine Pattsituation, die erst ein Ende fand, als Anton Sauerwald mit der Angelegenheit beauftragt wurde. Als überzeugter Nazi empfand er wenig Sympathie für den Wiener Arzt, doch seine Gewissenhaftigkeit führte dazu, dass er nicht nur Freuds Unterlagen und die seines Verlags genau durchforstete, sondern auch die Bücher seines Opfers las. Letzteres führte eine Umkehr in Sauerwalds Denken herbei, und schließlich war er es, der, indem er Freuds Auslandsguthaben verschwieg, die Ausreise so regelte, dass die Familie nicht völlig mittellos dastand. Aus einem Brief der Umzugs- und Lagerspedition Bäuml an Freud geht hervor, dass Sauerwald sogar die Kosten für den Transport der Besitztümer (drei Waggons) dem Staat in Rechnung stellte.

Die Couch traf in einer riesigen Kiste in London ein und wurde in einem neuen Arbeitszimmer aufgestellt. Zu der Zeit wurde Freud von seiner Krebserkrankung bereits so gequält, dass er behauptete, selbst mehr auf der Couch zu liegen als seine Patienten. Das Möbel steht heute hinter einer roten Absperrkordel in Maresfield Gardens, dem Haus, in dem Freud 1939 starb und das heute ein Museum ist.

Schon vor der »Erfindung« der Psychoanalyse hatten Ärzte Liegen in ihren Sprechzimmern. Das waren unappetitliche Dinger, die für körperliche Untersuchungen bestimmt waren. Dennoch lag es nicht unbedingt nahe, sich für eine bequemere Liege zu entscheiden. Die Couch hatte keinen guten Ruf. Sie wurde mit dem Boudoir assoziiert, dem Ort, an den sich Damen aus den besseren Kreisen – zuweilen in Gesellschaft eines amourösen Hauslehrers – zurückzogen. Nicht umsonst erklärte der Benimmpapst jener Tage, ein gewisser Schramm, ein Herr nehme niemals Platz auf der Couch, nicht einmal um darauf zu sitzen. Liegen und dann noch über das reden, was sich im Kopf abspielt, war die Kombination zweier enormer, gesellschaftlich unerwünschter Dinge. Weshalb Freud trotzdem mit der Konvention brach, hat damit zu tun, was geschieht, wenn jemand in liegender Position über sich selbst spricht, über seine Geschichte, seine Träume, Wünsche und Phantasien. Wenn alles gut läuft, entsteht eine Art Trance, ein Halbschlaf, in dem der Geist über die Hemmungen und, ja, die Etikette hinausgelangt. Die Psychoanalyse ist kein Gespräch, sondern ein Monolog, der den Patienten tief in den dunklen Wald führt. Das geht am besten mit geschlossenen Augen, im Liegen, in einer vertrauten, geschützten Umgebung. Dafür ist die Couch das ideale Möbelstück.

Die »Gesprächstherapie«, wie sie anfangs genannt wurde, war für Freud im Übrigen die zweite Wahl. Zuvor hatte er es mit Hypnose versucht und dabei festgestellt, dass er ein schlechter Hypnotiseur war. Die Couch war in gewisser Weise sein »Plan B«, eine Methode, einen ähnlichen Bewusstseinszustand herbeizuführen, einen, der dem Patienten Zugang zu dem verschafft, was sonst vielleicht nur in hypnotisiertem Zustand erforscht werden konnte.

Neben der Couch ist auch die übrige Sprechzimmereinrichtung von Bedeutung. In Freuds Fall war das ein buntes Sammelsurium römischer, griechischer und ägyptischer Kunstgegenstände. Objekte also, so Freud, »die dadurch erhalten blieben, dass sie begraben waren«. In dieser Bemerkung tritt zutage, was nach seiner Ansicht und nach der seiner Nachfolger die Crux an der Analyse ist: das Ausgraben dessen, was sich unter dem Staub der Zeit erhalten hat oder sogar absichtlich verborgen wurde.

Für einen Klienten ist es schwierig, sich völlig zu entblößen und seine Lebensgeschichte darzulegen, ohne eine Vorstellung vom Leben und von der Persönlichkeit seines Therapeuten zu haben. Es kann helfen, wenn in der Einrichtung des Zimmers etwas von dieser Persönlichkeit zum Vorschein kommt. Außerdem bietet es Anknüpfungspunkte beim Assoziieren. Mein Lehrmeister, Abraham Vogel, entschied sich für eine dominierende Farbe, in seinem Fall Grün. Diese Farbe kehrte manchmal in den Träumen und Phantasien des Klienten wieder, und nach Vogels Meinung ließ sich daraus so einiges über die Beziehung Therapeut – Klient und die Bedeutung besagter Träume und Phantasien ableiten. Für mich war die Frage der Einrichtung sofort aktuell, als ich vor fünf Jahren hierherkam.

Die Modernisierung des Hauptgebäudes war in vollem Gang. Die Therapeuten hatten provisorische Sprechzimmer in Containern bekommen, die so hellhörig waren, dass man das Schluchzen im Raum rechts und das Schweigen im Raum links hörte. Gegen Ende der Umbauphase gab der Verwaltungsdirektor bekannt, dass jeder ein kleines Budget für die Einrichtung seines Sprechzimmers erhalte. Die meisten stellten das auf, was sie zu Hause hatten: das Post-Bauhaus-Mobiliar, das akademisch gebildete Linksliberale weltweit irgendwie zu lieben scheinen.

Ich ging zu jemandem, der gebrauchte Möbel aufkaufte, herrichtete und wieder verkaufte. Das Geschäft befand sich in einer ehemaligen Schmiede aus dem späten Mittelalter: ein hoher, halbdunkler Raum, links und rechts vollgestopft mit Stühlen, Anrichten, Tischen und einer erstaunlich breit gefächerten Menge an Gegenständen von Vintage-Look bis zu nostalgischem Krempel. Zwischen den vor sich hin rostenden Schafschurscheren, glasierten Geneversteingutflaschen,

Setzkästen, Sturmlaternen, Spinnrädern, Dreschflegeln, Torfspaten, Holzschubkarren und ausgestopften Fasanen standen und hingen Radios aus den fünfziger Jahren, orangefarbene Plastiksalatschleudern, geblümtes Plastikcampinggeschirr, hohe Kinderwagen mit riesigen Blattfedern, Rauchglaslampen, Tomado-Bücherregale, Fernsehapparate in Holzschränken sowie, zu meiner Überraschung, ein Turngerät.

Die Besitzerin war eine ungefähr vierzigjährige Frau, die sich als Benthe Jarichs vorstellte. Hinter ihrem Ohr lugte ein Zimmermannsbleistift aus wilden roten Locken hervor. Ein ruhiges Gesicht, volle Lippen, mandelförmige braune Augen und eine große Nase. Eine Frau, die Ruhe ausstrahlte.

Sie sah sich die Liste, die ich aufgestellt hatte, mit einer Art abwesendem Interesse an, als ginge kaum ein Tag vorbei, ohne dass jemand kam und eine Sprechzimmereinrichtung bestellte.

»Was für eine Couch?«

»Eine, die man ganz flach aufklappen kann und auf der man bequem liegt.«

»Couchen sind fast immer mit Rosshaar gefüllt, und sonst haben sie eine Metallfederung.«

»Und darauf liegt man nicht gut?«

Sie schüttelte den Kopf.

»Warum kein Sofa?«

»Es muss eine Couch sein. Ich bin Psychiater. Man muss darauf liegen können.«

Sie zog eine Augenbraue hoch und betrachtete mich prüfend. Als sie damit fertig war, starrte sie eine Weile vor sich hin, und nachdem sie das ausreichend getan hatte, nickte sie.

»Kaffee.«

Es war eher eine Regieanweisung als eine Frage.

Wir tranken im hinteren Teil des Geschäfts Kaffee, wo mitten in all den Sachen ein kleiner Holzschreibtisch stand, vollgeklebt mit Notizzetteln, fast zusammenbrechend unter Töpfchen mit Schrauben und Muttern und Metallringen, einer Kaffeemaschine, einer Konservenbüchse, in der Kulis und Bleistifte standen, und einem Stapel abgegriffener Bücher über antike Uhren, Memphis-Möbel und WMF. Benthe setzte sich auf einen Gispen-Bürostuhl, aus dessen graugrünem Bezug an verschiedenen Stellen Schaumstoff quoll, und deutete auf den Küchenstuhl neben dem Schreibtisch. Sie goss den Kaffee in riesige Becher, zog eine Schublade auf, aus der sie ein Päckchen Gitanes Jaune nahm, und bot mir eine an. Eine Zeitlang rauchten wir schweigend und tranken den starken Kaffee.

»Psychiater also.«

»Irgendwer muss es machen.«

Sie grinste.

»Und kein Geld für neue Möbel?«

»Keine Lust auf neue Möbel.«

Ich erklärte ihr, was ich vorhatte, und konnte erkennen, dass ihr die Idee gefiel. Sie kannte wie alle Einwohner der kleinen Stadt das Gebäude, in dem die Klinik untergebracht war, und fragte, ob ich auf »Sachen aus dieser Zeit« aus sei.

»Welche Zeit? 1920, 1930, die Richtung?«

Sie nickte.

Ich sagte, ich sei kein Purist und hätte nur eine bestimmte Atmosphäre im Auge.

Wir redeten noch ein bisschen, tranken Kaffee, und als ich eine halbe Stunde später wieder ging, war ich überzeugt, mit der Einrichtung meines Sprechzimmers auf dem richtigen Weg zu sein.

Das war der Beginn eines zögernden, fast behutsamen

Kontakts gewesen. Von Zeit zu Zeit, wenn sie etwas gefunden hatte, ging ich hin und sah es mir an, und dann tranken wir Kaffee und rauchten die gelben Gitanes, die sie wie viele ihrer Sachen aus Frankreich holte. Nach ein paar Monaten, als das Behandlungszimmer längst eingerichtet war, lud sie mich zum Essen ein. Sie wohnte auf einem Bauernhof im Osten der Stadt, wo die Bebauung wogenden Fluren und Wallhecken wich.

Sie kam an die Tür, Geschirrhandtuch über der Schulter, und ging mir eilig voran.

»Was ist das?«, fragte ich, als wir drinnen waren.

»Die Küche. Wein?«

»Das hier ist keine Küche. Das ist eine Industrieanlage. Woran arbeitest du? Kalte Kernfusion?«

»Weiß oder rot? Der Weiße ist ein Neuseeländer.«

»Ist das gut oder schlecht?«

»Was?«

»Dass es ein Neuseeländer ist.«

»Gut. Weißt du was, ich geb dir den Weißen.«

Die Küche nahm ein Viertel des Wohnraums ein, und der, einst die Tenne, war nicht klein. Die rückwärtige Wand wurde von einem riesigen zweitürigen Kühlschrank und einer Schrankwand mit zwei Backöfen eingenommen, einer eingebauten Espressomaschine und so vielen Schubladen, dass ich mir nicht vorstellen konnte, was da alles drin sein könnte. Meine Küchengeräte beschränkten sich auf einen Käsehobel und einen Spatel, um Spiegeleier aus der Pfanne zu heben.

Während sie an einem der Öfen hantierte und ich Weißwein trank und mich fragte, warum jemand zwei Öfen hatte, erzählte sie, dass Kochen ihr Hobby sei.

»Für wen kochst du denn?«

Sie zog einen Bräter hervor und verschwand in den daraus aufsteigenden Dämpfen.

»Für niemanden. Ich liebe Kochen, keine Gesellschaft.«

Ich sah sie an.

»So gewinnt man Freunde.«

Sie beugte sich über den Bräter und inspizierte den Inhalt.

»Ich habe keine Freunde«, sagte sie.

»Das verspricht ein gemütlicher Abend zu werden.«

Als sie sich wieder aufrichtete, lächelte sie.

Wir aßen an jenem Abend gerösteten Kürbis, Lachs mit Safran und einen Salat in Form eines Törtchens, in dem sich bunte Blütenblättchen befanden.

»Du hast vielleicht keine Freunde«, sagte ich beim Dessert – vier Sorten hiesiger Käse und selbstgebackenes Sauerteigbrot mit einer Kruste, die wie ein seidenes Unterkleid knisterte –, »aber wenn du welche hättest, würdest du sie mit solchem Essen sehr glücklich machen.«

»Ich mache lieber mich selbst glücklich. Nichts Berufliches jetzt, Herr Doktor. Ich laber dir nichts von Antiquitäten vor, und du lässt meine Seele in Ruhe.«

Nach dem Dessert zogen wir auf die großen Sofas auf der anderen Seite des Wohnraums um. Sie trank den letzten Rest des Dessertweins, ich einen doppelten Espresso. Ich fragte, wie sie im Antiquitätenhandel gelandet war.

»Du stellst gern Fragen, nicht?«

»Psychiater sind auch nur ganz normale Menschen.«

»Ich habe Geschichte studiert. Mittelalterliche Klosterorden im Norden der Nördlichen Niederlande, das war mein Examensthema.«

»Was ist so besonders am *Norden* der Nördlichen …«

»Vieles. Aber nicht genug.«

Sie hatte kurz vor dem Abschluss gestanden, als ihre Eltern bei einem Autounfall starben. Sie erbte den Bauernhof und eine Scheune voller Trödel, die »Sammlung« ihres Vaters. Die verkaufte sie.

»Und so kam eins zum anderen. Was? Was ist los?«

Mein Erstaunen muss sichtbar gewesen sein.

»Ich … ähm … wundere mich nur über die Sachlichkeit deiner Zusammenfassung.«

»Doktor Adenauer, das ist zwanzig … nein: fünfzehn Jahre her. Es ist Vergangenheit, Geschichte.«

Ihre ganze Haltung drückte aus, dass dieses Thema beendet war und nicht mehr zur Sprache kommen würde.

Trotz dieses abwehrenden Verhaltens oder vielleicht gerade deswegen – sie hatte die Grenzen unserer Beziehung sehr klar markiert – ist eine Art Freundschaft zwischen uns entstanden. Am ersten Sonnabend im Monat esse ich bei ihr, am letzten des Monats sie bei mir. Was ich koche, kann nie so genussvoll sein wie das, was sie zubereitet. Ich kompensiere das mit Wein, zu dem ein Käsebrot zum Festessen wird.

Diese Essensverabredungen sind wie unsere Freundschaft: voll und reich auf der einen Seite, fast schon karg auf der anderen. Eine Landkarte unserer Beziehung würde aussehen wie die der beiden einstigen Deutschlands: eine Welt von Vereinbarungen und Berührungsflächen, getrennt durch ein Niemandsland, in das sich kein Mensch vorwagt.

—

Am späten Nachmittag suche ich Speelman in seinem Zimmer auf. Er steht vor dem Blumenkasten am Fenster und hantiert mit einer kleinen Schere. Wir setzen uns und schweigen.

»Wie war's in Helsinki?«, fragt Speelman nach einer Weile.

Ich seufze.

Er zieht die Augenbrauen in die Höhe.

»Ich warte gespannt auf den Bericht. Wie ich höre, hattest du Besuch von der Polizei.«

Ich nicke.

»Gibt es etwas, was ich wissen muss?«

Ich erkläre ihm, weshalb Bergkamp zu mir kam.

»Das ist das eine«, sage ich, »aber es gibt auch noch etwas anderes, wobei ich deine Hilfe brauche.«

»Ah«, sagt Speelman. »Als Kollege oder als Supervisor?«

»Meinetwegen als Fuchsienzüchter.«

»Interessant. Im ersten Satz bittest du um meine Hilfe, und im zweiten lehnst du mich als Psychiater ab«, sagt Speelman.

Ich lächle.

Ich erzähle ihm von Frau Helder, von Bergkamp, vom Selbstmord vor drei Jahren, meinem Geblätter in den Notizen. Habe ich etwas übersehen, war ich kein guter Helfer, warum spüre ich eine … Verbindung zu diesem Selbstmord vor drei Jahren und einem Monat? Zum Schluss erzähle ich ihm von Lina Wolters' Einladung, meiner Abwehr, die nichts mit ihr zu tun hat, aber …

»Nachlässigkeit?«, sagt Speelman. »Du betrachtest unsere Unfähigkeit, das Unglück anderer zu verhindern, jederzeit erfolgreich Trost zu bieten, den Menschen von seinem Kummer und Schmerz zu heilen, das betrachtest du als Nachlässigkeit?«

»Ja. Nein. Nein, nicht alles kann geheilt werden. Das weiß ich. Aber es gibt eine individuelle und eine kollektive Verantwortung für den anderen.«

»Ich verstehe, dass ›der andere‹ in diesem Fall mit Großbuchstaben geschrieben wird«, sagt Speelman. »Erklär mir das mal. Ist das Auflehnung gegen die Fehlbarkeit des Menschen, gegen Unglück an sich, oder hat es mit etwas zu tun, was dich quält?«

Ich starre ihn an.

»Darf ich dir eine Geschichte erzählen?«, sagt er.

»Eine Parabel?«

»Wenn du willst. Ein Friseur, den ich mal behandelt habe. Ein Mann Anfang sechzig. Überwiesen vom Hausarzt. Ein kleiner, ruhiger Mann mit leiser Stimme und bedächtigen Umgangsformen. Ein Damenfriseur. Keine Vorgeschichte von signifikanten Problemen. Bis er plötzlich Schlafprobleme bekam und ohne Anlass Weinkrämpfe. Er hatte das Geschäft auf seinen Sohn überschrieben und bediente nur noch ein paar ältere Damen. Ein Mann, der sich überflüssig werden sieht. Wir sprechen zwei-, dreimal über die Idee des Nützlichseins und woraus man seine Nützlichkeit bezieht. Die bekannte Geschichte.«

Speelman steht auf und lässt die Jalousie herunter. Er stellt die Lamellen so, dass die Spätnachmittagssonne gefiltert wird. Die Hände in den Taschen, bleibt er am Fenster stehen.

»Irgendwie passierte nichts. Ich hatte immer stärker den Eindruck, dass es ihm gar nicht so viel ausmachte, dass er überflüssig geworden war. Er ging angeln, fand Gefallen daran, mit seiner Frau einkaufen zu gehen, und wenn er davon erzählte, sah man zu viel Zufriedenheit, als dass man hätte denken können, dass dieser Mann seinen Wert ausschließlich aus seiner Arbeit bezog und dass seine Schlaflosigkeit und Labilität von einem Gefühl der Nutzlosigkeit herrührten. Aber wir kamen auch nicht richtig dahinter, woran es dann lag. Und währenddessen ging es ihm nicht besser. Unterbrochene

Nächte, die dazugehörige Reizbarkeit, dadurch Konflikte mit seiner Frau und seinem Sohn.«

Er setzt sich wieder.

»Bei der vierten Sitzung«, sagt Speelman, »lässt er sich auf den Stuhl plumpsen, ein erschöpfter Mann, Ringe unter den Augen, fahle Haut. *Worn down*. Sein Sohn hatte die Preise erhöht, und mein Klient war explodiert: dass es nicht nur um den Gewinn gehe, sondern dass man auch eine Dienstleistung erbringe und dass manche alte Kundinnen schon dreißig Jahre ins Geschäft kämen und sie immer gut zu ihm und seiner Familie gewesen seien und er zu ihnen und ... Er bekommt einen Weinkrampf. Die Gefühlswirkung von Worten. Ich frage: Was ist ›gut‹? Und er platzt los. Dass er vor Jahren einen jungen Italiener als Lehrling eingestellt habe. Einen bescheidenen, etwas stillen jungen Mann. Tony. Er arbeitet eine Weile bei ihm, der Nikolaustag nähert sich. Die Angestellten kaufen kleine Geschenke füreinander, überlegen sich Überraschungen. Der fünfte Dezember. Sie feiern im Geschäft. Während sie da beisammensitzen – Kakao, Printen, was eben alles dazugehört –, presst Tony plötzlich die Hand auf seine Augen und beginnt herzzerreißend zu weinen. Der Friseur steht auf, legt ihm eine Hand auf die Schulter: Tony, was ist? Und Tony sagt: Ich bin nicht Tony, ich bin kein Italiener, ich bin aus dem Iran geflüchtet. Der Friseur sagt: Junge, das macht doch nichts. Und Tony: Ich gehe, ich halte das nicht mehr aus. Der Friseur: Was hältst du nicht mehr aus? Tony sieht sich um, schaut auf die anderen Angestellten, die beieinandersitzen, die Geschenke auf dem Tisch und die Becher mit Kakao, auf all das, und sagt: Ich halte die Güte der Menschen nicht mehr aus. Und steht auf und geht.«

»Du glaubst, ich bin dieser Friseurlehrling«, sage ich.

Speelman schüttelt den Kopf.

»Tony verschwindet. Jahre später begegnet der Friseur ihm auf der Straße. Ungefähr zwei Monate, bevor er bei mir landet. Er sagt: Tony, mein Junge, wie geht es dir, was kann ich für dich tun? Er beschreibt Tony. Der mechanische Gang eines Menschen, für den Gehen kein Mittel mehr ist, sondern ein Zweck. In Stücke durchsichtiges Plastik gewickelt, ein Teil davon über seinen verfilzten Haaren. Die Füße in mit Schnur zusammengebundenen alten Einkaufstüten. Tony sieht ihn nicht an und sagt nichts. Der Friseur will ihm Geld geben. Tony nimmt es nicht an. Und diese Augen, sagt der Friseur, dass die einen nicht ansahen. Er beschreibt sie als verblüffend hellblau unter tiefschwarzem Haar. Dass man nichts für ihn tun kann, sagt der Friseur. Er hatte von einem Nachbarn gehört, dass andere es auch schon versucht hatten, aber Tony sprach nicht, er sah einen nicht an und wollte nichts haben. Er begegnet ihm später noch einmal, aber wieder will Tony keine Hilfe annehmen. Da hat der Friseur ein Brötchen gekauft und es auf einen Stromkasten gelegt.«

Er schweigt und sieht mich an.

»Ich verstehe, worauf du hinauswillst«, sage ich. »Aber es gibt einen Unterschied zwischen der Empfindlichkeit von Tony – und ich denke, die betrifft eher die Schlechtigkeit als die Güte der Menschen – und der Tatsache, dass ich mich frage, ob ich richtig … Oh …«

Speelmans Blick.

»Ja, verstehe. Mein Gott …«

»Ja, der auch«, sagt Speelman. »Wir versuchen, Heilung oder wenigstens Erleichterung herbeizuführen, aber das gelingt uns nicht immer. Das bedeutet nicht, dass wir versagt haben, und auch nicht, dass wir ohne Belang sind. Lina?«

»Ich kann nicht ja zu ihr sagen, weil ich Angst habe, dass ich nicht nein sagen kann.«

»Meiner Meinung nach«, sagt Speelman, »hat sie dich zum Essen eingeladen. Das ist noch kein Heiratsantrag.«

»Es war eine *Aufforderung zum Tanz*.«

»*Aufforderung zum* … Weber. Hm. Wenn ich mich richtig erinnere, bittet in diesem Musikstück ein Mann eine Frau um einen Tanz, woraufhin sie einen Walzer tanzen und zum Schluss höflich auseinandergehen. Es geht hier nicht ums Neinsagen, sondern um deinen Hunger. Jemand will dir ein Brötchen geben, aber du wagst es nicht anzunehmen, weil du Angst hast.«

Wir sehen einander an.

»Getroffen?«

»Es wirkt besser, wenn du dich nicht so selbstgefällig benimmst«, sage ich.

Speelman lächelt.

—

In der Analyse wollen wir hinein, in das, was hinter der Fassade liegt: die Küche, das Wohnzimmer, die Abstellkammer mit dem Putzlappen und den Eimern, das Schlafzimmer, das Bad und, ja, auch die Toilette.

Wenn der Klient in ganzen Sätzen formuliert, sehen wir uns noch die Architektur an: Dies ist die Präsentation, dies ist die Fassade, die jemand hochgezogen hat, dies ist, wie jemand sich selbst sieht und, vor allem, gesehen werden will. Was wir uns wünschen, ist, dass die Gedanken, Gefühle, Assoziationen möglichst ungehindert strömen. Wer je eine gelungene Analyse durchlaufen hat, weiß, dass es eine Technik ist, dass das strukturierte, logische Denken gestoppt werden kann, um den Geist frei schweifen zu lassen. Es ist eine Art Meditation, deren Ziel es nicht ist, den Geist leerzumachen, sondern freizulassen. Ich habe das selbst auf der Couch bei Abraham Vogel gelernt, erst als sein Patient, später als sein Student. Ich habe starke Erinnerungen an ihn. Wie er einem großen grauen Reiher gleich leicht gebeugt auf und ab ging, wenn er laut nachdachte, Hände auf dem Rücken, die prononcierte Hakennase, das zurückgekämmte spröde stahlwollgraue Haar. Er dozierte wie ein Cambridge-Don im großen Vorderzimmer seines Hauses. Vier, fünf Studenten – wir waren bereits eine aussterbende Art – auf dem Sofa und den Sesseln, während er vor dem massiven Kaminsims aus rotbraunem Marmor auf und ab ging, auf dem eine Gipsbüste von Thomas Mann brüderlich neben der von Freud stand, beide mal mit Filzstiften von seiner kleinen Tochter bearbeitet, wodurch die Giganten der deutschen Kultur mit ihren knallroten Lippen sowie blauen (Mann) und grünen (Freud) Haaren wie Statisten in einem Berliner Schwulenkabarett der dreißiger Jahre aussahen.

Aber Abraham Vogel ist nicht mehr. Ich bin jetzt mein eigener Analytiker und mein eigener Patient.

Jag lever. Jag är bara skendöd.

Hans Christian Andersen legte jeden Abend vor dem Schlafen einen Zettel mit diesen Worten auf seinen Nachttisch. Und diese Worte drehen sich in meinem Kopf im Kreis wie ein Hund, der einen Platz sucht, wo er sich hinlegen kann.

Jag lever. Jag är bara skendöd.

Ich lebe. Ich bin nur scheintot.

—

Ich bin als Kind einer alleinstehenden Mutter im Haus meiner Großeltern aufgewachsen und wurde von ihnen und von meiner leicht abwesenden Mutter erzogen. Das hatte ein Ende, als binnen weniger als einem Jahr zuerst mein Großvater, danach meine Großmutter und schließlich meine Mutter starben. Diese Zeit ist ein leeres Gebiet auf der Karte meiner Erinnerung, ein ausradierter Fleck, auf den Wege und Straßen zulaufen und in einem Schleier gräulicher Bleistiftreste und Radierspuren verschwinden, ein von Sümpfen und morastigen Mooren umgebener Fleck, dessen Topographie aus Geschichten, Überlieferung und Mythos besteht. *Hic sunt leones*.

Ich verkaufte fast die gesamte Einrichtung. Ich betrachtete das als rationale Handlung: Ein Mensch braucht ein Bett, einen Stuhl und einen Tisch, alles Übrige ist Ballast. Zwei Sessel von vor dem Krieg hatte ich stehen lassen. Darauf saßen mein Jugendfreund Wessel und ich, während wir Wein tranken. Nachts liefen wir aus der Stadt und streiften bei Mondlicht durch Wälder und Felder. Es war der Abschied von unserer Jugend und von einer Freiheit, wie wir sie nie mehr kennen würden. Es war auch unser Abschied voneinander. Nach dem Sommer ging Wessel nach England zum Studieren, ich blieb in dem Haus, in dem ich aufgewachsen war. Es war leerer als leer. Jedes Mal, wenn ich eine Tür öffnete, überraschten mich die kahlen Fußböden, die Wände mit ihren Nachbildern von Uhren, Gemälden und Schränken. Wenn ich morgens aufwachte, musste ich mir stets von neuem sagen, dass niemand da war, dass meine Großmutter, mein Großvater und meine Mutter weg waren und nicht mehr zurückkommen würden. Tagsüber füllte ich meine Zeit mit einem strengen Regime selbst auferlegter häuslicher Pflichten, abends trank ich eine Flasche Wein und las die Bücher immer wieder von vorn, die meinen romantischen Widerwillen gegen den Abschied von der Jugend zusammenfassten und bestätigten: *Brideshead Revisited*, *Le Grand Meaulnes*, *Der junge Törless*. Wenn es Nacht wurde, ging ich hinaus und ließ mich vom Zufall führen, während ich durch Wald und Feld streifte. Ich suchte, wusste aber nicht, was.

Das endete im Winter, als ein Bauer mich in seiner Scheune fand, in der ich, verirrt und kalt, Schutz gesucht hatte. Ich war unterkühlt und wurde von einem Rettungswagen ins Krankenhaus gebracht. Anna, meine Schulfreundin, kam, nahm mich bei sich auf, stellte den Kontakt zu Abraham Vogel her und fuhr mich viermal pro Woche zu ihm, wo ich auf einer Couch lag und schwieg, schwieg und schwieg, bis ich endlich, nach Wochen der Stille und des Zur-Decke-Hochstarrens, zu sprechen begann.

An das Ereignis, das mich zum Reden brachte, habe ich eine intensive Erinnerung.

Es war während einer jener langen, stillen Stunden, als die Tür von Vogels Sprechzimmer aufging und ich eine Mädchenstimme hörte.

»Abba?«, sagte sie.

Ich drehte den Kopf zur Seite.

»Liesl«, sagte Vogel mit einer Zärtlichkeit, die ich nicht an ihm kannte, »ich bin bei der Arbeit.«

In der Türöffnung stand ein zehnjähriges Mädchen, erkennbar mit einem leichten Down-Syndrom. Rotes Haar in zwei Zöpfen, ein blasses Gesichtchen mit etwas schrägen Augen, einer Stupsnase und einem leicht offen stehenden Mund. Sie schaute herein und schien zu zögern.

»Entschuldigung«, sagte Vogel.

Er erhob sich von seinem Stuhl am Kopfende der Couch und ging zu dem Mädchen. Dort ging er in die Hocke, umarmte sie und flüsterte ihr etwas ins Ohr, während er ihren Kopf streichelte. Sie schlang die Arme um seinen Hals und küsste ihn, und er richtete sich auf, hob sie hoch, küsste sie auf die Wangen und setzte sie dann jenseits der Türschwelle, auf dem Flur, ab.

»Geh in die Küche, Liesl. Da ist Imma.«

Gleich darauf waren ihre Schritte zu hören, als sie durch den Flur rannte.

»Entschuldigung«, sagte Vogel. »Mein Töchterchen hat keinen guten Kopf für Zeit.«

Ich hatte ihn angestarrt.

»Sie ist ein Nachkömmling«, sagte Vogel. »Neun Jahre jünger als ihr Bruder.«

Ich starrte ihn weiter an, war mir dessen bewusst und konnte nichts dagegen machen.

»Sie hat das Down-Syndrom. Früher haben wir diese Kinder Mongölchen genannt. Meiner Meinung nach sprach aus diesem Wort mehr Liebe als aus …«

»Abba?«, sagte ich.

Vogel setzte sich wieder, wo ich ihn nicht sehen konnte.

»Was ist mit ›Abba‹, Herr Adenauer?«

Ich krümmte mich, presste die Hände vors Gesicht und trauerte heulend, holprig und stockend, zweifellos kaum verständlich, um meinen Großvater, den ich »Abba« genannt hatte, weil ich keinen Vater hatte, nie gehabt hatte, nie gekannt hatte. Mein Großvater war es, der mir die Bahnen der Planeten erklärt hatte, indem er Brotkrusten auf der Perserdecke auf dem Esstisch ausgelegt hatte, der seine Hand auf mein von ihm kurz geschnittenes Haar legte und sagte, wir könnten »ihnen« nicht trauen, niemals, und dass er das mal getan hatte, und …

Ich lag wie ein Fötus auf der Couch und lief gluckernd und strudelnd leer. Bilder, Worte, Erinnerungen. Die kugelschreiberblauen Zahlen auf dem Unterarm meines Großvaters, die Sammlung von Papieren und Fotos und Karten, die er »die Untersuchung« nannte und die ich nach seinem Tod im Garten hinter dem Haus verbrannt hatte, »um sie los zu sein«, alles Asche und verbrannt und weg und … Ein Brandopfer … So hatte ich es genannt.

Als Anna mich an jenem Vormittag abholte, wurde sie von Vogel hereingebeten. Sie sprachen kurz und leise miteinander, während ich auf einem Stuhl in der Diele saß und vor mich hin starrte, leer wie eine Flasche, hohl wie ein Fass, ein ausgebranntes Haus. Im Auto, im dichten Stadtverkehr, richtete Anna ihre Aufmerksamkeit auf die Straße, doch als wir draußen waren und über kleine Landstraßen zu ihrem Haus fuhren, schaute sie zur Seite, und als ich das ebenfalls tat und unsere Blicke sich trafen, warf sie mir ein Lächeln so voller Zärtlichkeit zu, dass ich wieder an Vogels Hand denken musste und wie sie auf dem Haar seiner kleinen Tochter gelegen hatte, und prompt liefen mir zu meiner Verwunderung und Scham Tränen über die Wangen.

So, durch Abraham Vogels Nachzüglerin, die mit zögerndem Stimmchen »Abba« sagte, brach der Damm, und ich wollte endlich reden. Oder nein, es war keine Frage des Wollens. Ich hatte keine Kontrolle darüber. Es begann mit meinem Großvater, und danach sprach ich über meine Großmutter und ihr Parfümeriegeschäft und das kleine Lager, in dem die Düfte spritziger Parfüms und blumiger Pudersorten durcheinanderschwebten, ich sprach über meine Mutter, die sich wie eine Schwester verhalten hatte, wodurch ich meine Großeltern als Eltern betrachtet hatte, und … Ich sprang von einem Thema zum anderen, wie ein Mann, der einen wild strömenden Fluss überquert, indem er von Stein zu Stein springt, nie Zeit hat, den nächsten Stein auszuwählen, sondern weitermuss, um nicht zu fallen und zu ertrinken, und daher nicht anders kann, als darauf zu vertrauen, dass der nächste Stein dort ist, wo er es hofft.

Ein halbes Jahr nach dem Beginn meiner Wortflut ging ich nicht zur Couch, sondern setzte mich auf einen der beiden Stühle, die an einem niedrigen kleinen Tisch standen. Vogel warf mir einen kurzen Blick zu und setzte sich auf den anderen Stuhl.

»Ich werde studieren«, sagte ich.

»Das ist ein schöner Plan«, sagte Vogel.

»Es ist kein Plan. Ich werde es tun.«

»Tatkraft«, sagte Vogel.

Ich nickte.

»Und muss ich aus der Tatsache, dass Sie sich hier hingesetzt haben, schließen, dass Sie mit der Analyse aufhören?«

»Neinnein. Nein. Aber ich möchte gern ein … Ich möchte gern ein Gespräch mit einem Älteren … Rat … und Empfehlung.«

»Ein Elternteil bin ich nicht«, sagte Vogel. »Und ich weiß nicht, ob ich Ihnen einen Rat geben kann. Aber ich höre Ihnen zu. Was wollen Sie studieren?«

»Psychologie. Lieber Psychiatrie. Medizin.«

Vogel nickte und sah mich lange schweigend an.

»Sie bitten mich, als Älteren, um Rat.«

Er faltete die Hände und starrte auf sie. Dann hob er den Kopf und sagte: »Wollen wir ein Experiment machen?«

Ich sah ihn an.

»Analysieren Sie diese Situation. Als ob *Sie* der Psychiater wären.«

Ich sah, wo Vogel hinwollte. Ich war hierhergekommen, schweigend, umherstreifend, allein auf der Welt, leer. Ich war vollgeströmt, als ich dieses eine Wort hörte, und an der Hand Abraham Vogels war ich aufgestanden und wieder ich selbst geworden. Vogel hatte mich Laufen gelehrt, oder falls er es mich nicht gelehrt hatte, dann hatte ich es auf jeden Fall mit seiner Hilfe gelernt. Und jetzt hatte ich tatkräftig, in der Tat, auf diesem Stuhl Platz genommen und gesagt, ich wolle werden, was er war, wie ein junger Sohn, der zu seinem Vater aufschaut, sein will wie er und gleichzeitig die ersten Anzeichen von Unabhängigkeit aufzuweisen beginnt … ein Nestflüchter, der … Vogel … er … ich, der ausflog …

»Waren Sie sich dessen bereits bewusst, bevor ich Sie darum bat?«

Ich schüttelte den Kopf.

»Dann ist es gut, darüber nachzudenken. Abgesehen davon, was das in der Therapie bedeutet, und damit werden wir uns beschäftigen müssen, ist es gut, so etwas Wichtiges wie die Studienwahl nicht ganz von solchen Gefühlen bestimmen zu lassen. Wir müssen dieser Form von Übertragung ins Gesicht starren und genau schauen, ob es auch noch andere Gefühle gibt, die eine Rolle spielen.«

Vogel hatte in Richtung der Couch genickt.

»Das ist vielleicht ein guter Augenblick, um wieder …«

Das muss im Mai oder Juni gewesen sein. Ich erinnere mich, dass es ein früher, warmer Sommer war und dass ich einige Monate später, am Ende jenes langen, heißen Sommers, wieder auf dem Stuhl Platz genommen hatte und berichtete, dass ich mit dem Studium begonnen hatte. Vogel hatte genickt und mir Erfolg gewünscht. Er hatte auf die Couch geblickt, worauf ich gegrinst hatte, aufgestanden war und mich hingelegt hatte.

An mein Studium erinnere ich mich weniger als an das, was geschah, wenn ich auf Vogels Couch oder im Bett neben Anna lag. Ich lernte für die Zwischenprüfungen und bestand sie, ich überwand meinen Ekel und sezierte Leichen. Als Famulus auf der Psychiatriestation eines nahe gelegenen Krankenhauses lernte ich das grausame Unglück, den animalischen Trieb und die beklemmende Antriebslosigkeit von Männern, Frauen und Kindern mit Problemen kennen, von deren Existenz ich nicht einmal etwas geahnt hatte. Am tiefsten berührte mich G., ein fast vierzigjähriger Mann, der durch den Tod seines Partners, eines Lehrers an einer weiterführenden Schule, in eine schwere Depression geraten war, nachdem jener sich scheinbar ohne irgendeinen Anlass ertränkt hatte. Während der Trauerfeier wurde G. von Schülern seines Freundes angesprochen, und zu seiner Verblüffung entdeckte er, dass sie nicht wussten, dass ihr geliebter Lehrer homosexuell war. G. war erschüttert vom Tod seines Liebsten und erschlagen von dem unerklärlichen Selbstmord, doch es war das verborgene Leben seines Freundes, das ihn das volle Ausmaß von dessen Einsamkeit, Unglück und Selbstverachtung begreifen ließ, die ihn beherrscht haben mussten.

»Dass er nie wusste, wie sehr er geliebt wurde …«, sagte G. »Dass es seinen Schülern nichts ausmachte, dass wir … Dass sie da in der Trauerhalle saßen, mit bleichen Gesichtern und tränennassen Augen, als die Musik erklang, die ich für ihn ausgesucht hatte.«

Ich hatte ihn gefragt, welche Musik das war.

Am selben Nachmittag kaufte ich die CD, und als ich das Stück abends abspielte, versank der Boden unter meinen Füßen.

»*You smiled at me like Jesus to a child.*« Die Tiefe von G.s Gefühlen zu seinem Freund, das Unergründliche ihrer Liebe und die verzweifelte Leere, die davon geblieben war – ich sah es nicht, ich verstand es nicht, ich *fühlte* es. Ich war nicht in einer christlichen Denkwelt aufgewachsen, doch es fiel mir nicht schwer, die Tragweite jenes Vergleichs, *like Jesus to a child*, zu erfassen. Die Zärtlichkeit, die Zuwendung, der Trost, er, der sich zu einem anderen beugt … Ich spielte das Stück immer wieder, und jedes Mal von neuem strömten mir Tränen übers Gesicht. Wie schrecklich, nicht frei leben zu können, die Liebe, die man empfindet, nicht voll ausleben zu können, sich selbst, das, was man im tiefsten Inneren ist, verstecken zu müssen, sich selbst die Liebe zum Vorwurf zu machen.

Als ich G. einige Tage danach sprach und ihn so vor mir sah, tat ich, was jedes Lehrbuch verurteilen würde. Ich nahm seine Hände in meine Hände, ich umarmte ihn, und so standen wir eine Weile da. Er weinte, aber ich spürte, wie die Anspannung des Schmerzes, die Anspannung, die er aufbot, um nicht zusammenzubrechen, wie diese Anspannung verschwand. Sein Körper wurde weich, während die Trauer aus ihm strömte.

Es war vermutlich das Unprofessionellste, was ich tun konnte. Ich handelte spontan, anstatt überlegt, aber das Bedürfnis, ihn zu trösten, ihn spüren zu lassen, dass seine Liebe erkannt und seine Trauer geteilt wurde, dieses Bedürfnis war so groß, dass ich nicht zögerte.

Ich habe es nie bereut, doch Abraham Vogel, bei dem ich eine Lehranalyse machte, erzählte ich es nicht. Ich fühlte mich damals, erinnere ich mich, einerseits wie ein Kind, das sein grenzüberschreitendes Verhalten nicht beichten will, und andererseits wie jemand, der für so etwas keine Billigung oder Missbilligung seines Mentors mehr braucht.

Währenddessen lag ich noch auf seiner Couch und entwirrte die Fäden meiner Lebensgeschichte, und in Annas Bett begann ich meinem Glück zu misstrauen.

Für manche Menschen ist Glück etwas so Ungewohntes, so selten, neu oder fremdartig, dass sie es nie genießen können, wenn sie glücklich sind, sondern immer erst hinterher, wenn sie erkennen, dass sie damals, in diesem oder jenem Moment, glücklich waren. Der Glücksmoment selbst ist durchsetzt von Zweifel (ist das alles wirklich wahr?), Angst (dass es wieder verschwinden wird), ja sogar Enttäuschung (der Kontrast zu den nicht glücklichen Momenten).

Meine Jugend war nicht unglücklich gewesen. Merkwürdig vielleicht, ohne Vater, mit einer Mutter, die sich wie eine ältere Schwester verhielt, einem Großvater, der die Welt, die sein Vertrauen so enttäuscht hatte, voller Bitterkeit betrachtete, und einer Großmutter, die wie eine milde Muttergöttin mit sanfter Hand über unsere seltsame Familie waltete. Trotz alledem war ich von Liebe und Wärme umgeben, ich hatte die Zuwendung und das Vertrauen meiner Nächsten und wurde, obwohl noch Kind, wie jemand behandelt, dessen Ansichten zählten.

Und plötzlich war ich allein, und während ich in dem großen Haus an der Gracht beim Bahnhof über die kahlen Holzfußböden und durch leere Räume irrte, ergriffen die Enttäuschung und die Bitterkeit meines Großvaters Besitz von mir. Langsam drang zu mir durch, dass ich nicht nur vaterlos gewesen war, sondern auch mutterlos, weil meine Mutter sich hartnäckig wie eine Art Schwester verhielt. Die liebevolle Zuwendung seitens meiner Großmutter hatte dieses Defizit nicht ausgleichen können. Auf diesem Nährboden wuchs eine neue Bitterkeit. Meine Großeltern hatten die Lager überlebt, ebenso meine Mutter. Von meiner kleinen Familie hatte durch einen perversen Zufall jeder das Reich des Todes betreten und hatte es auf der anderen Seite wieder verlassen. Wozu? Damit ich jetzt hier, zweifach mutterlos, gebeugt unter dem Gewicht ihrer Erinnerungen, in einem leeren Haus dem Dasein ins Antlitz starren konnte?

Anna hatte mich gerettet, sie hatte mir das Leben wiedergegeben.

Doch neben ihr im Bett überzeugte das Glück mich nicht. Wenn ich abends zu unserem Schlafzimmer ging und die Tür öffnete, starrte ein klaffendes schwarzes Loch mich an, eine kalte schwarze Tiefe, die flüsterte: »Komm herein, Mendel. Mir kannst du nicht entrinnen.«

Nicht alle unglücklichen Menschen sind depressiv. Es gibt Glücksatheisten, die nicht an Glück glauben, so wie andere nicht an Gott glauben. Es gibt welche, die Glück als eine Art Aspirin betrachten: eine Betäubung, die einem die Sicht auf die Realität nimmt, die sie schmerzhaft und grausam finden. Es gibt Lauwarme, deren Gemütsleben sich innerhalb einer derart begrenzten Bandbreite abspielt, dass sie kaum etwas empfinden. Und es gibt Menschen, denen die Fähigkeit zum Glücklichsein fehlt, so wie anderen der Geruchssinn oder die Wahrnehmung bestimmter Farben. Ich wusste nicht, was ich war, außer unglücklich. Ich lag neben Anna, die ich schon auf dem Gymnasium mit der feurigen Galanterie eines Heranwachsenden begehrt hatte und die jetzt abends in meinen Armen einschlief, deren Haar noch immer so geheimnisvoll duftete, die mich so bedingungslos und selbstverständlich liebte, dass es fast einer Naturerscheinung glich, und ich dachte immer nur daran, dass eines Tages die Schleier weggezogen würden und alles sich als Illusion entpuppen würde. Jeder Beweis, dass sie mich liebte, bot Anlass für neuen Zweifel, neue Ungläubigkeit.

Die Tage waren lang und die Nächte kurz. Ich studierte und arbeitete, lag bei Vogel auf der Couch und, wenn ich keinen Nachtdienst hatte, bei Anna im Bett, und Anna war immer häufiger und immer länger weg. Es gab Wochen, in denen wir uns nur beim Kommen oder Gehen sahen. Damals erkannte ich es nicht, aber ich muss die Situation als Ankündigung eines neuen und endgültigen Fortgehens verstanden haben.

Anna hatte eine Fotoagentur gegründet. Sie entpuppte sich als Erfolg und erforderte immer mehr Zeit. Hin und wieder war Anna für einige Tage weg, in Paris, Düsseldorf, London oder Kopenhagen, und wenn ich abends in ihrem alten Käfer nach Hause fuhr, dann verspürte ich eine Leere, größer als ich selbst. Weil sie nicht da war? Ich war mein Leben lang gern und viel allein gewesen, sogar als meine Mutter und meine Großeltern noch lebten. Ein Kind, das mit einem Buch unter dem Tisch sitzt und einfach weg ist, weil niemand es bemerkt und es, so vertieft in seine Lektüre, nicht hört, dass sein Name gerufen wird. Unmöglich, dass ich mich allein fühlen konnte.

Ich aß ohne Appetit und ohne darauf zu achten, was ich aß, in der Küche, legte Teller und Besteck ins Abwaschwasser und ging dann in das große Zimmer, wo ich stehen blieb und aus dem Fenster schaute. Als ob ich die Erlaubnis bräuchte, mich zu setzen. Dies ist nicht mein Haus, dies sind nicht meine Möbel, dies ist nicht mein Leben. Ein Gast, ein Reisender, der hier nur für kurze Zeit bleibt und dann weiterzieht. Umherstreifend und mich verirrend war ich hier gelandet, doch selbst wenn ich jetzt schon einige Jahre am selben Ort war, bedeutete das offenbar nicht, dass ich zu Hause war. Vielleicht trafen sich die Strahlen meines Unglücklichseins darin: in meiner Heimatlosigkeit.

An einem trägwarmen Abend im September kam Anna von

einer ihrer Reisen zurück. Als sie sich frisch gemacht hatte und wir mit einer Flasche Wein im Kühler auf der Hollywoodschaukel hinter dem Haus saßen und auf den sich langsam verdunkelnden Himmel blickten, sagte sie, dass man ihr die Direktorenstelle eines neuen Fotografieinstituts in Berlin angeboten hatte.

Ihr Kopf ruhte an der Rückenlehne der Schaukel, ihr Blick war abgewandt. Als ich ihr gratulierte, reagierte sie nicht. Erst nach einer ganzen Weile sprach sie wieder.

»Ich denke nicht, dass ich zusagen kann.«

»Warum nicht?«

Sie richtete sich auf.

»Was wird dann aus uns?«

»Was willst du, dass aus uns wird?«

»Was willst *du*, dass aus uns wird?«, sagte sie.

»Ich hab zuerst gefragt.«

Ich sah, wie alles, ihre Stimme, ihre Haltung, sogar das Unsichtbare um sie herum, Distanz zum Thema auszudrücken versuchte und dass ihr das nicht gelang. Diese Stelle wäre die Krönung ihrer Arbeit und würde ihr die Möglichkeit geben, die Position der Kunstfotografie zu stärken. Zu jener Zeit, Mitte der achtziger Jahre des vorigen Jahrhunderts, war das noch nicht selbstverständlich.

»Ich will zusammenbleiben.«

»Zusammenbleiben oder bei mir?«

Sie runzelte die Stirn.

»Gibt es da einen Unterschied?«

»Einen akademischen Unterschied, einen semantischen, aber auch einen psychologischen.«

»Oh, ich bitte dich!«

»Ich bin nicht am Analysieren«, sagte ich, »aber man kann

zusammenbleiben, weil man nicht allein sein will, und man kann zusammenbleiben, weil man nicht ohne diesen einen oder diese eine leben will.«

»Du weißt schon, was ich meine«, sagte sie.

Ich wusste sehr wohl, was sie meinte, genauso wie ich wusste, dass ich dabei war, sie aus meinem Leben wegzuräsonieren. Aber ich wusste nicht, warum ich das tat und warum ich das nicht zugeben konnte.

Obwohl es ein warmer Abend war, war etwas Kühles um uns. Aus dem Wald kamen Geräusche, ein knarrender Baum, eine Eule, die rief. Wir saßen nebeneinander, und ich merkte, dass es uns beiden schwerfiel, das Gespräch wiederaufzunehmen. Dann, nach ein paar Minuten, sagte sie: »Würdest du mitkommen?« Sie drehte ihr Gesicht in meine Richtung, und ich sah den Glanz in ihren Augen, den Augen, in die ich während unserer Schulzeit gestarrt hatte und die mich an betaute Trauben erinnert hatten. Im Dämmerlicht war ihr Gesicht ein bleicher Fleck in der Umrahmung ihres hochgesteckten schwarzen Haars.

»Anna«, sagte ich, »wie sollte das gehen? Ich fange in einer Woche mit meiner Facharztausbildung an.«

Ich sah, dass ihre Augen feucht waren. Ich wollte sie trösten, konnte mich aber nicht bewegen.

In jener Nacht, als sie schlief und ich auf dem Rücken lag und ins Dunkel starrte, verspürte ich einen Verlust, von dem ich wusste, dass er erst noch eintreten würde.

Zwei Monate später, es war kalt geworden, und es regnete unaufhörlich, standen wir auf dem Flughafen Schiphol. Anna hatte nur Handgepäck. Ihre Kleidung, der Inhalt ihres Arbeitszimmers, alles, was sie brauchen würde, um in Berlin zu leben und zu arbeiten, war in Umzugskisten verschickt worden.

Das weiße Haus am Waldrand hatte sich in einen totenstillen Filmset verwandelt, mit Betttüchern über Stühlen und Sofas und Spiegeln, zugezogenen Vorhängen und leeren Stellen, wo etwas gewesen war oder gehangen hatte. An jenem Morgen vor dem Abschied hatten wir im großen Wohnzimmer gestanden und uns schweigend umgesehen, erfasst von einem so großen Gefühl der Endlichkeit und Trauer, dass wir keine Worte brauchten, um einander zu sagen, was wir fühlten.

In Schiphol tranken wir Kaffee an einem mit Zuckerkörnern und Zigarettenasche übersäten Tisch.

»Sobald man mir ein paar freie Tage gönnt, besuche ich dich.«

Sie nickte.

»Ich hoffe, es dauert nicht zu lange.«

Sie lächelte.

Ich dachte: Ich hoffe überhaupt nicht, dass es nicht zu lange dauert. Und: Ich will nicht nach Berlin, ich will nicht zu ihr. Ich rührte in meiner Tasse und fragte mich, warum ich das nicht wollte.

Wir gingen zu den Eincheckschaltern. Anna bekam ihre Bordkarte, wir stellten uns in die Schlange vor dem Zoll. Inmitten von Abschied nehmenden Familien und Paaren, die sich stumm umarmten, standen wir ein wenig ratlos beieinander. Als ich mich vorbeugte, um sie zu küssen, erstarrte sie. Mein Kuss würde unaufrichtig sein. Das spürte sie.

»Ich liebe dich«, sagte ich.

Ich wusste, dass sie mir nicht mehr glaubte und dass ich wider besseres Wissen alles daransetzte, um sie davon zu überzeugen, dass sie unrecht hatte.

Ich fuhr zurück durch einen Regenguss, der so heftig war, dass die Scheibenwischer kaum nachkamen. Ich stoppte, um zu tanken und Kaffee zu kaufen. Auf dem Parkplatz, während der Regen auf das Dach trommelte, starrte ich auf die Autobahn und die Fahrzeuge, die in Wolken von aufstiebendem Wasser dahinrasten.

Bei Annas Haus stellte ich das Auto in die Garage. Ich ging ins Haus und legte die Schlüssel in die Schublade des Sekretärs im Wohnzimmer. Minutenlang stand ich im Raum und sah mich um. Ein leeres Haus, eine dunkle Nacht und endloser Regen, und ich in diesem Haus, genauso leer und verlassen wie all die Dinge um mich herum.

Zwei Jahre vergingen. Der Kontakt zwischen uns war immer mühsamer geworden, die Telefongespräche sporadischer und die Briefe kürzer, bis sie durch flüchtig hingekritzelte Ansichtskarten ersetzt wurden. Dann rief Anna eines Tages mit der Mitteilung an, sie habe jemanden kennengelernt.

»Ich lerne jeden Tag Leute kennen«, sagte ich. »Das ist der rote Faden in meinem Leben.«

»Einen Mann«, sagte sie, und bevor ich sagen konnte, ich lernte Menschen beiderlei Geschlechts kennen: »Einen Mann, in den ich mich verliebt habe. Es tut mir leid.«

»Ah«, sagte ich, und: »Ich freue mich für dich.«

»Tatsächlich, Mendel? Du *freust* dich für mich?«

Ich wollte sagen, das sei meiner Meinung nach das, was man in solchen Situationen zueinander sagt, und dass ich es gesagt hatte, weil ich kein einziges anderes Gefühl in mir entdecken konnte und ich auf jeden Fall etwas Nettes sagen wollte, weil ich nun mal so verdammt wohlerzogen war, aber ich schwieg.

»Ich habe noch nie jemanden so geliebt wie dich«, sagte sie. Ich hörte, dass sie sich sehr bemühte, die Beherrschung zu bewahren. »Du warst … Du bist meine große Liebe. Noch immer. Aber bei dir ist es, als würde man eine sehr schöne griechische Statue lieben. Man kann sie zwar umarmen, aber *sie* umarmt dich nie.«

Ich dachte an Daedalus, von dem es hieß, er habe eine Frau aus dem Marmor gehauen, die vor lauter Lebensechtheit zum Leben erwachte. Aber auch darüber schwieg ich.

»Mendel«, sagte sie. »Gibt es nichts, was du mir sagen kannst oder willst?«

Ich saß, den Hörer ans Ohr gepresst, da und starrte auf den Tisch in meinem Zimmer, den Stuhl dahinter, die Bücher, die in kleinen Stapeln auf dem Tisch lagen, die grau und still herabhängenden Gardinen, und ich wusste, dass nichts herauskommen würde, wenn ich den Mund öffnete.

Ich brummte etwas. Hmrg. Das war das Letzte, was ich zu ihr sagte: hmrg.

»Ich gönne dir Liebe, Mendel«, sagte Anna. »Aber ich weiß nicht, ob du sie erkennen würdest, wenn sie dir ins Gesicht starrt.«

Das war das Letzte, was sie zu mir sagte.

Ich legte auf. Ich schaute auf die Uhr und sah, dass es Zeit für ein Glas Wein war. Ich öffnete eine neue Flasche, schenkte ein, nahm einen Schluck und dachte, den muss ich mir merken. Ich schaute in meinen Kalender und sah, dass ich am nächsten Tag sechs Termine hatte. Ich legte The Cure auf, *Seventeen Seconds*, und summte mit, während ich an meinem Tisch saß und zu schreiben begann. Um Mitternacht ging ich schlafen, zog mich aus, putzte mir nicht die Zähne, legte mich ins Bett und dachte mit enormer, ungerührter Klarheit: Ich bin eine griechische Statue. Ich wusste – ich kann nicht sagen *ich erkannte*, denn ich wusste ganz klar, dass ich es immer gewusst hatte –, dass ich nicht imstande war zu fühlen, was ich fühlte.

So war es. Jetzt, so viele Jahre später, weiß ich, dass ich mich irrte.

Mein Gefühl ist das »intensive«, das »tiefe«, das »wahre«. Ich bin einer von den großen Worten, die die Art von Liebe beschreiben, die einen verletzt und erschöpft zurücklässt. Im Drama, in der Krise, durch den Schmerz, die Verzückung, die Wut und das restlose Aufgehen im anderen weiß ich, dass ich existiere, dass die Liebe real ist und kein banaler biochemischer Prozess, ein sechsmonatiges »High« auf den Wogen von Adrenalin, Dopamin und Serotonin, wonach die Ruhe des »normalen Lebens« wieder einkehrt. Ich will im Feuer meiner Gefühle brennen. Ich will alles, denn nur wenn ich alles habe, weiß ich, dass ich etwas bin. Ich will mitgerissen werden, um die Sinnlosigkeit meines Daseins zu vergessen, und ich will der anderen Ekstase, rückhaltloses Aufgehen in ihr und Hingabe schenken und sie dies erleben lassen, um ihr klarzumachen, dass es außer mir nichts gibt, dass ich der Kern ihrer Existenz bin, dass es nirgends besser ist und dass ich alles verdiene, was sie zu geben vermag.

Ich weiß, woher das kommt – wer von allen verlassen worden ist, glaubt nie mehr, dass er nicht verlassen wird –, doch dieses Wissen ist offenbar nicht genug, um das Loch in mir abzudichten. Mein »Groß« und »Tief« und »Wahr« und weiß der Himmel was noch trägt einen Hunger in sich, der sich durch das Wissen um die Ursache nicht stillen lässt.

»Ich weiß nicht, ob du Liebe erkennen würdest, wenn sie dir ins Gesicht starrt«, hatte Anna gesagt. Und obwohl ich damals dunkel spürte, dass es stimmte, dauerte es sehr lange, bis ich es auch verstand, bis ich einsah, dass meine Liebe zu ihr vor allem versengend und berauschend gewesen war, als ich nach ihr verlangte und sie noch nicht hatte, als mein pathologisches Sehnen alles andere übertönte. Das Verlangen, der Schmerz des Verlusts, das Drama, das war es, was ich als echt und wahr erkannte. Die Ruhe, das Gleichmaß des Alltags, das Normale, darauf blickte ich hinunter. Für mich nicht die Betäubung, die Leben heißt, dieses laue Weiterbestehen in der Hoffnung, ohne allzu viele Probleme alt zu werden und zu sterben.

In meinem ganzen Leben ist keine Frau meinem Verlangen nach diesem Allesbeherrschenden, der Intensität, dem Drama gewachsen gewesen. Die Handvoll Beziehungen nach Anna, die meisten nur von kurzer Dauer, ließen die andere zurück, als wäre sie das Opfer eines Autounfalls, und der Verursacher hätte Unfallflucht begangen. Ein einziges Mal kam ich in die Nähe dessen, was ich suchte. Das war mit Renate. Sie ist die Einzige, der ich je begegnet bin, die sich nach dem Gleichen sehnte.

Hoch oben auf einem Felsen, im Land Aschkenas, ragte eine schwarzgraue Burg aus einer Oberstadt mit Kirchen, einem Marktplatz, einem Kloster, ein paar Gildehäusern, den Steinhäusern der Angesehenen und der graufahlen Festungsmauer auf, die all dies umschloss. Außerhalb davon lag die Unterstadt mit ihren krummen Gassen, schiefen kleinen Gebäuden, die zugleich Werkstätten waren, einem Schützenfeld, Ställen und Wirtshäusern sowie dort, wo die Bebauung ausfranste und schließlich ganz aufhörte, mit Wiesen, Weingärten und Feldern. In dieser geschäftigen, beengten Unterstadt, in einer langen Gasse zwischen der Stadtmauer und dem Glockenturm, arbeitete ich als Schreiber von Briefen und Bittschriften für arme Leute.

Mein Leben war bescheiden und ich unsichtbar, einer der vielen Handwerker, die in der übervölkerten Gasse ihr Brot verdienten oder es versuchten. Das Haus, in dem ich meinen Arbeitsraum hatte, hieß »Die Gans« und war vier Stockwerke hoch, in jedem mehrere Zimmer, die ihrerseits wieder in noch kleinere Räume unterteilt waren. Ganz oben wohnten der Eigentümer, seine Frau, ihre vier Kinder und deren noch junge Familien. Der zweite Stock beherbergte ihr Handelsunternehmen, und unten, zur Straße hin, befand sich ein Kontor, in dem ein Pfandhaus untergebracht war. Der Rest, einschließlich der Flure, wurde von einem Münzaufkäufer, einem Weinhändler mit Lagern in den Kellern des Hinterhauses, einem Weber und seiner Frau, einem Kalligraphen, einem Händler in Halbedelsteinen und mir in Beschlag genommen. Der Kalligraph und ich hatten kleine Zimmer auf der Vorderseite, jeweils mit einem Fenster und nicht größer, als das Fenster breit war.

Eines Tages wurde ich zum Herrn des Schlosses in der Oberstadt beordert. Ein junger Bursche in ockerfarbenem Wams überbrachte die Nachricht. Er sprach einen Satz, mit gerümpfter Nase, und verschwand, ohne sich noch einmal umzudrehen. Ich legte meine Feder nieder, klappte den Deckel des Tintenfässchens zu und starrte vor mich hin. Die krumme Gasse endete auf der einen Seite an der Stadtmauer und auf der anderen an einem Tor, das abends geschlossen und tagsüber bewacht wurde. Wenn ich den Befehl aus dem Schloss ignorierte, würde ich fliehen müssen, doch die Wache am Tor wäre im Bilde, genau wie die an den Stadttoren. Ich streute Sand über den Brief, an dem ich gearbeitet hatte, schloss den Fensterladen und machte mich auf den Weg.

In einem zugigen Gang, mir meiner tintenverschmierten

Finger und ärmlichen Kleidung sehr bewusst, wartete ich. Nach einer ganzen Weile kam ein schweigsamer junger Mann, der mich in einen großen, leeren Saal führte. Ich hatte kaum Zeit, den Raum auf mich wirken zu lassen, als eine Stimme mich aufforderte, näher zu treten. Aus einer Seitentür schritt der Herr, in seinem Gefolge ein alter Mann, der ein Bündel Dokumente trug. Als der Herr auf einem hohen Stuhl Platz genommen hatte, winkte er mit einer trägen, aber doch ungeduldigen Bewegung.

»Ich habe hier von dir eine Bittschrift für eine Witwe Hallersleben«, sagte er.

Der alte Mann zog ein Blatt aus dem Bündel unter seinem Arm und reichte es ihm.

»Ich hoffe, dass das Gesuch Euch kein Ungemach bereitet hat, edler Herr.«

»Nein«, sagte er. »Das Gesuch hat mir kein Ungemach bereitet.«

Zum ersten Mal seit ich den Saal betreten hatte, blickte ich ihm in die Augen.

»Es hat meine Neugier geweckt.«

»Herr?«

Er lächelte matt.

»Ja, es hat mich fasziniert …«

Ich fand es schwer, ihm zuzuhören. Mein Blick verlor sich in dem Raum um uns herum. Das Gewölbe war hoch und glich einem Spinnennetz aus gekrümmten Sparren und Balken. Die Wände waren mit Tüchern und Teppichen behängt und die Säulen mit bunten Texten und Ritterdarstellungen bemalt. Das von hoch oben eindringende Licht wurde unter dem Gewölbe eingefangen und rieselte herab wie Blütenstaub. Es war, als begänne auch ich in diesem Licht zu schweben.

Ich schrak auf, als der Herr nach meinem Namen fragte.

»Man nennt mich Schwarz, edler Herr.«

Der Herr nickte und schien mich zu vergessen. Sein Haupt sank auf die Brust, und als ich aufblickte, sah ich, dass er älter war, als ich gedacht hatte. Sein Haar war gefärbt, und am Scheitel blühte das Grau aus seiner Kopfhaut.

»Schwarz ...«

»Herr?«

»Folge mir.«

Er erhob sich von seinem Stuhl, blieb kurz stehen, damit die Steifheit aus seinen Beinen fließen konnte, und wedelte dann seinen Sekretär mit einer so leichten Handbewegung fort, als verjagte er eine Mücke. Wir gingen zu einer Tür, die hinter einem von ganz oben bis auf den Boden herabhängenden Banner verborgen war. Er öffnete die Tür mit einem großen Schlüssel und schloss sie hinter uns wieder ab. Fast unmittelbar ging es abwärts, eine steile Wendeltreppe hinab, die sich wand und wand wie Hopfen um eine Stange. Von unten drang es klamm herauf.

Es dauerte lange, bis wir die Treppe ganz hinuntergestiegen waren, und wie tief wir uns dann befanden, kann ich nicht sagen. Die Wände neben den Stufen waren jetzt nicht mehr gemauert, sondern aus dem Fels gehauen. Zu guter Letzt kamen wir zu einer Tür, die der Herr öffnete und hinter uns wieder schloss, und wir befanden uns in einem Saal, genauso groß wie jener, in den ich zuvor eingelassen worden war. Der Unterschied zum oberen Saal bestand darin, dass dort alles leer und hell war und hier alles voll und finster. Genau wie die Schöpfung, dachte ich, denn wie jeder weiß, ist der Himmel leer und licht und die Erde dicht und dunkel.

Das schwache Licht aus den Luftschächten konnte kaum

etwas gegen das Dämmergrau in dem tiefgelegenen Saal ausrichten, und so dauerte es lange, bis ich etwas erkennen konnte. Ein flackernder Schein tauchte hinter Regalen und Schränken auf, und nach einiger Zeit erschien, einen großen fünfarmigen Leuchter in der Hand, eine durchscheinend weiße Gestalt.

»Weiß«, sagte der Herr und nickte in Richtung der Erscheinung. Dann wandte er sich zu mir: »Schwarz.«

Weiß und ich sahen einander unbewegt an. Das Licht der Kerzen tanzte auf unseren Gesichtern, und ich dachte, wie passend es doch war, dass wir uns hier, unter der Erde, gegenüberstanden: er weiß wie ein Hermelin, ich mit meiner dunklen Haut, den schweren Augenbrauen und dem borstigen schwarzen Bart.

Der Mann mit dem Leuchter ging uns voran, bog nach links, nach rechts, nach links, ein endloses Mäandern zwischen Regalen voller Pergamentrollen, mit Bändern zusammengehaltenen Bündeln, Büchern und Kisten. Es gab Schränke, in denen Schilfrohrfedern lagen, Schreibstifte, Gänse- und sogar Schwanenfedern, Messer, bearbeitetes und unbearbeitetes Pergament, Wachstäfelchen, Papier aus Fabriano, Lineale, Spatel und Kratzer und Gefäße mit schwarzer, roter und brauner Tinte, Gold- und Silberfarbe. Da lag Blattgold in Bögen, und Stempel und Nadeln und Garne und Leimtöpfe standen wie gehorsame Soldaten wartend in Reih und Glied. Irgendwo kamen wir an einem Tisch vorbei, auf dem Stapel von Büchern lagen und Pergamentrollen, die durch Gewichte offen gehalten wurden. Ich sah die Karte eines Landes, das ich nicht kannte und das TRANS hieß. Schließlich gelangten wir zu unserem Ziel. In der Mitte des Saales, umgeben von niedrigen Schränken, die mit Rollen und Büchern übersät waren, stand ein riesiger quadratischer Tisch. Der Herr nahm auf einem der Stühle Platz, die um den Tisch standen. Als er uns beiläufig zunickte, setzten auch wir uns, allerdings erst nachdem Weiß den Leuchter so abgestellt hatte, dass der Lichtschein uns alle drei anleuchtete.

»Weiß ... Schwarz ...«, sagte der Herr. »Wenn die Vorzeichen nicht trügen, scheint mir, der Augenblick ist gekommen.«

Trotz der Kerzen herrschte Dämmerlicht, und aus der Ferne, wo es noch dunkler war, ertönte das leise Rauschen des Windes, und kaum verständlich in diesem Rauschen war die Stimme des Herrn zu hören, die erzählte, wie und was er und Weiß in den zurückliegenden Jahrzehnten gesammelt hatten, erzählte von den Reisen, dem Glück des gefundenen Buches und der Jagd nach dem stets Flüchtigen. Hier unten, in den tiefen Kellern unter der großen Halle, wuchsen die Stapel, die von Weiß geordnet und verzeichnet wurden und anhand derer er entschied, was in der Sammlung noch fehlte.

Der Herr sprach mit dem leisen Nachdruck dessen, der alles weiß, alles gesehen hat und gewöhnt ist, alles zu haben oder zu bekommen. Seine Stimme war so zärtlich, dass es bisweilen schwierig war, ihr weiter zu lauschen. Er war wie ein Liebhaber, der das Lob seiner Geliebten sang. Weiß saß gebeugt da und nickte fast die ganze Zeit. Er begann heftiger zu nicken, als der Herr nach vielen Abschweifungen zu seinem eigentlichen Anliegen kam.

Die Bibliothek, so der Herr, sei in den ersten Jahren lediglich ein Haufen einzelner Bücher, Handschriften und Pergamentrollen gewesen, doch nach einiger Zeit sei Ordnung hineingekommen, wie von selbst. Ein Buch hatte ein anderes erwähnt, und dieses wiederum verwies auf einen älteren Text, der vermuten ließ, dass es irgendwo eine Schriftrolle geben musste, die ihm zugrunde lag. Die Sammlung des Herrn hatte sich auf verborgene Texte verlegt, die als Quelle für heilige Schriften gedient hatten.

»Du bist keiner von uns, Schwarz«, sagte der Herr.

Ich schwieg.

»Und dein Gesuch enthielt etwas Merkwürdiges.«

»Herr?«

»Das Neue Testament.«

»Das …«

»Das Bittschreiben für die Witwe Hallersleben enthielt einen Verweis auf das Neue Testament.«

Ich senkte den Kopf. »Es tut mir leid, Herr.«

»Woher kennst du das Neue Testament?«

Weiß starrte unter den borstigen weißen Augenbrauen in seinem farblosen Gesicht hervor.

»Das muss die Witwe gewesen sein, die …«

Der Herr schüttelte den Kopf. »Nein, Schwarz. Die Witwe Hallersleben, meine Leute haben sie aufgesucht, ist eine ungebildete Frau, der das Wort des Priesters genügt.«

Obwohl der Bibliothekskeller kalt war, brach mir klammer Schweiß aus. Der Herr schien es zu merken.

»Hab keine Angst, Schwarz. Ich will etwas von dir, weil du über etwas verfügst, was ich nicht habe.«

Er sah mich über den Tisch hinweg mit einem Blick an, der sanft und zugleich gebieterisch war.

»Aber, Herr …«

»Nur du … ein Fremdling wie du kann es mir geben.«

»Was …«, setzte ich an.

Er hob die Hand und ließ seinen Blick auf mir ruhen.

»Das Buch Raziel«, sagte er.

Ich sah ihn verständnislos an.

Weiß und der Herr wechselten einen Blick, und Ersterer murmelte, kaum verständlich: »Also wissen nicht einmal sie davon.«

Der Herr richtete sich auf. »Ich warne dich, Schwarz. Stell dich nicht dumm. Ich kann es sehr unangenehm für dich machen, falls ich dahinterkomme, dass du mir etwas verbirgst.«

»Edler Herr! Ich weiß nichts. Ich bin ein einfacher Schreiber, der Bittgesuche für arme Leute verfasst.«

Die beiden Männer im flackernden Kerzenlicht schwiegen eine Weile.

»Nun gut. Weiß, sag es ihm.«

Weiß, endlich von einiger Bedeutung, räusperte sich, richtete den Blick auf das tanzende Kerzenlicht und schloss die Augen, als sollte er ein Gedicht vortragen, das er vor langer Zeit auswendig gelernt hatte.

»Als Adam und Eva aus dem Paradies vertrieben worden waren, wandte Adam sich an Gott. Am Ufer des Flusses, der aus dem Paradies fließt, bat er um Hilfe. ›Ich war Herrscher über die Tiere, Herr‹, sagte er. ›Aber jetzt haben die Tiere keinen Respekt mehr vor mir, und ich bin furchtsam und hilflos, und seit ich gesündigt und vom Baum der Erkenntnis von Gut und Böse gegessen habe, bin ich ein Narr, der nichts mehr weiß und ein Einfältiger, der nichts versteht. Ich bitte dich, Herr, schenke mir Wissen und Verständnis, auf dass ich wisse, was mit mir geschehen wird, mit mir und meinen Nachkommen und allen Generationen, die nach mir kommen, und lass mich wissen, was mir an jedem Tag, in jedem Monat und in jedem Jahr widerfährt, und entziehe mir bitte nicht die Hilfe deiner Diener und deiner Engel.‹«

Weiß öffnete die Augen und blickte zum Herrn, der bedächtig nickte. Dann wandte er sich zu mir und sagte: »Adam hatte, nachdem er aus dem Garten Eden vertrieben worden war, das Paradies verlassen und dadurch die Geschichte betreten: Die Glückseligkeit des Gartens, in dem es immer Tag und immer Nacht war, ohne dass die Stunden, Monate und Jahre verstrichen, hatte dem Platz gemacht, was wir Zeit nennen. Und wo Zeit ist, ist auch Ungewissheit in Bezug auf die nächste Stunde, den nächsten Tag, auf alles, was kommt.«

Er starrte in die Ferne, als sähe er in der dichten Dunkelheit der unterirdischen Bibliothek, was er sagen wollte.

»Drei Tage ging Adam zum Fluss, und am dritten Tag trat aus der flimmernden Hitze der Mittagsstunde der Engel Raziel, und er hielt ein Buch in der Hand.

›Weshalb so schweren Mutes, Adam?‹, sagte der Engel. ›Deine Worte wurden erhört, und ich bin mit dem Auftrag zu dir gesandt worden, dir diese reinen Worte und dieses tiefe Verständnis beizubringen. Ich werde dich weise machen. Dieses heilige Buch, das ich bei mir trage, wird dir sagen, was dir geschieht, bis zum Tage deines Todes. Und deine Nachkommen und alle späteren Geschlechter werden sein wie du, wenn sie dieses Buch mit reinem Herzen und demütigem Gemüt lesen und befolgen. Auch sie werden erfahren, was geschehen wird und in welchem Monat und an welchem Tag oder in welcher Nacht. Alles wird ihnen klar sein, sie werden wissen und begreifen, wann Unglück geschehen wird, ob Hunger oder Plagen von wilden Tieren, Überflutungen oder Trockenheit, ob es Korn im Überfluss gibt oder Mangel, ob die Schlechten die Welt regieren werden, ob Heuschrecken das Land kahl fressen werden, ob die Früchte unreif vom Baum fallen, ob man an Geschwüren leiden wird, ob Krieg kommt, ob Krankheiten und Plagen unter Mensch und Tier, ob im Himmel Gnade beschlossen wird, ob Blut fließen wird und das Todesröcheln der Geschlagenen in den Städten gehört werden wird.‹

Und dann fing der Engel Raziel an, aus dem Buch zu lesen, und Adam wurde von großer Furcht erfasst, und der Engel gebot ihm, keine Angst zu haben, und gab ihm das Buch, auf dass er es selbst lesen könne und weise werden und alle lehren, die würdig waren.«

Weiß riss sich von dem los, was immer er im Dunkel sehen mochte, und seufzte, als habe die Geschichte ihn sehr mitgenommen. Der Herr machte eine kleine Handbewegung, und Weiß beeilte sich weiterzuerzählen.

»Doch die Missgunst der anderen Engel war so groß, dass sie das Buch stahlen, das Gott Adam gegeben hatte, und es ins Meer warfen. Adam suchte überall danach, doch seine Suche blieb fruchtlos, und er war sehr niedergeschlagen wegen des Verlusts seines Buches. Er fastete viele Tage, bis ihm der Herr erschien und sprach: Fürchte dich nicht, Adam. Du wirst das Buch wiederbekommen. Und der Herr rief Rahab, den Engel des Meeres, und befahl ihm, das Buch aus dem Meer zu bergen und Adam zu geben. Und so geschah es.

Nach Adams Tod verschwand das heilige Buch. Ein einziges Mal wurde es gefunden, von Hanoch, dem in einem Traum offenbart wurde, dass es in einer bestimmten Höhle liege. Er lernte es auswendig und wurde weiser als Adam. Als er jedoch jeden Buchstaben und jede Seite kannte, versteckte Hanoch das Buch wieder, und seitdem ist es verschollen.«

Weiß schwieg. Über uns klagte der Wind in der Finsternis, zwischen uns qualmten die tanzenden Kerzenflammen. Ich harrte der Dinge, die geschehen würden.

»Schwarz«, sagte der Herr. »Hast du die Geschichte verstanden?«

»Ich denke schon, Herr, aber ich weiß nicht, warum sie mir erzählt wurde.«

Er seufzte. »Du hast noch nie vom Buch Raziel gehört?«

Ich schüttelte den Kopf.

»Es existiert.«

Wenn ich auf meinen Wanderwegen etwas entdeckt hatte, dann dies: dass viele dazu neigen, ihre Bibel zu ernst zu nehmen. Wahrscheinlich rührt das daher, dass sie selbst nicht lesen und stattdessen den Geschichten derer lauschen, die behaupten, die Wahrheit zu kennen.

»Herr«, sagte ich. »Ich bezweifle nicht, dass das Buch existiert, wenn Ihr das sagt, aber ich habe es als Parabel aufgefasst.«

»Parabeln, Schwarz, sind etwas anderes. Außerdem haben wir gesucht, und nicht nur das: Wir haben Spuren gefunden. Weiß?«

»In einer Schrift von Abraham von Worms, der von Abramelin unterwiesen wurde und von ihm gehört hat ...«

Ich konnte nichts dagegen tun: Meine Augenbrauen gingen wie von selbst in die Höhe.

»Genug, Weiß.«

Der Herr richtete seinen Blick auf mich.

»Wir kommen nicht weiter, weil wir die Welt nicht kennen, in der sich das Buch jetzt befindet. Ich brauche einen Dieb, einen Dieb, der nicht nur in seiner Umgebung aufgehen, sondern die Form dieser Umgebung annehmen kann.«

»Ihr wollt ...«

Er nickte.

»Aber, Herr ...«

»Die Belohnung, die ich dir biete, wird dich in Staunen versetzen, Schwarz.«

Er zögerte kurz.

»Falls das dein Name ist«, sagte er dann.

Ich beschloss, diese Bemerkung zu überhören.

»Aber warum ich, Herr? Es gibt so viele …«

»Jemanden, der das Buch erkennen kann, den suche ich, und jemanden, der sich gleichzeitig, ohne Aufsehen zu erregen, in den Kreisen bewegen kann, in denen es sich jetzt befindet. Dieser Jemand bist du. Du bist nicht irgendein Fremdling, Schwarz. Wir haben deine Schriftstücke abgefangen und studiert und dabei festgestellt, dass du nicht nur das Alte und das Neue Testament kennst, sondern auch Latein und Griechisch und Hebräisch beherrschst. Ich weiß nicht, wer oder was du bist, aber es gibt etwas, was mich vermuten lässt, dass du der sein kannst, den ich brauche. Wenn du mir nicht zu Diensten sein könntest, würde ich dich wahrscheinlich aus meiner Stadt verjagen oder als Hexe wiegen lassen.«

Wie hatte er mich so scharf durchschauen können, dieser Herr in seiner Burg? Waren es nur die Briefe gewesen? Was hatte er in mir gesehen, als ich den Saal betrat? Hatte er mich wie eine Zwiebel geschält und meine Häute studiert und beschlossen, dass er nicht das brauchte, wer oder was ich in Wirklichkeit war, sondern dass ihm der Mantel des Scheins, in den ich mich schon so lange hüllte, nützen konnte? Ich senkte den Kopf und starrte auf das helle Eichenholz des Tisches, die geradlinige schwarze Maserung, den Glanz, der darüber lag, und fragte mich, ob ich diesen Tisch, dieses Schloss, diese Stadt und, wer weiß, diese Welt jemals wiedersehen würde.

Der Herr erhob sich und winkte mir. »Komm her, Schwarz, ich werde dir zeigen, wohin du musst.«

Weiß ging uns mit dem Leuchter voran, und wir schwebten in einer tanzenden Lichtkugel durch Korridore zwischen Schränken und Regalen, bis wir zu dem Tisch kamen, den ich vorhin schon gesehen hatte. Der Herr befahl, den Leuchter hinzustellen, und wir scharten uns um eine ausgebreitete Karte. Das auf ihr abgebildete Gebiet war formlos und ungestalt, und über den ockerfarbenen Flecken stand in großen Lettern TRANS geschrieben. Der Herr legte den Finger auf einen unscheinbaren Fleck, etwas, das ein Schmutzteilchen hätte sein können, ein Tintenspritzer von der Feder des Kartographen, ein Fliegendreck.

»Hier«, sagte er. »Hier ist es. Wir wissen nicht genau, wie es heißt. Aber das ist auch nicht wichtig. Es ist ein Kloster mit ein paar Nebengebäuden, und zu diesem Kloster musst du. Es ist nicht wohlhabend. Zisterziensernonnen. Sie haben nur das Geld, das die jungen Damen als Mitgift eingebracht haben. Das Land ist karg und zu trocken oder zu nass. Dort wohnen ein paar Pfründner, die ihr Kapital dem Kloster vermachen werden und Arbeit verrichten. Ein armseliger Laden. Aber sie besitzen einen Schatz, und sie kennen dessen Wert nicht.«

Mir fiel der Unterkiefer herunter. Der Herr nickte.

»Ja«, sagte er. »Das Buch Raziel befindet sich in diesem Kloster.«

»Aber wie«, stammelte ich, »kommt so ein Buch an einen so unwahrscheinlichen Ort? Wo liegt Trans? Wer lebt dort?«

Der Herr lächelte. »Es liegt nicht einmal so weit von hier entfernt. Weiß? Eine Reise von drei Wochen? Es liegt westwärts, gen Norden, dort lebt fast niemand. Das Kloster ist, wie du siehst …«, er deutete auf die gefleckte gelbbraune Karte, »… umgeben von Sümpfen und Einöde. Und was deine erste Frage betrifft, so kann ich nur sagen, die Launen der Geschichte sind genauso geheimnisvoll wie die Wege des Herrn.«

Weiß nickte fromm.

Der Herr richtete sich auf, und Weiß und ich taten eiligst das Gleiche. Wir gingen zum Ausgang zurück. Kein Wort fiel. Erst als wir am Fuße der langen, sich aufwärtswindenden Treppe standen, wo Weiß zurückbleiben würde, drehte der Herr sich um.

»Schwarz«, sagte er. »Du gehst zu diesem ... Ort ... und holst mir das Buch Raziel.«

»Edler Herr ...«, keuchte ich.

»Die Belohnung wird entsprechend sein, Schwarz.«

Ich neigte den Kopf.

»Der Hofmeister wird dir Reisegeld und alles andere geben, was du brauchen wirst. Wenn deine ... Suche ... Erfolg hat, wirst du belohnt werden.«

Wir mühten uns die Treppe hinauf.

»Herr, wenn es mir nicht gelingt, wenn das Buch nicht mehr da ist, wenn man es mir nicht verkaufen will ...«

»Von verkaufen kann keine Rede sein, Schwarz. Niemand wird ein solches Buch verkaufen, nicht einmal in so einem Land. Es wird auch nicht in ihrer Bibliothek stehen. Für ein Werk wie dieses gibt es nur einen Platz: das Inferno.«

»Herr?«

»Die Hölle, Schwarz, der Ort, an dem gefährliche Bücher verwahrt werden, außer Sicht, zugänglich nur für die Auserwählten.«

»Wenn es nicht mehr da ist ...«

Er blieb stehen und drehte sich ein Stück weit zu mir um.

»Wenn es weg ist, gehst du ihm nach.«

»Aber Herr ...«

Er stieg weiter.

»Herr.«

»Wie viele wie du, Schwarz, wohnen in meiner Stadt?«

Ich schwieg.

»Frauen, Kinder, Männer. Alte. Fremdlinge … Wie viele?«

Ich wusste es nicht.

»Zweihundertvierundfünfzig nach der letzten Zählung, Schwarz. Zweihundertfünfundfünfzig mit dir. Aber du hast nicht um die Erlaubnis gebeten, in meiner Stadt wohnen zu dürfen. Du hast dich eingeschlichen.«

Zufriedenheit klang in seiner leicht keuchenden Stimme.

»Zweihundertfünfundfünfzig. Und wenn es dir nicht gelingt, wird nur einer übrig bleiben, und das bist du. Und du, Schwarz, wirst keine Ruhe kennen, bis du mir das Buch gebracht hast, denn mein Arm ist lang und reicht weit, und wenn du ohne Buch zurückkommst, hängt der Hexenkäfig für dich an der Kirchmauer bereit, und von dort kannst du den Anblick der Stadt genießen, in der du der Einzige deiner Art bist, der übrig geblieben ist.«

Wir hatten die Tür am Ende der Treppe erreicht. Er schloss sie auf, ließ uns durch und verschloss sie wieder.

»Da«, sagte er, »ist der Hofmeister ja schon.« Er sah sich nicht mehr um. Im Gehen sagte er noch: »Ich freue mich auf deinen nächsten Besuch, Schwarz.«

Und so, während ich zweihundertvierundfünfzig Unbekannte zurückließ, von denen keiner wusste, dass sein Leben in meiner Hand lag, brach ich auf ins Unbekannte, mit nichts als ein paar Münzen, meinem Stock und der Reisekiste mit den Schreibutensilien, mit denen ich mich am Leben erhalten hatte.

C

Ich stieg Hügelflanken auf staubigen grauen Schotterpfaden hinauf, tauchte in tiefe, dunkle Nadelwälder, in denen der Abendnebel von den Zweigen troff, erreichte morgens den Gipfel, wenn die Sonne im Osten aufging und im Westen noch das tiefe Dämmerlicht der Nacht über dem Land lag. Die Nadelbäume wichen dichten Eichenwäldern, in denen ich nachts an den Stamm eines großen Baumes gelehnt saß und auf den flackernden Widerschein meines Feuers in der Krone starrte. Es wurde nass und kalt. Die Hügel und Täler verwandelten sich in Ebenen, die Wälder gingen in ausgedehnte Heideflächen mit Wacholdersträuchern über, die im blauen Mondlicht schweigend Wache standen. Ich watete durch totenstille Sümpfe, in denen blassblaue Flämmchen über reglosem Wasser tanzten, das den Sternenhimmel so makellos spiegelte, dass unten oben schien und oben unten. Krähenkolonien versammelten sich lärmend in halb überfluteten Wäldern. Die Heideflächen wurden von Sandverwehungen unterbrochen, die Dörfer waren klein und lagen mehrere Tagesmärsche voneinander entfernt. Ich lebte von Beeren und Nüssen, von dem, was auf den Äckern zu finden und in Wirtshäusern zu erhalten war. Je näher ich dem Ziel meiner Reise kam, umso mehr mied ich die Menschen. Manchmal schlich ich nachts auf den Hof eines Bauernhauses, um Essen zu stehlen. Einmal stand ich mit meiner Beute, einem Stück Roggenbrot und einem Klumpen Käse, auf dem Vorplatz, als eine Tür aufging und eine Frau heraustrat. Am Himmel stand ein Jägermond, und in seinem gelborangen Licht sah ich, dass die Frau einen kleinen Krug in der Hand hielt. Sie reichte ihn mir und nickte, und ich trank von dem Bier, und als ich das getan hatte und ihr den Krug wieder gab, drehte sie sich um und ging ins Haus. Ich begegnete nur selten jemandem, mal einem Bauern auf dem Feld, mal einem Fuhrmann mit seinem Wagen oder einem umherziehenden Quacksalber. Die Sprache war anders, aber ich verstand genug, um zu wissen, wo ich war und wie ich weitergehen musste. Und während dieser ganzen Zeit, wie ein Esel in einer Tretmühle, den Rhythmus meiner Schritte noch im Kopf, wenn ich mich abends in meinen Umhang wickelte, um zu schlafen, während dieser ganzen Zeit dachte ich an die Worte von Weiß, dass Adam die Geschichte betreten hatte, als er das Paradies verließ, dass Zeitlosigkeit damals Stunden, Tagen, Monaten und Jahren Platz gemacht hatte: »Wo Zeit ist, ist Ungewissheit in Bezug auf die nächste Stunde, den nächsten Tag, auf alles, was kommt.« In der Stadt des Herrn, in der ich gewohnt und gearbeitet und mich unscheinbar und unsichtbar gewähnt hatte, hatte es so viel Zeit gegeben, dass nicht nur die Tage einen Namen hatten, sondern auch die Feste und die Märkte; es hatte eine Zeit des Säens und des Erntens gegeben und die lange, stille Winterzeit. Hier, in der Fremde, auf dem Weg zu etwas Unbekanntem, gab es nichts von alledem.

Eines Abends, auf der Suche nach einem Schlafplatz im Unterholz, hörte ich das Krächzen aufgescheuchter Krähen. Ein Schrei ertönte, Äste knackten, Laub raschelte. Der Mond war von Wolken verhüllt, und ich konnte nur wenig erkennen. Während ich dastand und lauschte, begann es, prasselnd zu regnen. In der Ferne erklang das Grollen eines heranziehenden Gewitters, der Regen schwoll an, Wind fegte durch die Baumwipfel und jagte abgerissene Blätter zwischen die Stämme. Plötzlich wurde es kalt. Die Feldmäuse, die im dürren Laub herumgewuselt waren, schossen in ihre Löcher, Eulen brachen ihren stillen Flug ab und eilten heimwärts, der Fuchs suchte den Schutz eines Stechpalmenwäldchens auf, und die Vögel, die in den Baumkronen geschlafen hatten, rückten näher an den Stamm und steckten ihre Schnäbel unter die Federn.

Ein Blitz tauchte alles in eisblaues Licht. Es donnerte laut. Die Stille nach dem Schlag war dunkel und tief. Alle Geräusche waren aus dem Wald verjagt worden und hatten der hohlen Leere des Nichts Platz gemacht.

Ein neuer Blitz umfing den Wald, und ich sah zwischen den Bäumen einen Mann, der mit dem Rücken zu mir auf der Erde kniete. Der Regen wurde zum Wolkenbruch. Das Tosen der Tropfen auf Blättern und Zweigen übertönte alles. Ich wollte den Mann rufen, aber als ich mich aufrichtete, spürte ich, wie ein Kribbeln über meinen Nacken kroch. Meine Haare standen in die Höhe, mein Stock, den ich erhoben hatte, um Zweige und Blätter beiseitezuschieben, war in blaue Flämmchen gehüllt. Ein schwerer Donnerschlag ließ den Boden erzittern. Der kniende Mann sah sich erschrocken um. Sein Blick fiel auf mich, und er schrak entsetzt zurück. Es wetterleuchtete. Das Gesicht des Mannes war eine weiße Maske mit großen, hohlen Augen. Erst jetzt sah ich die Frau, die hinter ihm zwischen den Blättern lag. Ich wollte etwas sagen, doch als ich den Mund auftat, krachte der Donner, und es war, als würde die Welt entzweigerissen. Meine Haut und mein Haar kribbelten, blaue Fünkchen knisterten in meinem Bart, und mein Stock flammte wie ein Schwert aus Licht. Ein neuer Blitz spaltete das Dunkel, ein Licht so grell, dass ich den Kopf abwandte, und ich sah ein Stück entfernt, tief im Wald, wie ein Baum in einer Wolke von Funken zerbarst. Ein Schrei ertönte, der Mann rief etwas Unverständliches und rannte in die Dunkelheit hinein. Wieder grollte der Donner, und es wetterleuchtete, nun jedoch schwächer und bereits etwas weiter entfernt.

Die Frau hockte auf der Erde, den Rücken an den Stamm einer dicken Eiche gelehnt. Sie brachte ihre Röcke in Ordnung und betrachtete mich furchtlos.

»Los, Engel, flieg weg«, sagte sie.

Ich ließ meinen Stock sinken. Das blaue Licht war verschwunden.

Sie stand auf und klopfte das Laub von sich ab.

»Die Männer Gottes«, sagte sie, »sind ebenso abergläubisch wie gierig.«

Der Regen ließ nach. Ich war nass bis auf die Haut.

»Wer war das?«, fragte ich.

»Ein Wandermönch. Er besprang mich, als ich einen Pilz pflücken wollte. Ich heiße Niese.«

Sie war auf dem Weg zum Hof ihres Vaters und hatte den Mönch eingeholt. Gemeinsam waren sie weitergegangen. Nicht weit von der Stelle, an der ich die beiden gesehen hatte, hatte er sie gepackt und ihr die Röcke hochgezogen.

»... und da kam mir der Engel zu Hilfe.«

»Ich bin kein Engel«, sagte ich. »Weit davon entfernt. Ihr seid durchnässt. Ich werde Euch zum Hof Eures Vaters begleiten. Beim Gehen wird uns schon warm werden.«

»Ich dachte, das Elmsfeuer hat Euch gewärmt«, sagte sie.

»Das hat keine Temperatur. Es ist ein kaltes Feuer.«

Ich hatte von dem Feuer gehört, das herabsinkt und Menschen, Bäume und Kühe auf der Weide überzieht, aber nicht verbrennt, doch gesehen hatte ich es noch nie. Das eigenartige Kribbeln, das ich gespürt hatte, war eine Erinnerung auf meiner Haut und in meinem Haar.

»Ich finde den Weg sehr gut allein. Es ist nicht nötig, mich zu begleiten. Was ist Euer Ziel?«

»Ein Kloster«, sagte ich. »Es heißt Marienkamp.«

»Das liegt westlich von hier. Eine Stunde zu Fuß.«

Ich dankte ihr, wir nahmen Abschied. Sie bog auf einen Waldweg und löste sich in der Finsternis auf. Ich blickte ihr nach, bis ich nur noch Dunkel sah und in diesem Dunkel den Fleck, an dem sie gestanden hatte.

Etwas in mir maß der kurzen Begegnung in dem Wald aus Donner und Blitz Bedeutung bei, aber ich vermochte nicht zu sagen, warum.

Am nächsten Tag erreichte ich mein Ziel.

—

»Was meinst du?«, sagt Speelman. Es ist Freitagnachmittag. Ich habe von der Sitzung berichtet, die ich heute mit Stephanie hatte. Wir sind zu viert: Speelman, Lina Wolters, Simon de Vries und ich.

Sie war erschienen, und ich hatte, die Hand noch auf der Türklinke, sie mit einer Handbewegung zum Eintreten aufgefordert.

»Nimm Platz, Stephanie.«

Als ich mich umdrehte, lag sie auf der Couch.

»Du sagst: Leg dich hin, und ich liege.«

Ich hatte nach meinem Notizblock und dem Stift gegriffen und war zu meinem Stuhl gegangen.

»Ich bin schon feucht, weil du gesagt hast: Leg dich hin. Leg dich hin, Stephanie. Auf die Knie, Stephanie. Wie eine Hündin, Stephanie. Mach den Mund auf. Ich habe die ganze Zeit auf diesem Stuhl gesessen und darauf gewartet, dass du sagen würdest, ich solle mich hinlegen.«

»Ich habe gesagt: Nimm Platz. Du darfst dich auch hinsetzen.«

Sie schüttelte den Kopf.

»Ich muss liegen.«

»Wer sagt das?«

Und dann waren Worte gekommen und Sätze, zuerst staccato, doch sehr schnell wurde ein Strom daraus, ein Strom, der zu einer Flut anschwoll, einer, die als tastendes, sich windendes Rinnsal beginnt, das das rissige Schlammbett eines ausgetrockneten Flusses zunächst dunkel färbt und dann füllt und sich danach rasch in eine tosende Masse verwandelt, die alles überspült und Steine, Bäume, Häuser und Autos mit sich reißt.

Ich hatte am Kopfende gesessen und einer Geschichte gelauscht, die so im Widerspruch zu dem bisher Gehörten stand, dass mir war, als würde ich einer Frau folgen, die jedes Mal um die Ecke verschwand, wenn ich sie zu Gesicht bekam.

Zweimal im Monat, so erzählte sie, ziehe sie los. Das geschehe nicht zu festen Zeiten, aber doch mit einiger Regelmäßigkeit. Manchmal wisse sie es mittags, manchmal schon morgens. Das plötzliche klare Bewusstsein, ein grelles weißes Licht im Kopf, hinter den Augen. Anfangs sei es von Unruhe begleitet gewesen, von nervöser Erwartung. Doch nach einigen Malen, eigentlich überraschend schnell, habe es nur noch Gier gegeben, reißenden Hunger, ein Verlangen, so tief und so groß, dass man hätte meinen können, es sei nicht in ihr, sondern sie sei Teil des Verlangens. Vorbereitungen. Stunden vorher. Eine rituelle Reinigung, sehr sorgfältig, sehr streng. Langes Duschen, ausgedehntes Schrubben, Haarwäsche mit Kur, Nägel mit einer Bürste schrubben, Achseln, Scham und Beine rasieren, Bodylotion, Haar föhnen, bürsten und zu einem Pferdeschwanz flechten, schminken. Die Stunden bis zum Aufbruch dauerten lange, doch nach einiger Zeit waren sie Teil der meditativen Trance geworden, in der sie sich von dem Moment an befand, in dem sie den Entschluss gefasst und sich dem weißen Licht in ihrem Kopf ergeben hatte. Um halb elf kam das Taxi, eine Viertelstunde später war sie in der Dunkelheit.

Es gab verschiedene Arten von Dunkelheit. Es gab das schummrige Ambiente der Hotelbar mit spärlichem Licht aus goldfarbenen Röhren in der Decke über der Bar, Iittala-Teelichtern bei den Sesseln, eine rote Neonspur in Richtung der Toiletten. Es gab das farbige Licht über Tanzflächen und darum herum nur Schwarz, die Musik schwer, Gesichter ein Schimmer. Und schließlich das ernste Dämmerlicht in großen Häusern mit unbekannten Körpern, Türen, die geschlossen waren oder aber offen, Menschen in Abendkleidung oder verkleidet wie die Besucher eines Karnevals in Venedig.

Im Dunkel wurde sie zu der, die sie wirklich war, und obwohl sie sich sorgfältig gekleidet hatte – immer in Schwarz, immer so elegant, dass der Kontrast nicht größer sein könnte –, war sie auch, mit wem sie keine Ähnlichkeit hatte: ein sexuelles Wesen, ein schwarzer Panther, die gierige, immer hungrige Bestie aus alten Geschichten.

Sie suchte die Gefräßigkeit anderer. Mal eines einzigen, immer eines Unbekannten, mal von zweien, ein paarmal von einer Gruppe. Sie stellte kaum Bedingungen, es gab nur wenige Grenzen. Sie durften ihr ins Gesicht spritzen, sie durften sie benutzen, wo und wie sie wollten, ihr ein Halsband anlegen und sie ficken wie ein Haustier, sie fesseln und fingern, bis sie flehte. Sie ritt Männer, die auf dem Rücken lagen, und lutschte gleichzeitig einen anderen, der vor ihr stand. Sie schluckte den Samen hinunter, verrieb ihn über ihre Brüste und ihr Gesicht, sie ließ sie in ihr Haar spritzen und dachte dann daran, wie sie riechen würde, wenn sie wieder zu Hause war. Sie war ein Körper mit einer Funktion, begehrtes Fleisch, Lust und nur das.

Sie blieb nie über Nacht, nie blieb jemand bei ihr. Es gab keine Namen, nur die Worte, die sie ihnen zuwarf und die Männer ihr. Einen hatte es gegeben, der sie in sein Haus mitgenommen hatte, wo er sie von hinten vögelte, während sie seine Frau leckte, die vor Lust jammerte und gleichzeitig vor Kummer schluchzte. Die Frau hatte Lisa geheißen, und diesen Namen konnte sie nicht vergessen. Ein anderer Mann hatte ihr einen Dildo umgebunden und wollte von ihr gefickt werden, während sie gleichzeitig seinen Schwanz molk.

Die Erregung und Ekstase waren unbeschreiblich. Sie hatte, sagte sie, eine Wirklichkeit entdeckt, die sich in der normalen Welt verbarg, eine Welt, in der die Heftigkeit des Lebens sichtbar, fühlbar, ja sogar hörbar war. Es gab Momente, in denen sie jedes Bewusstsein von »Selbst« verlor, kein »Ich« mehr war, sondern nur noch eine Form von Sein; ein Körper, so stellte sie es sich vor, der im Kosmos schwebte, Atome, Etwas. Dies, diese Intensität, dieses Brennen in einem großen Feuer war es, wo Gewalt, Verzückung, Heldentum und Märtyrertum, Sein und Nicht-Sein zusammenfielen. Wenn sie sich umschaute und die Leben anderer sah, den täglichen Kampf um die Existenz und die Existenz selbst, vierzig Jahre Plackerei bis zur Rente, wonach sie sich mit ihren Gartenmöbeln oder Elektrofahrrädern zurückzogen und auf den Tod warteten, wenn sie das sah, musste sie den Drang unterdrücken, ihnen zuzuschreien, dass es noch etwas anderes gab, dass dieses armselige Dasein als Kanonenfutter für die Wirtschaft eine Lüge war, dass es einen geheimen Garten gab, ein Paradies, eine Freistatt, wo das wahre Dasein sich abspielte.

»Und?«, sagt Speelman.

»Ich weiß nicht«, sage ich. »Ich denke, es ist wichtig, dem Patienten zu glauben, aber …«

»… das fällt dir hier schwerer als sonst?« Speelman kneift seine Augen zu Schlitzen zusammen. »Wegen des explizit … sexuellen Charakters?«

»Wegen der Dringlichkeit, der Groteskheit.«

Speelman spitzt die Lippen. Die anderen sehen gespannt zu.

»Grotesk …« Speelman kostet das Wort. »Mit dieser Qualifikation kommen wir nicht viel weiter. Was ist das: Realität oder Phantasie? Ein zügelloses Leben oder ein Versuch zur Selbstauslöschung?«

»Im ersten Fall«, sagt Simon de Vries, »warum sollte sie dann Zwangsneurosen entwickeln und das Bett nicht mehr verlassen? Und wie willst du außerdem feststellen, ob es sich um Phantasie oder Realität handelt? Wir sind keine Detektive.«

»Wir sind sehr wohl Detektive«, sage ich, »aber ich weiß nicht, ob es wichtig ist, die Fakten objektiv … David Bohm hat mal gesagt: *Reality is what we take to be true. What we take to be true is what we believe … What we believe determines what we take to be true.* Ich denke …«

»David Bohm?«, sagt Speelman.

»Ein Physiker«, sage ich.

Speelman schüttelt den Kopf.

»Ich denke, die Patientin versucht, ein Bild von sich selbst zu projizieren, von dem sie denkt, dass es für den Kollegen Adenauer attraktiv ist«, sagt Lina. »Hast du nicht gesagt, sie hat sich hingelegt?«

Ich nicke.

»Das heißt … eine sexuelle Phantasievorstellung, um dich zu verführen?«

Alle denken nach.

»Aber warum?«, sage ich nach einer Weile. »Und warum jetzt auf einmal? Woher dieser plötzliche Umschwung von Widerstand zu …«

»Und deine Rolle während der Sitzungen?«, sagt Lina.

»Meiner Meinung nach habe ich eine Haltung eingenommen, die so objektiv wie möglich ist. Im letzten Gespräch habe ich sie gebeten, über Liegen und Sitzen nachzudenken. Das ergab sich aus diesem Versprecher. Aufschreiben. Ich habe sie auch gebeten, ob sie vielleicht aufschreiben würde, was sie nicht sagen kann. Das ist das Gegenteil von …«

Speelman beugt sich zu mir.

»Aufschreiben ist unwiderruflich. So ein Monolog kann noch in alle Richtungen gehen. Zum Beispiel in die der Phantasie. Vielleicht will sie das Unwiderrufliche vermeiden. Wie findest du das, dass sie auf der Couch liegt und du in der Rolle …«

»Ihres Gebieters«, sagt Lina grinsend.

»Vielleicht hat sie *Fifty Shades of Grey* gelesen«, sagt Simon.

Zwei Paar Augenbrauen gehen in die Höhe.

»Wäre doch möglich, oder?«

Die Gesichter von Speelman und Lina wenden sich wieder in meine Richtung.

»Ich bin«, sage ich, »vor allem besorgt. Die Situationen, die sie beschreibt, erscheinen mir ziemlich … destruktiv.«

»Prickelnd?«, sagt Lina.

Ich sehe sie an.

»Vielleicht ist es für sie das, was Bataille mit Transzendenz meint«, sage ich. »Eine Suche nach …«

»Jaja, Transzendenz«, sagt sie. »Schön, wenn Bataille darüber schreibt, aber hier geht es um gefährlichen Sex und Todestrieb und um Selbstverlust.«

Sie sieht mich an.

»Prickelnd?«, sagt sie.

Ich nicke halbherzig.

»Phantasie oder Realität«, sagt Speelman, »wir haben es mit einer potenziell riskanten Situation zu tun. Das Plötzliche dieser Heftigkeit beunruhigt mich. Ich möchte, dass man sie besonders im Auge behält. Wir können nicht noch einen … Zwischenfall … gebrauchen. Und du«, er wendet sich zu mir, »pass auf. Behalte die Grenzen im Auge. Sie ist eine attraktive junge Frau, und du bist ein einsamer Mann.«

Ich sehe ihn verblüfft an. Lina grinst.

»Und wann«, sagt Speelman, »kommt der Helsinki-Bericht nun endlich?«

—

»Bohm«, sagt Simon de Vries, als wir den Gang entlanggehen.

Ich nicke.

»Denkst du, dass Realität im physikalischen Sinn für … für uns von Bedeutung ist?«

Er ist Anfang dreißig, ein biologischer Psychiater in seinem ersten Job. Er hat den federnden Gang eines Menschen, der es gar nicht erwarten kann, richtig loszulegen. Ich habe schon mehrere dieser tatkräftigen jungen Psychologen und Psychiater erlebt. Im ersten Jahr sehen sie noch Symptome, danach vor allem Kategorien aus dem DSM, dem Diagnostic and Statistic Manual of Mental Disorders. Krankenkassen, Klienten und Ärzte, alle sind auf schnelle, klare Diagnosen und einen wirksamen, billigen Therapieplan aus. Niemand gibt sich mehr mit Ambiguität oder der Möglichkeit zufrieden, das empfundene Leid gehöre vielleicht zum Leben. Also wird verschrieben, therapiert, online oder in echt, denn jeder soll funktionieren, vorzugsweise so schnell und optimal wie möglich, denn die Ökonomie steht nicht still.

Wir verlassen den Pavillon und gehen auf einem Asphaltweg zum Hauptgebäude. Fast alle Bäume verfärben sich schon, und hier und da liegt gelbes Laub im Gras.

»Das da«, sage ich. Ich deute auf das Herbstlaub. »Was für eine Farbe ist das?«

Simon runzelt die Stirn.

»Gelb natürlich. Wieso?«

Ich schüttle den Kopf.

»Nicht Gelb und nicht natürlich. Dieses Laub hat keine Farbe. Das von ihm reflektierte Licht hat eine bestimmte Wellenlänge, und unser Gehirn macht daraus Gelb. Es gibt keine Farbe, es gibt keine Töne, es gibt keinen Geruch. Es gibt nur Signale, Wellenlängen, chemische Stoffe und so weiter, und die werden von unseren Neuronen in elektrochemische Signale umgesetzt, und unser Gehirn macht daraus, was wir Realität nennen. Es gibt auch Menschen, für die Zahlen Farben haben. Oder Geschmack. Realität ist die Fiktion, die unser Gehirn produziert und die wir als Wirklichkeit akzeptieren.«

»Okay, aber wir sind uns alle darin einig, dass dieses Laub gelb ist.«

»Vielleicht«, sage ich. »Es gibt aber auch Menschen, für die es keine Farbe hat oder eine ganz andere. Und ist mein Gelb das gleiche wie deins? Ist Gelb vielleicht eine Übereinkunft, ein Konsens? Vielleicht ist Gelb *nurture* und die Wellenlänge *nature*.«

Simon schüttelt den Kopf.

»Deine Klientin«, sagt er. »Vielleicht phantasiert sie. Angenommen, du kannst das objektiv feststellen. Dann ist das, was sie erzählt, doch nicht die Wirklichkeit? Dann brauchst du ihr ihre Geschichte doch nicht zu glauben?«

Am Eingang zum Gelände steht eine kleine Gruppe, bereit, in die Stadt zu gehen. Es sind Langzeitpatienten. Von einigen wissen wir, dass sie wahrscheinlich nie mehr eigenständig und unabhängig außerhalb unserer Mauern werden funktionieren können. Darunter sind welche, die hohl vor sich hin starren. Andere können nicht aufhören, sich zu bewegen. Es gibt auch etliche, viele, denen man nichts ansieht. Vor hundert Jahren waren sie der örtliche Exzentriker, der Dorfnarr oder Jannes, der es ab und an »über den Kopp bekam«. Sie konnten funktionieren, eigenständig oder nicht eigenständig, weil sie zu einer Gemeinschaft gehörten, die ihre Mitglieder im Allgemeinen auffing, schützte und versorgte. Als wir zu glauben begannen, wir könnten alles heilen, nahmen wir sie in Einrichtungen dieser Art auf, wo wir ihnen allerdings kaum Erleichterung verschaffen konnten. Oft blieben sie ihr ganzes Leben lang. Sie bekamen einen kleinen Job in einer Werkstatt oder eine anderweitig geschützte Beschäftigung. Heute ist das vorbei. Es gibt kein Geld mehr dafür, obgleich wir reicher sind denn je. Die Wirtschaft soll ihnen Arbeit bieten, tut das jedoch kaum, die Gesellschaft soll sie auffangen, weiß aber nicht, wie, hat keine Zeit oder kann es nicht.

Simon und ich betreten das Hauptgebäude. Carla winkt von ihrem Empfangstresen aus.

»Die Phantasie, in der man lebt, ist die Wirklichkeit«, sage ich. »Und wir haben alle unsere eigene Phantasie. Das ist die Geschichte, die wir von uns selbst machen. Ich bin so und so. Das ist meine Geschichte, und das bin ich.«

Simon runzelt die Stirn.

»Und die Pathologie?«

Ich zucke mit den Achseln.

»Vielleicht gibt es sie, vielleicht nicht. Es ist uns noch nie gelungen festzustellen, ob eine Depression eine biologische Ursache hat. Wir wissen nur sehr wenig von Schizophrenie oder Autismus. Wir kauern in Platons Höhle und schauen auf die Schatten an der Wand.«

In meinem Zimmer denke ich, während ich auf den nächsten Klienten warte, an Simon und seine Frage. Was hat Physik mit der Psyche zu tun? Er und seine Geistesverwandten beschäftigen sich noch gar nicht so lange mit der Vorstellung, dass die psychische Krankheit einen biologischen Ursprung haben kann, und ihre Experimente haben kaum mehr erbracht als Reklame für wieder ein neues Medikament, das zu wirken scheint, von dem aber niemand weiß, wie und warum und woher es kommt, dass das Placebo ebenfalls gute Ergebnisse zeigt.

Was wir hingegen wissen, ist, dass wir in der Fiktion leben, die wir Hier und Jetzt nennen. Als der Forscher Benjamin Libet den Kortex von Testpersonen stimulierte, zeigte sich, dass es eine halbe Sekunde dauern konnte, bis der Patient auf diesen Reiz reagierte. Libet beschrieb die Ergebnisse später in Form einer Schlussfolgerung, in der sein Erstaunen mitschwang: *The implications are quite astounding. We are not conscious of the actual moment of the present. We are always a little late.* Der Neurologe David Eagleman hat einmal gesagt: *Living in the past may seem like a disadvantage, but it's a cost that the brain is willing to pay. It's trying to put together the best possible story about what's going on in the world, and that takes time.*

Im Jetzt leben wir nicht, aber im Hier? Unsere Erinnerungen machen einen größeren Teil der Person aus, die wir sind, als das Jetzt. Und in unseren Erinnerungen sind wir, wo wir gerade nicht sind.

Die Vergangenheit ist ein anderes Land.

Die Phantasie, in der man lebt, ist die Wirklichkeit, sagte ich, aber was ist Stephanies Wirklichkeit? Phantasie? Und ist meine Wirklichkeit vielleicht eine Phantasie?

Linas Blick, als sie fragte, ob ich die Situation als prickelnd erlebte, war provozierend und gleichzeitig amüsiert gewesen. Speelman hatte Stephanie als attraktive Frau und mich als einsamen Mann bezeichnet. Es gibt Zweifel hinsichtlich meiner Objektivität. Ich verspüre die Neigung, das beiseitezuwischen, doch tief in mir flüstert eine Stimme. »Du weißt es besser, Mendel Adenauer. Du weißt, dass ich da bin und dass ich immer da sein werde. Wenn du nachts aus einem deiner schwarzen Albträume erwachst, dann weißt du, ich bin im Raum. Wenn du deinen Patienten zuhörst, dann hörst du mir zu. Du kannst über Physik und Zeit labern, bis du schwarz wirst, aber du und ich wissen, dass deine Vorstellungen der Käfig sind, in dem ich auf und ab gehe, und dass ein Tag kommt, an dem deine Aufmerksamkeit nachlässt und du vergisst, die Tür zu schließen. Das ist schon einmal passiert. Du weißt es, und du kannst es nicht vergessen.«

Ich kann die Situation nicht bagatellisieren. Seit Frau Helders Selbstmord ist etwas passiert. Aber was? Hängt es mit ihr zusammen? Und falls ja, wie? Habe ich bei ihr eine stärkere Anteilnahme gespürt als normal? Warum? Ist es Stephanie? Ist es Bergkamp? Sehe ich mich selbst in ihm, in seiner verbissenen Weigerung, die Gleichgültigkeit des Schicksals zu akzeptieren?

Ich bin müde. Meine Beine sind schwer, mein Kopf ist ein Gewicht, das ich kaum tragen kann, ich kann die Augen kaum offen halten. Mein Körper will dem Kampf entrinnen, den zu führen ich mich zwinge, dem Käfig, ja, Stephanies Käfig, den ich kenne und erkenne. Ich habe etwas eingesperrt. Ein einziges Mal ist es herausgekommen, ich zwang es zurück, und seitdem fürchte ich mich davor, es wieder freizulassen. Ich habe mich selbst reguliert und diszipliniert. Ein Leben nach Plan. Morgens zwei Käsebrote, eine Tasse Kaffee. Mittags:

zwei Scheiben Roggenbrot mit Käse. Um neun Uhr abends das erste Glas Wein. Jeden Tag. Beherrschung, Kontrolle, Trott als Betäubungsmittel. Angst. Angst, mich gehenzulassen. Angst vor dem, was geschieht, wenn ich …

Jag lever. Jag är bara skendöd.

Ich lege mich auf die Couch, schiebe die Hände unter den Kopf und starre an die Systemdecke. Warum diese Angst vor dem Intensiven, dem Heftigen, dem Tiefen? Fürchte ich den Schmerz, fürchte ich, mich selbst zu verlieren und verrückt zu werden? Bin ich Psychiater geworden, um die Grenze zwischen zwei Welten, der Welt des Normalen und Beherrschten und der des Anormalen und Ungezügelten, bewachen zu können?

Es ist mir gelungen, Renate, uns, aus meinen Gedanken zu verbannen, doch wenn ich jetzt an sie denke, empfinde ich einen tiefen Schmerz, einen Verlust, so groß, dass mir ist, als stünde ich am Rand eines gähnenden Abgrunds. Einer Tiefe, die saugt und lockt.

Sie war Deutsche und arbeitete wie ich für das Riagg, die Regionale Ambulante Geistige Gesundheitsfürsorge, an meinem vorherigen Wohnort. Sie war zehn Jahre älter und sah, füllig und doch wohlgeformt, wie eine Wagneropernsängerin aus. Niemand würde in ihr sofort die Psychiaterin erkennen, und sei es nur, weil sie stets Kleider trug, und das war in den neunziger Jahren in unseren Kreisen außergewöhnlich.

Wir kamen ins Gespräch, als sie mich eines Nachmittags ansprach. Auf dem Weg zum Tor fragte sie, weshalb ich der einzige Analytiker sei. Ich hatte mit den Achseln gezuckt.

»Das ist mein Talent, im falschen Augenblick die falschen Dinge zu tun. Und wahrscheinlich auch noch am falschen Ort.«

»Was ich nicht verstehe«, sagte sie, »ist, dass es so scheint, als würden Niederländer Freud hassen.«

»Psychiater und Psychologen, meinst du?«

Sie hatte genickt.

Wir verließen das Gelände und standen vor der Klinik.

»Ödipale Gefühle?«, sagte ich.

Sie sah mich ernst an. Ich wartete auf mehr Reaktion, aber die kam nicht.

»Das war ein Scherz, Renate.«

»Oh. Manchmal denke ich, ich spreche eure Sprache doch nicht so gut, wie ich denke.«

»Ich denke eher, es ist dein Ernst.«

»Mache ich denn so einen ernsten Eindruck?«

Wir gingen nebeneinander weiter. Es war ein sommerlicher Freitagnachmittag, und in der Stadt war viel los.

»Wollen wir was trinken gehen?«, sagte sie plötzlich, während wir vor dem Bahnübergang warteten. »Es ist so ein herrliches Wetter.«

So ein herrliches Wetter.

Wir fanden einen Tisch in einem Straßencafé am Markt. Weil wir einander nicht gut kannten, beschränkte sich das Gespräch darauf, was wir trinken wollten, dass es warm war und voll, wie die Pläne fürs Wochenende aussahen. Von Letzterem war bei uns beiden keine Rede. Wir lebten beide allein und schienen das gleiche unspektakuläre Leben zu führen.

»Angenommen, zwei solche Menschen haben was miteinander«, sagte ich. »Dann entsteht ein lebensgefährliches Ereignisvakuum.«

»In das andere Menschen hineingesogen werden«, sagte Renate.

Ich grinste.

»Wir können die Welt retten, indem wir etwas gemeinsam machen«, sagte sie.

Wir hatten beide ein bisschen gebraucht, bevor wir zur Seite schauten. Mit einem Mal hing etwas Atemloses in der Luft, eine Spannung, die wenige Minuten zuvor noch aus Unvertrautheit und erwachender Neugier bestand und jetzt plötzlich in spannungsgeladenes Interesse umgeschlagen war. Ich hatte so etwas, so schnell, so unerwartet, noch nie erlebt. Ich fragte mich, ob ich der Einzige war, der es spürte.

»Das ist ein gefährlicher Vorschlag.«

Sie warf mir einen ernsten Blick zu.

»Wenn es keine Gefahr gibt, gibt es nichts«, sagte sie.

»Ich dachte, wir beide hätten gerade festgestellt, dass wir langweilige Menschen sind ohne Pläne fürs Wochenende.«

Sie wandte den Blick nicht von mir.

»Vielleicht haben wir keine Pläne, weil wir wissen, dass das Abenteuer nicht geplant wird, sondern einfach geschieht.«

Ich hatte mein Weinglas nehmen und trinken wollen, doch weil ich den Raum, in dem wir uns befanden, nicht verlassen wollte, tat ich nichts. Wir sahen einander unverwandt an. Ich streckte die Hand aus. Als sie ihre, eine mollige Hand mit knallrosa lackierten Nägeln, in meine legte, nahm ich sie, wir standen auf und gingen.

Damals wusste ich noch nicht, dass dies der Beginn einer Zeit unwiderstehlichen Genusses und nie dagewesenen Schmerzes sein würde und dass die Betörung und die Beklemmung so stark sein würden, dass das Ende, ein Jahr später, sich wie das Entrinnen aus einem Straflager anfühlen würde.

Wir waren zu mir gegangen. In meiner Wohnung hatte ich sie an die Wand gedrückt und fest auf den Mund geküsst, ihre Hand glitt abwärts, die Finger um mein Geschlecht, und ich hörte ein tiefes Stöhnen, als ihre Zunge mein Gesicht leckte; meine Hand fand ihre Brust, ich küsste ihren Hals mit der Gier eines Ausgehungerten.

Drei Tage blieben wir im Bett, von Zeit zu Zeit holte ich etwas zu essen, das wir achtlos hinunterschlangen, wonach ich wieder nach ihr oder sie nach mir griff. Es war Gier, fiebrige Raserei, die wir ineinander erkannten, es war Sex, der zu Alchemie wurde, eine Alchemie, in der alles, was in uns war und was wir waren, zu einer derart heftigen Reaktion führte, dass wir keine Zeit hatten zu verstehen, was da vor sich ging, denn bevor einer von uns nachdenken konnte, sahen wir einander an, und unsere Augen verschleierten sich: Sie kroch auf Händen und Füßen durchs Bett, sah über die Schulter und warf mir einen vor Hitzigkeit triefenden Blick zu und flehte mich an, sie zu nehmen, sie in den Arsch zu ficken, sie an den Haaren zu zerren, auf den Hintern zu schlagen und als Schlampe zu beschimpfen, und ich wurde zum rachsüchtigen vergewaltigenden Tier. Als ich sie von hinten fickte, ihre blonden Locken in meiner Klaue, und mein Schwanz so hart und geschwollen war, dass es wehtat … als ein Orgasmus anstürmte, der wie eine Springflut aus meinem Rückenmark nach oben raste, meinen Kopf erreichte und dort brach und zerbarst, so dass alles für einen Moment blendend weiß war … da, während ich mich in ihr ergoss, hörte ich sie rufen, auf Deutsch, in einem von ganz tief unten kommenden Ton: »Spritz mich! Ich bin deine Hure!«, und ich fühlte mich wie eine wilde Bestie, die aus Reißzähnen, Klauen und Blutgier bestand.

Drei Tage. Drei Tage Sex und Schlafen und Wachwerden und wieder Sex, und als wir nach dem Wochenende das Haus verließen, waren wir völlig erschöpft und immer noch geil. Wir verabschiedeten uns vor dem Haupteingang, und ich zischte ihr ins Ohr, dass ich sie am Abend auf den Küchentisch binden und so lange vögeln würde, bis sie mich anflehen würde aufzuhören. Sie erschauerte, und es schien, als würden ihre Knie weich. Auf dem Flur zu meiner Station merkte ich, dass ich hart wurde, und ich musste gegen die Anfechtung ankämpfen, zurückzugehen, sie am Arm zu packen und an der Wand des Gebäudes zu nehmen.

Mein ganzes Leben hatte sich in meinem Kopf abgespielt. Bei Anna hatte sich mein Körper nie so angefühlt wie jetzt. Da war Herz gewesen und Kopf, aber kaum Körper. Dies jedoch, das war bedrohlich. Es war beängstigend. Es war auch – das erkannte ich, allerdings nur vage – gefährlich. Ich hatte keine Ahnung, wohin es führen würde, und ich konnte darüber auch nicht nachdenken. Ich wusste nur, dass ich in diesem gewaltigen schwarzen Meer der Lust untergehen wollte, wie ein Tier, das die Tiefen aufsucht, um zu verschlingen oder verschlungen zu werden.

Es war mir gelungen, vieles zu vergessen. Als es vorbei war und Renate eine Stelle am anderen Ende des Landes gefunden hatte, vergrub ich mich in der Arbeit und fasste den Entschluss, allein zu bleiben, nie wieder so tief zu gehen. Es dauerte einige Jahre, bis die Träume und die Albträume verschwanden, Träume, in denen Renate und ich uns leidenschaftlich liebten, und Albträume, in denen wir versuchten, einander zu entrinnen. Doch schließlich war das Feuer gelöscht, und ich konnte auf das Geschehene zurückblicken.

In uns waren Schuldgefühl und Wut zusammengekommen, und das hatte zu einem explosiven Gemisch geführt. Es hatte Momente gegeben, in denen wir uns dessen so bewusst waren, dass es Teil des Sexes wurde, wenn sie meine Hand nahm und sich auf die Kehle legte und mich mit fiebrigen Augen anstarrte, die Lippen rot und geschwollen, und auf Deutsch keuchte: »Fick mich, Jude«, wenn ich sie fesselte und auf den Fußboden legte und breitbeinig über ihr stand, während ich auf sie hinunterschaute und meinen erigierten Schwanz massierte, sie mit ihrem dicken blonden Haar, ihrem üppigen Walkürenleib, ihrem großen Bäuerinnenbusen, und ich blaffte ihr zu, sie solle den Mund halten, wenn ich ihr ins Gesicht spritzte. Es war bewusst, es war halb bewusst, es war unbewusst. Wir wussten, was sich hier abspielte, und wir wussten es nicht. Wir wussten, dass wir etwas dagegen tun mussten, aber wir wussten nicht, wie. Lust trieb uns weiter, wir hatten keine Zeit, Atem zu schöpfen. Als es endlich zum Gespräch kam, ließ sich nichts mehr retten.

Das war an einem Samstag gewesen, bei mir. Wir hatten an dem Tag eingekauft und gekocht, und abends saß ich auf dem Sofa und las, als ich mich plötzlich fragte, wo Renate so lange blieb. Ich ging ins Badezimmer und fand sie auf dem Boden der Dusche sitzend, während das Wasser über sie strömte. Ich sah, dass sie weinte.

»Renate«, sagte ich.

Sie blickte auf. Das Wasser lag wie ein Film auf ihrem Gesicht.

»Ich bin so glücklich und so unglücklich«, sagte sie. »Ich weiß nicht mehr, was ich fühle.«

Ich hockte mich neben sie und streichelte ihr Gesicht.

»Eine Sekunde Glück. Eine Sekunde Unglück«, sagte sie. »Es frisst mich auf.«

»Ich weiß«, sagte ich. »Ich weiß.«

»Ich will nur dich«, sagte sie, und ihre Schultern zuckten. »Ich will dich, aber ich kann mit dir nicht einfach glücklich sein, denn mein Verlangen nach dir macht mir Angst.«

»Bei mir ist es genauso, Renate. Ich will uns, aber ich habe Angst vor uns.«

Sie warf sich an mich, und wir kippten um, und während wir da unter der strömenden Dusche lagen, küssten wir uns, ich küsste ihre Augen und streichelte ihr nasses Haar, und im Handumdrehen verwandelten sich Kummer und Trost in Geilheit. Sie zog mir die nassen Kleider vom Leib, und ich leckte ihr nasses Gesicht, ihren Hals, ihre Brüste, ihre Möse. Sie löste sich von mir und kauerte sich in eine Ecke der Dusche, spreizte die Beine und fingerte sich, während sie mich ansah. Ich spürte, wie eine ungeheure Zärtlichkeit mich durchströmte, und wusste im selben Moment, dass wir vollkommen glücklich sein könnten, wenn da nicht etwas gewesen wäre, das größer war als wir, heftiger, tiefer, gefährlicher.

»Komm«, hatte Renate gesagt. »Komm über mir.«

Ihre Zunge erschien zwischen ihren Lippen, und sie warf den Kopf in den Nacken. Sie schloss die Augen und murmelte und flüsterte Unverständliches. Ich merkte, sie war nahe am Orgasmus. Da sah sie mich an, ihr Blick verschleiert, lasziv, sie senkte die Lider. Sie spreizte ihre Schamlippen, und während sie die Augen schloss, pinkelte sie.

»O Gott«, sagte sie. »*O Gott*, ich bin so schmutzig. *Schmutzig. Ich bin schmutzig*. Komm. Komm über mir.«

Sie stöhnte erstickt. Vom Hals her stieg Röte auf.

»Gib's mir. Ins Gesicht.«

Als wir später erschöpft und erschlagen auf dem Sofa saßen, ich in der Ecke, sie an meiner Brust liegend, wussten wir, dass wir uns trennen würden.

»Es ist wahr«, sagte Renate. »Ich liebe dich. Ich will nur dich, bei dir sein, immer. Aber es macht mich unglücklich, was passiert, wenn wir zusammen sind. Ich kann mich nicht beherrschen. Es ist, als ob wir da sind und außerdem noch zwei andere. *Wir und die Tiere.*«

»Wir sind auch die Tiere«, sagte ich.

Sie nickte.

»Freud hat gesagt, wenn zwei Menschen Sex miteinander haben, stehen vier ums Bett herum. Bei uns«, sagte sie, »steht die ganze Geschichte ums Bett.«

»Nicht nur die des vorigen Jahrhunderts«, sagte ich. »Die gesamte Evolution spielt mit.«

Ich sah sie lächeln und im gleichen Moment in Tränen ausbrechen.

»Mendel«, sagte sie, »dass ich so viel Glück entbehren muss.«

Was dadurch bewahrt geblieben ist, dass es begraben war, kommt an die Oberfläche. Ungewollt, oft im unglücklichsten Augenblick, manchmal scheinbar ohne Anlass.

Ich bin auf meiner eigenen Couch eingeschlafen, und jetzt, aus einem Traum hochgeschreckt, an den ich mich erinnere und nicht erinnere und dem ich zu entrinnen versuche – der schleichende Schatten eines schwarzen Panthers, Krähen, die über einer riesigen Eiche kreisen, ein Körper, der an einem Seil baumelt –, höre ich das vage Flüstern von Stephanies Stimme, und langsam tauchen Bilder aus dem Traum auf: sie im Stuhl mir gegenüber, der Rock hochgezogen, keine flachen Schuhe, sondern diesmal hochhackige Lackpumps, der Mund kirschrot, Augen wie betaute Trauben …

Freud schreibt in seiner *Traumdeutung*: »Mit wilden Tieren symbolisiert die Traumarbeit in der Regel leidenschaftliche Triebe, sowohl die des Träumers als auch die anderer Personen, vor denen der Träumer sich fürchtet, also mit einer ganz geringfügigen Verschiebung die Personen selbst, welche die Träger dieser Leidenschaften sind.«

Ich sehe sie. Ich höre ihre Stimme.

Wie sie am Ende der Sitzung aufgestanden war.

Wie sie ihren Rock glatt gestrichen hatte und das Haar zurechtgeschüttelt.

»Bis Montag.«

»Bis Montag.«

Dass ich ihr nachgeschaut hatte, als sie ging.

Der Hunger in mir.

Ins Sprechzimmer drang ein fahler Schein durch die dicken, höckrigen Scheiben. Die Priorin stand mit dem Rücken zur Tür, als die junge Nonne, die mich zu ihr geführt hatte, diese öffnete. Es vergingen ein paar Sekunden, bis sie sich umdrehte, und in dieser Zeit hatte die Nonne uns verlassen. Da war nichts als die zwischen den schweren Mauern hängende Stille, das bleierne Licht, das an den kleinen Fensterscheiben klebte, und der dünne Rauch aus dem Holzkohlebecken.

»Was hat Euch hierhergeführt?«

Sie nahm an ihrem Tisch Platz und ließ den Blick auf mir ruhen. Linien liefen durch ihr Gesicht, um die Augen und über die Stirn, doch es waren keine Furchen der Sorge und Entbehrung. Ihre großen dunklen Augen, die kräftige gerade Nase und die wohlgeformten Lippen sagten, dass sie in ihrer Jugend die Art von Schönheit gewesen war, die von Männern nicht verstanden, aber doch begehrt wurde.

»Ich nehme an, dass unser Kloster nicht Euer Reiseziel war.«

»Ich bin ein reisender Kopist und suche Arbeit, Herrin.«

Ich deutete mit dem Blick auf die Reisekiste, die ich an der Tür abgestellt hatte.

»Wie ist Euer Name?«

»Man nennt mich de Zwarte.«

Sie drehte mit dem Daumen an dem schweren Ring an ihrer Rechten.

»Ihr sprecht unsere Sprache.«

Ich neigte den Kopf.

»Ein wenig«, sagte ich. »Ich bin viel gereist.«

»Ein wundersamer Zufall«, sagte die Priorin.

Ich sah sie fragend an.

»Ein Wohltäter dieses Klosters ließ mich vor nicht sehr langer Zeit wissen, er suche einen Psalter.«

»Ich kann kopieren«, sagte ich, »aber nicht illuminieren. Ein Psalter ...«

Sie überging meinen Einwand.

»Bruder de Zwarte«, sagte sie, »der Winter naht, in diesen Gegenden ist Arbeit für einen Schreiber oder Kopisten dünn gesät, es gibt keine Städte, und die Dörfer sind klein. Ein Fremder wird es schwer haben, seinen Lebensunterhalt zu bestreiten. Ich biete Euch Obdach und Kost, wenn Ihr den Psalter kopiert. Wir werden jemanden suchen, der sich auf Zeichenfeder und Pinsel versteht. Ich werde Euch Zugang zu unserer Bibliothek gewähren.«

»Herrin ...«

»Wenn wir das Buch machen, kommt uns das sehr zugute. Ich werde Euch einen Arbeitsplatz zuweisen lassen.«

Sie senkte den Kopf über den Schreibtisch und schien in Gedanken versunken. Ich drehte mich um, doch bevor ich den Raum verlassen konnte, ertönte ihre Stimme noch einmal.

»Bruder de Zwarte.«

Ich blickte über die Schulter. Sie saß noch in derselben Haltung da.

»Ihr scheint mir nicht gewöhnt an das Klosterleben. Mauern haben hier Ohren und Fenster Augen.«

Ein Laienbruder half mir, ein Pult und eine kleine Bank aus der Bibliothek in ein leerstehendes Häuschen auf dem Klostergelände zu tragen. Bibliothek war ein großes Wort für ein Stübchen, das einer Klausnerzelle glich und eher ein Armarium war. Darin stand nur ein Schrank mit sieben Büchern, auf drei Stapel verteilt: ein Bündel mit Schriften des Bernhard von Clairvaux, ein Band mit einigen Büchern von Augustinus, eine schlichte Bibel, eine Psalmensammlung und ein paar Bände, die ich nicht einordnen konnte. Als der Bruder mich in meiner neuen Bleibe allein gelassen hatte, blickte ich auf das graue Nordlicht, das auf die Schreibplatte des Pultes fiel. Ich war in einer Welt der Gegensätze gelandet: von einer reichen Bibliothek in eine arme, von einer Stadt mit einem Schloss auf einem Felsen in ein Kloster zwischen Moor und Ödland, vom Auftrag, ein Buch zu suchen, zur Bitte – die ich aus irgendeinem Grund nicht hatte abschlagen können –, eines zu machen.

Es war Herbst und das Licht spärlich. Am Pult, über das Pergamentblatt gebeugt, sah ich kaum die Hilfslinien, die ich zog, und ich dachte an Jakub, der vom Lesen erblindet war. Es kostete mich Mühe, mir sein Gesicht in Erinnerung zu rufen. Er, das Dorf, meine Kindheit und Jugend im grenzenlosen Wald, alles war weit weg und vage und unwirklich. Das Einzige, woran ich mich in aller Schärfe erinnerte, war, was ich vergessen wollte: Malka, Julia, der Herr in der Burg und seine riesige unterirdische Bibliothek. Manchmal dachte ich an Kahn und wie er auf meiner Schulter gesessen hatte oder vor mir hergeflogen war, wenn wir unterwegs waren, und wie er dann von Zeit zu Zeit krächzend zurückkam, als wollte er sagen, dass alles in Ordnung war.

Aus Tagen wurden Wochen. Ich kopierte die Psalmen, die die Priorin mir angegeben hatte, wobei ich Platz für die Illumination ließ, und begann, den Schmerz zu spüren, über den so viele Kopisten am Textrand geklagt hatten: *Schreiben ist eintönige Arbeit. Es bricht den Rücken, raubt einem das Sehvermögen, verdreht den Magen und die Flanken.* Und: *Da, es ist geschafft, gebt mir in Gottes Namen jetzt etwas zu trinken.*

Manchmal entfloh ich dem Krampf und dem Schmerz und streifte durch die Umgebung. Hinter der dicken Klosterhecke war das Land wüst: Bäche und Auen, hier und da ein paar Erlen, auf den höher gelegenen Gebieten Eichenwald. Die Besitztümer des Klosters lagen verstreut und weit auseinander. Einmal kam ich in die Nähe einiger Bauernhöfe.

Um St. Franziskus herum schien es wieder Sommer zu werden. Milde Luft strich durch die Bäume und über das Land, tief einfallendes Licht legte einen bronzenen Schimmer auf die Stoppelfelder, ließ die Wipfel der sich bereits verfärbenden Buchen glühen und die noch grünen Eichen sanft glänzen. Es war während dieser ruhigen und milden Tage, als der Herbst den Atem anhielt und das Wetter so mild war, dass Kräuter von neuem erblühten und Bäume ihr Laub festhielten, dass seltsame Geschichten die Runde zu machen begannen.

Als die Priorin kam, um den Fortgang der Arbeit zu inspizieren, sprach sie davon.

»Ihr seid ein Mann, der viel gereist ist, Bruder de Zwarte. Ein Mann von Welt.«

Sie wartete auf mein Abstreiten.

»Ein Mann von Welt«, sagte sie, als ich schwieg, »der schon das eine oder andere gesehen hat. Habt Ihr von der Unruhe gehört?«

Der Pförtner, mit dem ich manchmal sprach, wenn ich das Kloster für einen Streifzug verließ, hatte davon erzählt: Ein Reisender aus Friesland hatte Rauch gesehen, aber kein Feuer, ein Bauer, der gerade Winterroggen säte, sah ein Tier, das am Ackerrand entlangrannte und in den Wald geflüchtet war. Er hatte es dem Pförtner erzählt, als er Heu ins Kloster brachte, und der hatte gemeint, es sei ein Wolf. Aber Wölfe zeigten sich erst, wenn es lange geschneit hatte und Beute schwer zu finden war. Und dann war da noch der Bruder aus Deventer gewesen, der von einem feurigen Engel sprach, der ihm in dem Wald erschienen war, in dem er sein Quartier aufgeschlagen hatte.

Wir standen am Pult. Das goldene Herbstlicht strich über die Pergamentbögen und legte eine honigfarbene Glut über das Holz.

»Was haltet Ihr von diesen Geschichten?«, fragte die Priorin.

Ich zuckte mit den Achseln.

»Bruder«, sagte sie. »Für den Mann, der zu sein Ihr vorgebt, haltet Ihr Euch zu sehr bedeckt.«

Sie berichtete von einer gewissen Beerte aus dem Nachbardorf, die zum Kloster gegangen war, als die frühe Sonne in den Eichenkronen funkelte und der Tau in dünnen Schwaden von den Feldern wich, im Korb an ihrem Arm einen fetten Kapaun, der bis hinter dem auf halber Strecke gelegenen kleinen Bach beleidigt kollerte. Ihr Vater hatte sich, noch bevor das Heu geerntet wurde, zu Bett gelegt. Das Mädchen und die Mutter hatten ihm ein frisches Strohlager mit getrocknetem Wegerich bereitet, um die üblen Säfte aufzunehmen und heilkräftige Düfte zu verströmen, doch bei Neumond, als die Felder bereits kahl und leer waren, war er noch immer nicht aufgestanden. Da war Beertes Mutter nach Marienkamp gegangen, um bei Hille, der Gärtnerin, Arzneien zu holen und die Nonnen zu bitten, für den Kranken zu beten. Sie war mit Kräutern zurückgekehrt, die sie nach Hilles Anweisungen im Mörser zerstampfte und eine Nacht lang in einem Topf

Starkbier ziehen ließ. Vier Tage später war der Kranke noch vor dem ersten Licht erwacht, hatte sich über dem Eimer gewaschen und nach seinem Frühstück verlangt.

Als Beerte im Kloster ankam, hatte sie den Kapaun unter vielen verlegenen Verbeugungen und Knicksen überreicht, und die Priorin hatte sich nach der Gesundheit ihres Vaters erkundigt. Danach ging sie zu Hille und überreichte ihr den kleinen Beutel mit Samen, den ihre Mutter ihr mitgegeben hatte. Sie ging mit der alten Frau durch den Garten und ließ sich über das Dorf aushorchen, während Hille hier verdorrte Knospen pflückte und da mit der Hand durch das Laub eines Krautes strich. Sie war ins Kochhaus geschickt worden, wo sie Schmalzbrote und Suppe bekam. Sie betete mit den Arbeitsschwestern die None, und danach machte sie sich auf den Heimweg.

Die Sonne sank bereits hinter die Baumwipfel. Das tiefstehende Licht kam von hinten und war fast orangerot. Es ließ die Tümpel auf den Heuwiesen glänzen und machte aus den Erlenhainen bizarre schwarze Spinnweben. Als sie zum Bach kam, stand die Sonne so tief, dass der Schatten ihres Kopfes bereits jenseits des Wassers war, noch ehe ihre Füße die Brücke betreten hatten. Der Weg führte dort leicht aufwärts, zu Deurzes Hof. Als sie an dem Anwesen vorbeiging, sah sie einen Jungen und ein Mädchen, die die große Sau ärgerten, die in einer Schlammkuhle lag. Hinter dem Bauernhof bildeten die hohen Eichen des Kirchenwegs ein Blätterdach über ihr, und darunter, wo ein schwerer Geruch von nasser Erde hing, wurde das Licht dunkel und grünlich. Zu ihrer Rechten schimmerte Ackerland hinter den Stämmen, links dampfte hohes, nasses Gras. Sie schritt tüchtig aus, den Korb mit dem Salbentöpfchen, das Hille ihr mitgegeben hatte, am rechten Arm. Der Abend kroch über das Land, und unter den Bäumen wurde es kühler. Auf der Höhe des kleinen Hügels, der die Stelle markierte, an der vor langer Zeit ein Mädchen tot aufgefunden worden war, sah sie, wie sich etwas bewegte. Es sprang aus dem Dämmerlicht auf und duckte sich dann zwischen die Grasbüschel. Sie sah sich um, spähte den dunklen Weg entlang, der leer vor und hinter ihr lag, ein Tunnel unter den hohen Baumwipfeln. Nichts war zu hören außer dem Rauschen des Abendwinds. Sie machte ein paar eilige Schritte und verharrte dann mit hämmerndem Herzen, als das Wesen im Gras mit ihr mitsprang. Maria, Mutter Gottes, hob sie an, doch aus dem dämmrigen Unland stieg ein gurgelndes Geräusch auf, und das Stoßgebet blieb ihr wie eine Gräte im Halse stecken. Sie raffte ihre Röcke zusammen und rannte los, von Zeit zu Zeit innehaltend, um wieder zu Atem zu kommen, und dann blickte sie sich jedes Mal furchtsam um, wo das Wesen war und ob es ihr folgte.

So wie ein Fuchs springt, sagte sie am nächsten Tag zum Schultheiß, nur viel größer. Ein Wolf, hatte er beschlossen, den Mund voll Ungeduld. Beerte hatte den Blick niedergeschlagen und den Kopf geschüttelt: wie ein Mann, aber er bewegte sich wie ein Tier. Der Schultheiß hatte es als Schreckhaftigkeit der soundsovielten Bauerntochter abgetan, die sich durch das Altweibergeschwätz von dem toten Mädchen, das unter einem kleinen Hügel im Feld begraben war, einen Floh ins Ohr hatte setzen lassen. Er hatte sie mit einer Handbewegung weggeschickt.

Doch keine zwei Tage später wurde er nach Marienkamp entboten, und als er dorthin gefahren war und die Priorin ihm von den früheren Gerüchten erzählte, sah er Beertes Bericht in einem neuen Licht, obgleich er noch nicht bereit war, an andere als die bekannten Möglichkeiten zu denken.

Räuber? Viehdiebe? Vagabunden? Er hatte die naheliegenden Erklärungen genannt. In der weißen Umrahmung ihrer Haube hatte die Priorin den Kopf geschüttelt. Rauch ohne Feuer, sagte sie, eine Gestalt, die sich wie ein Tier bewegt. Von dem feurigen Engel, den der Deventer Bruder gesehen hatte, schwieg sie. Der Schultheiß berichtete, was Beerte ihm gesagt hatte, und währenddessen sah er, wie sorgenvolle Falten auf der Stirn der Priorin erschienen. Sie hatten eine Zeitlang geschwiegen. Von draußen kam das Geräusch eines Karrens mit knarrenden Rädern. Der Schultheiß fragte, wann die neue Äbtissin erwartet werde. Die Priorin hatte geseufzt. Er hatte sie mit leicht zusammengekniffenen Augen betrachtet, doch die Priorin hatte es bei diesem einen Seufzer belassen und brachte das Gespräch wieder auf »die Ereignisse«. Was tun? Der Schultheiß hatte den Kopf geschüttelt. Ihm stünden keine Männer zur Verfügung, um die Umgebung zu durchkämmen, und überdies sei das Gebiet zu groß, in dem diese Dinge beobachtet worden seien. Außerdem: Es sei niemand gesehen worden, weder Bewaffnete noch Räuber, weder Wolf noch Luchs. Eigentlich gebe es nur Geschichten und Gerüchte. Er könne nur raten, das Tor zu schließen und eine Wache aufzustellen, die nachts auf dem Klostergelände patrouillieren solle.

Als sie Abschied nahmen, hing die Leere der Entschlusslosigkeit zwischen ihnen, und der Schultheiß ahnte, dass das letzte Wort über die merkwürdigen Vorfälle noch nicht gesprochen war.

Die Priorin hatte mir diese Geschichte erzählt, während ich ihr das Werk zeigte. Sie war geistesabwesend. Ihre Gedanken waren bei der Geschichte. Ich fragte, wer den Text illuminieren würde.

»Die neue Äbtissin kommt schon im nächsten Monat«,

sagte sie. »Sie bringt eine Schwester mit, die uns in der Kunst der Miniaturen unterweisen wird.«

Ich sah sie fragend an.

»Dies ist ein armes Land, Bruder«, sagte sie. »Marienkamp hat nur wenig Besitz, und der bringt kaum genug ein. Unsere Nonnen sind zumeist adelige Töchter, die nicht verheiratet werden konnten. Ihr Durst nach Gott ist nicht groß.«

Sie richtete sich auf und strich ihr Gewand glatt.

»Die neue Äbtissin und der Abt unseres Mutterklosters haben beschlossen, dass Bücher die Einkünfte aufstocken sollen.«

Unsere Blicke trafen sich. In meinen Augen muss eine Frage zu sehen gewesen sein, denn als die Priorin sich abwandte, sagte sie: »Ja, Bruder, ich weiß. In meiner Stimme klingt wenig Überzeugung. Messbücher, Breviere, Stundenbücher ... Wer soll die bestellen? Sogar der Adel ist hier arm und wenig gottesfürchtig.«

Sie drehte sich um und sah mich an. Ihre Miene war fast fröhlich.

»Der Herr von Elede, für den dies hier ist, besitzt keine Bücher. Dies ist sein erstes, und es wird wahrscheinlich auch sein letztes sein. Wird er daraus beten?«

Sie lächelte.

»Ich verlasse Euch. Verrichtet Gottes Werk.«

Sie öffnete die Tür, und während das Herbstlicht hereinlugte und ihr Profil zeichnete, holte sie tief Luft, als wappne sie sich für einen schweren Kampf.

Der Herbstregen setzte am darauffolgenden Tag ein. Die Wasserläufe rings um das Klostergelände füllten sich, und nach wenigen Tagen mussten die Bauern von den abseits gelegenen Höfen ihr Vieh auf höheres Land bringen. An St. Lukas regnete es noch immer, was von vielen als ungünstiges Vorzeichen für die Ernte des nächsten Jahres betrachtet wurde. Im Kloster und auf den Außenhöfen hatten die Vorbereitungen für den Winter begonnen. Die Priorin inspizierte die Vorräte mit der Keller- und mit der Gartenfrau. Von Zeit zu Zeit kamen Wagen mit Roggen oder Heu. Der Herr von Elede schickte ein Oxhoft Bier, und aus der Gemarkung Witten kam ein riesiger Stapel klatschnassen Brennholzes, die der Baumeister kopfschüttelnd in Empfang nahm, sollte daraus doch ein neues Vordach auf der Südseite eines der Nebengebäude gezimmert werden.

Der Regen hörte nicht auf. Aus dem sumpfigen Unland im Süden wurde eine Wasserfläche, und die Mühle bei Deurze hatte das Mahlen eingestellt, weil der Bach zu hoch stand. Im Kloster herrschte Unruhe. Niemand ging mehr hinaus, die Säle waren klamm und kalt, und an der Wand hinter dem Altar der Abteikirche erschien eine bizarre gelbbraune Form, in der ein Pfründner das Gesicht des Teufels erblickte.

Am Tag vor St. Martin wurde ein Knecht von einem der Höfe bei Witten ins Kloster gebracht. Er lag auf einem Pritschenwagen, auf einer dünnen Strohschicht, und starrte zum regenschwangeren Himmel hinauf, die Augen weit geöffnet, stumm. Der Pförtner und der Bauer, der ihn gebracht hatte, trugen den Knecht in Hilles Arbeitsschuppen, wo er trocken gerieben wurde und die Gärtnerin ihm warmen Fliederbeerwein mit Honig zu trinken gab. Als die Priorin kam, saß der Knecht auf einer Kiste, aber er antwortete nicht auf die Fragen, die man ihm stellte. Hille gab ihm ein wenig Wein mit Belladonnatinktur, und als er eine Weile später einschlief, wurde er in den Schlafraum der Konversen gebracht und in ein Bett gelegt.

Im Frühmorgenlicht des nächsten Tages bemerkte man seine Abwesenheit. Die Priorin kam und sah sich das leere Bett an, als wäre daran abzulesen, wohin der Knecht gegangen war und warum. Sie fragte den Mann, der neben ihm geschlafen hatte, ob er etwas gehört habe und ob der Knecht zur Mette, einige Stunden zuvor, noch da gewesen sei, doch der Mann, ein Schuhmacher, für den man noch kein Arbeitshaus gefunden hatte, hatte in der nächtlichen Finsternis nichts gesehen.

Tags darauf fand man den Knecht in den Wäldern bei Witten. Er saß mit dem Rücken an den Stamm einer Eiche gelehnt und sah aus, als sei alles Blut aus seinem Körper gewichen, doch um seine Lippen spielte ein glückseliges Lächeln. Er wurde auf den Hof geführt, wohin Hille ihm Stunden später Medizin brachte. Er hatte hohes Fieber und phantasierte, und als sie ihm einen Aufguss von Johanniskraut zu trinken geben wollte, schlug er ihr den kleinen Krug aus der Hand. Er richtete sich auf seinem Strohsack auf, den Kopf im Nacken, die Augen weit aufgerissen, und reckte die Hände gen Himmel. Danach fiel er in einen tiefen Schlaf.

Am folgenden Tag, als die Priorin kam, um meine Arbeit zu begutachten, fragte ich nach dem neuen Pergament, das aus Groningen kommen sollte. Sie schüttelte den Kopf. Ein Reisender, auf Durchreise nach Deventer, hatte gesagt, der Weg sei nicht mehr passierbar. Er selbst habe das Kloster nur mit Müh und Not erreicht.

»Wir sind umschlossen von Heideflächen und Sumpf, Bruder de Zwarte. Es gibt nur eine Straße nach Norden und eine südwärts. Bei so viel Regen ist es, als würden wir auf einer Insel leben.«

»Das Blatt, an dem ich gerade arbeite, ist das letzte, das ich habe.«

Eine tiefe Falte erschien auf ihrer Stirn.

»Könnt Ihr nicht einen alten Bogen abschaben?«

»Ja. Aber ich habe keinen.«

»Im Gewölbe, unter der Bibliothek, liegen die beschädigten Bücher.«

»Ein Inferno?«

»Bruder!«

Wir standen an meinem Pult. Wenn wir in ihren Räumen im Kloster gewesen wären, hätte sicherlich jemand ihren Ausruf gehört.

Ihre Augen waren fast zu Schlitzen zusammengekniffen. Sie steckte die Hände in die Ärmel und nickte sacht, als sie sprach.

»Ich denke schon lange, dass Ihr Euch in Rätsel hüllt und nicht der seid, der zu sein Ihr behauptet.«

»Schwester ...«

Sie bewegte sich rückwärts, in Richtung der Tür.

»Wenn ich ein Rätsel für Euch bin«, sagte ich, »dann deshalb, weil Ihr das Rätsel seht. Ich bin nur ein einfacher umherreisender Schreiber. Ich war an vielen Orten und in vielen Gegenden. Ich habe für einen Herrn gearbeitet, der eine Bibliothek besaß, so groß wie Euer Kloster. Er hat mir erzählt, dass es so etwas gibt wie ein Bücherinferno. An mir ist nichts, was nicht so wäre wie bei Euch. Ich blute, wenn Ihr mich stecht, ich atme dieselbe Luft ein, ich gehe wie ein Mensch, anstatt zu fliegen wie ein Vogel, ich esse, damit ich nicht sterbe.«

Ein fast unhörbarer Seufzer entwich ihr. Eine Weile war es still zwischen uns.

»Ein Inferno ist es nicht«, sagte sie dann. »Ihr dichtet uns einen Reichtum an, den wir nicht besitzen. Wir sind arm, und selbst unsere Hölle, wenn Ihr sie so nennen wollt, ist karg. Die Bücher im Gewölbe sind beschädigt. Ihr könnt davon benutzen, was Ihr wollt.«

In die Hölle, die keine Hölle war, gelangte man, indem man eine schmale, steile Leiter zu einem Tonnengewölbe hinabstieg, das unter dem Kapitelsaal verlief und die Verlängerung der Krypta unter der Kirche oder eine Fortsetzung der Keller war, die, getrennt durch eine Mauer, vom Backhaus her zugänglich waren. Der Raum war ungefähr so groß wie das Armarium, die Sakristei und der Kapitelsaal zusammen. An den Wänden standen einfache Bücherschränke aus noch neuem Holz, aber sie waren fast alle leer. Hier und da lagen ein paar Pergamentrollen, in einem der Schränke stand eine Urkundenkiste aus Holz, eine andere enthielt drei Bücher. Was hier aufbewahrt wurde, war in der Tat armselig. Die Rollen enthielten frommes Geschwätz über Einfachheit und Armut und sogar einen langen Brief an eine frühere Äbtissin, in dem ein Mönch darlegte, dass Jesus keinen Geldbeutel besessen habe. Es gab eine stümperhaft illuminierte Bibel, ein bebildertes Werk über die Schöpfung, mit Wesen, die ich noch nie gesehen und von denen ich auch noch nie gehört hatte, eine lateinische Zusammenfassung der griechischen Philosophen und, zu meiner Überraschung, eine Thora in Buchform. Es musste ein Feuer gegeben haben, denn manche Bücher waren außen geschwärzt und von der Feuchtigkeit verzogen.

Ich spürte, wie mich eine eigenartige Leere überkam. Als die Priorin von dem Keller erzählt hatte, war meine Hoffnung aufgeflammt. Wenn es einen Ort gab, an dem das Buch Raziel liegen könnte … Für einen Moment hatte sogar Sammlergier Besitz von mir ergriffen, und ich vergaß, dass ich nie geglaubt hatte, es gebe tatsächlich so ein Buch.

Als ich an jenem Abend auf meinem Strohsack lag, nichts als rauschende Stille um mich herum, verspürte ich Enttäuschung und Erleichterung. Ich hatte nicht gefunden, was ich suchte, und ich hatte keine Ahnung, wo ich es finden sollte. Für mein Gefühl war ich kaum eingeschlafen, als wir zur Mette geweckt wurden. Ich taumelte schlaftrunken zusammen mit den anderen Männern, die in diesem Teil des Klosters untergebracht waren, in die Abteikirche. Dort, im spärlichen Kerzenlicht, versenkte ich mich mit ihnen in Gebet und Kontemplation; sie in Ersteres, ich in Letzteres.

Und da kam es mir. Nicht die Einsicht in eine höhere Wahrheit oder das Licht plötzlichen Verständnisses, sondern die Erinnerung an die zweihundertvierundfünfzig, die ich zurückgelassen hatte.

Herr, wollte ich fast laut sagen: Muss ich, der Unglücksbringer, das Kind des Todesengels, meiner Brüder Hüter sein? Aber ich wusste, dass diese Frage eitel war und die Antwort ohne Belang: Ich war ihr Schicksal.

Hier lag ich auf Knien in einer Kirche, ich, der ich mit der Milch einer slawischen Amme gefüttert worden war, aufgewachsen in einem wandernden Dorf von Holzfällern und Fellverkäufern, vorgesehener Nachfolger eines trunksüchtigen Popen, Streuner, Urkundenschreiber. Hier lag ich auf meinen schmerzenden kalten Knien, jemand, der nirgends dazugehörte, der an nichts gebunden war und mit nichts verbunden und dennoch gefesselt, mein Leben und Schicksal eng verwoben mit dem anderer.

Einige Tage danach erteilte mir die Priorin die Erlaubnis, nach Groningen zu reisen. Ich hatte ein paar alte Bögen abgeschabt und -gerieben, aber sie blieben fleckig und wurden zu dünn. Jetzt, da es trocken war, konnte ich neue holen. Übernachten würde ich in dem Haus, das das Kloster in Groningen besaß. Die Priorin gab mir ein Empfehlungsschreiben und eine Rolle mit Dokumenten, die ich abgeben sollte. Ich reiste mit einem Fuhrmann mit, der mit Kornsäcken zum St.-Martins-Markt fuhr. Wir zogen dahin, bis es dunkel wurde. Um uns herum nichts als weite Flächen, Sumpf und Heide, hie und da ein Wald in der Ferne oder ein einsamer Baum am Wegesrand. Als wir in die Nähe der Stadt gekommen waren, schlossen wir uns anderen an, die ebenfalls auf dem Weg zum Markt waren. Um uns ein lärmendes Treiben von knarrenden Rädern, schreienden Eseln, Flüchen und Fröhlichkeit. Der Fuhrmann, neben dem ich einen Tag lang auf dem Bock gesessen hatte, schwieg, wie er es auf dem ganzen Weg getan hatte.

Am folgenden Tag hörte ich einem umherreisenden Geschichtenerzähler zu, der auf einem Pritschenwagen stand, vor einem großen Tuch, auf dem die Abenteuer des Magiers Abramelin dargestellt waren, der in Gestalt eines Kräuterhändlers durch das Land zog. Er hatte einen Ort für die Nacht in einer Herberge gesucht, in der Männer an einem langen Tisch würfelten, und einer von ihnen klagte, ein Jude habe ihm ein Pferd verkauft, das vom Teufel besessen sei. Das Tier sei ruhig gewesen, als es zum Markt gebracht wurde, doch sobald sich jemand die Hufe ansah oder den Hals tätschelte, habe es begonnen zu bocken und zu schnauben, und obwohl es im Stall noch ein glänzendes Fell gehabt habe und mit erhobenem Kopf umhergegangen sei, wirkte es auf dem Markt reif für den Leimkocher. Abramelin hatte gefragt, ob er das Tier sehen dürfe, und der Mann hatte ihn zum Stall mitgenommen, wo eine schöne braune Stute friedlich aus einem Hafersack fraß. Der Kräuterhändler legte dem Tier die Hand auf den Widerrist, worauf dieses sofort zu schnauben und nervös zu trappeln begann.

Der Erzähler stellte das Gespräch zwischen den beiden Männern bildlich dar. Er ging nach links, die Schultern leicht gebeugt, wenn er der Händler war, dann nach rechts, stolz und aufrecht, in seiner Rolle als Magier.

Der Händler hatte mit der Faust in seine Handfläche geschlagen und den Magier gefragt, was er tun solle, »um dieses Mistvieh zu verkaufen«. Er stellte ihm eine Belohnung in Aussicht. Abramelin hatte den Händler lange angesehen.

»Komm vor Sonnenaufgang hierher«, sagte er schließlich, »und bring ein sehr sauberes Glas, Weihrauch und Honig mit.«

Am nächsten Morgen, noch bei Dunkelheit, trat der Händler in den Stall, wo Abramelin neben dem Pferd stand, als wäre er nicht weg gewesen. Der Magier machte Feuer mit seinem Zunder, entzündete den Weihrauch und hielt das Glas am Fuß, während er es sorgfältig im Rauch drehte, so dass es ganz umwölkt wurde. Das tat er siebenmal in sieben verschiedenen Richtungen. Dann nahm er eine Gänsefeder aus seinem Ranzen, tauchte sie in den Honig und schrieb Worte auf das Glas in einer fremden Sprache. Er hielt das mit Honig beschriebene Glas in den Rauch, sieben Mal in sieben verschiedenen Richtungen. Danach stellte er es ab und sprach in einer Sprache, die der Händler nicht verstand. *Melech, Lemech,* das hörte er.

Am selben Nachmittag, auf dem Markt, ließ das Pferd sich geduldig betätscheln und ins Maul schauen, und es fand mit gutem Gewinn einen Käufer. Obwohl der Händler sah, wie Abramelin ein Stück entfernt Tinkturen und Salben verkaufte, ging er nicht zu ihm. Stattdessen verschwand er in der Menge und begab sich zur Herberge. Dort, während er den Verkauf mit Bier und Gebratenem feierte, erschien Abramelin an seinem Tisch. Er starrte schweigend vor sich hin. »Was willst du, Mann?«, sprach der Pferdehändler. »Was stehst du da herum?« Er warf eine Münze auf den Tisch, ein armseliges Trinkgeld, das klirrend zu Boden fiel. Der Magier rührte sich nicht. Der Händler schnitt sein Fleisch und rief nach Bier. Als der Wirt ihm den Krug neu füllte, beschwerte er sich: »Der Kerl steht hier rum und verdirbt mir den Appetit. Schick ihn weg.« Der Wirt runzelte die Stirn. »Wer soll weg?«, fragte er. »Dieser Kerl da«, sagte der Pferdehändler. »Er soll sich setzen oder verschwinden.« Der Wirt sah den Händler an und sagte: »Hier steht niemand.«

Da begriff der Händler, dass Abramelin nicht nur kranke Pferde heilen konnte, sondern tatsächlich ein mächtiger Zauberer war. Er zahlte und eilte mit seinem Karren zurück in sein Dorf.

Es war eine halbe Tagesreise, und der Händler blickte sich immer wieder um, und wenn er das getan hatte, trieb er die Pferde mit der Peitsche an, als habe irgendetwas ihn dazu veranlasst, obgleich er nichts sah. Der Weg führte durch

Felder mit hochstehendem goldblondem Korn. Danach eine lange Strecke durch einen Wald, einen Hohlweg, über den sich krumm gewachsene Eichen neigten, als wären sie neugierig, wer da so hastig unter ihnen dahinjagte. Die Luft war still und drückend in dem grünen Tunnel, und eine merkwürdige Angst erfasste den Händler. Er schaute von links nach rechts und über die Schulter, und obwohl er nichts bemerkte, wurde er das Gefühl nicht los, er werde gesehen.

So ging es den ganzen Weg zurück.

Als er endlich den Platz vor der kleinen Kirche erreicht hatte und seinen Wagen in den Stall lenkte, lief ihm der Schweiß übers Gesicht. Er spannte das Pferd aus, hängte ihm den Hafersack um und brachte den Karren in die Scheune. Der Händler machte, dass er ins Haus kam, und schob die Riegel vor die Tür.

In der Nacht wachte er auf, weil er am ganzen Leib schweißnass war. Er fror, doch als er die Decke über sich zog, war ihm, als brenne ein Feuer in ihm. Er stand auf, wankte zu dem Wasserkrug auf dem Tisch und trank gierig. Er hatte großen Durst, und das Wasser war kühl und süß. Als er den Krug abstellte, hörte er ein leises Geräusch. Er sah sich um, doch erst als das Geräusch noch einmal erklungen war, wusste er, woher es kam. Er beugte sich über den Krug. Aus der dunklen Spiegelung sah ein Gesicht hoch, das den Mund öffnete, und er hörte flüsterleise und hohl: *melechlemechlemechmelech.*

Am Morgen fanden die Dorfbewohner ihn in seinem Stall. Er kniete auf allen vieren im Stroh, mit einem merkwürdigen Ausdruck auf dem Gesicht, wie bei einem Mann, der etwas Wundersames und zugleich Furchterregendes gesehen hat. Als man ihn in sein Haus brachte, schnaubte und wieherte er wie ein schreckhaftes Pferd und scharrte auf dem Boden, als hätte er Hufe statt Füße.

Ich stand inmitten der Zuhörer und meine Gedanken kehrten zu Julia und jenen unheilvollen Wochen zurück, als die Dörfler krank geworden waren und der Pferdehändler das Licht zu sehen glaubte, aber Feuer und Zerstörung brachte. Julia, Malka, Jakub, mein Vater, ihre Gesichter waren wie Kerzenflammen im Wind. Wie lange würde es dauern, bis ich sie nicht mehr würde sehen können?

Der Geschichtenerzähler ging mit dem Hut herum, und eine junge Frau mit einer Drehleier kam hinter dem Tuch hervor und spielte eine Melodie, zu der der Erzähler sang, während er Geld einsammelte. Danach, als die Zuhörer sich zerstreuten, wurde das Tuch aufgerollt und beide kletterten auf den Wagen. Der Mann nahm Brot aus einem anderen Tuch, und die Frau schnitt ein Käsestück an. Hühner gackerten, ein Schaf blökte traurig, und von überall her waren die Rufe von Straßenhändlern und Musik von Fideln, Trommeln, Flöten zu hören. Ich stand noch immer am gleichen Fleck. Es dauerte eine Weile, bis der Mann auf dem Wagen mich bemerkte. Er nickte und beugte sich über sein Essen. Als er wieder aufblickte und mich noch immer dastehen sah, runzelte er die Stirn. Er sagte etwas zu der Frau und rief mich heran.

Der Erzähler saß im Schneidersitz, in seinen langen vielfarbenen Umhang gehüllt, die Frau neben ihm mit unter die Röcke geschlagenen Beinen.

»Wie heißt Ihr?«

»Man nennt mich de Zwarte.«

Die Frau schnitt Brot, sie gab mir ein Stück und deutete auf den Käse. Ich dankte ihr und nahm auf Einladung des Erzählers auf dem Wagen Platz.

»So nennt man Euch?«, sagte der Erzähler.

Er sah mich scharf an.

»Ich bin viel gereist«, sagte ich, als sei das eine Erklärung.

Der Erzähler schaute zu einem Zigeuner, der einen räudigen kleinen Bären an einer Kette hinter sich herzog.

»Ihr wollt etwas von uns«, sagte er. »Und ich bin neugierig, was das ist.«

Ich wollte etwas, aber ich wusste nicht, was. Der Erzähler reichte mir einen Becher und sah zu, wie ich einen Schluck nahm. Etwas hatte mich angezogen, und ich war stehen geblieben, als alle weggingen, doch ich vermochte nicht zu sagen, warum.

»Ich habe einen Pferdehändler gekannt, der dachte, er führe den Willen Gottes aus«, sagte ich. »Weit von hier. Im Osten.«

»Es gibt noch mehr Pferdehändler«, sagte der Erzähler.

»Er stand mit einer Ikone in den Händen in einer brennenden Kirche«, sagte ich.

Der Erzähler runzelte die Stirn.

Er war hochgewachsen, fast so groß wie ich, aber er besaß die Fähigkeit, klein zu wirken. Hier, wie er mir so gegenübersaß, verschwand er fast in seinem Umhang. Das lange graue Haar und der Spitzbart sahen wie Spinnweben aus, und sein durchfurchtes Gesicht hatte sich in etwas verwandelt, das sich in dem Trubel im Hintergrund auflöste. Ich erkannte etwas in ihm wieder, wusste in dem Moment aber noch nicht, was.

»Es ist eine Geschichte«, sagte der Erzähler. Sein Ton war behutsam.

Ich sah ihn an und schüttelte den Kopf.

»Melech«, sagte ich. »*Melech* heißt König, *Lemech* Untertan.«

»Untertan?«

»Der Diener Gottes. König und Untertan, oben und unten.«

»Wer seid Ihr, de Zwarte? Ein Schriftgelehrter? Ein reisender Prophet?«

In seiner Abwehr richtete die Schlange der Angst sich auf.

»Ein Schreiber«, sagte ich abwesend. Ich versuchte, dem Lauf meiner Gedanken zu folgen. König, Untertan, Schöpfer und ... Und was? Lemech war der Erzeuger von Noah und sprach, als er seinem Sohn einen Namen gab: Der wird uns trösten in unsrer Mühe und Arbeit auf der Erde, die der Herr verflucht hat. Nicht: *möge* er uns trösten ... *wird*. Ein Wort, das Wirklichkeit wird. Wie der Zauberer des Erzählers, dessen Wort ebenfalls ...

»Es liegt nicht in meiner Absicht, Euch zu beunruhigen«, sagte ich. »Aber ich erkannte etwas wieder in der Geschichte.«

Der Erzähler richtete sich ein wenig auf.

»Den Pferdehändler«, sagte ich. »Und zwei Wörter.«

Der Erzähler ordnete seinen Umhang und setzte sich anders hin. Er starrte auf das Marktgewühl. Die Frau erhob sich. Sie wickelte das Brot und den Käse in Tücher und verwahrte alles in einer Kiste. Sie hatte kein Wort gesagt. Es schien, als wäre sie nicht da. Stille umhüllte sie wie ein Gazetuch.

»Wer seid Ihr?«, fragte der Erzähler.

Ich sah ihn an und ließ meinen Blick so lange auf ihm ruhen, bis sich der Blick in seinen Augen in eine Frage verwandelte.

»Jemand, der auf der Suche ist«, sagte ich.

C

Der Nebel lag tief über den Feldern, als der Fuhrmann und ich uns am nächsten Morgen auf den Rückweg machten. Am Stadttor warteten wir im Gedränge der Karren und Menschen. Der Himmel war grau und kalt. Es war so feucht, dass unsere Kleider schwer wurden. Als wir zu einer Brücke kamen, sprang ich vom Bock. Ich gab die in Leinen gewickelten Pergamentbögen, die ich in der Stadt gekauft hatte, dem Fuhrmann.

»Ich gehe zu Fuß weiter. Bring das zum Kloster und halte es trocken.«

Der Fuhrmann hatte an den beiden letzten Tagen nicht mehr als fünf Worte gesprochen. Auch jetzt kam nichts über seine Lippen. Er tippte das Pferd mit der Peitsche an und fuhr weiter.

Neben dem kleinen Fluss lagen die Überreste einer Schanze. Ansonsten war das Land flach und leer. In der Ferne waren die verschwommenen Umrisse von Karren zu sehen, die ostwärts zogen, über den nach Süden führenden trockenen Sandrücken. Als ich losging, dachte ich an das Land der endlosen wilden Wälder, das ich verlassen hatte, um durch unbekannte Gegenden zu streifen und schließlich zwischen Hügeln und Bergen zu landen, wo ich in einer schwarzen Burg auf einem Felsen den Auftrag erhalten hatte, der mich hierhergeführt hatte, wo es weder Berg noch Wald gab, ganz zu schweigen von dem gesuchten Buch. Vor langer Zeit hatte ich zum Sternenhimmel hinaufgestarrt, ich wollte die Welt entdecken und nicht von den Launen von Herrschern abhängig sein, die herrschten, weil sie nun mal Herrscher waren, ich wollte nicht mein Haupt beugen und mich dem Schicksal ergeben, ein Haus bauen und ein neues Dorf und auf die Katastrophe warten, die kommen würde. Doch nun war ich hier, fortgegangen von dem, was ich kannte, vor mir ein sich immer weiter ausbreitendes Nichts.

An einem Grenzstein blieb ich stehen. Es war still. Sogar die Vögel schwiegen an diesem grauen Morgen.

Ich versuchte, mir von meinem Leben eine Vorstellung zu machen, doch das einzige Bild, das in mir aufkam, war das eines Rades; oben wird zu unten und unten wieder zu oben und so weiter und so weiter, immerfort, unbeirrt.

Nach ungefähr zwei Stunden tauchte in der Ferne auf, worauf ich wartete. Ich war so tief in Gedanken versunken, dass ich erst aufschrak, als ich das Rattern von Rädern auf der kleinen Brücke hörte. Der Erzähler, in einen weiten grauen Umhang gehüllt, ging neben einem kleinen Pferd her, das genauso fahl war wie das Land. Die Frau saß auf der Pritsche. Als sie mich eingeholt hatten, trat ich auf den Weg und schloss mich ihnen an.

An jenem Abend bezogen wir Quartier in einer leeren Scheune, und ich war der Erzähler. Ich sprach, bis die stille Frau hineinging, sich in eine Decke wickelte und einschlief. Der Erzähler und ich saßen draußen an dem kleinen Feuer, das wir angezündet hatten, in unsere Umhänge gehüllt. Schwarzblaue Wolken glitten behutsam über den Nachthimmel, als suchten sie den richtigen Ort und den richtigen Moment, um ihre Last fallen zu lassen.

Ich schaute hinein, zu der Frau, die in der Scheune unter

ihrer Decke lag und sich unruhig bewegte. Der Erzähler schwieg und starrte in das funkensprühende Feuer. Nach einer Weile schaute er zur Seite und lächelte müde.

»Vor einigen Jahren war ich auf dem Weg in eine Stadt, doch man sah schon von weitem, dass das Land brachlag, die Felder waren abgebrannt und die Dörfer verwüstet. Rauch stieg aus den Resten von Bauernhöfen auf, die nur noch verkohlte Pfosten und eingestürzte Dächer waren, auf den Feldern pickten Krähen in aufgeblähten Kadavern, die Weingärten waren ein Gewirr schwarz versengter Strünke, die aus einer fahlgrauen Ascheschicht ragten, und in der Stadt stocherten Menschen mit Stöcken im Schutt einstiger Häuser, magere Hunde suchten nach etwas zu fressen. Jemand erzählte, die Spanier hätten die Stadt belagert und geplündert. Sie hätten sich genommen, was von Wert war, und den Rest zertrümmert oder verbrannt. ›Fünfzig Wagen mit Teppichen, Möbeln und Juwelen‹, sagte der Mann. ›Gezogen von den letzten noch verbliebenen Ochsen und Pferden.‹ Ich machte mich auf die Suche nach meinem Onkel, aber dort war niemand und nichts mehr, nur der Rauch, der aus eingestürzten Häusern aufstieg, ein Wagenrad mit zerbrochenen Speichen, ein Schornstein, der an einer schiefen Mauer hing. Als ich zurückging, traf ich einen Fuhrmann, der mich auf den leeren Weinfässern auf seinem Karren mitfahren ließ. Abends, an einer Gabelung, unter der Krone einer großen Eiche, trennten sich unsere Wege. Ich wollte mich gerade nach Westen wenden, da kroch eine kleine Gestalt aus einem der Fässer und sprang auf den Weg. Ich sah, wie sie sich klein machte, langsam zum Straßenrand schlich und dort wartete, bis der Karren in der Dämmerung verschwunden war. Lange war es still. Dann löste sich die Gestalt aus dem hohen Gras und sah sich um, nach links, nach rechts, ein paar Schritte hierhin und ein paar Schritte dorthin, ohne sich entscheiden zu können. Das war Margarethe.«

Er blickte über die Schulter, zu der Frau, die jetzt still unter ihrer Decke lag.

»Während des Gemetzels hatte sie die Sprache verloren und war, für tot gehalten, liegen gelassen worden. Schwestern aus dem Kloster hatten sie gefunden und gepflegt, sie aber floh aus dem Kloster, um ihre Familie zu suchen. Meinen Schutz hat sie angenommen, doch ich spüre ständig ihr Misstrauen, ja sogar ihren Hass. Ich weiß nicht, was geschehen ist, das sie dazu veranlasst hat, sich von den Menschen abzuwenden.«

Er seufzte und nickte, als gebe er Antwort auf eine selbst gestellte Frage.

»Das Unglück hängt zwischen uns wie eine dunkle Wolke, aus der es ohne Unterlass regnet«, sagte er. »Drei Jahre sind wir jetzt unterwegs, und sie hat gelernt, mit Gebärden zu sprechen, und ich, ihre Gebärden zu verstehen. Aber es ist ein Gespräch in Zeichen und Symbolen, wie zwei, die sich gegenüberstehen, zwischen sich eine große Leere, die mit Rufen nicht überbrückt werden kann.«

Er sah mich lange eindringlich an.

»Einst«, sagte er, »haben ihre Eltern oder Großeltern die meinen verfolgt und getötet. Genau wie es im Lied heißt: *Man jagte uns, dass wir auf unseren Gassen nicht gehen konnten. Da kam unser Ende; unsere Tage sind aus, unser Ende ist gekommen.* So war es in jener Stadt. Doch sie hat mich nicht ausgesucht, und ich sie nicht. Wir sind zusammen, weil sich der Verletzte seinen Heiler nicht aussucht und der Heiler keine andere Wahl hat, als zu heilen.«

»Heilen«, sagte ich. »Ist das denn möglich?«

Er sah mich scharf an.

»Es ist der einzige Sinn des Lebens, de Zwarte: die Welt zu heilen.«

»Wie kann ich die Welt heilen, wenn in Bälde zweihundertvierundfünfzig Menschen vom Zorn des Herrn getroffen werden, falls ich das Buch Raziel nicht finde?«

»Es gibt zwei Möglichkeiten«, sagte der Erzähler. »Du bist auf eine unmögliche Suche ausgesandt worden und bist das Opfer eines grausamen Scherzes, oder dieser Herr in seinem Schloss glaubt wirklich, dass dieses Buch existiert. In beiden Fällen musst du eine Lösung für das Problem finden. Du hast nach dem Buch von Abramelin gefragt.«

Ich nickte.

»Abramelin ist eine Geschichte. Eine von vielen über verborgenes Wissen, die Wahrheit hinter der Wirklichkeit und geheime Kräfte.«

»Ich habe jemanden gekannt, der ihn ...«

»Du hast jemanden gekannt, der eine Geschichte über ihn erzählt hat. Oder vielleicht auch nur gehört. Und wieder ein anderer hat diese Geschichte weitererzählt und danach ein anderer und wieder ein anderer. Und mit jedem Erzähler hat sich die Geschichte verändert, vielleicht nur ganz wenig, aber genug, um zu einer neuen Geschichte zu werden. Es ist wie bei Kindern: Jedes hat etwas von beiden Elternteilen, aber jedes ist auch anders, und so auch ihre Kinder.«

»Aber ...«

»Hör zu, de Zwarte, oder wie auch immer man dich nennt. Es ist wie mit deiner Geschichte. Alle Namen und Ereignisse, die dazu gehören, gehen in die Welt und verändern sich, und nach zehn Jahren, hundert Jahren, noch mehr Jahren handeln sie nicht mehr von einem Mann, der mir hier, in dieser Kornscheune, gegenübersitzt, sondern von einer mythischen Gestalt, die ...«

Ich erinnerte mich an das, was Jakub gesagt hatte: Jemand muss die Geschichten bewahren, und als ich gefragt hatte, welche Geschichten er meine, hatte er gesagt: »Alle. Die von diesem und die von jenem und deine eigene Geschichte. Vielleicht erzählst du meine Lebensgeschichte weiter, und meine Geschichte wird ein Teil deiner eigenen, und deine eigene wiederum der Beginn der Geschichte eines anderen.«

»Die Welt ist eine Geschichte«, sagte der Erzähler.

»Aber was«, sagte ich, »ist ein Buch, das es nicht gibt?«

Der Erzähler lächelte.

»Eine Geschichte«, sagte er, »die noch erzählt werden muss.«

Ich senkte den Kopf. Es muss meine Mutlosigkeit gewesen sein, die ihn tief seufzen ließ.

»Komm, de Zwarte. Verzweifle nicht. Ich werde dir meine Lebensgeschichte erzählen. Ich weiß nicht, ob sie dir eine Hilfe sein wird, aber sie ist mein Geschenk an dich.«

Wie Isaak Judäus, der entfernte Vorfahre des Kabbalisten Joseph Hagenau, den weißen Elefanten Abul Abbas und eine magische Uhr zu Karl dem Großen brachte.

***

Yitzhak ben Nehemiah wurde im Jahr 797 von Karl dem Großen nach Bagdad entsandt, um mit dem Kalifen Harun al-Raschid Gespräche zu führen. Die Gesandtschaft wurde von zwei Edelleuten aus dem Gefolge des Kaisers angeführt: Lantfrid und Sigimund. Isaak Judäus, wie er genannt wurde, war Dolmetscher und Quartiermeister.

Die Reise führte durch unbekannte und gefährliche Gebiete. Die Karawane wurde von Wegelagerern und Söldnerbanden überfallen, die auf der Suche nach Krieg waren, doch schließlich, nach einem Jahr, erreichte sie Bagdad, wo sie großartig und aufs Prächtigste empfangen wurde. Es gab unbekannte Speisen, es gab betörende Musik, Frauen tanzten, die einzig und allein aus wirbelnden seidenen Tüchern zu bestehen schienen, und überall glänzte Gold, schimmerten Edelsteine und verweilte der Duft von Myrrhe, der bekanntlich Klarheit, Erkenntnis und innere Ruhe herbeiführt.

Die Gespräche wurden von Lantfrid und Sigimund geführt, und Isaak übersetzte und vermittelte. Es verstrichen Tage, dann Wochen und schließlich Monate. Manchmal geschah lange Zeit nichts. Dann gingen Lantfrid und Sigimund im Gefolge des Kalifen mit auf die Falkenjagd oder erholten sich in Betten aus feiner Seide und Damast von tagelangen Festmahlen. Obwohl Karl der Große, was Reichtum und Macht anbetrifft, dem Kalifen in Bagdad in nichts nachstand, war sein Hof viel schlichter und, wie es Lantfrid eines Tages entschlüpfte, bäuerlicher.

»Es ist Aufgabe des Herrschers«, sagte er, »den Reichtum seines Reiches zu zeigen. Woher soll man sonst wissen, dass die Zeiten gut sind?«

»Für wen?«, hatte Isaak gefragt.

»Für jedermann«, sagte Lantfrid. »Man betrachtet das Innere von außen.«

Der Umfang des Edelmanns hatte sich bereits nach wenigen Monaten verdoppelt, sein Gesicht war aufgeschwemmt und seine Haut wächsern. Er ging nicht mehr auf die Jagd, seit das Pferd, das ihm der Kalif geschenkt hatte, sich gegen sein Gewicht wehrte. Sigimund entrüstete sich über Lantfrids Fressgier und sagte, die schweren Speisen und berauschenden Weine würden dessen Geist benebeln. Dass Sigimunds Genügsamkeit aber nur Schein war, merkte Isaak, als er eines Abends vom Freitagabendgebet zurückkehrte und den Edelmann in ein Freudenhaus gehen sah.

Harun al-Raschid war nie dabei, wenn man auf schneeweißen und kohlschwarzen Pferden ausritt oder bei Festmahlen lag, die auf Sinne einwirkten, von deren Existenz Karls Edelleute nicht einmal gewusst hatten. Er erkundigte sich nach dem Wohlbefinden seiner Gäste, überließ jedoch die Festlichkeiten wie auch die diplomatischen Gespräche seinen Ministern.

Eines Abends spazierte Isaak im Duft honigschweren Jasmins und Geißblatts durch die Palastgärten, als er eine Gestalt zwischen den Bäumen schleichen sah. Er versteckte sich hinter einem Stamm und wartete darauf, dass der Einbrecher, denn er war sich sicher, dass der Fremde ein solcher war, bei ihm vorbeikäme. Mit einem Sprung warf er sich auf die schwarz gekleidete Gestalt. Er drückte sie zu Boden und umklammerte den Hals mit seinem Arm. Als er die Wache rufen wollte, hörte er die Stimme des Kalifen.

Isaak richtete sich auf und sah in das mondbeschienene Gesicht Harun al-Raschids.

»Herr?«, sagte er.

»Isaak«, sagte Harun.

Er erhob sich mühsam und klopfte sich den Staub von den Kleidern.

»Herr«, sagte Isaak, »warum seid Ihr gekleidet wie ein Dieb?«

Ein Lächeln umspielte die Lippen des Kalifen.

»Weil ich ganz in der Dunkelheit aufgehen muss. Aber lass uns über die Mauer klettern, bevor ich dir erzähle, warum ich hier herumschleiche. Ich will nicht, dass die Wache uns findet.«

Das taten die Männer, und als sie die Palastgärten verlassen hatten und unter den Wipfeln von Dattelpalmen dahinwandelten, lauschte Isaak dem, was Harun al-Raschid zu sagen hatte.

»Für die meisten ist der Mensch, was er zu sein scheint. Du bist Isaak Judäus, Isaak der Jude; ich bin der Kalif; dein Kaiser, Karl, ist der Christenfürst, der von Gott dazu berufen wurde zu herrschen. Und genauso ist es beim Schneider, bei der Hure, beim Dieb, beim Bauern. Du heißt nicht Isaak der Jude?«

Mein Vorfahre schüttelte den Kopf und sagte, er heiße Yitzhak ben Nehemiah.

Sie waren beim Haus der Weisheit angelangt, der großen Bibliothek. Der Kalif ging voran zu einer Nische auf der Rückseite des Gebäudes, kaum sichtbar hinter betäubend duftenden Wildrosensträuchern. Harun nahm einen Schlüssel aus der Tasche und schloss eine Tür auf, die so klein war, dass sie gebückt eintreten mussten.

»Wir beugen uns vor dem hier zusammengetragenen Wissen«, sagte er.

Drinnen war es kühl. Sie gingen durch lange Flure, deren Wände und Fußböden mit schwindlig machenden geometrischen Mosaiken bedeckt waren. Nach einer Weile kamen sie in einen runden Saal. Dort führte der Kalif ihn in die Mitte.

»Von einem Herrscher wird Wissen erwartet«, sagte Harun, »aber niemand fragt sich, wie er es erwerben soll. Darum schleiche ich abends hinaus, um hier, im Haus der Weisheit, unsere Bücher und die der Perser, der Griechen, der Christen und der Juden zu lesen. Manchmal begebe ich mich verkleidet unter das Volk, um auch dort zu lernen, denn Kenntnis vom täglichen Leben erlangt man nur, indem man es lebt.«

Isaak sah sich um nach den Schätzen, die seit vielen Generationen in der Bibliothek zusammengetragen worden waren, und er bemerkte, erst jetzt wisse er, wie reich der Kalif sei.

»Der Mächtige sammelt Gold und Edelsteine ohne große Mühe«, sagte Isaak, »doch Weisheit liegt sogar in Reichweite der Armen.«

»Ja«, sagte Harun. »Aber Wissen, mein Freund, ist kein Besitz, und Weisheit darf nie sein wie ein Keller voller Schätze. So wie der Reiche nicht auf den Armen herabschauen darf, geziemt es dem Weisen, dem gegenüber bescheiden und geduldig zu sein, der nur ein geringes Wissen besitzt.«

Isaak nickte und sagte, in der Tat sei das Streben nach Wissen wichtiger als das Wissen selbst, da der Mensch, der nach Weisheit strebe, stets bereit sei, die Wahrheit, seine eigene und die der anderen, gegen das Licht zu halten.

Die Männer saßen nebeneinander auf einer Bank, die mit sich windenden und schlängelnden Arabesken verziert war.

»Herr«, sagte Isaak, »die Gespräche …«

»Ich fürchte«, sagte Harun, »dass Lantfrid und Sigimund das Ziel ihrer langen Reise aus den Augen verloren haben, und ich denke auch, dass der Kaiser wusste, was er tat, als er dich mitschickte. Ich werde meinen Schreiber ein Dokument aufsetzen lassen, in dem ich meine Freundschaft zu Karl und seinem Reich bekräftige und ihm meine anhaltende Unterstützung in seinem Kampf gegen die Omajaden in Spanien zusage.«

Er erhob sich und winkte Isaak.

»Komm«, sagte er. »Uns erwartet eine kurze Nachtruhe. Morgen werde ich dir das Dokument zustellen lassen. Danach könnt ihr die Rückreise antreten.«

Doch es sollte noch lange dauern, bis diese Reise angetreten wurde. Lantfrid verzichtete nicht gern auf die üppigen Ess- und Trinkgelage, und Sigimund warf Isaak vor, sich mit Angelegenheiten befasst zu haben, die seine Befugnisse überschritten. Er ersuchte um eine Audienz beim Kalifen.

»Durchlauchter Herr«, sagte Sigimund. »Unser Diener Isaak der Jude hat sich als Unterhändler des Kaisers ausgegeben und Euch mit einer List zu einem Abkommen bewegt. Ich appelliere an Eure milde Weisheit, wenn Ihr ihn bestraft. Gestattet mir, so es Euch beliebt, dass ich persönlich die Verhandlungen aufs Neue führe, und nehmt meine unterwürfigen Entschuldigungen an. Wir werden den Juden zum Kaiser zurückschicken.«

Lantfrid und Isaak standen hinter Sigimund, Ersterer schwerfällig und kurzatmig auf einen Stock gestützt, Letzterer mit gesenktem Haupt.

Der Kalif nickte. Er schwieg lange, das Kinn in die Handfläche gestützt. Dann richtete er sich auf und sprach: »Nicht Isaak, sondern ich war es, der die diplomatischen Gepflogenheiten verletzt hat. Es wird die Dringlichkeit gewesen sein, die ich verspürte, nun, da die Heere Eures Kaisers Karl schon fast Auge in Auge mit den Omajaden stehen. Daher nehme ich Eure Entschuldigungen nicht an, sondern biete Euch die meinen an und bitte Euch darum, dass Yitzhak ben Nehemiah bleiben darf. Ihn erwartet eine Aufgabe, die kein anderer übernehmen kann.«

Isaak und Lantfrid sahen, wie ein Ruck durch Sigimunds Gestalt ging. Dann neigte er den Kopf. Die Gesellschaft schickte sich an, den Saal zu verlassen, doch Harun rief Isaak zu, er solle bleiben.

»Herr«, sprach dieser, als sie allein waren, »ich fürchte, dass Sigimunds Zorn geweckt ist.«

»Isaak«, sagte der Kalif, »solange du unter meiner Obhut stehst, wird dir niemand Böses tun können.«

Isaak schwieg.

»Ich weiß«, sagte Harun, »du denkst an den Rückweg, wenn du meine Einflusssphäre verlässt.«

Isaak nickte.

»Ich habe dir eine besondere Aufgabe zugedacht, die ich von meinem Schreiber festhalten lassen werde. Ich will, dass du dich persönlich für zwei Geschenke verbürgst, die ich dem Kaiser senden werde. Du, und kein anderer, wirst sie ihm bringen. Diese Aufgabe wird dich schützen, bis du zu Hause bist. Danach bist du ein Kind des Schicksals.«

Isaak dankte ihm.

Ein feines Lächeln umspielte die Lippen des Kalifen.

»Ich denke, Yitzhak, Sohn des Nehemiah, dass du und das

Schicksal einander gut genug kennt, um allem, was da kommen mag, zu trotzen.«

Und so gingen die Verhandlungen weiter. Inzwischen war es das zweite Jahr der diplomatischen Mission in Bagdad, und Lantfrid war immer häufiger krank. Er hütete wochenlang das Bett und wurde von auserlesenen Ärzten besucht, die Maßhalten, frische Luft und Bewegung verordneten, doch Lantfrid sagte, er könne sich wegen der Schmerzen in seinen Eingeweiden nicht bewegen und diese würden von üblen Dämpfen verursacht, die er draußen eingeatmet habe. Sigimund war ebenfalls krank gewesen, schien aber wieder genesen. Sein Verhalten allerdings war immer bizarrer geworden. Mal war er schweigsam und verschlossen, mal überschwänglich und feurig. Manchmal dachte er, er werde bespitzelt, und schaute hinter Wandteppiche und geschlossene Türen. Dann wieder schob er Speis und Trank von sich, weil er dachte, die fremden Gerichte und Gewürze trübten seinen Geist. Es hatte einen Vorfall gegeben, bei dem er eine Hure in einem Freudenhaus misshandelt hatte, weil sie ihn, wie er sagte, »mit ihren parfümierten Küssen vergiftete«. Nur das Einschreiten des Großwesirs konnte die Wogen glätten.

Isaak folgte immer häufiger dem Kalifen, wenn dieser sich bei Dunkelheit davonschlich.

Eines Nachts standen sie im Haus der Weisheit, und der Kalif zeigte ihm eine Zeichnung, auf der die Stadt abgebildet war, wie ein Vogel sie sehen würde.

»Ein Reisender hat das gemacht«, sagte der Kalif. »Es ist eigenartig, die Welt auf einem Papyrusblatt zu sehen.«

»Die Stadt ist rund«, sagte Isaak.

Der Kalif nickte.

»Es heißt, dass Bagdad von dem Perser Naubakht und

dem Juden Mashallah entworfen wurde, dass der Name ›Geschenk Gottes‹ bedeutet und die Form eine Abbildung des Paradieses ist, denn genauso wie aus dieser ummauerten Stadt vier Tore nach draußen führen, strömen vier Flüsse aus Eden: der Pischon, der Gihon, der Euphrat und der Tigris. Du weißt, woher das Wort Paradies kommt?«

Isaak nickte.

»Die Perser verwendeten es für ihre ummauerten Gärten«, sagte er.

Harun strich mit seinen schlanken Fingern über das Blatt.

»Ein Garten ist Ordnung in einer Welt voller Unordnung. So wie Gott Ordnung aus der Unordnung schuf, so kämpfen wir Armseligen mit Gärten und Städten und Zeit gegen das Chaos. Es ist ein unaufhörlicher Kampf, eine ewig dauernde Anstrengung. Es ist wie ein Feuer, das erlischt, wenn es nicht genährt wird, ein Palast, der zur Ruine zerbröckelt, wenn er nicht gepflegt wird, ein Reich, das auseinanderfällt, wenn die Grenzen nicht bewacht und die Gesetze nicht eingehalten werden.«

Er seufzte.

»Herr«, sagte Isaak, »es ist, als würde Euch etwas bedrücken.«

Der Kalif nickte, als wäre ihm sein Kopf zu schwer.

»Yitzhak ben Nehemiah, du bist aus fernen Ländern hergekommen, du wirst zurückreisen durch unbekannte Gebiete, und bei jedem Schritt, den du tust, wirst du Wissen und Weisheit erwerben. Ich bin an meine Stadt, mein Land und mein Volk gefesselt. Ich bin ihr Schicksal, und sie sind das meine. Bewegung anstatt Stillstand … Ich bin ein Teich in einem prächtigen Palastgarten, der am Tag den Himmel und das Licht widerspiegelt und bei Nacht die Sterne und den Mond. Doch wenn kein fließendes Wasser mich mehr speist ...«

Er schwieg lange Zeit, und dann richtete er sich auf.

»Uns ist nicht mehr viel Zeit gegeben. Lass uns noch einmal hinausschleichen und den Vollmond über der Wüste sehen und die Stille kosten, wie sie nur dort schmeckt.«

In jener Nacht wanderten sie so weit hinaus, dass die Stadtmauern nicht mehr zu sehen waren. Auf dem Kamm einer hohen Sanddüne setzten sie sich nieder und schwiegen. Der Vollmond hatte die rosafarbene Glut von Russischem Gold, die Dünen waren blau unter dem klaren Sternenhimmel. Der Himmel schien unendlich hoch, wie ein Zeltdach aus dem dunkelsten Indigo, und die Stille war so groß, dass sie zu flüstern schien.

»Bei uns ist es Sitte, am Abend vor dem Feiern des Auszugs aus Ägypten einen zusätzlichen Becher Wein einzuschenken und die Haustür einen Spalt offen stehen zu lassen«, sagte Isaak.

Harun sah ihn an.

»Der Wein ist für den Propheten Elia. Die Tür bleibt einen Spaltbreit geöffnet, damit er weiß, er wird erwartet und ist willkommen.«

Harun nickte.

»Auch eine arme Witwe, die das Fest in aller Einsamkeit beging, hatte die Tür geöffnet und einen Becher Wein eingeschenkt, und obwohl sie kaum genug zu essen hatte, stand doch ein Teller für Elia bereit. Doch wer erschien, war ein armer Holzfäller, ein in Lumpen gekleideter Mann, der fror und müde war und fragte, ob er sich etwas verdienen könne, indem er Brennholz für sie hacke. Sie bat ihn herein, setzte ihn auf den Stuhl, der für den Propheten gedacht war, und gab ihm das Essen, das sie sich für Elia vom Munde abgespart hatte.«

Harun lächelte.

»Nachdem er gegessen und getrunken hatte, ging der Holzfäller nach draußen, wo er sein Beil schwang und einen großen Stapel Brennholz für die arme Witwe spaltete. Er trug einen Armvoll nach dem anderen ins Haus, und als er fertig war und sich von der Frau verabschiedete, berührte er beim Gehen einen Holzklotz auf dem Stapel. Erst als er in die Nacht verschwunden war, sah die Frau, dass sich der Klotz in Gold verwandelt hatte, und sie wusste, wer an diesem Abend ihr Gast gewesen war.«

»Warum erzählst du mir diese Geschichte, Isaak?«

»Herr«, sagte dieser, »wie die arme Witwe besitzt Ihr die Gabe der Gastfreundschaft und ein Herz, das sich dem Unbekannten öffnet. Die Belohnung wird, wiewohl unerwartet und vielleicht merkwürdig, am Ende kommen.«

Der Kalif lächelte und sprach: »Und du, Isaak, verfügst über eine geschmeidige Zunge und über Worte, die ebenso unerschöpflich wie süßklingend sind.«

In jener Nacht, als er in seinem Bett lag, dachte Isaak an das, was Harun gesagt hatte, als er vom Garten, der Stadt und der Zeit gesprochen hatte, von Bewegung und Stillstand und wie er sich selbst als Teich bezeichnet hatte, der das Höhere, die Wolken und die Sterne und den Mond nur dann spiegeln konnte, wenn er stets von frischem Wasser gespeist wurde, das aus der Tiefe aufsprudelte. Er wusste nicht, weshalb diese Vergleiche einen so großen Eindruck auf ihn gemacht hatten, fühlte jedoch, dass sie von tiefer Bedeutung waren, tiefer vielleicht noch, als der Kalif dachte. Während seine Gedanken zu dem ersten Garten abschweiften, Eden, und wie die beiden ersten Menschen dort in göttlicher Ordnung gelebt hatten, ohne Sorge um den folgenden Tag und ohne Ungewissheit über Leben und Tod, sank er in Schlaf, und in seinem Traum erblickte er wundersame Tiere, Pflanzen und Bäume, die er noch nie gesehen hatte, und zwei Menschen, die Hand in Hand durch das Paradies gingen, er selbst und eine ihm unbekannte Frau.

Die Gespräche schleppten sich dahin. Isaak übersetzte und erklärte. Es sah nicht danach aus, dass die Beratungen bald zu einem Ende kommen würden, obwohl der Kalif schon längst seine Unterstützung und Freundschaft zugesagt hatte.

Eines Tages wurde Lantfrid tot in seinem Bett gefunden. Er hatte schon seit einer Weile hohes Fieber gehabt und über Leibschmerzen geklagt. Ein verstörter Sigimund nahm Abschied von dem Toten. Später rief er Isaak zu sich und erzählte ihm eine zusammenhanglose Geschichte über den Rauch von Kräutern, die angeblich Dämonen weckten. Isaak fragte sich, was mit ihm los sei. Seine Haut war fahl, aus dem Mund kam Verwesungsgeruch, und er litt an plötzlich auftretenden Gelenkschmerzen.

Keine zwei Monate später starb auch er. Der persische Arzt, der Sigimund untersucht hatte, nannte sein Leiden »die Hurenkrankheit«.

Isaak machte sich auf den Rückweg mit einer viel kleineren Gesellschaft als jener, mit der er gekommen war. Der Kalif und sein Gefolge begleiteten ihn bis zum nördlichen Stadttor. Dort wurden Dokumente in einer eisenbeschlagenen Kiste überreicht sowie die beiden Geschenke, die Isaak dem Kaiser persönlich überbringen sollte: ein weißer Elefant namens Abul Abbas und eine Wasseruhr. Die übrigen Geschenke wurden in Körben und Kisten auf Maultiere und Esel geladen.

Die Rückreise dauerte zwei Jahre. Isaak führte Abul Abbas an einer Kette und das einzige verbliebene Lasttier, das die Uhr trug und eine Reihe anderer Kostbarkeiten, am Zügel. Sie zogen die nordafrikanische Küste entlang, überquerten das Meer nach Genua, überwinterten in Vercelli und marschierten im folgenden Frühjahr über die Alpen. Unterwegs war die Reisegesellschaft so oft von Diebesbanden überfallen worden, dass schließlich nur Isaak, der Elefant und das Maultier in Aachen ankamen.

Die Reise hatte Isaak viel abverlangt. Er bat den Kaiser, ihn aus dem Dienst zu entlassen, damit er sich zu seinen Verwandten begeben könne. So geschah es, und er zog nach Hagenau, wo er der Frau begegnete, die er in seinem Traum vom Paradies gesehen hatte und mit der er eine Familie gründete.

Der Elefant hatte großes Aufsehen erregt, nicht minder aber auch Harun al-Raschids Wasseruhr. Es war ein großer mechanischer Apparat aus Messing, in dem zur vollen Stunde eine Metallkugel auf eine Zimbel fiel und ein Reiter erschien. Dass fremdartige Tiere wie Elefanten, Mantikore, Drachen, Hydren, Einhörner und Zimtvögel in fernen Ländern hausten, verwunderte niemanden. Schließlich war die Schöpfung fremdartig und wundersam. Die Uhr hingegen war von einem Menschen geschaffen worden, und dieser Mensch konnte nichts anderes sein als ein mächtiger Zauberer. Im Reich Karls des Großen waren Zeitmessinstrumente kaum bekannt, und die Mechanik, die Harun al-Raschids Wasseruhr antrieb, war daher so rätselhaft wie furchterregend. Isaak hatte während seiner Überwinterung in Vercelli alle Zeit gehabt, die Uhr zu untersuchen und ihre Arbeitsweise zu ergründen, und als er sich nach Hagenau zurückzog, begann er, seine erste Uhr zu bauen. Es war eine Wasseruhr, viel einfacher als die, die jetzt im Besitz des Kaisers war und die aus Angst vor entweichenden Dämonen und weiterer orientalischer Zauberkunst nicht mehr in Betrieb genommen wurde.

Isaak schenkte seine erste Uhr einem Benediktinerkloster, wo das Instrument benutzt wurde, um die Metten, Laudes, Terzen und Primen zu läuten. Binnen Jahresfrist begab sich ein Mönch aus einem anderen Kloster zu ihm mit der Bitte, eine Uhr zu bauen; eine Abordnung einer Stadt vom anderen Rheinufer meldete sich, ein reicher Kaufmann aus Gent, ein Abgesandter eines Fürsten, der unerkannt bleiben wollte, sowie ein Reeder aus Genua. Währenddessen wuchs seine Familie. Isaak hatte Fegle Jacob zur Frau genommen, und sie gebar ihm drei Töchter, Sarah, Bloeme und Gitche, und einen Sohn, den sie Avram nannten. Der Junge zeigte wenig Interesse an der Arbeit seines Vaters, doch die mittlere Tochter war jeden Tag in der Werkstatt zu finden und eignete sich das Handwerk schon bald an. Sie übernahm nach dem Tod des Vaters die Uhrmacherei, während ihre Schwestern heirateten und Avram Rabbiner wurde. Bloeme trat erst spät in den Stand der Ehe, bekam einen Sohn und eine Tochter, und auch jetzt führte die Tochter den Betrieb weiter, der inzwischen auch mechanische Uhren herstellte. Der Sohn, Sender, verfasste eine Abhandlung über die Uhrmacherei, in der nicht nur verschiedene Arten der Zeitmessung und Uhrwerke beschrieben wurden, sondern auch eine Theorie des Phänomens Zeit, das seiner Ansicht nach der wichtigste Teil der Schöpfung war.

Ich, Joseph, wurde in der ersten Generation geboren, die Uhrmacher hervorbrachte, die auch Gelehrte waren, und umgekehrt. Vettern und Basen ließen sich am anderen Rheinufer nieder, in Worms, Mainz und Frankfurt. Ich blieb mit meinen Schwestern – bei uns wurden mehr Mädchen als Jungen geboren, und die Jungen kamen stets als Letzte – in Hagenau. Meine älteste Schwester, Hannah, hatte die Leitung inne, und unter ihrer Führung fertigten wir Uhren für Kirchen und Rathäuser an. Meine Aufgabe war es, Räder zu sägen, eine feine und Geduld erfordernde Arbeit, für die man ein scharfes Auge braucht, wobei der Geist aber abschweifen kann. Ich hatte während des Sägens und Feilens reichlich Zeit, über die Geschichten nachzudenken, die über unseren entfernten Vorfahren und Harun al-Raschid erzählt wurden, über Zeit als die Mutter von morgen und das Kind von gestern, Zeit als Schöpferin und Zerstörerin von Welten, Zeit als Mauer um die Ordnung, gegen das Chaos, und ich begann, mich zu fragen, was Unordnung war, warum man ihr nur durch fortwährende Anstrengung widerstehen konnte, woraus sie ihre Kraft bezog.

Da erschien eines Tages ein Heer vor der Stadt, angeführt von Rittern unter wehenden Bannern, eine Kolonne von Fußvolk mit Bauernwaffen im Tross. Es befand sich auf dem Weg in das von ihnen so genannte Heilige Land, das sie befreien und für das Christentum einnehmen wollten. Sie wurden von Amtsträgern, Bürgern und Priestern überschwänglich empfangen. Wein und Bier wurde ihnen gebracht, es wurden Ochsen geschlachtet und gebraten, und als die Festlichkeiten in jener Nacht ihren Höhepunkt erreicht hatten, zogen Gruppen durch die Straßen und plünderten die Häuser meiner Familie und unserer Freunde. Frauen wurden geschändet, Kinder an den Füßen gepackt und an den Mauern totgeschlagen, Männern wurde die Kehle durchschnitten, und als fast niemand mehr am Leben war außer denjenigen, die sich hatten verstecken können oder von ihren Nachbarn versteckt worden waren, war nichts mehr übrig von unserem Glück und Wohlstand. Es gab nur noch brennende Trümmerhaufen, entseelte Leiber auf den Straßen und Blut, das durch die Gossen lief.

Ich kehrte an jenem Abend von einer Reise zurück, doch bevor ich die Stadt erreichte, wurde ich von einem Mönch aufgehalten.

»Kehr um, Freund«, sagte er. »Sie ziehen mordend und brandschatzend durch die Straßen.«

Aber ich wollte zu meiner Familie. Ich lief bereits weiter, als der Bruder mir nachgeeilt kam.

»So hüllt Euch wenigstens in meine Kutte. Ich werde Eure Kleider tragen und weitergehen.«

»Ist das Leben eines Fremdlings Euch so viel wert, dass Ihr Euer eigenes in die Waagschale legt?«

»Vor Gott ist alles Leben heilig«, sagte der Mönch.

»Bruder, sagt mir Euren Namen und wo Ihr wohnt, damit ich Euch belohnen kann.«

»Eure Dankbarkeit ist mir genug Belohnung. Doch meinen Namen werde ich Euch sagen. Ich heiße Bruno, und Ihr könnt mich in dem Kloster finden, in dem Eure Uhr steht.«

Ich dankte ihm und eilte in die Stadt.

Was ich dort vorfand, werde ich nicht erzählen, nur, dass ich niemanden von meiner Familie noch am Leben fand. Die Werkstatt war niedergebrannt, und was zwischen den schwelenden Überresten lag, war verkohlt, halb geschmolzen oder zerschlagen. Noch nicht einmal einen Tag war es her, da waren wir glücklich und wohlhabend gewesen, Menschen unter Menschen. Jetzt war alles vorbei. Das Klagelied sagt: »Man jagte uns, dass wir auf unsern Gassen nicht gehen konnten.

Da kam unser Ende; unsere Tage sind aus, unser Ende ist gekommen.« Während ich durch die Trümmer unseres Glücks irrte, sah ich, dass sich die Unordnung in Gestalt einer rasenden Meute aus den Tiefen erhoben und ihr Maul aufgetan hatte. Was erschaffen war, war vernichtet; was erreicht war, ausgelöscht; was heil war, zerbrochen.

Ich ging, bis das Tageslicht mich einholte. Am Wegesrand schlief ich ein paar Stunden. Dann ging ich weiter, bis ich einen Tag später Brunos Kloster erreichte. Dort machte der Wachmann am Tor eine befremdete Miene, als ich nach Bruder Bruno fragte. Sein Blick wanderte über meine Vermummung. Dann packte er mich, schleifte mich aufs Klostergelände und warf mich zu Boden. Mönche eilten aus den Gebäuden herbei, und als ich dort rücklings auf den Steinen lag, sah ich unter ihnen plötzlich das Gesicht von Bruder Bruno.

»Dies ist der Dieb Eurer Kutte!«, rief die Wache.

Bruno half mir auf.

»Nein«, sagte er, »dies ist der Mann, der mir meine Kutte zurückbringt. Dies ist mein Bruder, dem ich sie lieh.«

Später, als ich meine eigenen Kleider wieder trug, erklärte Bruno das Missverständnis. Erst da begriff ich auch, dass er der Abt dieses Klosters war.

Er fragte, was ich vorgefunden hätte, und ich berichtete ihm kurz.

»Ihr habt niemanden finden können?«

Ich schüttelte den Kopf.

»Und alles, was Ihr hattet, ist verschwunden oder verbrannt?«

Ich nickte.

Er seufzte tief.

»Ich habe Euch meinen Bruder genannt. Ich meinte das im

übertragenen Sinn. Wenn Ihr aber für eine Weile mein richtiger Bruder sein wollt, so findet Ihr hier Obdach, Nahrung und Schutz.«

Ich hatte kein Haus mehr, weder Geld noch Gut, keine nahen Angehörigen. Ich dankte Abt Bruno und nahm sein Angebot an.

Zwei Jahre blieb ich in der Eigenschaft eines Laienbruders im Kloster meines Retters und Wohltäters. Ich wurde im Skriptorium beschäftigt, wo ich Blätter für die Kopisten vorbereitete, Bücher aus der Bibliothek holte und wieder zurückbrachte. Ich las viel und sah die Schriften Brunos aus Nola und von Pico della Mirandola, Männer, die über die Mauern ihrer eigenen Welt hinausgeschaut hatten, Wissen von den Arabern und den Juden aufsogen und es dazu benutzten, ihre eigenen Ideen zu bereichern. Nach diesen zwei Jahren nahm ich Abschied von Abt Bruno. Ich wusste nicht, wie ich ihm für seine Gastfreiheit und seinen Mut danken sollte.

»Eure Anwesenheit war ein Geschenk«, sagte er. »Ihr steht bei mir nicht in der Kreide.«

Er überreichte mir einen Beutel, in dem sich außer Wegzehrung auch Schreibmaterialien befanden, gewickelt in eine Lederhülle.

Und so machte ich mich auf den Weg, mit nichts als den Kleidern an meinem Leib und dem Geschenk des Abtes.

Im Kloster hatte Ordnung geherrscht, doch jetzt, auf dem Weg zu einem Ziel, das ich noch nicht kannte, saß die Unordnung mir auf den Fersen. Ich floh aus einer Stadt nach der anderen, sobald das Blatt sich gegen mich und die Meinen wendete. Manchmal ging die Ordnung in den Mantel der Unordnung gekleidet, wenn das wilde Tier des Chaos benutzt wurde, um uns zu vertreiben, auf dass Schulden und

Verpflichtungen verschwänden und der Hunger des unwissenden und unterdrückten Volkes mit dem Opfer des Fremdlings gestillt würde.

Meine Wanderschaft führte mich zunächst durch Gebiete, die ich kannte, allmählich aber durch unbekanntere Gegenden. Schließlich fand ich Arbeit als Instrumentenbauer in der wundersamen Stadt Samarkand. Dort war das Leben gut und einfach, und endlich hatte ich Zeit, meine Gedanken zu Ordnung und Chaos anhand der alten Schriften zu prüfen, die sich in der großen Bibliothek befanden, und es war dort und damals, dass ich zum ersten Mal wirklich begriff, dass das Chaos Teil dessen war, was vor dieser Welt war, und dass das Licht, das dieser Welt zum Leben verhalf, auch das des Chaos war und dass die göttlichen Funken und die Funken der Unordnung in der gleichen Weise von der Schöpfung verbreitet wurden, dass Ganzheit Gebrochenheit in sich trägt und das Gebrochene das Heile. Dort, in Samarkand, schrieb ich abends beim Licht einer Öllampe das Buch von der Ganzheit.

Acht Jahre lang dachte und schrieb ich, und als ich fertig war, rollte ich mein Buch in Leinen, packte es in meinen Ranzen und machte mich auf den Weg nach Spanien, um es dem größten Kabbalisten unserer Zeit zu zeigen.

Ich wartete, bis er weitersprechen würde. Als nichts kam, sah ich den Erzähler an. Er starrte vor sich hin und schwieg. Erst nach einer Weile ergriff er wieder das Wort.

»Ich schiffte mich in der Türkei ein, auf einem Boot, das Töpferwaren nach Valencia brachte. Es war eine ruhige Überfahrt durch ruhige Gewässer, doch südlich von Sizilien gerieten wir in einen höllischen Sturm. Die Segel wurden zerfetzt, der Mast drohte zu brechen, und da rief einer der Männer: ›Das kommt von dem Fremdling. Er hat das böse Auge über uns herabgerufen.‹ Ich wurde über Bord geworfen und ertrank.«

»Ertrank?«

Er lächelte matt.

»Stunden später wurde ich an einer Küste angespült. Eine Fischersfrau fand mich. Sie rief ihren Mann, und gemeinsam schleppten sie mich in ihr kleines Haus. Dort erhielt ich Kleider und kam wieder zu Kräften.«

»Das Buch«, sagte ich. »Was ...«

»Das Buch ist untergegangen. Es ist ertrunken und mit dem Buch auch ich. Es wurde vom Chaos geschluckt. Du suchst ein Buch, das nicht existiert, ich schrieb ein Buch, das nicht existiert.«

»Kann es nicht wieder neu geschrieben werden?«

Der Erzähler nickte.

»Vielleicht«, sagte er. »Vielleicht von mir. Vielleicht von

dir. Vielleicht von jemand anderem. Aber das Buch ist nur die Form für die Geschichte, und die ist nicht weg.«

»Der Herr, der mir den Auftrag gab, sucht die Form«, sagte ich bitter.

Der Erzähler nickte.

»Wisse das«, sagte er, »und deine Suche ist geglückt.«

Wir warfen Sand auf das Feuer und gingen in die Scheune. Dort wickelten wir uns in Decken und legten uns nieder. Nach einer Weile hörte ich, wie der Atem des Mannes, der sich Joseph von Hagenau nannte, ruhig wurde. Ich lag noch eine ganze Weile wach. Was er gesagt hatte, wollte mir nicht aus dem Kopf gehen.

Am darauffolgenden Tag, nachdem ich Abschied genommen hatte, machte ich mich auf den Weg. Der Himmel und das Land waren noch immer regengrau, und es wurde früh dunkel. Ich schlug mein Quartier unter einer großen Eiche auf, und nach einer unruhigen Nacht zog ich weiter durch Nebel und Regen. Die Sicht war schlecht und der Weg unbekannt, und so verirrte ich mich, bis ich, es muss um die Mittagszeit gewesen sein, eine Gruppe Reisender traf. Zuerst hörte ich sie nur, denn obwohl die Luft schwer war von Feuchtigkeit, trugen die Geräusche weit. Die ächzende Wagenachse, das Flattern der Verdeckplane und das Schnauben des Pferdes drangen bis in den Erlenwald, in dem ich einen begehbaren Pfad suchte. Als ich mich durch das Unterholz gekämpft hatte, sah ich in der Ferne einen Wagen, der vor einer Furt angehalten hatte. An derselben Stelle war ich hinübergegangen, als ich vor einem halben Jahr angekommen war. Ich war über mein Ziel hinausgeschossen und befand mich jetzt südlich des Klosters.

Ein ockerfarbener Wallach stand dampfend in der feuchten Luft, feiner Regen rieselte in dünnen Strahlen über das Wagendach und verschwand zwischen der Plane und den Seitenwänden. Das flache Land war schmutzig grau und dunstig. Als ich näher kam, sah ich den Mann, der das Pferd am Gebiss geführt hatte, zum Bock waten. Er sagte etwas Unverständliches zum Fuhrmann. Sie lachten. Die vordere Plane des Verdecks wurde beiseitegeschoben, und der verschleierte Kopf einer jungen Frau kam in Sicht.

»Was sagen sie, Kind?« Die Stimme aus dem Wagen war sogar im Regen hell und klar.

Die junge Frau beugte sich vor und lauschte.

»Ich kann es nicht verstehen, Herrin.«

Wieder wurde die Plane zur Seite geschoben. Eine andere Frau, älter, erschien in der Öffnung. Sie sah sich ringsumher um. Dann richtete sie den Blick auf die erste Frau.

»Mutter. Nenn mich Mutter. Ich bin deine Äbtissin, nicht die Frau deines Herrn.«

»Ja, Mutter.«

»Ich dachte, du kommst von hier.«

»Ich bin weiter südlich geboren, Mutter, wo wir ins Moor fuhren.«

Als ich mich dem Wagen näherte und die Männer mit einem Kopfnicken grüßte, wandte sich die Äbtissin an mich.

»Bruder, seid Ihr uns entgegengekommen?«

»Nein«, sagte ich. »Ich bin auf dem Weg zum Kloster Maria in Campis.«

»Genau wie wir«, sagte sie. »Ihr könnt uns folgen. Fuhrmann, warum stehen wir hier?«

Der Mann, das Gesicht im Schatten des nassen braunen Tuchs, das als Kappe auf seinem Kopf lag, drehte sich nicht um.

»Das Wasser ist zu hoch. Wir müssen warten.«

Die Äbtissin erhob sich. Sie stützte sich auf die Schulter der jungen Nonne und bewegte sich, mühsam vorgebeugt, zum Bock vor. Sie blickte sich um. Der Fuhrmann wischte den Hals des Pferdes mit einem derart schmutzigen Lappen ab, dass sich unmöglich feststellen ließ, welche Farbe er wohl einmal gehabt hatte.

»Worauf?«

»Auf Hilfe. Aus dem Kloster.«

Die Äbtissin griff nach der Seitenwand des Wagens, raffte den schweren Stoff ihres Gewandes und stieg hinunter. Sie versank bis zu den Knöcheln im Schlamm.

»Wenn die Frauen den Wagen seitlich halten«, sagte ich zu dem Fuhrmann, »dann schiebe ich hinten.«

»Worauf wartest du?«, sagte die Frau.

Der Fuhrmann knurrte etwas Undeutliches.

»Du wirst nass«, sagte er dann.

»Wir sind bereits nass«, sagte die Äbtissin. »Auf geht's! Lidwina, komm!«

Der andere Mann ging auf die rechte Seite des Pferdes und ergriff den Zügel am Gebiss. Ich ging zur Rückseite des Wagens und legte meine Hände an die Planke.

»Los!«, rief die Äbtissin. Sie hatte ihre Röcke geschürzt und den Saum unter die Kordel um ihre Taille gesteckt. Ihre weißen Beine waren mit einem Netz schwachblauer Adern überzogen.

Marienkamp, eine halbe Stunde zu Fuß in nordnordöstlicher Richtung, war vom Nieselregen verschleiert, doch bei gutem Wetter hätte ich den kleinen Holzturm wahrscheinlich sehen können und vielleicht sogar die niedrigen Gebäude rings um den Klosterhof. Die kleine Schar, an ihrer Spitze ein alter Mann mit einem Esel, wäre dann auch sichtbar gewesen, vorgebeugt in den grauen, über das Ödland ziehenden Wolkenfetzen. Diese Menschen waren von einem Jungen alarmiert worden, der den Karren vor der Furt hatte anhalten sehen und vom Fuhrmann den Auftrag erhalten hatte vorauszugehen, um die Ankunft der Äbtissin anzukündigen.

Der Wagen schlitterte durch den angeschwollenen Bach und blieb kurz vor dem anderen Ufer stecken. Der Mann, der das Pferd führte, watete zurück und half, den Karren von hinten zu schieben, während der Fuhrmann auf das Tier einschlug und die beiden Frauen an den Seitenwänden zogen. Als wir festen Boden erreicht hatten und die Äbtissin zurückblickte, sah sie den Blick des Fuhrmanns.

»Lidwina, lass dein Kleid fallen und komm her.«

Sie heftete ihren Blick auf den Mann und sah ihn durchdringend an. Er spuckte auf den Boden und richtete seinen Blick auf irgendetwas in der Ferne. Die Nonnen kletterten auf den Wagen und wischten sich die Beine mit dem nassen Saum ihres Gewandes ab. Der Wagen setzte sich knarrend in Bewegung.

Wir hatten die Furt kaum hinter uns gelassen, da kamen drei Männer und eine Frau zwischen den schwarz verregneten Stämmen des Waldes in Sicht, die eilig hinter einem grobknochigen Esel herliefen.

»Herrin«, sagte die Priorin, als sie anhielten. Sie verneigte sich leicht. »Wir erhielten die Nachricht zu spät, dass Ihr im Anmarsch seid. Ich ...«

»Mutter«, sagte die Äbtissin. »Ich bin Eure Schwester in Jesu, die Führerin unserer Gemeinschaft, nicht Eure Herrin. Bringt uns ins Kloster, damit wir uns trocknen und wärmen können. Und gebt diesem Bruder Obdach bei den Konversen.«

Die Priorin warf mir einen erstaunten Blick zu und verneigte sich dann tief. Sie wechselte einige Worte mit dem Fuhrmann, und die Gruppe setzte sich langsam in Richtung der niedrigen braunen Gebäude in Bewegung, die jetzt, hinter der Wegbiegung, in Sicht kamen. Es regnete noch immer, sacht und endlos. Das Wasser troff von den Bäumen und rauschte fast lautlos vom Himmel herab. Die Karrenspuren auf dem Weg zwischen den Bäumen begannen sich bereits wieder zu füllen.

—

Der letzte Samstag im Monat. Benthe kommt zum Essen. Zuerst gehen wir im Wald spazieren. Ich wäre lieber zu Hause geblieben, genau wie die wenigen anderen, denen wir begegnen, Leute, die, durch ihren Hund gezwungen, mit hochgezogenen Schultern, den Kopf im hochgestellten Kragen vergraben, von Baum zu Baum hasten. Doch Benthe liebt Rituale, und da dies eines davon ist, laufen wir jetzt schon seit einer halben Stunde durch die Kälte.

»Ich will *global warming*«, sagt Benthe.

»Pass auf, was du dir wünschst, vielleicht bekommst du es. Dort hat man Herrn X gefunden.«

»X?«

»Der Mann ohne Namen, von dem ich dir erzählt habe.«

Eine kleine Holzbrücke, die über ein Bächlein führt. Links das graue Band der Ringstraße, auf der anderen Seite der Brücke eine sumpfige Wildwiese. Der Bach, rechts, macht ein Stück weiter eine Biegung und verschwindet im Waldrand.

»In der Biegung.«

Benthe schaudert in ihrem Schal.

»Du verstehst es, Frauen zu amüsieren.«

»Sagt die Frau, die keine Freunde hat, aber trotzdem für andere kocht?«

Sie wirft mir einen befremdeten Blick zu.

Wir folgen dem Pfad entlang dem Wasser, bis wir zu der Stelle kommen, auf die ich gedeutet habe.

Es ist mitten am Nachmittag, schmutzig graue Wolken jagen in Richtung Osten. Zwischen den Bäumen hängt trübseliges Zwielicht. Ein eisiger Wind. Auf der Ringstraße ziehen die Lichter von Autos vorbei. Falls X sich hier eine Zeitlang aufgehalten hat, müsste es Anzeichen dafür geben. Was ich davon hätte, wenn ich sie finde, weiß ich nicht, und ich habe auch keine Ahnung, was es für die Therapie bedeutet. Meine Suche ist aber auch keine Therapie. Es ist Neugier, eine Gier, die ich nicht erklären kann. Wenn Abraham Vogel noch leben würde, hätte ich ihn angerufen. Ich hätte ihm den Fall vorgelegt, ihm von meinen Emotionen erzählt und seinen Fragen gelauscht, die ich mir auch selbst ausdenken kann, denen aber die Eindringlichkeit eines Gesprächs mit einem alten Lehrmeister fehlt.

Warum berührt seine Isolation Sie so stark?

Was bedeutet seine Geschichte für Sie?

Was bedeutet Namenlosigkeit?

Woher ist X gekommen? Hat ein Auto ihn hier abgesetzt? Aus welcher Richtung kam es in dem Fall, und wem hat es gehört? Die Ringstraße mündet hier in die Ausfallstraße, die etwas weiter entfernt mit der vierspurigen Straße zusammenfließt, die die Stadt mit der Mitte, dem Westen und dem Süden des Landes verbindet. Ich hebe einen Ast auf und stochere in den Blätterhaufen zwischen den Baumstämmen herum.

»Was suchst du?«

»Ich weiß nicht, was ich suche«, sage ich. »Eine Erklärung vielleicht …«

»Kannst du nicht einfach akzeptieren, dass er ein Landstreicher ist?«

»Ich bin sein Arzt.«

»Ein Arzt, der Feldforschung betreibt …«

»Rilke«, sage ich.

Sie runzelt die Stirn.

»Wer jetzt kein Haus hat, baut sich keines mehr.
Wer jetzt allein ist, wird es lange bleiben,
wird wachen, lesen, lange Briefe schreiben
und wird in den Alleen hin und her
unruhig wandern, wenn die Blätter treiben.«

Eine umherirrende Seele. Kein Obdachloser, der zufällig von ein paar Spaziergängern im Herbstwald gefunden wurde. Sehe ich X so?

Auf dem Rückweg hakt Benthe sich bei mir unter. Der Ast, er geht mir bis zur Brust, tickt auf den Asphalt der Hauptallee. Benthe wirft mir einen skeptischen Blick zu.

»Jetzt noch ein Wachsmantel, und du kannst mit einer Herde Schafe und einem Hund hinaus auf die Heide.«

»Ich denke, ich kann sehr gut vielsagend in die Ferne starren.«

»Oh, daran zweifle ich nicht«, sagt sie.

In ihrer Stimme klingt so viel bittere Überzeugung, dass ich zur Seite blicke. Benthe starrt vor sich hin. Es ist, als wäre sie sich des Tons ihrer Worte nicht bewusst. Zwischen uns geschieht etwas, aber ich weiß nicht recht, was und warum.

»Wie geht es Simon?«, frage ich.

»Warum fragst du?«

»Vielleicht weil ich neugierig bin? Wir sind Freunde. Freunde reden über so was.«

Sie schüttelt den Kopf.

»Ich mag keine …«

»Mein Gott. Das ist keine Psychologie, Benthe. So was nennt man In-ter-es-se.«

Sie schnaubt.

»Gut«, sagt sie nach einer Weile. »Ich weiß es nicht. Ich habe ihn schon ein paar Wochen nicht gesprochen. Gut, glaube ich. Ich will nicht über Simon sprechen.«

Unsere Blicke begegnen sich kurz. Dann wendet sie den Kopf ab und zieht sich in sich selbst zurück.

Langsam nagt es an mir, dieses Verbot dessen, was sie »Seelenausquetschen« nennt, das jedoch darauf hinausläuft, dass keine freundschaftliche Vertrautheit entstehen kann. Freundschaft ist, wie Liebe, ein Austausch von Emotion und Information, und was ist Emotion, wenn nicht eine Form von Information? Was Menschen »sich offenbaren« nennen, ist die Auslandspolitik der Beziehung: Ich lasse dies von mir sehen, du zeigst das. Wenn das nicht stattfindet, kann es keine nennenswerte vertraute Beziehung geben.

Ich sehe unsere Freundschaft immer stärker als eine Reihe diplomatischer Begegnungen in einer entmilitarisierten Zone. Es werden vorsichtig Höflichkeiten und Freundlichkeiten ausgetauscht, die Beziehungen normalisieren sich, aber die selbstverständliche Vertraulichkeit zwischen benachbarten Gebieten will sich einfach nicht einstellen. Ich war geduldig, weil ich eine Sensibilität spüre, die sich nicht durch Druck und Gewalt ans Tageslicht holen lässt. Doch jetzt, einige Jahre später, merke ich, dass ich allmählich ärgerlich werde. Etwas in mir ruft: Lass mich ein. Ich weiß, dass das viel über mich selbst und meine Position sagt, denn ich hatte schon sehr lange keine Beziehung, in der ich mich Gefahren aussetze. Vielleicht liegt das zwischen Benthe und mir: eine Schlucht, die sich nur überqueren lässt, wenn wir bereit sind, etwas zu riskieren.

Zu Hause zündet Benthe den Kamin an, während ich den Sauerkohl und das Schmorfleisch aufwärme, die ich gestern vorbereitet habe. Ich hatte einen Gewürztraminer dazu ausgesucht, doch angesichts der winterlichen Temperaturen hole ich den Haut-Brion aus dem Schrank, der schon seit einem Jahr auf »eine Gelegenheit« wartet.

»Ich weiß nicht, wie du darüber denkst«, sagt Benthe, »aber ich sage: mit dem Teller auf dem Schoß vor den Kamin.«

Später, die Teller stehen auf dem Fußboden, in den Gläsern liegt schwarzroter Bodensatz, ist sie eingeschlafen. Sie liegt in der Sofaecke, den Kopf unbequem an der Armlehne abgeknickt. Der Feuerschein spielt auf ihrem Gesicht, den gerunzelten Augenbrauen, dem leicht geöffneten Mund. Seltsam wehrlos. Wie ich sie überhaupt nicht kenne.

Im Flur, auf dem Weg, eine Decke für sie zu holen, fällt mein Blick auf den Stock. Er lehnt in der Ecke, neben unseren Mänteln. Ich sehe erst jetzt, dass ich nicht der Erste war, der ihn aufgehoben hat. Dicht unter dem oberen Ende sind Zeichen eingeritzt. In meinem Arbeitszimmer sehe ich sie mir im Licht der Schreibtischlampe genauer an. Merkwürdige eckige und doch zierliche Zeichen. Ich folge den Umrissen mit dem Zeigefinger. Eine Art Haken, ein Stöckchen mit einem kleinen Fortsatz nach links, eine Art Tor und schließlich etwas, das der schematischen Darstellung eines Flussdeltas gleicht. Als ich sie auf einem Blatt Papier nachziehe, erkenne ich, was unter meiner Bleistiftspitze erscheint.

שחור

Eine Viertelstunde später starre ich auf den Stock, auf das Wort, das die Übersetzungsmaschine auf meinen Computerschirm gezaubert hat, und schließlich ins Nichts.

»Was?«, sagt Benthe, als ich die Decke über sie breite.

»Du bist eingeschlafen.«

»Ich werde ein altes Weib.«

»Hm.«

»Du musst jetzt sagen: Nein, Benthe Jarichs, du stehst in der Blüte deines Lebens, du bist eine Frau, die noch ihr ganzes Leben vor sich hat.«

»Du hast heute Nachmittag über die frühe Weihnachtsdekoration in der Stadt geschimpft.«

»Und dann ist man ein altes Weib?«, sagt sie.

»Jemand, der sich in der Blüte seines Lebens wähnt, denkt an andere Dinge als an die Weihnachtsdekoration.«

Sie sieht mich lange kopfschüttelnd an.

»Was stehst du da mit deinem Ast, Gandalf?«

Ich zeige ihr die Zeichen. Ich habe keinen Beweis dafür, bin mir aber irgendwie sicher, dass X dieses Wort in diesen Stock gekerbt hat. *Shecho*, schwarz. Er in seinen schwarzen Kleidern. Der Namenlose, dessen Identität von den Umständen abhängt. Herr Schwarz.

»Mendel«, sagt sie.

Hat sie je zuvor meinen Vornamen ausgesprochen?

»Das geht zu weit.«

»Sieh doch ...«

»Ja, diese Buchstaben. Aber das hat nichts mehr mit der Therapie zu tun. Was für eine Rolle spielt es, ob irgendein Landstreicher Buchstaben in einen Stock geritzt hat? Du gehst ja total in diesem Typen auf.«

»Wenn Menschen nicht sprechen können, wenn sie schweigen *müssen*, dann gibt es trotzdem immer eine Manier, wie sie kommunizieren. Manchmal in Form von Streit. Manchmal mit Gebärden. Mit der Art und Weise, *wie* sie schweigen. Mit Zeichen. Wenn er das hier getan hat, mit diesem Stock, dann will er damit etwas sagen, etwas, was er auf keine andere Weise sagen kann. Ich hatte eine Patientin, die nachts durchs Zentrum lief und ihr Gesicht mit dem Blut ihres Tampons bemalt hatte. Sie konnte nicht sagen, was sie wollte, was sie sagen musste, aber sie konnte auch nicht schweigen.«

O Haupt voll Blut und Wunden.

Benthe seufzt.

»Dieser Film, den wir gesehen haben … Ein Mann, der mit einem Stock in die Flutlinie schreibt: Ich habe eine Frau vergewaltigt.«

Mir fällt noch etwas ein.

»Kennst du das Märchen von dem Friseur, der dem König die Haare schneidet und entdeckt, dass dieser Hörner hat? Er darf es niemandem erzählen. Aber wie kann man schweigen, wenn alles in einem es hinausschreien will?«

Meine Wortflut stockt wie ein altes Tonbandgerät, an dem jemand den Knopf umgedreht hat. Ich muss plötzlich an Stephanie denken. Auf welche Art und Weise schweigt sie? Wie spricht sie?

»Der Friseur?«, sagt Benthe.

»Eines Tages geht er zum Flussufer und flüstert sein Geheimnis ins Schilf. Später hören die Menschen das Schilf rauschen: Der König hat Hörner, der König hat Hörner.«

Wir sitzen still nebeneinander. Ich denke an diesen Film. Die Szene, als der Mann nachts mit Kreide, oder war es Farbe, ebendiesen Satz auf die Straße schreibt: Ich habe eine Frau vergewaltigt.

»Ich mache mir Sorgen um dich«, sagt Benthe.

Ich sehe sie an.

»Sorgen?«

Sie antwortet nicht.

»Niemand braucht sich um mich Sorgen zu machen«, sage ich.

»Ich bin nicht niemand.«

»Du bist jemand, der für Freunde kocht, die er nicht hat.«

Ihre Augen weiten sich, und sie atmet scharf ein. Dann steht sie auf. Im Flur rumort es. Kurz danach geht die Haustür auf und, unerwartet leise, wieder zu.

Ich wusste, was ich sagen würde. Ich wusste, was das bedeutete. Ich wusste, dass ich es nicht wollte. Ich habe es gesagt.

—

Als wir uns erst seit kurzem kannten, die Essensverabredung bestand aber schon, kam ich eines Samstagabends zu ihr, und ein Mann öffnete die Tür. Er war so groß wie ich, kaffeefarben und hatte einen wilden Bart.

Wir schüttelten einander die Hand.

Simon.

Im Verlauf des Abends kam ich dahinter, dass sie eine On-/Off-Beziehung hatten. Er war Möbelrestaurator und arbeitete gelegentlich für sie. An jenem Abend befanden sie sich in einer On-Phase.

»Bis sie wieder unruhig wird«, hatte Simon beim Nachtisch gesagt.

»Oder er langweilig«, sagte Benthe.

Ich hatte den Blick vom einen zum anderen wandern lassen und hielt, eingedenk Benthes Psychologieverbot, den Mund.

Während der letzten Jahre war es ein paarmal aus gewesen, sie standen auf »Pause«, wie Benthe es nannte.

»Ich verstehe euch nicht«, hatte ich einmal zu Benthe gesagt, als ich die beiden schon etwas länger als Paar kannte. »Alles an euch schreit: Wir passen zueinander. Simon ist ein unheimlich netter Kerl. Gescheit, ohne irgendwelches Gehabe. Er tut dir gut, sagst du selbst.«

»*For every old sock there's an old shoe*, aber das heißt noch nicht, dass die Socke und der Schuh damit glücklich sind.«

»Das ist die idiotischste Metapher, die ich seit Jahren gehört habe. Und wer ist im Übrigen die Socke und wer der Schuh? Bist du dir dessen bewusst, dass du auf Englisch umgeschaltet hast?«

»Müdigkeit«, sagte sie. »Meine Mutter war Engländerin. Ich bin zweisprachig aufgewachsen. Dreisprachig. Mein Vater war Friese.«

»Ich wusste nicht, dass deine Mutter Engländerin war.«

»*A Yorkshire lass*. Kam her, um Pferde zu kaufen, und ist nie mehr weggegangen.«

Ich runzelte die Stirn.

»Es gibt eigentlich ziemlich viel, was ich von dir nicht weiß«, sagte ich. »Was weiß Simon von dir?«

»Wahrscheinlich noch weniger.«

Das merkte ich, als ich mal, sehr gegen Benthes Willen, einen mit ihm trinken ging.

»Ich bin von meiner Mutter aufgezogen worden«, erzählte er. »Surinamische Väter hauen schon gern mal ab. Aber anstatt dass ich mir an ihm ein Beispiel nahm, bin ich eine Frau geworden. Ich bin der Hafen, der von Zeit zu Zeit angesteuert wird.«

Meine Skepsis muss deutlich spürbar gewesen sein.

»Ja«, sagte er. »Ein großer schwarzer Kerl, mit einem Bart wie ein Reisigbesen, aber innendrin bin ich ein junges Kätzchen.«

»Simon, du bist genauso wenig ein junges Kätzchen, wie ich ein Pinguin bin. Aber ich glaube tatsächlich, dass du dich in die Lage der Frau versetzt.«

Er betrachtete mich abwartend.

»Jede Frau ist wie deine Mutter.«

»Meine Mutter ist eine Superfrau«, sagte er.

Ich nickte.

»Und Benthe ...«, sagte er.

»... ist eine Superfrau«, sagte ich.

Er starrte über meine Schulter hinweg, und dann nickte er.

»Lass uns eine Gruppe aufmachen«, sagte er. *»Männer, die es nicht mehr wissen.«*

»Warum ich? Ich habe keine Probleme mit Frauen.«

»Nein«, sagte Simon, »aber um etwas nicht mehr zu wissen, musst du es doch mal gewusst haben.«

Ich mochte ihn. Er war ein unheimlich guter Restaurator, verstand mehr von Holz als Einstein von Physik und war wie ein offenes Buch. Simon glaubte nicht an Geheimnisse. Das Problem war, dass Benthe ein Rätsel war und kaum etwas von sich erzählte. Vielleicht war es deshalb immer wieder »on« und »off«, weil sie ein Geheimnis bleiben wollte und er es enträtseln.

Hatte ich darum zu Benthe gesagt, sie koche für Freunde, die sie nicht habe, und habe daher kein Recht, etwas über Freundschaft zu sagen? Hatte ich für Simon Partei ergriffen? Oder hatte ich mich mit ihm identifiziert? Benthes Verbot war eher eine Methode, andere auf Distanz zu halten, als eine Abneigung gegen Psychologisiererei. Woher diese sorgfältig orchestrierte Distanz? Angst vor Intimität oder das Wachen über etwas, was im Verborgenen lag? Nördliche Sprödigkeit oder ein Geheimnis, das es zu bewahren galt?

Eigentlich geht mir erst jetzt auf, dass ich mich ihrem Verbot so sehr fügte, weil ich es immer als Bedürfnis nach Intimsphäre einerseits und als Versuch, ein *level playing field* zu schaffen, andererseits betrachtet hatte. Aber vielleicht war es einfach nur das, was es war: die Grenze, die sie zog. Und vielleicht hat mich das mit der Zeit immer mehr geärgert. Ich sollte mit ihr reden. Aber ich fürchte, dass meine Worte in dem Niemandsland verloren gehen, das zwischen uns liegt.

Ich schenke mir einen Whisky ein und setze mich aufs Sofa. Die Teller stehen noch immer auf dem Boden. Ich denke daran, dass sie hier, in der Sofaecke, eingeschlafen ist. Irgendwann hat sie mir mal erzählt, sie könne niemals im Zug schlafen. »All die Leute um einen herum, und du bist dir ihrer nicht bewusst.«

Aber hier schon.

Was war das? Vertrauen?

—

Manchmal sucht der Patient in seinem Verhalten nach dem erneuten Erleben einer Situation: Der strenge, strafende Vater wird zum dominanten Partner, die abwesende Mutter kann zu problematischen Formen des Heischens nach Aufmerksamkeit führen oder auch zum Gegenteil, dem Vermeiden von Bindungen.

Bevor ich hierherkam, hatte ich einen Klienten, der eines Abends in einer Kneipe einen Weinkrampf hatte. Er war so untröstlich, dass ein Freund ihn nach Hause bringen musste, und als er dort angelangt war, konnte er noch immer nicht aufhören. »Abgrundtiefer Kummer«, wie er es nannte. Ausgeschlossen, dass er am nächsten Tag zur Arbeit gehen konnte, und als er es am übernächsten Tag dann doch versuchte, brach er mitten am Vormittag zusammen. Es war der Beginn einer Depression, die sich so schnell entwickelte, dass mein Klient davon völlig überwältigt wurde. Er hatte keine Ahnung, was diese plötzliche Explosion von Kummer ausgelöst hatte. Er war Architekt, er liebte seine Arbeit, mehr noch: Sie war sein Lebenstraum. Er hatte eine Gruppe von Freunden, mit denen er viele Wochenenden verbrachte, auch wenn die Gruppe kleiner wurde, weil immer mehr von ihnen eine Beziehung eingingen und dann und wann nicht erschienen, um bei ihrer Partnerin zu sein. Er hatte ein Jahr zuvor ein Haus gekauft und es eigenhändig instand gesetzt, was ihn mit Stolz erfüllte. Ein attraktiver Mann, dem es nicht schwerfiel, sich Frauen zu angeln, wie er es beschrieb, obwohl es nie zu einer festen Beziehung gekommen war. Der Grund dafür, sagte er, sei, dass er »der Richtigen« noch nicht begegnet sei. Als ich ihn bat, die »Richtige« zu beschreiben, kam die Antwort überraschend schnell, und deutlicher konnte sie gar nicht sein. Sie hatte eine bestimmte Größe, üppiges schwarzes lockiges Haar, war ein bisschen mollig und hatte einen kräftigen Busen, und vor allem war sie »lieb«.

»Kennen Sie jemanden, der so aussieht?«, fragte ich.

Er sei gelegentlich einer Frau begegnet, die dieser Vorstellung nahe kam, aber nein, keiner, die diesem Idealbild entsprach.

Ich fragte, was für ihn so anziehend an der beschriebenen Frau sei.

Das konnte er nicht erklären, und er verfiel in Allgemeinheiten und eine Wiederholung seiner Beschreibung: Sie war so anziehend, weil sie *so* war.

Ich vermied die naheliegende Frage. In der Therapie können wir das Pferd zum Wasser führen, aber es muss es selbst als solches erkennen.

Er fragte, ob es Medikamente gebe, mit deren Hilfe er wieder funktionieren könne. Er sei bereits drei Wochen zu Hause und sehne sich nach seiner Arbeit. Es sei doch nur »chemisch etwas nicht in Ordnung«?

Das ist die Frage, die heutzutage jedem auf der Zunge liegt: Gibt es keine Pille dafür? Die Pharmariesen haben es geschafft, uns denken zu lassen, dass es bei Kummer, seelischer Not, Herzeleid lediglich um einen Stoff geht, der uns fehlt und durch ihre Pille ersetzt werden kann. Ich habe einen Pharmareferenten im Umfeld eines Symposiums den Vergleich mit Vitaminen ziehen hören. »Spritzen gegen's Schluchzen, Pillen bei zu viel Juchzen«, hat Hugo Claus einmal geschrieben, und obwohl es dabei um Lärmbekämpfung bei lauten Kindern ging, ist es genau das, was wir heutzutage über seelische Not denken.

Ich sagte meinem Klienten, dass ich lieber erst untersuchen wolle, was wir nun eigentlich bekämpfen wollten, bevor wir es bekämpften.

Was wisse er noch von jenem Abend in der Kneipe, bevor er in Tränen ausbrach?

Er hatte mit den Achseln gezuckt. Es sei alles wie im Nebel. Sie hätten an einem Tisch gesessen und getrunken, aber nicht so viel, dass er »etwas davon gespürt« hätte.

»Wir machen ein Experiment«, sagte ich. »Sie schließen die Augen und leeren Ihren Geist. Und dann erzählen Sie mir, ganz detailliert, wie dieser Abend aussah, von dem Moment an, als Sie das Haus verließen.«

Die Rekonstruktion kam zögernd in Gang, aber allmählich stieß er tiefer in die Erinnerung vor, und die Details wurden schärfer und lebendiger. Er stockte, als der Moment des Tränenausbruchs kam. Ich fragte, was er jetzt fühle.

»Gefühl«, sagte er.

»Lassen Sie uns etwas zurückgehen. Zwei Ihrer Freunde sprachen über ...«

»Was in der Werkstatt passiert war, Ärger mit einem Auto. Ich habe nicht richtig zugehört.«

»Warum waren Sie mit Ihrer Aufmerksamkeit nicht richtig dabei?«

»Ich weiß nicht. Ich interessiere mich einfach nicht besonders für Autos, ich ... Da war Musik im Hintergrund.«

»Welche Musik?«

Er schüttelte den Kopf. Er konnte sich nicht mehr erinnern.

Als er ein paar Tage danach wiederkam, wusste er es. Er hatte einen Freund angerufen, und der hatte sich erinnert.

»Paul Simon«, sagte er. »›That's why God made the movies‹. Ich habe die Platte, wo dieses Stück drauf ist. *One-Trick Pony.* Aber ich habe nie ... Und warum ...«

Ich suchte den Text, und wir beugten uns über den Ausdruck.

»Ich dachte, eine Therapie läuft anders«, sagte mein Patient.

»Manchmal ist es wie in der Literatur«, sagte ich. »In diesem Fall: *close reading.*«

Schon bei den ersten Zeilen rührten wir an eine Ader.

»When I was born, my mother died / She said, ›Bye-bye, baby, bye-bye‹, / I said, ›Where you goin? I'm just born‹ / She said, ›I'll only be gone for a while‹.«

Er erzählte, dass seine Mutter gestorben sei, als er zwölf war, etwas, was er bei unserem ersten Gespräch nicht erwähnt hatte, als ich ihn nach einer kurzen Beschreibung seines bisherigen Lebens fragte.

»Das ist lange her«, sagte er. »Ich habe nie darunter gelitten und kann mich auch kaum an sie erinnern.«

Er singt: *»I'll only be gone for a while.«*

Sein Gesicht verdüsterte sich. Er schäme sich dafür, aber bis zum heutigen Tag suche er ab und an in Menschenmengen, wenn er sich einen Film ansehe oder während der Abendnachrichten im Fernsehen, nach einem Gesicht unter all den anderen Gesichtern, ein Gesicht, das das seiner Mutter sein könnte.

»Then I packed my bag / And my name tag / I stole away into the night / Hoping things would work out right. Worum geht es hier, was meinen Sie?«

Er habe das Haus verlassen, um zu studieren, und obwohl er das an seinem Wohnort hätte tun können, suchte er sich eine Universität aus, die so weit wie möglich davon entfernt war.

»Ich bin geflüchtet«, sagte er, »habe mich davongestohlen, um meinem Vater aus dem Weg zu gehen.«

Der Vater habe die Trauer um die tote Mutter und Frau usurpiert. Er habe fast wörtlich gesagt, er sei der wirkliche und einzige Getroffene. Für den Kummer des Kindes sei kein Platz gewesen.

Die Zeilen des Refrains bedurften kaum noch des *close reading: »Say you'll take me to your lovin' breast / Say you'll nourish me / With your tenderness / The way the ladies sometimes do.«* Und: *»Say you won't leave me for no other man / Say you'll love me just the way I am.«*

Dieses Stück von Paul Simon hatte mein Klient nicht gehört, aber doch registriert.

Warum in diesem Moment und nicht schon früher, vor langer Zeit, als er diese Platte gekauft und zu Hause gespielt hatte? Vielleicht weil er in dieser Kneipe saß, in dem Trubel, und seine Freunde über etwas sprachen, bei dem er sich nicht beteiligt fühlen konnte. Ein Moment des Ausgeschlossenseins, plötzlich aufs Neue erlebter Einsamkeit, weil ein Gefühl nicht geteilt werden konnte. Vielleicht auch weil er sich unbewusst darüber klar wurde, dass ihre fröhliche Freundesgruppe allmählich auseinanderfiel, weil einige Verantwortung für Partner und Kinder zu übernehmen begannen. Was würde mit ihm werden? Würde er wieder allein zurückbleiben?

Wir können nicht mit Gewissheit sagen, was seine verdrängten Gefühle des Verlusts und der Trauer aktiviert hat. Was dagegen deutlich wurde, war, dass sich diese Gefühle in jeder Beziehung zu einer Frau wiederholten, die nicht »die Richtige« war, wenn er wieder einmal das Weite suchte, dass er sie einerseits verließ, um nicht verlassen zu werden, und andererseits auf diese Weise immer wieder den Schmerz des einsamen Kindes erleben konnte.

Wiederholung kann süchtig machen. Was dadurch evoziert wird, das Drama, das so immer wieder neu kreiert wird, nimmt den Platz des nicht gefühlten Gefühls ein und muss daher stets von neuem herbeigeführt werden.

Sein Zustand besserte sich rasch. Bei unserem letzten Gespräch brachte er ein Fotoalbum mit. Als er es aufschlug, prangte auf der ersten Seite ein Porträt seiner Mutter: eine Frau von ungefähr eins siebzig, mit mütterlichem Busen, dichtem schwarzem Lockenhaar und einem offenen, freundlichen Gesicht. Ein Lächeln war über sein Gesicht gezogen, als er mir das Foto zeigte.

Dieser Klient, den ich vor vielen Jahren hatte, ist in meinen Gedanken, und es fällt mir nicht sonderlich schwer zu erkennen, warum.

So wie Ödipus seinem Schicksal zu entrinnen versucht und damit geradewegs in den Armen dieses Schicksals landet, genauso habe ich meine Vergangenheit geleugnet, um dann gerade von ihr gepackt zu werden.

Ich zerschnitt die Bücher aus dem Keller und schabte das Pergament ab. Jede Schliere, jeder Fleck, jede Rußstelle und jedes Brandloch machte alt, was neu, und echt, was falsch war. Sogar die Spuren früherer Texte, die hier und da unter meinen Buchstaben schimmerten, waren willkommen.

Bei kaltem Nordlicht, an meinem Pult, kopierte ich Gebete für den Psalter auf dem neuen Pergament aus Groningen. Wenn es dunkel wurde, schloss ich die Fensterläden, entzündete die Kerzen, die ich aus Stümpfen aus der Kirche und vom Boden gekratzten Wachsresten gemacht hatte. Ein Zinnteller, so lange poliert, bis er spiegelte, und hinter der Flamme aufgehängt, warf Licht auf die alten Blätter, die ich für das Buch für den Herrn in seinem fernen Schloss präpariert hatte.

Es dauerte einige Tage, bis ich mich in den Kopisten, der das Pergament mit dem füllt, was nicht von ihm ist, und in den Schreiber aufgeteilt hatte, der das leere Unbekannte wie ein Umherirrender betritt. Beim Licht der flackernden Kerzenflamme und ihres Widerscheins dachte ich an den Herrn der Welten, der erschuf, indem er das Nichts mit den Hervorbringungen seines Geistes füllte und dafür Worte ersann: Erde, Himmel, Wasser, Land, das kriechende Getier und das fliegende, die Bäume und die Pflanzen, die Flüsse, die hoch oben in den Bergen durch Regen entstehen, als Wasserfälle herabstürzen und träge durch endloses Tiefland strömen, bis sie ins Meer münden.

Wie ein solcher Fluss strömte ich leer und füllte das Pergament mit der Welt, die mein Geist erschuf, und ich dachte, wie seltsam es war, dass ich etwas schuf, was im Geist der Menschen bereits existierte, aber noch nicht da war.

Die ersten Blätter des Psalters hatte ich der Nonne gegeben, die mit der neuen Äbtissin hergekommen war. Sie zeichnete Initialen, wo ich Platz gelassen hatte, und brachte an den leeren Stellen wundersame Zeichnungen an. Die erste, die ich sah, war ein Schaf, das Hirte über eine Herde Menschen spielte. Sie hatte gerade mit der Darstellung von Kaninchen begonnen, die mit Armbrüsten auf Jäger schossen. Ich war in Lachen ausgebrochen.

»Verkehrte Welt«, sagte ich. »Eine gute Manier, das Bekannte in neuem Licht zu betrachten.«

Sie hatte mich scharf angesehen.

»Jeder sieht die Welt auf seine Weise«, sagte sie.

Ich hatte genickt und gesagt: »Es gibt viele Welten.«

»Schttt, Bruder«, sagte sie. »Die Wände haben Ohren. Die Kirche sagt, es gibt nur *eine* Welt: die, die Gott erschaffen hat.«

»Ist es Ketzerei, wenn man sagt, dass eine Wolke für den einen aussieht wie ein Baum und für den anderen wie ein Topf?«

Sie schüttelte den Kopf.

»Oder dass es dem Mann warm ist und der Frau kalt?«

»Nein.«

»Dass der Bauer unter der Obrigkeit stöhnt und der Bischof gut damit fährt?«

»Bruder ... Bitte ...«

Ich betrachtete sie. Sie war jung und hatte einen wachen Blick.

»Schwester«, sagte ich, »Gedanken sind frei, auch wenn uns Gesetze und Gebräuche binden.«

Sie wandte sich ab und begann, ihr Zeichenmaterial zu ordnen.

Ich verließ den Raum und ging hinaus, ließ das Klostergelände hinter mir. Die Regenfälle der vergangenen Zeit hatten alles morastig gemacht, und ich musste mir einen Weg zwischen Pfützen und Schlammlöchern suchen. Ich ging ohne Ziel und Richtung und folgte nur meinen Gedanken. In mir wühlte und tobte es. Ich dachte an den Erzähler und was er über das Heilen der Welt gesagt hatte. Ich dachte an Harun al-Raschid, der sich selbst als Teich in einem Palastgarten bezeichnet hatte, der nach frischem Wasser lechzte. An Weiß dachte ich, an Adam und Eva, die nach ihrer Vertreibung aus Eden in die Zeit eingetreten waren und damit in das Unvorhersehbare, die Unordnung. Und ich dachte an meine Aufgabe, ein Buch zu finden, das nicht existierte, um das Leben von Menschen zu retten, die ich nicht kannte. War es meine Aufgabe zu heilen, war ich meines Bruders Hüter? Bleigraue Wolkengebilde zogen über mich hinweg, ich spürte die nasse Kälte dieses flachen, leeren Landes in meinen Knochen. Ich dachte: Hierher gehöre ich nicht, dies ist nicht mein Zuhause. Und sofort danach: Ich weiß nicht, wo mein Zuhause ist.

Einige Wochen später, als der Frühling sich bereits ankündigte mit ersten grünen Knospen an den Bäumen und milderem Wetter, brachte ich der Priorin den Psalter. Wir nahmen Abschied im Sprechzimmer.

»Ich wünsche Euch eine glückliche Reise, wohin Ihr auch gehen mögt, de Zwarte. Es sind schwierige Zeiten. Es herrscht Hunger nach Macht und Land, Söldner ziehen umher und plündern, und es gibt Unruhe in der Mutterkirche.«

»Die Zeiten sind immer unruhig«, sagte ich.

Sie nickte.

»Das ist der Lauf der Welt«, sagte sie. »Durch Chaos zur Ordnung.«

»Und durch Ordnung zur Unordnung«, sagte ich.

Sie lächelte ergeben.

»Unsere Gärtnerin, Hille, sagt immer, die Schöpfung sei wie ihr Garten. Wir müssen immerfort stutzen, jäten, hochbinden und säen, und sowie unsere Aufmerksamkeit für einen Moment nachlässt, siegt das Unkraut.«

»Auch das Unkraut gehört zur Schöpfung«, sagte ich. »Genau wie die Unordnung.«

Sie dankte mir für den Psalter, und dann, mit dem Nachtbuch in meiner Kiste, machte ich mich auf die lange Reise.

Die Zeiten waren in der Tat unruhig. Es gab Kämpfe, es gab Verwirrung, es gab Hunger und vor allem gab es viel Wut bei den Menschen. Das Volk ächzte unter Plünderungen durch umherziehende Heere, unter raffgierigen Herrschern und sich in alles einmischenden Priestern, die Herrscher gingen gebeugt unter dem Preis von Kampf und Ansehen, der Glaube wankte unter Skandalen wie Ablässen, Fehlverhalten von Priestern und Bischöfen, die wie die Fürsten lebten. Ich kam durch eine kleine Stadt, in der die Kirche von Bauern mit Dreschflegeln und Heugabeln belagert wurde. Drinnen, von den Männern des örtlichen Herrschers bewacht, harrte der Priester aus, der beschuldigt wurde, eine Bauerntochter im Beichtstuhl geschändet zu haben. Ich zog weiter, durch Felder und Wälder, von Dorf zu Stadt und von Stadt zu Dorf. Irgendwo begegnete ich einem Pritschenwagen, der von einer ausgelassenen Menschenmenge gezogen wurde. Auf dem Karren saß eine Frau. Sie war gefesselt und hielt den Kopf unter den Beschimpfungen gesenkt, die ihr zugerufen wurden. Jemand erzählte, sie müsse die Wasserprobe erdulden, denn sie sei eine Hexe, die Menschen krank gemacht und außerdem zugegeben habe, dass sie mit dem Teufel Unzucht getrieben habe. Ich fragte, warum sie, falls sie eine so mächtige Hexe sei, sich so gefügig abführen ließ. Der Mann, der mich angesprochen hatte, warf mir einen argwöhnischen Blick zu.

Ich beschloss, Städte und Dörfer zu meiden, und zog soweit möglich durch kaum besiedelte Gebiete. Dann und wann blieb ich eine Weile. Dann half ich einem Bauern beim Säen, hackte Holz oder machte mich auf andere Weise nützlich im Tausch für eine Schlafstelle im Heu und eine Mahlzeit. So kam ich meinem Ziel immer näher, und während ich weiterzog, spürte ich, wie eine merkwürdige Ruhe in mir wuchs.

Wenige Tage bevor ich die Stadt mit der schwarzen Burg erreichte, kam mir eine Gruppe Reisender entgegen, Männer und Frauen in der Blüte ihres Lebens, Kinder, Säuglinge und Alte, Kranke, die auf Tragen aus Stöcken und Stricken getragen wurden, auf ihrer Kleidung ein gelber Kreis. Eine Reihe von ihnen erkannte ich. Wir begrüßten uns kurz. Die Reisenden waren in Eile. Etliche Tage zuvor hatten sie die Nachricht erhalten, sie müssten die Stadt verlassen und dürften nichts mitnehmen außer Wegzehrung und dem, was sie am Leibe trugen. Sie baten mich eindringlich, nicht weiterzugehen. Dutzende seien in ihren Häusern verbrannt, andere niedergeknüppelt worden.

Die Gasse unterhalb des Turms war ausgebrannt und geplündert. Wo ich einst gewohnt und gearbeitet hatte, klaffte eine Lücke. Verkohlte Balken ragten aus schwarzen Wasserlachen. Überall lagen halb verbrannte Tuchfetzen, Glasscherben, zerbrochene Krüge und zerschlagene Stühle und Tische.

Ich drehte mich um und ging den Weg hinauf in die Oberstadt, zur Burg. Am Tor zeigte ich meinen Reisebrief vor. Ich wurde in den Saal geführt, in dem ich den Herrn das erste Mal gesehen hatte.

»Schwarz«, sagte er, als ich den Saal betrat. »Hast du das Buch gefunden?«

Ich nickte.

Er sah mich an, zunächst abwartend, dann verwundert und zum Schluss verärgert.

»Wo ist es?«, zischte er.

Ich hielt meinen Blick auf ihn gerichtet und schwieg. Der Herr runzelte die Stirn.

»Gib mir das Buch, und du erhältst deine Belohnung. Nun, Schwarz. Ich bin ein Mann von wenig Geduld.«

»Das Buch befindet sich an einem sicheren Ort. Ich komme wegen der zweihundertvierundfünfzig.«

Eine rote Glut überzog sein Gesicht.

»Schwarz«, knurrte er. »Ich kann dich rädern lassen, vierteilen, in einem Käfig an der Kirchenmauer aufhängen lassen, bis die Krähen dir die Augen ausgepickt haben.«

Ich antwortete nicht.

Er wandte den Blick ab. Ich sah, dass er sich beherrschte und dass ihm das fremd war.

»Der Pöbel ... ist in hellen Scharen zusammengeströmt. Ich habe es ihnen verboten. Meine Männer konnten sie nicht aufhalten.«

»Ich habe getan, was Ihr verlangt habt. Wo ist Euer Teil der Vereinbarung?«

Er schrie. Männer kamen angerannt, ich wurde gepackt, etwas landete auf meinem Kopf.

Ich erwachte in einem Kerker, der so groß war, dass die Mauern im Dämmerlicht unsichtbar schienen. Es dauerte lange, bis meine Augen sich an die Dunkelheit gewöhnt hatten, und dann sah ich Pfützen am Boden und Moos und Schimmel an den Wänden. Ich fühlte eine große Schwellung und Blutkrusten in meinem Haar. Der Schmerz war wie eine Flamme in meinem Kopf. Angst war in mir, dort, im Dämmerlicht des Kerkers, vor allem aber grimmige Entschlossenheit.

Wie viel Zeit verstrich, bis ich geholt wurde, weiß ich nicht. Die Tage und die Nächte waren gleich. Es gab keine Zeit, und ich kümmerte mich nicht um die Zeit. Als ich im Saal vor dem Herrn erschien, hing ich zwischen zweien seiner Männer, schwach vor Hunger, die Augen zu Schlitzen zusammengekniffen, weil das Licht wie Feuer war.

»Das Buch«, sagte der Herr.

Ich blickte nicht auf und antwortete nicht.

Einer der Soldaten griff in mein Haar und zog meinen Kopf hoch.

»Das Buch, Schwarz. Meine Geduld ist am Ende.«

»Die zweihundertvierundfünfzig«, sagte ich.

»Wer, glaubst du, bist du, du Wurm? Du ...«

Ich wandte den Kopf zu dem Soldaten zu meiner Rechten.

»Bring mich in meine Räume zurück«, sagte ich.

Der Soldat sah mich erstaunt an.

»Lass uns allein«, sagte der Herr.

Er machte eine Handbewegung. Ich spürte ein Zögern. Dann ließen die Männer mich los und gingen hinaus.

Ich hatte Mühe, mich auf den Füßen zu halten. Meine Beine waren schwach geworden.

»Schwarz«, sagte der Herr. »Gib mir das Buch.«

»Die zweihundert…«

Der Herr seufzte.

»Das hat keinen Sinn, Schwarz. Sie wurden getötet oder verjagt. Die Täter werden bestraft werden.«

Ich sah ihn lange an.

»Ihr seid des Buches nicht würdig«, sagte ich, »weil das Buch Euch nicht genug wert ist. Ihr habt den Einsatz bestimmt. Zweihundertvierundfünfzig Seelen.«

»Ich habe dir gesagt …«

»Als es darauf ankam, habt Ihr das Volk gewähren lassen.«

»Ich konnte sie nicht stoppen, meine Männer …«

»Ihr wart ihr Hüter«, sagte ich.

In den Augen des Herrn flammte etwas auf.

»Willst du hier verfaulen in meinem Kerker?«

Ich lächelte, ohne es zu wollen.

»Ich werde dich reichlich entlohnen, mehr als abgemacht.«

»Ich verlange nur den Preis, den Ihr festgesetzt habt.«

Der Herr legte die Rechte an seine Brust. Er keuchte.

»Kein Herrscher kann gegen sein Volk vorgehen, Schwarz. Ich konnte deine Leute nicht schützen. Was …«

»Niemand hätte die Gasse betreten, wenn Ihr vor dem Tor gestanden hättet.«

Seine Augen waren Schlitze.

»Willst du mir sagen, was ich …«

Ich trat einen Schritt vor. Der Herr öffnete den Mund, doch bevor er seine Männer rufen konnte, sagte ich: »Ihr habt Euch für Euer eigenes Wohl entschieden, für den Erhalt Eurer Macht. Ihr habt Euch für Eure Schatzkiste entschieden, denn jetzt, da die Leute fort sind, sind Eure Schulden verschwunden. Ihr habt Eure Wahl getroffen, und es war die falsche Wahl.«

»Du …«

Ich wankte. Die Schwäche, der Hunger und die Erschöpfung übermannten mich fast.

»Dies alles«, sagte ich, »steht im Buch Raziel.«

»Du hast es gelesen?«

Ich nickte.

»Alles?«

»Alles.«

»Und du hast es noch im Gedächtnis?«

»Ja«, sagte ich.

»Woher soll ich wissen, ob es das Buch gibt und du nicht mit leeren Händen zurückgekehrt bist?«

»Das könnt Ihr nicht wissen«, sagte ich. »Aber ich bin gekommen, obwohl ich wusste, dass Ihr mich nicht entlohnen, sondern einsperren oder umbringen würdet.«

Alle Farbe war aus dem Gesicht des Herrn gewichen. Seine Stimme war leise und heiser, als er sprach.

»Betrug? Du beschuldigst mich des Betrugs?«

Als ich wieder im Kerker saß, starrte ich ins Dunkel und fragte mich, was geschehen würde. Mein Plan hatte nicht weiter gereicht als bis zu diesem Patt. Solange er das Buch nicht in Händen hielt, war ich von Wert für ihn: als Schlüssel zum Schatz, als Schatz selbst. Einen Ausweg wusste ich nicht. Wenn der Herr aufgab, war mein Schicksal besiegelt. Es war Macht gegen Ohnmacht, die enorme Macht des Herrn mit seiner Burg und seinen Soldaten, seinen Besitzungen und ererbten Rechten gegen Wissen, das begehrt wurde und sich unerreichbar im Kopf eines armseligen Vagabunden befand. Es war ein fragiles und unsicheres Gleichgewicht.

Später an jenem Tag brachte jemand Bier und Brot. Der Herr hatte offenbar beschlossen, mich vorläufig am Leben zu lassen. Während ich das Brot kaute, versuchte ich, mir eine Vorstellung vom weiteren Verlauf zu machen. Ich schloss die Augen und folgte in Gedanken dem Gang der Ereignisse. Es kostete mich Mühe, aus der Landkarte schlau zu werden, auf der die Wege *Wenn* hießen, *Dann*, *Sofern*, *Oder* und *Nicht* und die Ziele *Tod*, *Leben* und *Unbekannt*.

Ich weiß nicht, wie viel Zeit verging, bis ich wieder geholt wurde. Es dauerte lange, und ich hielt das für ein gutes Zeichen. Der Herr wandte die Mittel an, die er kannte, und das bedeutete, dass er für andere Lösungen blind war. Ich wusste auch, dass er nicht sah, wer von uns der Gefangene war.

Diesmal stand ein Stuhl bereit. Er deutete darauf und hieß mich, Platz zu nehmen.

»Was sagt das Buch Raziel über mich, Schwarz?«

Ich erkannte plötzlich, dass seine Neugier das Kind von Angst und Unsicherheit war und dass seine Fragen keine Antworten suchten, sondern Bestätigungen.

»Das Buch erzählt jedem seine eigene Geschichte.«

Das Gesicht des Herrn, spitz, bleich, rissig wie ein altes Gemälde, lebte auf.

»Jedem seine eigene Geschichte? Was meinst du damit, Schwarz?«

»Ich kann Eure Geschichte nicht in dem Buch lesen und Ihr die meine nicht.«

»Ein solches Buch gibt es nicht.«

Er sank auf seinem Stuhl zurück, auf dem Gesicht einen Ausdruck von Geringschätzung, seine Rechte machte eine Geste, als wollte sie etwas wegwischen, ein Staubkorn, mich, diese unlösbare Situation. Er ist ein Sammler, dachte ich, kein

Leser. Ein Leser weiß, dass jedes Buch eine andere Geschichte erzählt, jedes Mal wenn jemand es liest.

»Ich habe nichts von dem Buch in deinem Kopf«, sagte der Herr. »Das ist nur deine eigene Geschichte. Ich habe nichts von dir.«

Ich antwortete nicht.

»Schwarz, ich kann dir die Leute nicht zurückgeben. Du verlangst Unmögliches.«

»Ihr habt von mir auch Unmögliches verlangt.«

Er seufzte.

»Macht mich zu Eurem Ratgeber«, sagte ich.

Er sah auf.

»Was?«

»Macht mich zu Eurem Ratgeber. Ein Jahr lang werde ich Euch Rat erteilen. Ich werde Euch jeden Abend die Geschichte erzählen. Danach bin ich frei und gebe Euch das Buch.«

»Die Geschichte? Welche Geschichte? Und warum sollte ich ...«

»Meine Geschichte«, sagte ich. »Jede Geschichte. Es gibt nur eine einzige. Ich habe das Buch Raziel gelesen und weiß, es gibt nur eine einzige Geschichte.«

Sein Blick ruhte lange auf mir. Bestürzung lag darin und Neugier, und das eine hatte noch nicht über das andere gesiegt.

»Ein Schreiber als Ratgeber? Ein Jude? Schwarz, sie haben deine Leute ermordet und verjagt. Was, glaubst du, werden sie ...«

»Ist Euer Wille nicht Gesetz?«

»Ja, aber ...«

»Seid Ihr nicht Vorbild für Euer Volk?«

Ein ersticktes Knurren entwich ihm.

»Ratgeber«, sagte er nach einer Weile. »Ich nehme an, du willst von goldenen Tellern essen und einen Hermelinmantel tragen.«

Ich stand auf, und während ich auf ihn herabsah, schüttelte ich den Kopf. Seine Augen verengten sich zu schmalen Schlitzen, aus denen Argwohn und Misstrauen schimmerten.

»Und woher weiß ich, ob ich das Buch bekomme?«

»Ihr habt ein Pfand. Ich bin der Letzte der Meinen.«

»Glaub nicht, dass du mich in deiner Macht hast, Schwarz. Ich kann dich jeden Augenblick …«

Das Frühjahr verging, der Sommer kam und der Herbst und der Winter. Ein Jahr verstrich, in dem ich in der Burg des Herrn wohnte. Ich lehnte die Gemächer ab, die man mir zeigte, und wählte stattdessen ein kleines Zimmer mit einem schmalen Holzbett in einem der Türme. Ich aß nicht an der Tafel des Herrn, trank nicht seinen Wein. Die Kleidung, die zu meiner Stellung gehörte, ließ ich wegschaffen und trug, was ich vorher getragen hatte. Der Herr sagte, ich sähe aus wie ein Vagabund und machte seinem Hof Schande. Ruhe sank über die Unterstadt, und im späteren Verlauf des Jahres kehrten die ersten Flüchtlinge zurück, so wie es danach noch viele Male geschehen sollte: verhöhnt und vertrieben und mit Freuden empfangen, allen Gutes und Geldes beraubt und willkommen geheißen ob ihres Wissens und Handels. Der Herr ließ in den Kirchen einen Brief verlesen, in dem er die Zurückgekehrten zu seinem persönlichen Besitz und damit für geschützt erklärte.

Die Weinstöcke waren schwer von Trauben in jenem Jahr, und auf den Feldern lobpriesen die Gewächse die Wohltat der Schöpfung. Das Vieh auf den Bergweiden war fett und fromm, und auf dem Jahrmarkt hatte lange Zeit kein solcher Betrieb geherrscht. Und jeden Abend in jenem Jahr, als ich Ratgeber und Pfand zugleich war, stieg ich die Treppen von meinem Turm hinab in den großen Saal, wo ein Diener mich erwartete und in die Gemächer des Herrn führte, und jeden

Abend, bei den letzten Strahlen des Sonnenlichts, erzählte ich. Ich erzählte, wo ich geboren war und wie ich namenlos in einem namenlosen Dorf gelebt hatte. Ich erzählte von Malka und ihren Gänsen und von jenem Tag, an dem ich sie im Gras gefunden hatte. Ich erzählte von Jakub, seinen Eltern und Großeltern und der Reise, die er unternommen hatte. Und als ich diese Geschichten erzählt hatte und es Winter geworden war und der Herr in einem Pelzmantel vor dem Feuer saß und gewürzten Wein trank und sich die schmerzenden Gelenke rieb, da erzählte ich, was ich aus Jakubs Buch behalten hatte, von dem letzten Chasaren, der die letzte Chasarin suchte, von Reiterinnen, die ihr Kind an der linken Brust stillten und mit dem rechten Arm ein Schwert schwangen, von einem alten Mann im Land unserer Vorväter, der vom vorbeiziehenden Alexander dem Großen an der Spitze seiner endlosen Heereskarawane mit der Frage angesprochen wurde, weshalb er in seinem Alter noch einen Pflaumenbaum pflanze (und von seiner Antwort, er hoffe, den Tag noch zu erleben, an dem der Baum Früchte tragen würde, vor allem aber, dass ein Mann einen Baum nicht für sich selbst pflanze), und wie Jahre später die Karawane wieder vorbeizog und der Mazedonier abstieg und den Korb Pflaumen entgegennahm, den der inzwischen sehr alte Mann ihm darbot, und dass Alexander im Tausch den Korb mit Gold füllen ließ, ich erzählte von den sechsunddreißig, die in jeder Generation unter uns sind, um Leid und Schmerz der Menschheit tragen zu helfen, und dass, wer *einen* Menschen rettet, die gesamte Menschheit rettet. Ich erzählte ihm in jenem Jahr alles, was ich wusste, alles, was ich mir ausdenken konnte und nicht ausdenken konnte, und als das Jahr um war und es Frühling geworden war und über den Feldern rund um die Stadt ein zarter grüner Schleier aus neuem Gras und keimendem Korn lag und das Vieh auf höhergelegene Weiden gebracht wurde und ein leichter Wind durch die Gassen und Straßen blies, der überall, wo er entlangstrich, alles frisch und mild machte, da suchte ich den Herrn eines Abends am offenen Fenster seines Gemachs auf und sagte ihm, die Zeit sei gekommen.

»Zeit?«, fragte der Herr, als habe man ihm einen fremdartigen Gegenstand aus fernen Ländern gebracht, dessen Zweck oder Nutzen er nicht kannte. »Was meinst du damit, Schwarz?«

»Es gibt eine Zeit des Kommens und eine Zeit des Gehens, eine Zeit der Geschichten und eine Zeit der Stille, es gibt Eure Zeit, und es gibt meine Zeit, die Zeit schreitet fort, und der Ort bleibt, und wer fortgeht, lässt die Zeit hinter sich. Meine Zeit ist gekommen.«

Sein Blick war leer, und Stille war zwischen uns. Ich wartete auf seine Frage, aber sie kam nicht. Wir standen am Fenster. Die Oberstadt lag wie ein Meer bleigrauer Eisschollen um das Schloss, darum herum, tiefer, der Wirrwarr der Häuschen und Gassen des Volkes. Rauch kräuselte sich über den Dächern, ein paar Lichter blinzelten in der hereinbrechenden Dämmerung. Weiter weg lagen die Felder und Weiden, Höfe und Scheunen, kaum sichtbar im fahlen Grau des frühen Abends.

»Dort«, sagte ich und deutete aus dem Fenster, »in der Flussbiegung, unter dem Wegekreuz, werde ich morgen auf Euch warten.«

Er runzelte die Stirn und sah mich lange an. »Ich werde da sein bei Anbruch des Abends.«

Ich sah, wie die Gedanken einem trägen Wasserfall gleich durch ihn hindurchzogen. Wer ich war, dass ich ihn dorthin entbieten konnte. Ob ich dachte, dass er mich einfach gehen lassen würde. Welche Garantie er hatte, dass er sein Buch bekam, wenn sein Pfand verschwand. Ich sah die Gedanken auch wieder davonströmen.

Im zurückliegenden Jahr hatte er sich verändert. In den ersten Monaten waren noch Händler gekommen, die seltene Bücher brachten, doch mit der Zeit hatte er einen wie den anderen weggeschickt. Sein Bibliothekar, der geistgleiche Weiß, war aus seinen unterirdischen Gelassen hervorgekommen und hatte sich in den Gemächern des Herrn beklagt, weil der Herr sich ein Bündel Briefe von Marsilio Ficino an seinen Schüler Pico della Mirandola hatte entgehen lassen.

Der Herr und ich hatten links und rechts vom Feuer gesessen, eine Anordnung, die Weiß staunend betrachtet hatte. Er hatte sich aber rasch wieder erholt.

»Es ist eine überaus wichtige Sammlung, edler Herr. Eine einzigartige Korrespondenz, in der Ficino, wie es scheint, auf eine Quelle verweist, die ...«

Der Herr hatte Weiß bedeutet zu schweigen.

»Einzigartig, Weiß?«

Die bleiche Erscheinung hatte genickt.

»Überaus wichtig auch?«

Wieder bewegte sich der Kopf mit dem aschweißen Haarkranz.

»Wie viele Bücher, Bündel, Schriftrollen und Steintafeln haben wir in den zurückliegenden Jahrzehnten gesammelt, die einzigartig, wichtig und unentbehrlich sind?«

»Herr?«

»Ich denke, Weiß, dass das Streben nach Vollständigkeit eine Sünde sein kann.«

Der Bibliothekar wich ein wenig zurück.

»Ja, eine Sünde. Ist nicht Gott allein die Vollkommenheit gegeben? Und ist unsere Sammlung nicht ein Versuch, ihm die Schleier vom Antlitz zu reißen und ihn zu enthüllen?«

»Herr!«

Sein Ausruf war an ihn gerichtet, doch der Blick von Weiß fiel auf mich.

»Sie ... Sein Volk ist es, das über das geheime Wissen wacht und es verborgen hält, wodurch die Zeit besteht und die Schöpfung Chaos wird. Ihr seid unter den Einfluss dieses ... Vagabunden ... geraten und ...«

»Weiß, setz dich«, sagte der Herr.

Der Bibliothekar nahm Platz und ordnete seinen Umhang.

»Schwarz? Hast du etwas zu sagen?«

»Ich fürchte, das Gespräch zwischen einem Fuchs und einem Igel kann keine Früchte tragen.«

Beide sahen mich befremdet an.

»Der Fuchs, schrieb Archilochos, weiß viele Dinge. Der Igel weiß nur eine große Sache. Die Welt Eures Bibliothekars gründet sich auf eine einzige Idee und kann nur durch und für diese Idee bestehen. Wenn es kein Geheimnis gibt, keine verborgene Quelle, aus der das Wissen um Gott und die Schöpfung geflossen ist, dann ist die Idee Eurer Bibliothek nichts als das: eine Idee.«

Weiß schnappte nach Luft.

»Eine wertvolle und einzigartige Sammlung«, so fuhr ich fort, »aber nur eine einzige große Idee. Der Fuchs weiß viele Dinge, weil er glaubt, dass die Wahrheit aus vielen und mitunter widersprüchlichen Tatsachen und Ideen besteht. Die Wahrheit, so meint er, ist eher ein trübes Gewässer denn ein klarer Bergbach.«

Ich sah, wie der Herr grinste.

»Weiß?«

»Die einzige Art und Weise, den Ursprung von allem zu finden und damit die Schleier wegzureißen, die unsere Augen bedecken, besteht darin zu suchen.«

Er wandte sich dem Herrn zu.

»Unsere Schleier. Vor unseren Augen. Nicht die Schleier, die das Antlitz Gottes unseren Blicken entziehen.«

Der Herr sah zu mir.

»Die Wahrheit eines Vogels ist eine andere als die eines Baums«, sagte ich. »Die Wahrheit eines Herrn in einer Burg nicht die eines Bärenführers auf dem Jahrmarkt. Ist die Wahrheit des Winters die gleiche wie die des Sommers? Oder die von früher wie die unsere?«

»Die Wahrheit ist nicht trübe«, sagte Weiß, »sondern verschleiert, weil die Zeit alles mit Staub und Unreinheit überdeckt. Genauso wie ein neuer Stuhl mit den Jahren dunkelt und beschädigt wird. Eine Burg ist neu und makellos und schön, doch Benutzung und Belagerung und Verfall nehmen uns allmählich die Sicht auf das Reine, den Beginn …«

»Was die Zeit bewirkt hat, kann nicht ungeschehen gemacht werden«, sagte ich. »Kann ein Ei ungekocht werden, ein Neugeborenes ungeboren, ein zerbrochenes Glas wieder heil? Wer kann einen Stein ins Wasser werfen und die Kräuselung entkräuseln?«

Es waren weitere Gespräche zwischen Weiß und mir gefolgt, der Herr stets schweigend auf seinem Sessel, dann und wann einen von uns anspornend, dem anderen zu antworten. Nach den ersten paar Gesprächen kam Weiß mit einem Stapel Bücher in das Gemach des Herrn, doch unser Gast- und Auftraggeber gebot ihm, sie draußen vor dem Zimmer zu lassen. Weiß hatte protestiert.

»Weiß«, hatte der Herr gesagt, »hier wird gedacht, nicht Wissen ins Feld geführt.«

Ich hatte ihn interessiert betrachtet.

»Schwarz hat mir von Pico della Mirandolas Schrift über die menschliche Würde erzählt. Wenn der Mensch es vorzieht, ein pflanzengleiches Dasein zu führen, wird sein Leben nicht mehr Bedeutung haben als das des Grases auf dem Feld; wenn er sich in Sinnlichkeit verliert, ist er wie ein Mitglied des Tierreichs, wenn er ein Liebhaber von Wissen wird, so ist er ein Engel und ein Kind Gottes. Doch wenn keine Form eines gesonderten und individuellen Seins seiner Seele Obdach bieten kann, so wird er, das wahre Herz seiner Seele, eins mit dem Heiligen Geist, im Mysterium der Einheit Gottes.«

Er wandte sich zu mir.

»War es so, Schwarz?«

Ich nickte.

»Dann sind wir hier wie irrende Seelen, suchend und fragend.«

Und so wurden keine Bücher als Waffen benutzt, und es war ein Gespräch in Gang gekommen, in dem Zweifel Vorrang vor Wissen erhielt und Suchen vor Finden. Tagsüber stieg ich allerdings in die Bibliothek hinunter und las, was mir in die Finger kam. Weiß, zu Beginn abwehrend und launisch, zeigte mir den Weg durch das Labyrinth der Schränke und Regale, und je weiter die Zeit fortschritt, umso entgegenkommender und zugänglicher wurde er. Obwohl es ihm schwerfiel, weniger Igel zu sein, lernte er trotzdem den Hunger des Fuchses kennen und ihn zu nähren.

C

»Woher weiß ich, ob du am Wegekreuz sein wirst, Schwarz?«, hatte der Herr gefragt.

»Woher weiß ich, ob Ihr allein und unbewaffnet sein werdet, Herr?«, hatte ich geantwortet.

Wir konnten einander keine Antwort geben, und daher blieb uns nichts anderes übrig, als zu vertrauen.

Der Herr traf kurz vor der Abenddämmerung ein. Er war allein, gehüllt in einen schwarzen Umhang mit Kapuze. Sogar sein Pferd war schwarz.

»Schwarz«, sagte er, als er abstieg und sein Pferd ans Wegekreuz band.

»Herr.«

»Hier sind wir endlich.«

Ich nickte.

»Jetzt, da der Augenblick gekommen ist, wo hast du das Buch die ganze Zeit aufbewahrt?«

»Hier«, antwortete ich.

Der Herr sah mich an.

»Wo ist hier?«

Ich öffnete die Reisekiste, die ich auf die Erde gelegt hatte, und zeigte ihm den doppelten Boden, in dem ich das Buch versteckt hatte.

»Es war die ganze Zeit in meinem Schloss.«

Ich nickte.

»In meiner Reichweite. Unter meinen Augen. Ich habe

deine Kiste durchsuchen lassen, und niemand hat es gefunden.«

»Weil Ihr suchtet, fandet Ihr nicht.«

Der Herr nickte.

Wir standen uns gegenüber, unter der wolkigen Krone einer großen Eiche. Die letzten Reste an Licht fielen auf die Felder, ein schwacher Windhauch raschelte in den Blättern. In den Wipfeln hing wartend die Dämmerung.

»Mein Verlangen«, sagte der Herr, »ist seltsamerweise verschwunden.«

»Euer Verlangen?«

»Jetzt, da wir hier stehen und es in meiner Reichweite ist, lässt es mich gleichgültig, dieses Buch.«

Ich sah ihn an.

»Du sprachst vom Fuchs und vom Igel, Schwarz. Ich fühle mich eher wie eine Schnecke.«

»Herr?«

»Die ihr Haus mit sich trägt. Ihr Haus und alles, was darin ist. Ich trage den Namen meines Geschlechts, die Geschichte meiner Vorfahren und die dazugehörigen Erwartungen, die Verantwortung für mein Land … Sieh mich an, Schwarz. In der Mitte meines Lebens bin ich, ohne Frau, ohne Nachkommen. Freunde habe ich nicht, geschweige denn Vertraute. Die Bibliothek hat mir alles bedeutet, und jetzt, durch dein Zutun, habe ich nicht einmal mehr sie. Die einzige Leidenschaft in meinem Leben ist mir abhandengekommen. Keine Form von gesondertem und individuellem Sein kann meiner Seele Obdach bieten.«

Er grinste.

»Ich stehe an einer Weggabelung, Schwarz. Nach links führt der Pfad der Gleichgültigkeit. Es ist die Gleichgültigkeit dessen, den nichts rührt. Nach rechts … Sag mir, Schwarz, was liegt rechts von mir?«

»Ungewissheit«, sagte ich. »Einsamkeit. Der Tod.«

Der Herr sah mich an.

»Keine Worte des Trostes, Schwarz? Keine Furcht vor meinem Zorn? Du hast mir keine Illusionen gelassen. Warum sollte ich dich nicht töten?«

»Seht nach oben«, sagte ich.

»Erspar mir deine Prophezeiungen. Seht nach oben, seht nach vorn, seht zurück.«

Ich hatte meinen Blick auf die Baumkrone gerichtet, und der Mann vor mir konnte nicht umhin, ebenfalls nach oben zu schauen. Das Blut wich aus seinem Gesicht. Hier, im tiefen Abenddämmerlicht, war es ein fahlweißer Fleck in der Umrahmung seiner Kapuze.

»Du Betrüger …«

»Sollte der Betrüger sich nicht gegen den Lügner wappnen? Denkt Ihr, ich sehe die Waffe unter Eurem langen Mantel nicht?«

»Wo ist dein Handlanger?«

»Ihr seid mein Handlanger. Ihr und Eure Drohungen haben meinen Geist geschärft. Deshalb bin ich früh hierhergekommen. Ich habe das Schwert an diesen Ast gehängt, an einem Strick, der unter den Blättern liegt, auf denen die Kiste steht. Ich denke, es reicht, das Buch aus der Kiste zu nehmen, damit das Schwert herabsaust.«

Der Herr schnaubte.

»So«, sagte ich, »siegt das Wort über das Schwert.«

»Und jetzt machst du dich von dannen mitsamt deinem Buch.«

»Ihr bekommt, was Ihr verlangt habt.«

Ich stellte einen Fuß auf den Strick unter den Blättern, nahm das Buch, nicht viel größer als eine Männerhand, aus der Kiste und warf es vor seine Füße. Für jemanden ohne Verlangen griff er rasch danach. Er schlug es auf und seufzte hörbar.

»Endlich«, sagte er.

»Ich dachte, Euer Verlangen sei seltsamerweise verschwunden.«

Er lächelte dünn.

»Im zurückliegenden Jahr«, sagte ich, »schient Ihr Euch in jemanden zu verwandeln, der sich dem Anderen und dem Unbekannten öffnete. Doch jetzt sehe ich, dass es ein Schachspiel war, das Ihr geduldig gespielt habt. Ich habe unterschätzt, wie sehr Ihr zu Eurer Position geworden seid.«

»Meiner Position?«

»Macht«, sagte ich. »Ihr seid nichts mehr außer Macht, und die Macht hat den Menschen vertrieben. Die Macht hat Euch in ihrer Macht.«

»Hör auf mit deinem Gefasel, Schwarz.«

Und dann: »Was ist das, Schwarz? Das ist nicht in biblischer Sprache geschrieben.«

»Es ist eine Abschrift«, sagte ich. »Wie die ursprüngliche Fassung der Bibel existiert auch das Buch Raziel nicht mehr. Es gibt nur Abschriften.«

Der Herr nickte.

»Und sie wussten nicht, was sie da hatten …«

»Sie wussten nicht einmal, *dass* sie es hatten«, sagte ich.

Er lachte. Er steckte das Buch in seinen Umhang, band sein Pferd los und stieg auf.

»Meine Belohnung?«, sagte ich.

»Dein Leben«, sagte er. »Ist das nicht die größte Belohnung, die du bekommen kannst?«

Ich antwortete nicht.

Er nahm die Zügel auf, und während er Anstalten machte davonzureiten, blickte er über seine Schulter.

»Unsicherheit, Einsamkeit, Tod«, höhnte er. »Begreifst du noch immer nicht, wie es funktioniert, Schwarz? Macht schafft Macht, Geld schafft Geld, Adel bringt Adel hervor. Ich habe dich wie einen Hund losgeschickt, um meine Beute zu holen, und die hast du mir gebracht. Jetzt kannst du den Schwanz zwischen die Beine klemmen und deiner Wege ziehen. Wie ein streunender Hund.«

»Das Buch«, sagte ich.

»Mein Buch, Schwarz. Mein Buch.«

»Es ist gefälscht.«

Unter seinen schweren Brauen blickte er zu mir herunter.

»Du faselst. Ich habe es gerade gesehen. Es ist ...«

»Ich habe es gemacht.«

Er zog das Buch aus seinem Umhang und betrachtete es.

»Nein. Nein, ich kann deutlich erkennen, dass es alt ist ...«

»Geschrieben auf Pergament, das ich saubergeschabt habe.«

Er kniff die Augen zusammen und starrte in der hereinbrechenden Dunkelheit auf mich, seinen streunenden Hund. Jäh zog er am Zügel. Das Pferd stieg. Ich duckte mich zur Seite, gab den Strick frei, und noch bevor die in die Luft schlagenden Pferdehufe die Erde wieder berührten, sauste das Schwert herab.

Benthe JArichs,
Deurze 33, Aa en Hunze

M,

ich habe ein paar Dinge für Dich zusammengesucht. Du kannst Dir herauspicken, was Dich interessiert. Obwohl ich mich bemüht habe, die Quellen zu nennen, genügt es nicht den wissenschaftlichen Anforderungen, die mir einmal beigebracht wurden, und die ich ~~nach Jahren~~ in den zurückliegenden Jahren zum Glück vergessen habe. Ich auch ein paar Seiten aus „relevanten" Büchern kopiert. DEn Artikel mit der Überschrift „Ort und Name" habe ich vor langer Zeit in einer populärhistorischen Zeitschrift veröffentlicht. Der andere ist ein Essay von MArcus Kolpa, einem Bekannten von früher.
Ich habe noch mehr, aber das kommt dann, wenn sich zeigt, dass Du mit dem hier etwas anfangen kannst.

(Entschuldige das schludrige Getippe und die graue Farbe. Eile, und schwarzes Farbband ist fast abgenutzt.)

Alles Liebe,

B

0440 Die Mappe mit den Zeichnungen

Einleitung

Anfang Mai 1982 fand M. Kolpa im Zuge einer damit nicht in Verbindung stehenden Forschungsarbeit im damaligen Reichsarchiv Drenthe eine Mappe aus Ziegenleder in einem Umzugskarton mit Dokumenten, der dem Archiv einige Jahre zuvor von J. Noach übergeben worden war. Der Karton enthielt Papiere, die das (Vorkriegs-)Archiv der Jüdischen Gemeinde Assen betrafen, die Herr Noach auf dem Dachboden der damaligen Synagoge gefunden hatte. Seinerzeit hat eine flüchtige Durchsicht des Materials stattgefunden. Die Verbindung zwischen den Dokumenten in der Mappe und dem Archiv der damaligen Jüdischen Gemeinde ist nicht klar. 2008 verschwand die Mappe unter noch nicht geklärten Umständen. Ein großer Teil der Zeichnungen wurde fotografisch reproduziert. Das Manuskript sollte eingescannt werden, doch das ist nicht erfolgt. Es wurde lediglich eine Kopie vom – unvollständigen – Text hergestellt.

2. Inventar

1-1 Diverse Zeichnungen, Karten und Manuskripte, mehrheitlich auf Papier, einige auf Pergament, Verfasser (mindestens 2) unbekannt, zusammengehalten durch eine Mappe aus Ziegenleder in der Größe von ca. 45 mal 35 Zentimeter.

12-13 Zeit; Altersbestimmung anhand von Tinten- und Papieruntersuchung legt eine Entstehungszeit von frühestens ca. 1520 nahe, einige Zeichnungen sind jedoch bedeutend späteren Datums. Die »Badende Frau« wurde von einem Kunsthistoriker als Studie nach einem Gemälde von Degas erkannt.

1 Lose Papiere

Umfang:

1 Packen

Alte Ordnung:

301(II)a

Zeit und Ort

– Der Text aus der Ziegenledermappe –

Die meisten Bäume in dem großen Wald sind durch Alter, Sturm und Blitz gefallen. Sie sind vermodert und zu Humus geworden und haben ihre Nachkommen genährt. Die Nachkommen sind ebenfalls verschwunden. Sie sind Nahrung für einen noch jüngeren Wald geworden. Der Wisent, der einst gemächlich in dampfenden Herden durch den Wald zog, ist ausgestorben, und die jetzt noch umherziehenden Tiere sind die Nachkömmlinge von Exemplaren, die in Zoos der Bejagung durch polnische Adlige und russische Zaren sowie dem Blutdurst von Hermann Göring entkamen. Der Herr, der einst unsichtbar und unerbittlich über ein Gut herrschte, so groß, dass er es nicht an *einem* Tag bereisen konnte, der Dörfer verschwinden lassen konnte, wenn sie ihm nicht gefielen, und Städte im Schatten seines Schlosses wachsen ließ, dieser Herr ist ein bleiches Skelett, das unter einem glänzend abgeschliffenen Stein in einer Kirche auf den Tag wartet, an dem die Toten aus ihren Gräbern auferstehen werden, um die neue Welt zu schauen. Die Holzfäller, die Pechsieder, die Zimmerleute, die Bienenzüchter, die ihre Völker in hohlen Bäumen hielten, die Handwerker, die im Sommer Dächer mit Kastanienholzschindeln deckten, sie alle sind verschwunden, genau wie die Dörfer, in denen jüdische Waldarbeiter, Pelzjäger und Fischer einst siedelten. Die Zeit hat sie und die Geschichte verschlungen, und die Geschichte selbst ist der Dünger für eine neue Zeit geworden. Übrig sind lediglich noch nebelhafte Erinnerungen, Spuren in der Landschaft, die nur ein geübtes Auge erkennen kann, und Bräuche, die nicht mehr verstanden, aber noch immer befolgt werden. Der Wald ist geschrumpft, aber auch heute noch groß und unüberschaubar, und wer sich ohne Führer in ihn hineinwagt, kehrt nicht aus eigener Kraft in die bewohnte Welt zurück. Heute verläuft eine Grenze durch ihn, und es gibt ein rautenförmiges Muster aus Wegen, die nie befahren werden, denn aller Verkehr ist untersagt. Das letzte Fahrzeug verschwand, als deutsche Truppen mit dem Aufstöbern und Abschlachten polnischer, russischer und jüdischer Widerstandskämpfer fertig waren.

Bereits 1931, lange vor der Einnahme Polens, setzte Lutz Heck, der damalige Direktor des Berliner Zoos, ein Programm in Gang, mit dem die Fauna des Białowieżer Urwalds aus modernen Tieren rückgezüchtet werden sollte. Nach der Unterwerfung Polens reiste er spornstreichs nach Warschau und nahm aus dem Zoo Exemplare mit, die ihm dabei dienlich sein konnten. Heck wollte die Natur nach seinem Willen gestalten und die Evolution zurückdrehen, denn die deutsche Selbstmythologisierung in der ersten Hälfte des vorigen Jahrhunderts betrachtete die alten europäischen Wälder als Geburtsstätte des Urgermanen. Diese Welt wollte er rekonstruieren, mitsamt den dazugehörigen Tieren. Da es bei der Reinheit der germanischen Kultur nicht nur um den Menschen ging, sondern auch um dessen Umfeld, zog General Fedor von Bock nach der Einnahme Polens in den Wald, um ihn von fremder Verunreinigung zu säubern. Im Sommer 1941 trieb sein 322. Bataillon fünfhundertfünfzig Juden auf dem Vorplatz des großen zaristischen Jagdschlosses zusammen. Die Männer wurden in den

Wald gebracht und dort, am Rand eines von ihnen eigenhändig ausgehobenen Massengrabs, erschossen. Die Frauen und Kinder landeten in Treblinka.

Nun, da die Juden ermordet waren und die Polen getötet oder aus den Wäldern verjagt worden waren, sollte die Konservierung und Rekonstruktion der mythischen Geburtsstätte der deutschen Seele beginnen. Doch der Wald, der die reine germanische Seele beherbergen sollte, wurde zum Unterschlupf polnischer und russischer Aufständischer aus der Umgebung sowie jüdischer Widerstandskämpfer, die den Gettos entflohen waren.

So wie von Bock den großen, dichten Wald und seine Bewohner nicht unter Kontrolle bekam, gelang es Heck nicht, die Evolution zurückzudrehen. Seine erträumte moderne Version des Auerochsen, das sogenannte Heckrind, war eine Fehlzüchtung, die kaum Übereinstimmungen mit ihrem Vorfahren aufwies.

Das deutsche Experiment währte nur wenige Jahre. Danach kamen die Jahrzehnte, in denen die Kommunisten versuchten, die Welt nach ihrem Willen zu gestalten.

Der Wald blieb der Wald. Weite Areale waren durch Holzeinschlag verloren gegangen, Wisente waren abgeschossen und neu eingeführt worden, Wege angelegt und wieder vergessen, doch der Wald war noch immer riesig und alt. Die Waldgemeinschaft, dieses merkwürdige Amalgam aus Polen, Litauern und Juden, das im und vom Wald lebte und sich selbst genügte, war unwiederbringlich vernichtet. Die Versuche, Geschichte und Kultur dem aufzuerlegen, was schon von allein Geschichte und Kultur war, führte zur Zerstörung.

¶

Das Streben nach einem idealen Staat, wie von den Nazis und den Kommunisten vertreten, ist progressiv oder reaktionär, doch in beiden Fällen ist kein Platz für etwas, das nicht ideal ist, das sich dem nicht fügen kann oder will. Im Falle der Nationalsozialisten lag der ideale Seinszustand in einer mythischen Vergangenheit, als der rassenreine Germane durch unbesudelte Wälder zog und Urtiere jagte. Die Rekonstruktion dieses romantischen Zustands erforderte die totale und damit totalitäre Kontrolle von Kultur, Natur sowie der Leben von Individuen. Für die russischen Kommunisten lag der ideale Staat in der Zukunft. Er musste *geschaffen* werden, und die Instrumente dazu unterschieden sich nicht sehr von denen der Nazis. Diese beiden idealistischen Programme stützten sich auf quasiwissenschaftliche Theorien: die Eugenik der Nationalsozialisten und den Lyssenkoismus unter Stalin (so genannt nach den Ideen von Trofim Lyssenko, der beispielsweise behauptete, Weizenähren könnten unter den richtigen Bedingungen Roggen hervorbringen). Das romantische Streben nach einem idealen Staat geht stets einher mit einem entsprechenden Denkgebäude, das dem Ideal ein wissenschaftliches Fundament zu verleihen versucht.

Isaiah Berlin analysiert die totalitäre Diktatur als Resultat der Auffassung, auf große Fragen ethischer Natur sei *eine* definitive Antwort möglich. In diesem moralischen Monismus ist kein Platz für andere Auffassungen, da diese unbegründet, unlogisch und unsinnig sind und dem Erreichen des Ideals im Wege stehen. Im Rahmen dieses bewusstseinsverengenden Idealismus ist es nicht nur erklärbar, sondern auch vernünftig, andere Auffassungen zu unterdrücken und mit allen möglichen Mitteln zu bekämpfen.[1]

Zeit ist das große Hindernis beim Streben nach einem idealen Seinszustand. Daher ist jedes System, das glaubt, die eine, endgültige Antwort gefunden zu haben, davon fasziniert. Die Zeit muss – im Falle einer reaktionären Ideologie wie der nationalsozialistischen – zurückgedreht oder, wie im Falle einer modernistischen Ideologie wie der kommunistischen, vorgestellt werden. Beherrschung der Zeit ist die Beherrschung von Schicksal, Verfall, Entwicklung, kurzum: von Geschichte. Daher führten die französischen Revolutionäre einen neuen Kalender ein, der am 22. September 1792 begann, dem Datum, das als Geburtsstunde der Ersten Französischen Republik gilt, und gingen zu einer dezimalen Stundeneinteilung des Tages über. Auch Religionen versuchen, der Zeit ihren Willen aufzuerlegen. Der Keim dazu liegt im 1. Buch

1 Berlin wurde 1909 in Riga geboren. Er war das einzige Kind des erfolgreichen Holzhändlers Mendel Berlin und dessen Frau Marie. 1921, bedroht von Bolschewiken und Antisemiten, siedelte die Familie nach London über. Dort lernte der Elfjährige innerhalb eines Jahres, fließend Englisch zu sprechen. Er schloss sein Studium der Altphilologie und des klassischen Altertums am Corpus Christi College in Oxford mit cum laude ab und fügte dem ein Jahr später ein cum laude in PPE, Politik, Philosophie und Ökonomie hinzu. Vieles spricht dafür, dass Berlin für die Studie über Freiheit und Unfreiheit prädisponiert war. Wie er selbst in einem Brief an den Soziologen Jean Floud schrieb: »All central beliefs on human matters spring from a personal predicament.« Man braucht nicht viel Phantasie, um das »personal predicament« in Berlins Jugend im zaristischen Riga, Andreapol und Petrograd zu erkennen. Als Spross eines Geschlechts wohlhabender Holzhändler sah er, wie sich die Revolutionen von 1917 vollzogen. Die Februarrevolution begann sogar mit Hungerrevolten in seinem damaligen Wohnort Petrograd. Seine späteren Ideen über die Freiheit und die inhärente Unzulänglichkeit des Aufklärungsgedankens (wonach es eine allesbeherrschende Ratio gibt, eine Art Naturgesetz, die ebenso zwingend wie logisch ist und deren Gegner daher nur schlecht, dumm oder irregeleitet sind und somit umzuerziehen oder zu töten sind) müssen in seiner Jugend gekeimt haben.

Mose, das mit einer Zeitangabe beginnt und in der jüdischen Tradition daher auch mit »Bereschit« überschrieben ist, nach dem ersten Wort, das »am Anfang« bedeutet. Die biblische Schöpfung ist nicht nur eine, die das Lebende und das Leblose hervorbringt, sondern vor allem eine, die Zeit und damit Geschichte kreiert. Indem Zeit geschaffen wird, wird dem Dasein Leben eingehaucht.

Die Sehnsucht nach dem idealen Seinszustand betrifft, was einmal war oder noch kommen wird, niemals aber das Jetzt. Das Jetzt ist ein Zustand auf dem Weg zum oder vom Paradies, nicht aber das Paradies selbst. Unsere Beziehung zum Jetzt prägt den Unfrieden des Menschen, seine Unruhe und sein Streben, dem zu entrinnen: Dies kann nicht der Sinn von allem sein, es ist nur eine Phase.[2] Aus dieser existenziellen Unruhe werden politische und religiöse Ideologien geboren.

¶

Jakub ben Adam erzählt, wie er auf einer seiner Reisen in einer Scheune nächtigt, als durch eine Dachluke ein Vogel hereinfliegt, im Lichtschein des Feuers umherflattert und dann wieder durch dieselbe Luke ins Freie schießt, hinein in die dunkle Nacht. »Es verschaffte mir die plötzliche Erkenntnis«, schreibt er, »dass dies das Leben ist: eine kurze, verwirrende Periode des Lichts in einem großen tintenschwarzen Himmelszelt, und dass dieses Licht nicht, wie allgemein angenommen, Klarheit und Überblick bringt, sondern im Gegenteil Sicht auf vieles bietet, was unbekannt ist und rätselhaft, und dass dieser

2 Andrej Tarkowskij bezeichnet Zeit als »einen Zustand: die Flamme, in der der Salamander der menschlichen Seele lebt«. Andrej Tarkowskij, *Die versiegelte Zeit. Gedanken zur Kunst, zur Ästhetik und Poetik des Films*. Ullstein, Berlin 1985.

Lichtblitz zu kurz ist, um mit Sicherheit etwas über das sagen zu können, was uns umgibt.«[3]

Ben Adam befand sich in diesem Moment an einem nicht näher bestimmten Rastplatz an der südlichen Seidenstraße, auf dem Weg nach Kaifeng. Er war in Gesellschaft eines buddhistischen Mönchs, den er Tzu Hong nennt und in dem manche heutige Kommentatoren Chu-hung erkennen, den legendären Exponenten der Reines-Land-Tradition innerhalb des chinesischen Buddhismus. Das ist jedoch alles andere als gesichert.

»In der Stadt ... habe ich mich einer kleinen Karawane angeschlossen, die ostwärts zieht, wenn auch nicht ganz bis nach Kaifeng. Ich habe mich trotzdem dem Karawanenführer demütig anempfohlen, denn es gibt keine andere Möglichkeit weiterzukommen, und Alleinreisen ist zu gefährlich. Ein etwa dreißigjähriger Mönch und ich bilden das Ende einer langen Schlange von Lasttieren und Wagen. Wir gehen im Staub, der von Hufen und Rädern aufgewirbelt wird, und sehen abends wie Tonskulpturen aus. Als ich mich beklagte, brach Tzu Hong, wie der Mönch heißt, in Lachen aus. Ich fragte ihn nach dem Grund, und er sagte, während wir uns an einem eiskalten Flüsschen erfrischten: ›Ohne Staub kein Land. Ohne Land kein Leben. Ohne Leben kein wir. Wenn demnächst der Regen kommt, wirst du mit Wehmut an den Staub zurückdenken.‹

Der Regen kam einige Tage später, und obwohl ich die ersten Tropfen begrüßte – endlich gingen wir nicht länger in einer Sandwolke dahin –, lernte ich rasch, dass sich ein Fluch

[3] Jakub ben Adam, *Tempus et Locus (Vieta ir laikas)*. Bibliotheca Judaica Thriantha, 1982. Übersetzung vom Autor.

in die Gestalt einer Segnung hüllen kann. Jetzt war uns ständig kalt und nass, es gab nichts, was uns vor dem unaufhörlichen Regen schützen konnte, und die Hufe der Tiere und die Räder der Wagen verwandelten den Weg in einen glitschigen Schlammstrom, der das Gehen unendlich schwer machte, und wir rutschten immer wieder aus. Der Mönch lachte jedes Mal, wenn er in den gelben Schlamm fiel und sich wieder aufzurappeln versuchte, als sei dies ein besonderer Segen, der ihm zuteilgeworden war.

›Ohne Schlamm kein Land?‹, sagte ich. ›Ohne Land kein …‹

›Nein, Jakub ben Adam. Ich lache, weil ich an meine Kindheit denken muss, als ich mich im Schlamm wälzte.‹

Während wir uns weiter vorankämpften, sagte ich, diese Erinnerung würde mich verwundern. Hatte er nicht vor einigen Tagen gesagt, alles Leid entstehe aus Verlangen, und das heftigste Verlangen gelte dem, was war oder noch kommen werde, und die beste Art zu leben sei das Bewusstsein vom Jetzt?

Wir hielten einander an der Hand und rutschten dahin, während der unaufhörliche träge Regen Schleier über die Landschaft zog.

›Alles ist Jetzt‹, sagte Tzu, ›denn das Jetzt ist allumfassend und unteilbar. Meine Erinnerungen, ob gute oder schlechte, sind im Jetzt, genauso wie meine Erwartungen und Wünsche. Die Kunst besteht darin, das Damals und Demnächst als Aspekte des Jetzt zu erkennen.‹

Ich fragte ihn, ob sein Jetzt denn kein Teil der Zeit sei, ein Moment zwischen Vergangenheit und Zukunft.

›Welches Jetzt?‹, sagte er. ›Dieses? Oder dieses? Oder meinst du vielleicht dieses Jetzt? Oder sprachst du vom gerade vergangenen Jetzt, als du diese Frage stelltest?‹

Ich wusste keine Antwort auf diese Fragen.

Nachdem die Karawane in … angehalten hatte, suchte und fand Tzu eine andere Reisegesellschaft, der wir uns anschließen konnten. Ihr Weg führte bis nach Kaifeng. Diesmal war Platz für uns in einem der Wagen.

Der Gelbe Fluss lag links von uns, großartig und wild tosend, denn die Regenzeit war gekommen und das Wasser angeschwollen. An manchen Stellen mussten wir von unserem Weg abweichen, weil der Fluss über die Ufer getreten war und weite Flächen überflutet hatte. Tote Tiere trieben auf dem Rücken im reißenden Wasser, Bäume, Sträucher und sogar ein Hausdach.

›Viel Leid und viel Verlust‹, sagte Tzu. ›Aber auch: viel Gutes und Zeiten von Wohlstand. Wenn der Regen vorbei ist, ist das Land fruchtbar vom Schlamm.‹

›Ein jegliches hat seine Zeit‹, sagte ich. ›Geboren werden hat seine Zeit, sterben hat seine Zeit; pflanzen hat seine Zeit, ausreißen, was gepflanzt ist, hat seine Zeit; töten hat seine Zeit, heilen hat seine Zeit; abbrechen hat seine Zeit, bauen hat seine Zeit; weinen hat seine Zeit, lachen hat seine Zeit; klagen hat seine Zeit, tanzen hat seine Zeit; Steine wegwerfen hat seine Zeit, Steine sammeln hat seine Zeit; suchen hat seine Zeit, verlieren hat seine Zeit; behalten hat seine Zeit, wegwerfen hat seine Zeit; zerreißen hat seine Zeit, zunähen hat seine Zeit; schweigen hat seine Zeit, reden hat seine Zeit; lieben hat seine Zeit, hassen hat seine Zeit; Streit hat seine Zeit, Friede hat seine Zeit.‹

Tzu sah mich an, und ich erzählte ihm von dem Prediger, der dies vor langer Zeit geschrieben hatte.

›Ja, ein jegliches hat seine Zeit‹, sagte er, ›und die Zeit ist jetzt.‹

›Ich dachte, es gibt kein Jetzt.‹

›Jetzt‹, sagte Tzu, ›ist immer.‹«[4]

Einen Monat später erreichte Jakub ben Adam die Stadt Kaifeng. Er war als Gesandter eines venezianischen Handelshauses in den Fernen Osten geschickt worden, um Kontakte zu jüdischen Kaufleuten zu knüpfen, aber er hatte auch noch eine geheime Mission. Kaifeng war seit dem vierten Jahrhundert die Stadt, in der man mit der Veredelung der Chrysantheme weit vorangekommen war, und das Handelshaus Barbaro hatte Ben Adam aufgetragen, »Knollen, Samen oder, wenn möglich, eine ganze Pflanze« mitzubringen. Dazu kam es nicht. Obwohl er ganz ordentlich Judäo-Persisch sprach (eine der meistgesprochenen Sprachen entlang der Seidenstraße), zeigte sich, dass jedes »ja« oder »morgen« stets etwas anderes bedeutete. Jakub ben Adam fragt sich in seinen »Erinnerungen« eingehend, ob er das Wort, das ihm als »nein« beigebracht wurde, wohl richtig verstanden hat, denn er hörte es nie.

In Kaifeng wurde der Keim zu seiner Beschreibung der kleinen jüdischen Gemeinschaft gelegt.[5] Er kam in Kontakt mit dem Mann, der als »Archsynagogus« bezeichnet wurde, wie er annahm der Rabbiner. Von ihm erfuhr er die Geschichte vom Uhrturm. Die, und die Geschichte von der stetig zunehmenden Isolation der chinesischen Juden[6], wurde in seinen »Erinnerungen« zu der merkwürdigen Geschichte einer Stadt, aus der die Zeit verschwunden ist.

[4] ibd.

[5] Ein Geschäftsbrief aus dem Jahr 718 bestätigt das Vorhandensein einer jüdischen Gemeinschaft in Kaifeng in einem Handelsposten entlang der Seidenstraße im Nordosten Chinas. Der Brief (auf Papier, ein Material, das in Europa erst um das Jahr 1000 hergestellt wurde) ist auf Judäo-Persisch mit hebräischen Buchstaben abgefasst und beinhaltet die Bitte eines Händlers aus Kaifeng an einen Juden aus Isfahan, beim Verkauf einer Partie Schafe schlechter Qualität behilflich zu sein.

[6] Die Juden von Kaifeng wurden Tiao jin jiao genannt, jene, die den Nerv entfernen, nach dem Speisegesetz, das den Verzehr des »verzerrten Muskels« verbietet.

Als Jakub ben Adam Kaifeng besuchte, war die Stadt schon seit geraumer Zeit im Niedergang begriffen. Sie war 1127 während der Jin-Song-Kriege belagert und eingenommen worden. Der Uhrturm, den Jakub ben Adam in seiner Beschreibung erwähnt, wurde abgebaut und in das heutige Peking gebracht, wo man vergeblich versuchte, ihn wieder aufzubauen. Niemand war imstande, das riesige Uhrwerk wieder zusammenzusetzen.[7]

¶

»Es ist eine wässrige Landschaft mit Kopfweiden und Schwarzerlen, durch die der Reisende die Stadt erreicht. Hie und da liegen schilfgedeckte Bauernhöfe verstreut, eine kleine Lasteselkarawane trottet einen Deich entlang, eine Gesellschaft samt einem Würdenträger in einer Sänfte zieht mühsam auf einem hochgelegenen Pfad zwischen den Wasserweiden dahin. Am Stadtrand tauchen die ersten Schänken auf, mit Ziegeln gedeckt und oft nicht mehr als ein Dach auf Pfählen. Hier werden kleine Flusskähne entladen. Ballen liegen hoch aufgestapelt am Ufer, und Männer mit Tragkörben an einem Joch eilen hin und her. Etwas weiter entfernt liegen größere Schiffe an Kais, und Waren werden in zweirädrige Karren umgeladen,

[7] Die Uhr von Kaifeng wurde im 11. Jh. von Su Song gebaut, den manche als den Leonardo da Vinci Chinas bezeichnen. Das Uhrwerk wurde von einem Wasserrad angetrieben, wie bei den meisten chinesischen Uhren jener Zeit, besaß jedoch bereits eine Ankerhemmung (eine Technik, die in Europa erst zweihundert Jahre später angewandt wurde). Su Songs Uhr war in einem zwölf Meter hohen Turm eingebaut, der aus drei Etagen bestand. Die Uhr läutete die Stunden und zeigte die Zeit mit Puppen in traditionellen chinesischen Gewändern an, die vor Fensteröffnungen erschienen. Der Turm enthielt ferner ein sphärisches Astrolabium und einen astronomischen Globus, die beide mechanisch angetrieben wurden. Die Uhr tat vierzig Jahre lang Dienst während der Blütezeit Kaifengs (einer Stadt von ungefähr 600 000 Einwohnern und damals eine der größten Städte der Welt).

gezogen von Eseln oder Maultieren. Die Bebauung ist dicht und flach. Überall Rufe von Be- und Entladern, das Knarren von Schiffen, die mit Trossen an die Kais gezogen werden, und die Schreie von Schiffern an die Adresse der Schlepper. Dann kommt die Brücke über den Fluss in Sicht, und der Reisende wird ein Getümmel und Gedränge von Menschen und Karren gewahr, wie er es nie zuvor gesehen hat. Verkaufsstände unter schilfgeflochtenen Dächern und runden Schirmen stehen auf beiden Seiten der Brücke, und es herrscht eine Kakophonie von Stimmen, schreienden Eseln und Holzrädern, die über die Straßen rattern. Große Häuser kündigen das Herz der Stadt an. Dort überragt das Tor, ein sicherlich acht Mann hohes Bauwerk, alles andere. Hinter dem Tor sind die Straßen voll von Kamelen, Eselskarren, Sänften, Lastenträgern und unzähligen Menschen.

Die vielen Menschen und das geschäftige Treiben können nicht verbergen, dass über allem eine seltsame Abwesenheit liegt, eine fast greifbare Leere. Allmählich entdeckt der Reisende ein merkwürdiges Muster in dem Hin und Her von Trägern, Spaziergängern, Kaufleuten und Lasttieren. Kaum sind sie losgegangen, da kehren sie schon wieder zu ihrem Ausgangspunkt zurück. Dann wird lebhaft geredet, auf Ballen und Körbe gedeutet, mit einem Stock wird eine Route in den Sand gezeichnet, und es geht wieder los. Doch unterwegs, oft schon nach sehr kurzer Zeit, wird wieder unterbrochen, um einen der vielen Zeitmeister zu befragen. Sie stehen an Straßenecken, auf Plätzen und entlang dem Wasser. Man erkennt sie nicht nur an der großen Sanduhr, die sie an einer Kordel um den Hals tragen, sondern vor allem auch an den Stelzen, die sie so hoch aus den Menschenmassen herausheben, dass es aus der Ferne scheint, als liefen sie über die Köpfe der Leute. Ihre

Aufgabe ist es, einer Stadt eine Vorstellung von Zeit und ihrem Verstreichen zu vermitteln, aus der dies einst verschwunden ist, denn dieser Stadt wurde die Zeit gestohlen. Das ist so lange her, dass nicht einmal die ganz Alten es selbst erlebt haben, doch der Verlust ist nach wie vor groß.

In der Mitte ist eine freie Fläche, auf der einst die große Uhr stand, ein Turm, nicht minder hoch als die Tore, durch die man die Stadt betritt. In dem Turm wurde die Zeit des Alltagsbetriebs, der Erde und die der Sterne gemessen. Im Zuge der Eroberung der Stadt durch feindliche Truppen wurde der Turm abgetragen und wegtransportiert. Jetzt steht dort, wo einst die große Uhr prangte, ein hoher Sessel, der die Menge weit überragt, um ihn herum ein Kreis, in den sich niemand wagt außer den Zeitmeistern. Sie kommen dort zu dem Zeitseher, der hinter einem riesigen silbernen Trichter, welcher auf einem ebenso riesigen Dreibein angebracht ist, über alles hinwegschaut. Zu jeder vollen Stunde scharen sich die Zeitmeister um den hohen Stuhl des Sehers, und auf sein Zeichen hin drehen sie ihre Sanduhren um und begeben sich wieder zu ihren festen Plätzen in der Stadt, um dort jedem, der danach fragt, die Zeit zu geben. Der Zeitseher seinerseits ruft die Stunde durch seinen großen Trichter aus.

Als ich meinen Gastgeber, Zhao Yage,[8] fragte, weshalb ihnen Sonne und Mond nicht genügten, obwohl das andernorts der

[8] Die Juden von Kaifeng waren vom Aussehen und von ihrer Tracht her kaum von ihren chinesischen Nachbarn zu unterscheiden. Sie hatten chinesische Namen angenommen, trugen ihr Haar zu einem Schwanz gefasst und übernahmen beispielsweise die Sitte, die Füße ihrer Töchter zu binden. Die Gemeinschaft bestand aus acht Familienstämmen: Shi, Ai, Gao, Jin, Zhang, Zhao und zwei namens Li, und wurde auch »die acht Sippen mit den sieben Nachnamen« genannt. Jakub ben Adams Gastgeber gehörte zum einflussreichsten Familienverband. Der Name Yage ist eine chinesische Verballhornung des biblischen Jakob.

Fall war, antwortete er: ›Wenn Euch die Räder Eures Karrens gestohlen werden, vergesst Ihr dann das Fahren?‹ Ich fragte ihn, weshalb man keine neue Uhr gebaut habe, und er schüttelte den Kopf und sagte: ›Mit der Uhr ist uns das Wissen abhandengekommen. Niemand weiß mehr, wie man so etwas baut. Nicht einmal der Sohn des Herstellers war imstande, das Werk seines Vaters nachzubauen. Die Zeit ist fort, und mit ihr ist das Wissen verschwunden. Wir können Stunden zählen, aber unseren Platz in der himmlischen Zeit kennen wir nicht mehr.‹

Obwohl die Bewohner der Stadt an einem zeitlosen Ort zu leben meinen, werden sie doch vom Verstreichen der Zeit berührt. Mein Gastgeber ist wie die anderen Juden der Stadt kaum von seiner Umgebung zu unterscheiden. Die Sprache unserer Vorfahren ist aus ihnen nahezu weggewaschen, obwohl viele ihrer Sitten noch die unserer biblischen Vorfahren sind. Zhao Yage und ich sprechen die Sprache der Seidenstraße miteinander. Der Fluss der Zeit hat sie nach ihrer Umgebung geformt, so wie der Fluss Steine schleift und poliert, bis sie alle die gleiche Rundung haben.«

Das Bild der großen Stadt Kaifeng, wie Jakub ben Adam sie schildert, entspricht in keinem Punkt der traditionellen Geschichtsschreibung. Sein Text muss der reichen Tradition fiktiver Reiseberichte wie *Navigatio Sancti Brendani, Reisen des Jean de Mandeville* sowie von Werken über unbekannte Gegenden und verborgenes Wissen wie *Das Buch Sidrach* zugeordnet werden. Im Unterschied zu ihnen notierte Jakub ben Adam seine Erinnerungen, während er nachweislich unterwegs war. Sie wurden mit anderen Worten nicht im Auftrag eines reichen Sammlers geschrieben, eines weltlichen oder kirchlichen Herrn oder eines Klosters. Mehr noch, der Packen

Papier, dem ben Adam den Titel *Tempus et Locus* gibt (in einer späteren litauischen Abschrift *Vieta ir laikas*), scheint für den eigenen Gebrauch und/oder sein unmittelbares Umfeld geschrieben worden zu sein. Dass der größte Teil während seiner Reisen notiert wurde, lässt sich unter anderem anhand der Wasserzeichen und Papiersorten feststellen. Die Seiten über seinen Aufenthalt in Kaifeng tragen ein chinesisches Wasserzeichen, die aus der Zeit kurz vor seinem Aufbruch ein venezianisches (stilisierter Stierkopf und darüber Stange, Blume und Pfeilspitze). Im Übrigen schließt das allein eine andere Entstehungsgeschichte nicht aus. Margaret MacDonald zeigt in ihrer Studie über Whistlers Jahre in Venedig einen lebhaften Handel mit Altpapier mit Wasserzeichen auf.[9] Eine Analyse der verwendeten Tintensorten zeigt jedoch, dass diese häufig mit der suggerierten Zeit und dem suggerierten Ort übereinstimmen. So enthält der Teil über seine Reisen entlang der Seidenstraße anfangs Notizen in europäischer Gallapfeltinte, doch nach einiger Zeit (als diese Tinte offenbar aufgebraucht ist) geht die Schrift in eine chinesische Tintensorte über (auf der Basis von Ruß aus verbranntem Mineralöl). Wieder in Nordwesteuropa, schreibt er erneut mit der dort meist verwendeten Tinte.

Die Erinnerungen Jakub ben Adams beginnen wie ein Schulheft, mit Schreib- und Rechtschreibübungen, anfangs im biblischen Hebräisch, recht bald aber dreisprachig, will sagen: Hebräisch, Lateinisch und Griechisch. Die Übungen machen Platz für Tagebuchaufzeichnungen und später, seine Eltern haben ihn da bereits nach Genua geschickt, für Reiseberichte, Texte eher reflektierender Art, Karten, Wegbeschreibungen und Bil-

9 Margaret F. MacDonald, *Palaces in the Night: Whistler in Venice*. University of California Press, 2001.

der von Orten, die er besucht hat. *Tempus et Locus* besteht aus einer Mappe aus Ziegenleder, in die Papierbögen, manchmal in Form von ganzen Heften, häufiger jedoch als einzelnes Blatt eingelegt sind.

Jakub ben Adams Buch ist eine Schilderung des – rastlosen – Daseins, das auf die Diaspora folgte. Seine Familie zog von Zypern nach Kaffa, dem heutigen Feodosia, er selbst von dort nach Genua. Nach langer Wanderschaft entlang den Handelsstraßen nach Norden landete er in dem großen Wald, in dem er sich schließlich niederließ.

¶

Die jüdische Diaspora breitete sich über Syrien nach Kleinasien, auf die Arabische Halbinsel und nach Zentralasien aus. Die Hafenstädte rund um das Mittelmeer und an den Ufern des Schwarzen Meers waren die ersten Orte, an denen sie siedelte. Danach zerstreute sie sich entlang den Handelsstraßen des Römischen Reichs, westlich nach Spanien und Südfrankreich, östlich nach Griechenland und nördlich nach Süddeutschland. In der römischen Hafenstadt Ostia wurden die Reste einer Synagoge aus dem ersten Jahrhundert der normalen Zeitrechnung gefunden. Die Kölner Synagoge stammt aus dem vierten Jahrhundert, und der älteste erhaltene Friedhof in Europa ist der »Heilige Sand« in Worms, der während des Baus der Synagoge 1076/77 angelegt wurde. Dort, entlang dem Rhein, entstand ein Mikrokosmos mittelalterlicher jüdischer Kultur, der so bedeutend wurde, dass das Gebiet unter einem Akronym bekannt wurde, SchUM: Schin (Sch) für Schpira (das jiddische Wort für Speyer), Waw (U) für Warmaisa (Worms) und Mem (M) für Magenza (Mainz).

Als die Kreuzzüge und die unvermeidlichen Pogrome begannen, zogen die ersten Gruppen ostwärts, ins sicherere Polen und Litauen, wo sie auf kleinere Gruppen stießen, die über Kleinasien nach Norden gezogen waren.[10] Dort beendete Jakub ben Adam seine Wanderschaft schließlich, in dem großen Urwald, der einen Teil des östlichen Polens und die westlichen Gebiete Weißrusslands einnimmt. Ben Adams Notizen versiegen, nachdem seine Klagen über schlechtes Sehen und »Schatten vor den Augen« zugenommen haben. Anschließend finden wir in dem Konvolut die Handschrift eines anderen, augenscheinlich eines Schülers, der das Werk Jakub ben Adams fortsetzt.

¶

Nirgends in den Schriften Jakub ben Adams finden wir eine Datumsangabe. Auch in den anderen Texten des Konvoluts fehlt eine solche. Obwohl das Werk keine philosophischen oder theologischen Ambitionen hat, ist es verlockend, dieses Fehlen von Daten programmatisch zu deuten. »Aus ›Zeit und Ort‹ schlägt einem der Geruch eines fast braudelianischen

10 Es gibt eine Theorie, die besagt, dass die osteuropäischen Juden nicht über Süd- und Westeuropa in den Osten kamen, sondern Nachfahren der Chasaren sind, ein Volk, das das Gebiet zwischen Schwarzem und Kaspischem Meer bewohnte. Im Zeitraum zwischen dem siebten und dem zehnten Jahrhundert konvertierten chasarische Herrscher unter dem Druck des Christentums einerseits und des Islam andererseits zum Judentum. Nach dem Zerfall des Reiches hätten diese bekehrten Juden sich weiter über Russland, die Ukraine und das Baltikum zerstreut. Manche behaupten, dass alle askenasischen Juden von diesen Konvertiten abstammen. Die Beweise dafür sind allerdings vage und zweifelhaft. Schon lange vor der vermeintlichen Bekehrung der Chasaren lebten Juden im Norden und Westen Europas. Genetische Untersuchungen haben keine eindeutige Verbindung zwischen den Chasaren und den europäischen Juden nachweisen können. Die Chasaren-Theorie ist heute Teil eines antisemitischen Komplexes, der die Existenz des askenasischen Judentums leugnet und damit die Unrechtmäßigkeit des Staates Israel beweisen will.

Geschichtsverständnisses entgegen«, schreibt Lutra in seiner Monographie[II], und obwohl ben Adam sich der Strukturen, Konjunkturen und Ereignisse sehr bewusst zu sein scheint, muss seine Entscheidung zugunsten einer »Zeitlosigkeit« vor allem im Lichte dessen betrachtet werden, was er über »die Welt als eine Geschichte« sagt. So schreibt sein Schüler, dass ben Adam ihm aufträgt, seine Geschichte zu erzählen (will sagen: die des Schülers), sie zu einem Bestandteil der Geschichten ben Adams zu machen und die Geschichten »anderer« zu sammeln. Diese narrative Haltung schließt nicht so sehr historische Verlässlichkeit aus; sie kümmert sich nicht darum. Wichtiger als Fakten und Daten ist die Geschichte, die davon erzählt wird. Das ist eine Tolstoi'sche Auffassung von Relevanz und Bedeutung der Geschichtsschreibung: »Geschichte ist nichts als eine Sammlung von Fabeln und nutzlosen Banalitäten, die von einer Masse unnötiger Zahlen und Namen durcheinandergebracht werden.« Isaiah Berlin schreibt über Tolstois Auffassung in *Der Igel und der Fuchs*: »Er beklagt sich darüber, dass die Historiker unter den so verschiedenartigen Faktoren, die das Leben der Menschheit bestimmen, nur einen einzelnen Aspekt auswählen, zum Beispiel den politischen oder den wirtschaftlichen, und ihn als die hauptsächliche, die eigentliche Ursache des sozialen Wandels darstellen. Was aber ist dann mit der Religion, was mit den ›geistigen‹ Faktoren und den vielen anderen Aspekten – einer buchstäblich unzähligen Vielfalt –, die allen Ereignissen mitgegeben sind?« Tolstoi betrachtete Geschichte als einen Prozess des Unverständnisses, mangelnder Einsicht, als Kettenreaktion von Zufälligkeiten:

II B. Lutra, *Een Drentse Longue Durée, naar een nieuwe geschiedenis van de Lantschap.* 1991.

»... das Individuum, das an historischen Ereignissen beteiligt ist, begreift niemals deren Bedeutung.« Daher, so Berlin, die vielen Szenen in *Krieg und Frieden*, in denen Kämpfer sich auf dem Schlachtfeld verirren, »wichtige« historische Figuren, die kaum verstehen, was vor sich geht, sowie angeblich entscheidende Heldentaten, die das fast nie mit dieser Intention und eigentlich vor allem im Nachhinein sind.

Die Frage drängt sich auf, wer der Verfasser der Geschichten in Jakub ben Adams Erinnerungen ist. Eine Analyse der Handschrift, der Pergament- und Papiersorten sowie der verwendeten Tinten deutet auf zwei Individuen hin, während stilistische Übereinstimmungen zwischen den Texten des Lehrers (ben Adam) und seines Schülers die Vermutung rechtfertigen, es gebe nur einen Erzähler. Haben wir es hier mit einer raffinierten Fälschung zu tun, einer Redaktion, die *einen* Kompilator und zwei Quellen suggeriert, oder ist das Korpus, das wir als Jakub ben Adams *Tempus et Locus* kennen, unvollständig? Letzteres kann nicht ausgeschlossen werden. Es fehlen Seiten, ben Adams Schweigen kommt trotz seiner Klagen über schlechtes Sehen doch sehr unvermittelt, und das merkwürdige Addendum (eine Sammlung hermetischer Notizen, die aus kabbalistischen Quellen schöpfen[12]) weist keine Überein-

[12] Das Addendum wurde, wahrscheinlich im siebzehnten Jahrhundert, aus der Mappe genommen und in einen neuen Einband genäht. Es erhielt eine neue Titelseite (Sefer Abramelin) und befindet sich derzeit in der Sammlung der Bibliotheca Philosophica Hermetica (The Ritman Library) in Amsterdam. Es passt in die Tradition »entdeckter« frühkabbalistischer Schriften wie beispielsweise der Sohar, Gershom Scholem zufolge nahezu sicher von der Hand des im 13. Jh. lebenden Mosche de Leon stammend, der es als ein Werk von Schimon bar Jochai (2. Jh.) präsentierte. Im Gegensatz zum Sohar bemüht der Sefer Yehoshua sich keineswegs, seinen Anspruch auf eine frühere Quelle zu beweisen. Der im Niederländischen des 16. Jh. abgefasste Text weist morphologisch und syntaktisch merkwürdige Übereinstimmungen mit der Deux-Aes-Bibel (1562) auf.

stimmungen mit den Haupttexten auf. Eine Feststellung der Autorenschaft wird ferner durch die redaktionellen Eingriffe des Schülers erschwert, dem das Werk seiner eigenen Aussage zufolge nach dem Tod Jakub ben Adams zufiel und der sich aufgrund des deplorablen Zustands des Manuskripts genötigt sah, Schnipsel, Fragmente und mitunter ganze Hefte von Jakub ben Adams Hand in seinen eigenen Text einzufügen. Dadurch ist eine Rahmenerzählung entstanden, die sich nur durch Dekonstruktion auf einzelne, möglicherweise ursprüngliche Bestandteile zurückführen lässt. Dann wird es vielleicht auch möglich, die Reihenfolge der Ereignisse festzustellen. Die fehlende Seitennummerierung, der Loseblattcharakter des Korpus (wodurch einzelne Blätter sowie Hefte im Laufe der Jahre regelmäßig herausgefallen und, manchmal, an willkürlichen Stellen wieder eingeschoben worden sein müssen) sowie das Ausschneiden und Wiedereinkleben von ben Adams Schüler haben dazu geführt, dass die Chronologie gestört ist und der Text eher nach Locus aussieht als nach Tempus.[13]

Marcus Kolpa

[13] Dieser Text von Marcus Kolpa ist zuvor als bibliophile Ausgabe erschienen: Corvus Pers, Amsterdam 1987.

Ort und Name

Obwohl niemand genau weiß, *wie* die Stadt zu ihrem Namen kam, gibt es ein vorsichtiges *Wann.* Die erste Erwähnung findet sich in einem Dokument von ca. 1270, einer Lebensbeschreibung des Sibrandus, von 1230 bis 1238 Abt des friesischen Klosters Mariëngaarde, in der die Stadt unter dem Namen »Hassen« vorkommt. Sechs Jahre später taucht der Name erneut auf, jetzt in einem Dokument, in dem die Rede vom »Konvent Assen« ist. Die Schreibweise schwankt lange Zeit: Ascen, Azcen, Adzen, Asdzen und Aszen. Erklärungen dafür sind spekulativ und zuweilen weit hergeholt. Einige Historiker vermuten einen Verweis auf die Baumart Esche.[14] Andere suchen die Bedeutung im altfriesischen Wort »esna«, Pacht. Wieder andere weisen auf die unterschiedlichen Schreibweisen Ascen, Azcen, Adzen, Asdzen und Aszen hin, aus denen sich unter Umständen ableiten lasse, dass es sich um ein altgermanisches, mit dem deutschen »Axt« verwandtes Wort handele. In dem Fall deute der Ortsname auf Abspalten, Abtrennen, möglicherweise Gebietsabgrenzung hin.

Dass die frühesten Erwähnungen des Namens in einem klösterlichen Kontext auftauchen, ist nicht verwunderlich.

[14] Eine unbefriedigende Erklärung. Die Esche wächst vor allem auf nährstoffreichen, feuchten Böden, wohingegen Assen ja gerade auf einem hohen Sandrücken gegründet wurde

Das Kloster Maria in Campis wurde 1258 an der Stelle des heutigen Assen gegründet. Zuvor hatte man in der Nähe von Coevorden einen Versuch unternommen, doch da erwies sich das Gelände als zu unwirtlich und nass, sogar für Zisterzienser, die sich vorzugsweise in noch nicht kultivierten Gebieten niederließen, um Gottes Werk zu verrichten, indem sie Land urbar machten. Coevorden wurde zugunsten des Drenther Plateaus aufgegeben, ein hochgelegenes Sandgebiet, umgeben von tiefer gelegenen Mooren und Sümpfen (weswegen Drenthe auch mit einem umgedrehten Suppenteller verglichen wurde[15]), das während der letzten Eiszeit entstand. Weit verstreut gab es noch ein paar Weiler, die aus nicht mehr als einer Handvoll Gehöften bestanden.

Obwohl hier nur wenige Menschen wohnten und es auch lange so blieb, war das Gebiet seit dem Mittelpaläolithikum besiedelt.[16] In der unmittelbaren Umgebung wimmelt es von prähistorischen Fundstätten, so vielen, dass manche so weit gehen zu sagen, Drenthe sei »die prähistorische Schatzkammer« der Niederlande. Der Reiz des Gebietes dürfte in der Tatsache gelegen haben, dass es trocken und relativ hoch war, bewaldet und durchzogen von kleinen Bächen und Flüssen, die frisches Wasser und Fische lieferten sowie Verkehr ermöglichten.[17]

Der Ort bleibt lange Zeit klein und unbedeutend. Erst zu Beginn des neunzehnten Jahrhunderts steigt die Einwohnerzahl, die bis dahin unter tausend lag, plötzlich kräftig an. Das ist eine verspätete Folge der Auflösung des Klosters (1602)

[15] Drs. M. W. van der Sluis, 1978, in einem Gespräch mit der Verfasserin.

[16] Mit Ausnahme der Zeit von 30 000 bis 14 500 v. Chr., als extreme Kälte dies unmöglich machte.

[17] Das älteste Boot der Welt (zwischen 8040 und 7510 v. Chr.) wurde in Pesse gefunden, nördlich von Hoogeveen.

während der Reformation und der anschließenden Unterbringung der Provinzverwaltung in den ehemaligen Klostergebäuden. Der Anschluss an den Drenther Hauptkanal (1780) und die Verleihung der Stadtrechte durch Louis Bonaparte trugen das Ihrige zu diesem Wachstum bei.

In seiner *Geschiedenis van Drenthe* (Geschichte von Drenthe) (1985) fasst der Historiker J. Heringa die Geschichte der Provinz wie folgt zusammen: »Drenthe ist kein Land, dem man Größe bescheinigen kann. Man spreche von Drenthe nicht in erhabenen Worten. [...] Bewegungen in der Drenther Geschichte sind stets von außen gekommen. Die Provinz hat der Welt nichts Großes geboten, [...] aber bei anderen auch nichts Böses gewirkt.« Der Groninger Professor I. H. Gosses, Nachfolger von Johan Huizinga, betrachtete die Provinz als zusammengerollten Igel, »sicher geborgen zwischen seinen Mooren«.

Dieses offenbar weit verbreitete Gefühl brachte einen nicht wissenschaftlichen Autor dazu, etwas weitschweifig zu erklären, es sei ein Gebiet, an dem die Zeit vorübergegangen sei: »Ein Fleck, um den die Zeit herumströmt, so wie ein Fluss um eine Insel fließt. [...] Ein Fleck, an dem sogar der Tod zu gähnen beginnt ... Eine Leere in der Zeit ... Ein Tanzsaal nach einer Hochzeit ... Eine Nonne auf einem Junggesellenfest ... [...] Ein windstiller Fleck in der Geschichte, so könnte man es nennen. Ein kurzes Verharren der Zeit. Die Leeseite des ›Stroms der Geschichte‹. Aber auch: ein Ort als Zeit, wo Zeit ein Ort ist.«

Wer Vergleiche in der Literatur sucht, wird sofort an Mittelerde aus Tolkiens *Der Herr der Ringe* denken, ebenfalls einer dieser Orte, an denen die Geschichte vorbeigegangen ist und die Bevölkerung eine kleine Gemeinschaft bildet, die mit sich selbst zufrieden ist und die Hetze des Zeitgeistes gern sich selbst überlässt.

Sicher ist, dass die Provinz lange Zeit vor allem ein Hindernis auf dem Weg nach Groningen (bis ins Mittelalter ein drenthisches Dorf) oder Friesland war. Dass die Reise nicht einfach war, geht aus Berichten von Reisenden hervor, die von Entbehrungen und sogar von Abbruch zeugen. Vor allem der fragmentarisch erhalten gebliebene Bericht von Gherard (Gherardus) van Deventer, wahrscheinlich ein Bruder vom Gemeinsamen Leben, vermittelt einen unterhaltsamen, wenn auch nicht ganz verlässlichen Einblick in das, was den Reisenden, der durch Thriantha (Drenthe) zog, erwartete.[18]

Die ersten Zweifel bezüglich des Wahrheitsgehalts des Textes werden bereits in der Präambel laut:

Ghi heren, vrouwen, wijf ende man,
Ic bidde gode diet wel doen can,
Dat hi ons wil sijn gracie gheven
Ende hier na dat eweghe leven;
Dies biddic hem doer oetmoet.

(Ihr Herren und Damen, Frau und Mann,
Ich bete zum allmächtigen Gott,
Dass er uns möge geben seinen Segen
Und dann dereinst das ew'ge Leben.
Voll Demut bitt ich ihn darum.)

Weet dat jc dit boec hadde ghescreuen in duutsch, om dattet een yghelijc moghen verstaen ende om dat die heren ende ridders ende die ander edele liede, die en gheen latijn en connen

[18] Diplomatische Ausgabe in B. Jarichs: *Een tocht door een helsch lant* (Reise durch ein höllisches Land), Van Gorcum, Assen 1987.

moghen weten ende verstaen, of jc waer segghe ofte niet. Ende ist oec dat jc yet dolende ben in minen redenen mids verghetelicheden ofte anders waer omme, dat si dit boec corigieren moghen ende setten in rechten weghe der waerheit.

(Bemerket, dass ich dies Buch in unsres Volkes Sprache geschrieben hab, auf dass ein jeglicher es kann verstehn und die Herren und Ritter und andre Edelleut, die des Lateinischen nicht mächtig sind, können sehn, dass ich die Wahrheit spreche. Und auch auf dass sie Fehler in dem Buch berichtigen können, die ich aus Vergesslichkeit oder andren Gründen gemacht hab.)

Die beiden Teile des Textes (Ihr Herren ... bitt ich ihn darum) und (Bemerket, dass ... aus andren Gründen gemacht hab) sind unterschiedlichen Quellen entnommen. Die Bitte stammt aus *Vanden Winter ende vanden Somer* (Vom Winter und vom Sommer), einem Abelespiel vom Anfang des fünfzehnten Jahrhunderts (Handschrift in der Königlichen Bibliothek zu Brüssel, Bestandteil des Van-Hulthem-Codex). Der Teil, der die Entscheidung zugunsten der Volkssprache erklärt, ist die Redaktion eines Textes, der in *Reisen des Jean de Mandeville* vorkommt, von dem sich ebenfalls eine Handschrift (1434, umfasst zugleich die Reimbibel des Jacob van Maerlant) in der Königlichen Bibliothek in Brüssel befindet. Beide Texte waren weit verbreitet, als Gherard van Deventer seinen Reisebericht schrieb. (Übrigens besteht auch *Reisen des Jean de Mandeville* aus Material, das aus verschiedenen Quellen, etwa zwanzig an der Zahl, stammt. Die Stellung des Verfassers als autonomer Schöpfer eines Originalwerks spielte noch kaum eine Rolle.)

Aus welchen Quellen der Text des Bruders aus Deventer zusammengestellt ist und ob das außer bei der Einleitung auch weiter der Fall ist, ist unbekannt. Sicher ist, dass es dem Reisenden nicht an Phantasie mangelte. Wie auch bei anderen Reisebüchern im Mittelalter ist die Reise weniger eine physische als vielmehr eine spirituelle oder intellektuelle Angelegenheit. Sie ist Läuterung, Erkundung des Unbekannten, Konfrontation mit Ideen, Bildern und Gebräuchen, die manchmal in krassem oder sogar feindseligem Gegensatz zu der Welt stehen, aus der der Reisende aufbrach. In diesem Sinn ist das mittelalterliche Reisebuch ein romantisches Exerzitium, eine Lüge, um die Wahrheit zu erforschen. Es ist vor allem eine Suche, ein Exodus, gefolgt von einer Odyssee.[19]

Gherard macht sich in der zweiten Hälfte des sechzehnten Jahrhunderts auf den Weg, wahrscheinlich zum Kloster in Aduard.[20] Das exakte Jahr ist unbekannt. Später als 1580 kann es nicht gewesen sein, da das Kloster in dem Jahr von Regierungstruppen eingenommen und zerstört wurde.

Der Weg von Deventer, seinerzeit eine der bedeutendsten Städte der Niederlande, nach Drenthe verläuft glatt. Er schließt sich einer Gesellschaft an, die über Zwolle nach Fries-

19 Simon Loder in *Exodus en Odyssee als narratieve strategie* (Exodus und Odyssee als narrative Strategie) (Brill, Leiden 1984): »Es ist ein ödipales Muster: Man verlässt das Elternhaus, um die Welt zu entdecken, um ein vollständiger Mensch zu werden. Es gibt kaum ein Buch, kaum eine Erzählung, ob religiöser oder säkularer Natur, in der die Geschichte nicht im Schema der Reise erzählt wird. Der Gilgamesch, die Bibel, Ilias und Odyssee, de Morte d'Arthur, Reynaert, *Ulysses*, sie alle beruhen auf dem Gedanken, dass der Mensch den Ort verlässt, an dem er sich befindet, und sich im Folgenden in der Welt um ihn herum auf die Suche begibt.«

20 Aduard, lange Zeit das Zentrum des nordniederländischen Humanismus, war die Heimat des Aduarder Kreises, aus dem Gelehrte wie Wessel Gansfort, Rudolf Agricola, Alexander Hegius und Albertus Risaeus hervorgegangen sind. Seinerzeit war es eine der größten und bedeutendsten Abteien in Europa und gilt als wichtiger Katalysator für die Devotio moderna.

land reist. Nördlich von Zwolle nimmt er Abschied und zieht allein weiter. Die übliche Route nach Norden verlief über das Dorf Meppel, wo Gherard vermutlich Obdach beim Pfarrer der Marienkirche gesucht hat. Danach wird er dem Sandrücken zwischen den Echter Groote Veenen im Osten und dem Kolderveen im Westen gefolgt sein. Obwohl es eine bekannte Strecke war, wird er sich hier erstmals wirklich »in der Wiltniß« befunden haben. Die Straße war nicht mehr als eine Ansammlung ausgefahrener Karrenspuren, die sich in der nassen Jahreszeit in breite Schlammflüsse verwandelten, was zu Fuß Reisende häufig zwang, sich einen Weg durch trockenere und daher weniger bekannte Gegenden zu suchen.

Es war fast Herbst, als Gherardus Meppel verließ, und aus seinem Bericht geht hervor, dass es eine nasse und dunkle Zeit war. Kaum zwei Tage unterwegs, war er bereits vom richtigen Weg abgekommen.

»Die Lantschap[21] ist weit und wüst«, schreibt er, »und wer sie durchqueren will, ist auf seinen Richtungssinn und die Hilfe Gottes angewiesen, so hatten meine Brüder in Deventer mich gewarnt. Mir war jedoch noch nicht die Demut zuteilgeworden, die solche Worte verständlich macht, und so machte ich mich auf den Weg, leichtherzig und unbesonnen. Möge mein Zeugnis dem ein Lichtschein sein, der nach mir durch diese Finsternis irrt!«[22]

Er versucht, sich am Stand der Sonne zu orientieren, doch als sie hinter einer Wolkendecke, »schmutzig und fett wie

[21] Obwohl Drenthe immer eine eigene Verwaltung hatte (Ritterschaft und bäuerliche Grundbesitzer), wurde es erst 1815 als Provinz anerkannt. Bis dahin war es »De Lantschap«, verwaltungsmäßig selbständig, mit einem Sonderstatus im Königreich.

[22] Die ins heutige Niederländisch von der Verfasserin besorgte Übersetzung beruht auf einer Abschrift (1601) der ursprünglichen Handschrift, die sich in einer Privatsammlung befindet. Das Original wurde nie gefunden.

frisch geschorene Wolle«, versteckt bleibt, gerät er vom Weg ab und irrt nach Westen, wo die Moorgebiete von Eschen- und Birkenwald und zähem Unterholz begrenzt werden.

»Ich trat in einen Tümpel, so tief, dass ich bis zur Mitte in schwarzem Moorwasser versank und mich bis auf die Knochen verkühlte, und abends, als ich Zuflucht in einem Birkenwald gesucht hatte und Feuer machen wollte, war mein Zunder zu nass, um zu brennen. Tiefe Verzweiflung überfiel mich, und als ich endlich in den Schlaf sank, zugedeckt von einer dicken Schicht Pfeifengras, wurde ich von einem Albtraum heimgesucht, den ich für die Folge der üblen Dämpfe hielt, die diesem modrigen Boden entsteigen. Ich richtete mich von meinem armseligen Lager auf und wollte mich gerade wieder hinlegen, als ich ein bläuliches Licht gewahrte und sofort wusste, dass dies kein Albtraum war, der mich heimsuchte, sondern eine Erscheinung, die ich nicht deuten konnte.«

Er ruft und erhält keine Antwort, und dann, als Angst sein Herz ergreift, springt er auf, tritt auf einen Ast und stolpert. Als er wieder hochschaut, ist das blaue Licht deutlich erkennbar.

»Hell wie eine Flamme schien Sie, die Mutter Gottes in Ihrem blauen Gewand, und Sie bewegte sich, als wolle Sie mir winken, Ihr zu folgen. Und ich, armseliger Sünder, Ihrer Hilfe unwürdig, folgte Ihr und hatte auf einen Schlag die Finsternis und die Kälte und meine nassen Kleider vergessen und mühte mich durch die Bäume. Da brach die Wolkendecke auf, und im Licht des Mondes sah ich die Gesichter Verstorbener im schwarzen Wasser zwischen den Bäumen. Sie waren bleich, und ihre Augen waren geöffnet, und sie starrten mich an, wie um mich zu locken und mitzunehmen in ihr unseliges Totenreich.«

Gherardus weiß nur allzu gut, welche Toten er hier im

überfluteten Moor sieht. Es sind jene, die während der großen Schlacht fielen, die die Drenther Bauern sich mit dem Heer von Bischof Otto von Utrecht lieferten. Er sieht sie, bleich und fahl, in Kettenhemd und Harnisch, sogar Otto in seiner bischöflichen Tunika über dem Kürass, Stab und Schwert zerbrochen auf seiner Brust. Er fällt auf die Knie und betet für ihr Seelenheil.[23]

Die Flamme, in der er Maria sah, geleitet ihn aus den Moorwäldern hinaus. Später an jenem Tag erreicht er die schlammige Straße, die nach Norden führt.

Von diesem Punkt an nimmt Gherardus' Reisebericht eine merkwürdige Wendung. Ob es der Anblick des blauen Lichts war oder eine andere Ursache, ist nicht klar, doch von da an häufen sich die irrealen Ereignisse, und der sich vorankämpfende Mönch verliert, nun im übertragenen Sinn, immer mehr die Peilung. Einen Tag nach seiner »Errettung« aus den Sumpfwäldern entdeckt er in der Ferne einen anderen, ganz in Schwarz gekleideten Reisenden. Als er ihn gerade anrufen will, damit sie gemeinsam weiterziehen können, sieht er etwas, was ihm »das Hertz kahlt werden läßt«. Der schwarz gekleidete Mann trägt einen Packen auf dem Rücken, stützt sich auf einen langen Stock, wie es so mancher Reisende tut, und das alles wäre nicht weiter merkwürdig, wäre da nicht die Krähe, die gerade, als Gherardus rufen will, sich auf der Schulter des Fremden niederlässt. Jetzt sieht er auch dessen schwarze Bocksbeine und die gewundenen Hörner seitlich an den Schläfen. Der Mönch ist sich sicher: Dies ist der Teufel. Er bleibt stehen, doch es ist zu spät. Der Teufel dreht sich um und sieht ihn.

[23] Der exakte Ort der Schlacht bei Ane konnte nie ermittelt werden, doch es erscheint als gesichert, dass er nicht dort ist, wo Gherardus sich in diesem Moment befindet.

»Ich fühlte das Auge des Satans[24] auf mir, und sein Blick versteifte mich, und ich konnte nicht mehr gehen. Mächtig sind die Künste des Schwarzen!«

Er ergreift das kupferne Kreuz, das an einem Lederband um seinen Hals hängt, und betet zur Mutter Gottes, die ihn erst einen Tag zuvor aus dem verfluchten Wald führte. Kraft strömt wieder in seine Glieder, und der Mönch macht sich hakenschlagend wie ein Hase und ohne sich umzuschauen davon. Als er sich nach langer, wilder Flucht schließlich doch umsieht, ist die in Schwarz gehüllte Gestalt nirgends zu sehen. Wieder, so schreibt Gherardus, hat ihn Marias Beistand gerettet.[25]

Noch ein weiteres Mal wird der Mönch, wie er später

[24] Satan ist im Hebräischen kein Name, sondern ein Substantiv, das »Verleumder«, »Versucher«, »Spalter«, »Widersacher« und manchmal auch »Landstreicher« bedeutet. Vor allem die letztgenannte Bedeutung ist hier von Interesse, da das Teuflische im Mittelalter häufig im Fremden und Unbekannten gesucht wurde.

[25] Siehe: *Tegenwoordige staat der Vereenigde Nederlanden; Behelzende de Inleiding der Beschryving van het Landschap Drenthe* (Gegenwärtiger Zustand der Vereinten Niederlande; Enthaltend die Einleitung zur Beschreibung der Landschap Drenthe). Von J. de Groot, G. Warnars, S. und J. Luchtmans, A. und P. Blussé und V. van der Plaats, MDCCXCV. (Allgemein wird angenommen, dass der Text tatsächlich von der Hand des Johannes van Lier (1726-1799) stammt, Generaleinnehmer von Drenthe, zugleich Verfasser von Werken über das Altertum in Drenthe und Schlangen und Nattern.): »Geyßter und Nachterscheynungen werden vom gemeynen Mann der Überlieferung nach geglaubet und, wie sie vorgeben, noch täglich geschauet; und ihr Glaube an Zauberhexen und Werwölfe und dergleychen ließ sich bis heute durch keyne Gesetze ausmerzen. Gänzlich zu schweygen von weyteren Narreteyen dieser Art.«

Und auch: *Kurze Beschreybung eyniger vergessener und verborgener Antiquithäten der Provinzen und Länder gelegen zwischen der Nordsee, der Yssel, Ems und Lippe. Ergänzet um Annales Drenthiae, … Mitsamt einer kurtzen Beschreybung der Stadt, des Kastells und der Herrlichkeit Covorden*, Johan Picardt, Tymon Houthaak, Amsterdam 1660: »Ich bringe hierselbst auf die Bühne die von Gott gesegneten Japheten, unsere Vorfahren, von welchen wir und unsere Väter unseren Ursprung und unsere Abkunft haben: Desgleychen die grausamen barbarischen und monströsen Riesen, die diese Lande seit undenklichen Zeiten bewohnet und durchstreyfft und die augenscheynlichen Reliquien von dero Begräbnissen und die Größe ihrer Leyber uns nachgelassen haben.«

schreibt, gewarnt werden, bevor er sein größtes und unwahrscheinlichstes Abenteuer erlebt.

Die Flucht hat ihn wieder in unbekanntes Gebiet geführt, und jetzt, der Himmel dunkel und regenschwer, weiß er nicht, wo Nord und Süd, Ost und West ist. Da er fürchtet, dass jeder Schritt ihn weiter von seinem Ziel entfernt, sucht der Reisende ein Nachtquartier. Er sucht und findet Schutz in einem Eichenwald. Dort baut er sich einen provisorischen Unterschlupf aus Ästen und Soden und sinkt schließlich erschöpft in Schlaf. Mitten in der Nacht erwacht er, allerdings nicht in seiner Hütte. Zu seiner gewaltigen Überraschung befindet er sich in einer Stadt mit Plätzen und gepflasterten Straßen. Als wäre das nicht genug, ist er auch noch von Menschen umringt, die mindestens doppelt so groß sind wie er. Für Gherardus gibt es keinen Zweifel: Er ist in der sagenhaften Stadt Hunsow gelandet, »jener wohlhabenden Stadt, in der die nordischen Riesen lebten und von der jedermann sagt, dass sie im Jahr unseres Herrn 808 vom dänischen Prinzen Olaus, Sohn von König Godfried, verwüstet wurde, die ich jetzt aber mit eigenen Augen sah, jene Stadt in dem unwirtlichen Land, diesen Reichtum, verborgen zwischen üblen Mooren und tückischen Sümpfen«.[26]

[26] Johan Picardt, *Kurze Beschreybung Eyniger Vergessener und Verborgener Antiquithäten*: »[...] der Platz / allwo dies alte Stift ehedem gestanden hat / ist sehr weyt und geräumig / mit einer gantzen Menge Straßen / die mit Flint oder Kieselsteynen belegt und gepflastert sind: welche Straßen an einem Ort gerade / an einem anderen krumm und umlaufend sind; und zwischen diesen Straßen kann ein verständig Aug vorzüglich sehn die Plätze / wo ehedem die Häuser oder Hütten gestanden haben. In Summa / man kann sehn, daß es in alten Zeyten ein populöser Wohnort gewesen ist / bewohnt von einem Haufen Menschen. Lass hier noch hinzukommen das alte Erb-Gerücht / das nimmermehr wird aussterben / nämlich daß ehedem eine Stadt allhier soll gestanden haben / und daß diese Stadt soll gelegen haben an einem navigablen Fluss / und von Schiffen befahren gewesen sein soll. Dies alles ist die Wahrheyt.«

Die »nordischen Riesen«, wie Gherardus sie beschreibt, haben verdächtig viel Ähnlichkeit mit den Wikingern. Sie sind nicht nur groß, sondern auch rot- oder flachshaarig, tragen kurze zweischneidige Schwerter und Schilde mit Knäufen und Helme mit Hörnern.

»Kaum war ich erwacht und hatte mich von meinem Schrecken und Staunen erholt, da hob mich einer der Giganten hoch, als wäre ich eine Gliederpuppe, und brachte mich zum Hof seines Herrn, wo er mich absetzte und seinem Fürsten vorstellte. Schallendes Gelächter erhob sich, als ich mich vor dem Herrscher verbeugte. Er befahl, mich an den Rand eines Tisches zu setzen, so dass wir uns ins Gesicht schauen konnten, und trug seinem Mundschenk auf, einen Kinderbecher mit Bier zu füllen. Der Trank der Riesen ist genauso stark, wie sie groß sind. Es ist ein dunkles Bier, das wenig schäumt und nach gebrannten Nüssen und Kastanienhonig schmeckt. Dann fragte der Fürst, der sich Olaf nannte, woher ich käme und wohin des Weges ich sei, und ich bemühte mich nach Kräften, ihn mit meinen unglücklichen Erlebnissen zu unterhalten, wie ich den Weg verloren und wiedergefunden hatte und von dem wundersamen Einschreiten der Jungfrau, die mich zweimal gerettet hatte.

›Auch wir verehren die Jungfrau, kleiner Bruder‹, antwortete der Fürst, und wieder wurde laut gelacht.

Die Riesen von Hunsow sind Heiden. Das Licht des Christentums hat noch nicht in ihre verborgene Welt geschienen. Deshalb ergriff ich, wie es einem Bruder Gottes geziemt, das Wort und erzählte von der wundersamen Geburt des Heilands, seinem Leben und Leiden und dem Wunder seiner Wiederauferstehung. Der Fürst ließ meinen Krug auffüllen, und einige Zeit war es still. Dann sagte er: ›Bruder, Euer Gott muss ein mächtiger Krieger sein, dass er eine Jungfrau ein Kind gebären lässt und unbewegt bleibt beim Sterben seines einzigen und geliebten Sohnes.‹ Ich beeilte mich zu sagen, dass der Allmächtige keineswegs ein Krieger ist, doch ich fürchte, dass ich die Aufmerksamkeit der Riesen verlor, als ich mich so verbreiten wollte, denn der Herr erhob seinen Dolch und rammte seine Spitze kräftig in den Tisch. Das war das Zeichen für den Barden, ein Lied anzustimmen, und Flötenspiel erklang, und durch die große Tür, die Zugang zur Halle bot, kamen vierundzwanzig Elfen, zart und leicht wie Seide aus dem Fernen Osten, und sie tanzten in einem weiten Kreis, und ihre weißen Glieder waren wie das reinste Bienenwachs, ihre Haare glichen Spinnweben im Morgentau, und ihre Augen leuchteten mit einem Funkeln, das mir eine Warnung hätte sein sollen.«

Am folgenden Morgen erwacht Gherardus in einem Bett »so groß wie ein Boot«, und zu seinem Schrecken ist er nicht allein. Neben ihm liegt eine »Elfenfrau in süßem Minneschlaf, ihre Haare ein wildes Gewirr aus Honig und Kamille und ihr Atem süß wie die ersten Züge eines Säuglings«. An jenem Tag und den Tagen danach wird ihm klar, dass kein Mensch, der Hunsow je betreten hat, die Stadt wieder verlassen kann, denn es ist eine verzauberte Stadt, die nachts aus den Dämpfen der Erde erscheint und nur von dem betreten werden kann, der genau an dieser Stelle eingeschlafen ist.[27]

Gherardus, Gefangener ohne Ketten, sieht keinen Ausweg und bleibt in der Stadt Hunsow und heiratet die Frau, neben der er erwachte.

[27] Ein bekanntes Thema in der irischen Elfentradition, wonach ein Hügel das Reich der Elfen einschließt. Wer in ihn gerät, indem er an dem Hügel einschläft oder dorthin mitgelockt wird, kann das Reich nicht mehr oder erst nach langer Zeit verlassen. Siehe: Martin Koomen, *Het koninkrijk van de nacht* (Das Königreich der Nacht), Wetenschappelijke Uitgeverij, Amsterdam 1978.

»Sie hieß Freya und war zwei Köpfe größer als ich. Jedes Mal, wenn sie mich umarmte, mit dem den alten Dänen eigenen Feuer, war ich wie ein Kind in den Armen seiner Mutter, und nachts schlief ich wie ein Kind zwischen ihren Brüsten. Sie verrichtete alle schweren Arbeiten in Haus und Hof. Sie hackte Holz, holte Wasser und fütterte die Tiere, da ich für diese Tätigkeiten zu klein und zu schwach war. Ich fand einen festen Platz am Tisch des Fürsten und unterhielt ihn und seine Gäste Abend um Abend mit Geschichten von der Welt, die ich so jämmerlich hatte verlassen müssen. Weh mir, einst Diener Gottes, jetzt der Narr eines heidnischen Fürsten!«

Ein Kind wird geboren, eine Tochter, die er Marieken nennt, und später auch ein Sohn, der den Namen des Fürsten, Olaf, erhält. Schon bald sind seine Kinder so groß und stark, dass Gherardus nicht mehr mit ihnen spielen kann, und da spürt er die ersten schmerzhaften Stiche von Heimweh. Er bittet den Fürsten, ob er nicht für einen Tag in seine eigene Welt zurückkehren dürfe, doch das wird ihm verweigert. Olaf erklärt ihm, dass dies unmöglich sei, nicht nur weil es noch nie jemandem geglückt sei, sondern vor allem weil in der anderen Welt die Zeit herrsche und hier, in Hunsow, nicht.

Wie, fragt ein verblüffter Gherardus, kann hier keine Zeit herrschen? Der Fürst fragt ihn: Hast du, Gherardus, denn nicht gesehen, dass es hier keiner jemals eilig hat? Und ist dir nicht aufgefallen, dass niemand über morgen oder später oder früher spricht? In Hunsow, sagt der Fürst, ist alles Jetzt. Aber, sagt der Mönch, es gibt doch Geburt und Tod, und die Jahreszeiten kommen und gehen, die Sonne steigt des Morgens über den Horizont und sinkt des Abends. Ja, sagt der Herr, all das geschieht, aber immer jetzt, und jetzt ist hier.

Eine Welt ohne Zeit kann Gherardus sich nicht vorstellen. Er ist von der Glocke geformt, geknetet, diszipliniert, die die Matutin, Laudes und Nonen läutet. Zeit ist Ordnung, Zeit ist ein Geschenk Gottes, der ja den Tag, die Nacht, eine Trennung zwischen hell und dunkel, Land und Meer, kriechendem und fliegendem Getier gemacht hat. Zeit scheidet das eine vom anderen, und ohne Zeit ... Eine zeitlose Welt ist eine gottlose Welt!

Am späten Abend, als er daheim bei seiner großen Freya ist und die Ruhe am Ende des Tages ihn erfasst, wird ihm bewusst, dass er sich an weniger erinnert als bislang und dass er das Wort »früher« nur noch selten verwendet und über die Vergangenheit inzwischen als einen Ort denkt, der aufgesucht werden kann, etwas, das nicht weg ist, weil es ja geschehen ist, sondern noch immer existiert, dort, an jenem Fleck, und ihm wird auch bewusst, dass er ganz genau weiß, wo dieser Fleck ist, dass er ihn aber nicht bezeichnen kann. Er ist im Begriff, ein Bewohner der zeitlosen Zeit zu werden.

Dann beginnt er, nach einer Möglichkeit zu forschen, wie er der verzauberten Stadt Hunsow entkommen kann. Er sucht nach einem Zeichen von Zeit, denn nur das, so denkt er, kann die unsichtbare Membran aufreißen, die ihn von dieser Welt und jener anderen trennt, aus der er kommt. Er sucht den Friedhof auf, der am Stadtrand liegt, als gerade ein alter Mann beigesetzt wird. Zu seinem Schrecken und Abscheu ist dieser Ort lediglich ein Feld mit den verkohlten Resten von Einäscherungen. Die Bewohner von Hunsow verbrennen ihre Toten in einem symbolischen Schiff. Gherardus beschreibt die Zeremonie mit spürbarem Widerwillen.

»Den Leichnam des alten Gustav hatte man in eine Schaluppe aus Holzresten gelegt, gewickelt in seinen wollenen

Mantel, das Schwert, das er immer am Gürtel trug, auf der Brust. Die Schaluppe lag auf einer dicken Holzkohleschicht, wodurch es schien, als führe der Tote in seinem armseligen Boot auf einem schwarzen Meer. Alle Frauen der Stadt hatten sich um den Holzstapel versammelt und weinten und wehklagten, als wäre das Ende aller Zeiten angebrochen. Einige zerrissen ihre Kleider, und die Witwe von Gustav riss sich die Jacke vom Leib und zerriss ihr Hemd, so dass ihre eingefallene Brust für jedermann sichtbar war. Nach einiger Zeit ging das Jammern und Wehklagen in Gesang über, ein Lied, in dem die Taten des Verstorbenen besungen wurden, seine Unerschrockenheit und seine Todesverachtung. Die Witwe warf sich auf den Scheiterhaufen, während junge Frauen sie zurückzogen, und sang:

Lasst brennen mich neben dem Helden
Hier neben dem Helden
Lasst Sklavinnen brennen,
Zwei zu Häupten und zwei zu Füßen,
Zwei Hunde und ein Habichtpaar,
So, wie es sich geziemt.

Die Witwe sank nieder und wurde von den jungen Maiden wieder aufgerichtet, während der Fürst abermals von Gustavs Größe sprach, der im Leben ein Schuhmacher gewesen war. Er übergab die Fackel dem Wachkommandanten, der das Feuer entzündete. Schon bald loderten die Flammen, und in ihrem flackernden Schein machten Trinkhörner mit Starkbier die Runde, es wurde gelacht und auf Gustavs Reise ins ›andere Reich‹ angestoßen.

Die Bewohner von Hunsow haben kein Fünkchen Christentum und keine Vorstellung von Himmel oder Hölle. Für diese Heiden gibt es keinen Tod, nur ein anderes Dasein in einer anderen Welt, eine, in der, wie hier, die Zeit verschwunden ist oder nie existiert hat und einzig und allein das Sein zählt. Weder Papst noch Bischof wird diese Menschen zu Christen machen können.«

Für Gherardus bricht eine Zeit tiefer Verzweiflung an. In dem Bewusstsein, der Stadt Hunsow nicht entfliehen zu können, sucht er Vergessen im Alkohol. Freya, die doch einiges gewohnt sein muss, platzt der Kragen, und sie wirft ihn buchstäblich und im übertragenen Sinn aus dem Haus. Gherardus irrt durch die dunklen Straßen der Stadt. Es regnet, und das Pflaster glänzt im Licht des Vollmonds. Nach einer Weile erreicht er den Abfallhaufen, wo der verrottende Hausmüll von Hunsow dampft und gärt. Sein Fuß versinkt in einem Modderloch, er sucht Halt, und seine Hand greift in etwas Weiches. Es ist der von Maden wimmelnde Kadaver eines Hundes. Schreiend und heulend, sein elendes Dasein in dieser von Gott verlassenen und von der Zeit vergessenen Stadt verfluchend, stolpert er weiter. In den Dämpfen, die aus dem Abfallberg aufsteigen, sieht er Erscheinungen: ein Gesicht, das aus der Erde kommt, eine Frauengestalt, die vor ihm flüchtet, ein Wesen mit dem Kopf eines Schweines und dem Leib eines Mannes, einen Baumstumpf, der sich in einen Menschen verwandelt, und einen Affen mit einem Trichter auf dem Kopf. Er will fliehen, strauchelt aber und fällt rücklings auf den verfaulenden Berg und sieht, durch Nebelschwaden und Verwesungsdämpfe hindurch, die in eine unheilvolle rote Glut gehüllte Stadt Hunsow. Krähen fliegen laut krächzend durch die Nacht inmitten anderer Wesen: Fische in blinkendem Harnisch, nackte Frauen, mager wie ein Skelett, ein Schiff, das einem Kranich gleicht, ein Schwein mit den Flügeln einer Fledermaus.[28]

Schließlich, so schreibt er, ruft er aus den Tiefen seines Elends, wie Hiob, Gott an.

Doch sein Gebet wird nicht erhört.

»Hernach begegnet' ich einem Thier und trug die Frucht eines Palmbaums und war oben gemacht gleich einem Mann und unter dem Rücken gleich einer Geiß und es sagte ich bin ein Abgott der Wälder [...]«[29]

Es ist der Teufel selbst, der Bocksfüßige, der Satan, Moenen.

Gherardus rennt und rennt und rennt, stürzt den Müllberg hinauf, Luzifers heißen Atem im Nacken. Oben angekommen, dreht er sich um. Ein Krähenschwarm kreist am nächtlichen Himmel. Alles wirbelt und schwirrt. Er fällt rücklings um und purzelt hinunter.

Am Morgen darauf erwacht er unter einem Dach aus Ästen und Soden. Es ist die provisorische Hütte, die er sich gebaut hat, um Schutz zu suchen vor Regen und Wind in jener Nacht, als er »sich verirret« und in Hunsow landete.

Er ist entkommen.

Über die Ursache für Gherardus' Wahnvorstellungen wurde viel und fruchtlos spekuliert. In einer ganz der Handschrift gewidmeten Ausgabe des *Nieuwe Drentsche Volksalmanak*[30] wer-

[28] Seine Heimsuchung auf der Hunsower Müllkippe weist treffende Übereinstimmungen mit den Versuchungen auf, denen der heilige Antonius ausgesetzt war. Siehe Athanasius, *Vita Antonii*. Gherardus dürfte mit Sicherheit die Legenda aurea gekannt haben, die um 1360 in volkstümlicher Sprache erschien. Darin werden die Heimsuchungen des Antonius ausführlich beschrieben. Die von Gherardus skizzierten Bilder weisen jedoch in erster Linie eine Verwandtschaft mit Hieronymus Boschs Gemälde *Die Versuchung des heiligen Antonius* (ca. 1501) auf.

[29] Diese Passage hat Gherardus sicherlich der Legenda aurea entnommen.

[30] *Nieuwe Drentsche Volksalmanak*. Jahrgang III, 1994.

den Ergotismus[31], Vergiftung durch den Verzehr falscher Pilze sowie Schizophrenie genannt. Wahrscheinlicher ist jedoch, dass Gherardus in seiner Beschreibung der Reise durch Drenthe den literarischen Gepflogenheiten seiner Zeit folgte, die er, wie seine Verwendung von Fragmenten aus Quellen wie *Reisen des Jean de Mandeville* und *Vanden Winter ende vanden Somer* zeigt, gut kannte.

Gherardus weiß den richtigen Weg zu finden, und obwohl das Wetter schlecht ist und die Sicht wegen dichter Regengüsse eingeschränkt, kommt er stetig nach Norden voran. Zwei Tage später hat er es bis südlich des Klosters Maria in Campis geschafft. Dort, so hat er sich vorgenommen, wird er Gebrauch von der Gastfreiheit der Schwestern machen. Er hofft, im Kloster auch andere anzutreffen, die in Richtung des damals noch zu Drenthe gehörigen Groningen reisen.

Es wird gerade Abend, als er zwischen Bäumen und Sträuchern dahinschreitend auf eine Frau stößt. Froh über die Gesellschaft ruft er sie. Erst als sie sich umdreht, sieht er, dass sie einen schwarzen Umhang mit Kapuze trägt und dass zwischen ihren Füßen eine Katze hockt. Ihr Gesicht ist im Schatten der Kapuze kaum zu erkennen, doch ihre Stimme ist verführerisch und lieblich. In der Handschrift folgt ein langer Exkurs über die Sirenen, die Odysseus mit ihrem trügerischen und verführerischen Gesang verzaubern wollen, ge-

31 Ergotismus, auch Antoniusfeuer oder heiliges Feuer genannt, wird durch den Verzehr von mit Mutterkorn verseuchtem Roggen verursacht. Nach der Entdeckung der Ursache und strengeren Qualitätskontrollen verschwand die Krankheit fast vollständig, obwohl es 1951 noch zu einem letzten Ausbruch kam, als im französischen Pont-Saint-Esprit 7 Tote zu beklagen waren und 50 Menschen in einer psychiatrischen Einrichtung versorgt wurden. Die Krankheit geht einher mit Krämpfen, Faulbrand und Halluzinationen, die zum Irrsinn führen können.

spickt mit Zitaten von Kirchenvätern und Theologen. Zum Beispiel Hieronymus: »Der einzige Unterschied zwischen der Ehefrau und der Kurtisane: Erstere prostituiert sich lieber für einen Mann als für mehrere, und das ist verzeihlicher.« Und Thomas von Aquin: »Nichts zieht den Geist des Mannes so herab wie die Liebkosungen einer Frau.« Und Tertullian, der die Frau »als Eingang« sieht, »durch den der Teufel die Welt betritt«.

Die Frau in dem dunklen Umhang entblößt sich, worauf Gherardus sofort zu beten anfängt. Sie hebt die Arme, und aus dem Nichts sinkt ein Dämon herab, »gehüllt in blaue Flammen, groß und ehrfurchtgebietend, ein Schwert aus Feuer erhoben«.

»Und der Schwarze ließ mich erstarren, und er begab sich zu der Frau, die niederkniete, und sie schob ihre Kapuze nach hinten und nahm das Glied des Dämons und küsste es und nahm es in ihren Mund, wodurch es schwoll, und als es so groß war wie ein Unterarm, betete sie es an, als wäre es eine kostbare Reliquie, und sie wand sich vor Wollust, derweil Worte murmelnd, die ich nicht verstehen konnte. Dann kroch sie auf Händen und Knien und streckte ihren Hintern in die Luft wie eine läufige Hündin, die gedeckt werden will, und der Dämon schob sein gewaltiges Glied in sie, wobei er den Kopf in den Nacken legte und knurrte und grollte wie ein Tier. Mit der einen Hand schlug er ihr Hinterteil, die andere krallte sich in ihr Haar, als würde er sie bereiten, und er sah über seine Schulter, und sein Blick fand den meinen, und ich hörte seine Stimme in meinem Kopf, und er beschimpfte mich: ›Gherardus, armseliger Wurm, leg deinen Mantel der Scheinheiligkeit ab. Du kennst die Sünde, und die Sünde kennt dich.‹

Der Teufel lügt sogar, wenn er die Wahrheit spricht, und jetzt sprach der Verlogene eine schreckliche Wahrheit aus. Es fiel mir wie Schuppen von den Augen, denn ich sah mich durch die Augen des Bösen, und was ich sah, war Fleisch für seine Tafel, eine Seele für seine Heerschar. Auf dem Weg nach Damaskus war ich Blinder mit Sehvermögen geschlagen, und was ich sah, war ein Gräuel in meinen Augen, und ich wusste, dass ich ein Gräuel in den Augen des Herrn war. Ja, ein armseliger Wurm war ich, ein Scheinheiliger und ein Sünder, der sich seine eigene Sünde nicht vorhält.«

Trotz seines »Damaskus-Moments« ergreift Gherardus die Flucht, und er rennt und rennt durch den dunklen Wald, während sich ein gewaltiges Unwetter über ihm entlädt, bis er erschöpft über eine Baumwurzel stolpert und das Bewusstsein verliert.

Am Morgen darauf erwacht er unter den ersten Strahlen einer milden Herbstsonne. Er ist durchnässt und kalt, erkennt jedoch, dass das Licht, das er jetzt sieht, bereits in der Nacht zu ihm gekommen ist.

Das Kloster Maria in Campis ist nur noch eine halbe Tagesreise entfernt. Dort findet er Obdach. Assen nennt er nicht. Das Kloster lag kirchlich in der Pfarrgemeinde Rolde und weltlich in der Gemarkung Witten. Der Ortsname hatte noch keine Bedeutung.

Gherardus zieht nach einer kurzen Ruhepause weiter nach Groningen, in Gesellschaft einiger anderer Reisender, die die Gastfreundlichkeit des Klosters genossen haben, und trifft schließlich eine Woche später in Aduard ein, wo er seine Geschichte niederschreibt. Was danach aus ihm geworden ist, ist nicht ganz klar. Seine Abreise aus Aduard wird einige Monate später erwähnt, doch in Deventer taucht sein Name nicht mehr auf. Es ist möglich, dass er ein Wandermönch wurde, obwohl auch suggeriert wurde[32], er sei ins Heilige Land gezogen, um dort Buße zu tun.

Benthe Jarichs

[32] Moshe Shalev: *Wondrous Stories, the Adventures of a Dutch Monk in the Holy Land.* Bialik Institute Publishing House, Jerusalem 2001.

Die
Erinnerung
ist wie Kerzenlicht
in einem dunklen Haus. Der
Lichtschein fällt auf einen Tisch,
einen Schrank, einen Stuhl, über
dem Kleider hängen, ein Bild, einen
Krug, eine schlafende Katze. Wer durch
die Dunkelheit geht mit seiner tanzenden
Lichtkugel, macht eine Geschichte aus dem, was
er sieht, doch er vermag nicht zu sagen, ob sie
wahr ist. Alles scheint ohne Zusammenhang. Es
hat dadurch einen Platz, dass es beleuchtet wird,
aber es gibt keine Zeit. Die Erinnerung ist das
Jenseits der Geschehnisse, der Menschen, der Ideen,
des Schmerzes und der Freude unseres Lebens.
Doch in ihr lebt auch der Schmerz weiter, die Liebe,
die Enttäuschung und der Hass der anderen. Sie
enthält alles und ist nichts, wir tragen sie mit uns
wie eine Schnecke ihr Haus, sie ist der Staub in
unseren Kleidern und zeugt von dem langen
Weg, den wir zurückgelegt haben, sie
ist die verschlissene Stelle in unseren
Schuhen, die Müdigkeit in unseren
Gliedern, das Licht, das
aus unseren Augen
weicht.

Südwärts ging ich, durch hügeliges Land, eine Gegend, in der Hänge mit Weinstöcken die Dörfer voneinander schieden. Nach zwei Tagen wurde ich von einem Karren eingeholt, der mit leeren Fässern hoch beladen war. Der Fuhrmann bot mir einen Platz auf dem Bock an. So reiste ich weiter.

Wie viele Jahre hatte ich unbekannte Gegenden durchstreift, Sprachen erlernt und fast wieder vergessen, mir Gebräuche zu eigen gemacht und die Kleider getragen, wie die anderen sie trugen? Immer der Fremdling, immer neu. Wie viele Jahre und wie viele Orte? Lange war ich viele gewesen: »der weg war«, Niekas, Schwarz und de Zwarte, der Junge von den Flößen und den Fischen, Gärtner, Honigsammler, Messdiener, Schreiber und Laienbruder, Ratgeber, doch vor allem einer, den der Engel des Todes nicht finden konnte. Es schien mir, als spiele es keine Rolle mehr, wer ich war, was ich war und warum. Ich verstand, was Pico della Mirandola gemeint hatte, als er von der Seele schrieb, die keine Heimstatt finden könne, doch ich war nicht eins mit dem Heiligen Geist.

Weil ich kein Ziel hatte und mich dem Schicksal ergeben hatte, ging ich, wohin der Weg mich führte, ich fuhr auf Bauernkarren mit oder half einem Schiffer beim Staken seiner Schute, während wir einen Fluss hinunter in Gegenden fuhren, die mir unbekannt waren und mich gleichgültig ließen. Jedes Mal, wenn jemand fragte, wohin ich ginge, sagte ich, es sei unwichtig, welchen Weg ich nähme, da man letztendlich immer am selben Ort landet. Und obwohl man das merkwürdig fand und manchmal sogar zum Lachen, war ich stets willkommen auf Karren, in Booten und in Pilgergesellschaften. Ich schlief in Herbergen und, wenn das Wetter es zuließ, auf freiem Feld oder unter einem Baum. Ich arbeitete mal hier als Schreiber, mal da als Spieler in einer reisenden Komödiantentruppe. Manchmal schlief ich mit einer Frau, aber ich war immer fort, bevor es hell wurde. Ich gab nie weniger, als ich bekam, und nie mehr. Und so war und blieb ich allein.

Eines Tages stand ich am Kai eines Hafens am Mittelmeer und verstaute eine Ladung Ballen und Fässer. Als der Schiffer mich entlohnen wollte, fragte ich, ob ich stattdessen mitfahren dürfe, und so kam ich nach einer langen Reise in die Stadt, in der mein alter Lehrmeister, der blinde Jakub, aufgewachsen war. Die hohen Festungswälle waren abgebröckelt und die Wachtürme leer. Ich streifte durch die engen Straßen und roch den süßen Duft von Weihrauch, der aus den Kirchen kam, ich sah Händler neben ihren Fässern mit Oliven und mannshohen Krügen mit Öl, ich sah den Wein fließen in Wirtshäusern und hörte Kinderstimmen singen, die Sonne schien auf die alten Steine, und vom Meer her kam ein sanfter, salziger Wind, und ich dachte: Wie merkwürdig, hier wütete einst ein Krieg, und es herrschten Tod und Vernichtung, und jetzt gleicht diese Stadt eher dem Garten Eden als der Hölle von damals. Doch das Paradies war es nicht, allenfalls eine Erinnerung daran. Das Kaffa, in dem ich umherging, war ein schwaches Echo der Stadt, in der Jakub geboren und aufgewachsen war. Selbst der Name existierte nicht mehr. Ihre Bewohner nannten die Stadt jetzt Feodosia. Belagerungen und Kriege hatten ihren Tribut gefordert. Der Handel war weggezogen und nicht wiedergekehrt, und die Schifffahrt in den Fernen Osten hatte die mühsamen Reisen mit Karawanen entlang der Seidenstraße überflüssig gemacht. Ich verließ die Stadt und zog weiter nach Norden, zu Fuß, auf dem Bock eines Heuwagens, auf der Pritsche eines Karrens mit Holz. Weiter und weiter und weiter. So kam der Tag, an dem ich von meinen dahinschreitenden Füßen aufblickte und den Wald sah, den ich vor langer Zeit verlassen hatte.

Jahre später sollte ich einen Traum haben, der danach stets wiederkehrte. Ich war ein Mann, der in einem Land gelebt hatte, das nicht weit entfernt war, aber so schien. Ich war durch die Welt gezogen. Besaß nichts als die Kleider, die ich am Leibe trug, und das Brot, das ich tags zuvor gekauft hatte. Ich war gegangen, als verstreiche die Zeit nicht und als warte die Welt nicht auf mich. Meine Schritte hatten kaum Spuren hinterlassen. Wenn ich einen Sandweg entlangging, waren die Abdrücke meiner Schuhe schon eine Stunde später verschwunden. Und dann kam ich auf einmal nach Hause. Ich durchschritt die Biegung eines Waldwegs, und die Bäume wichen, und die freie Fläche auf dem Hügel breitete sich vor mir aus, und es war, als wäre alles vor dieser Biegung nicht geschehen. Ich war fortgegangen, aber nicht vermisst worden. Ich war weg gewesen, aber die Lücke war nicht bemerkt worden. Ich kam zurück, bevor ich fort war. Und dennoch: Jahre und Jahre. Dort stand das Haus, in dem ich aufgewachsen war. Dort wuchsen die Bäume, von denen ich Harztränen abgezogen hatte. Auf dem Dach das Türmchen, in dem ich meine Sommernachmittage verbracht hatte. Die Fensterläden waren aufgeklappt, aus den oberen Fenstern hing Bettwäsche. Ich legte meine Hand auf die Türklinke und drückte sie herab. In der Küche klapperten Deckel auf Töpfen. Es roch nach gebratenem Fleisch und Kartoffeln und Grießpudding. Zu Hause.

Der Wald, in dem ich aufgewachsen war und in den ich, nach all den Jahren, zurückkehrte, glich nicht meinem Traum und war auch kein Zuhause mehr. Er sah aus, wie er gewesen war, doch während ich von Dorf zu Dorf zog und die Namen der Menschen nannte, unter denen ich gelebt hatte, stieß ich auf nichts als fragende Blicke und hochgezogene Schultern. Nein, hier nicht, vielleicht ein Stück weiter. Ich suchte die Sommerlager der Holzfäller auf, und während die Axthiebe ertönten, Späne umherflogen und Sägemehl nach natürlicher, frischer Eiche roch, wiederholte ich meine Fragen, und niemand erkannte die Namen, die ich nannte. Tiefer und tiefer zog ich in den Wald. Ich watete durch einen Fluss und sah Netze im Nebenarm hängen, ein paar Jungen nahmen Fische aus einem Netz und warfen sie in Körbe. Sie schüttelten den Kopf, als ich von Jakub ben Adam sprach, meinem Vater, Malka. Ich half ihnen, die Netze wieder an die Stangen zu hängen, und teilte ihr Mittagsmahl. Wir saßen am Ufer, im Schatten überhängender Zweige. Hummeln tanzten taumelig über dem Gras, und hoch am hellblauen, wolkenlosen Himmel tummelten sich Schwalben, die nach Insekten jagten. Im flachen Wasser in Ufernähe waren die Fische zu hören, wie sie in den Körben zappelten. Als ich aufstand, um weiterzugehen, suchte einer der Jungen einen Kieselstein am Uferrand und gab ihn mir. »Dort hinten ist der Ort des Mädchens. Jeder, der dort vorbeikommt, bringt ihr einen Stein.« Ich nahm Abschied und ging durch den Wald. Auf einer Lichtung sah ich unter den Zweigen auf der anderen Seite einen kleinen Hügel aus Kieselsteinen.

Das Sonnenlicht fiel durch die Blätter und malte helle Flecken auf den Steinhaufen am Waldrand. Die Lichtflecken verschoben sich, sie verschwanden und kehrten an einer anderen

Stelle wieder zurück. Der Kieselhaufen reichte mir bis über die Knie. Es gab weiße Steine und braune, manche waren geädert, andere einfarbig. Sie waren rund, eiförmig oder flach, alle sanft abgeschliffen vom Wasser, das sie bis in die Flussbiegung gebracht hatte. Es waren Hunderte, nein, Tausende. Ich nahm meinen Kieselstein und legte ihn auf den Haufen, und während ich das tat, spürte ich, wie die Jahre durch mich hindurchströmten. Ich war ein Baum, der seine Blätter verlor, ich war die Zeit selbst und sah meine Jahreszeiten kommen und gehen. Ich erinnerte mich an das Buch von Jakub ben Adam, in das er eine Zeile des Griechen Heraklit geschrieben hatte: »Man kann nicht zweimal in denselben Fluss steigen, denn jedes Mal ist das Wasser ein anderes.« Doch der Fluss ist mehr als das Wasser, dachte ich. Und ich dachte: Alles ist immer anders und doch gleich. Die Sonnenstrahlen stachen durch das Blätterdach, ich roch die Düfte des Waldes, ich war hier und dort und damals und jetzt. Ich atmete tief ein, und während sich mein Brustkorb füllte und es in meinem Kopf licht wurde, war die Vergangenheit in mir so lebendig und greifbar, dass ich mich umblickte, um zu sehen, ob ich noch immer war, wo ich zu sein glaubte.

Ich blieb an diesem Ort, bis das Licht erlosch, und als es so dunkel geworden war, dass die Bäume keine Farbe mehr hatten und die Lichtung eine finstere Grube war, wandte ich mich um und zog von dannen.

Die Zeit wird mit Uhren gemessen, an dem, was kommt und geht, was erscheint und verschwindet, an Geburt und Tod. Es gibt die kurze Zeit des Augenblicks, wenn wir in die Augen eines anderen schauen und unser Herz einen Sprung macht, die Zeit des Menschenlebens und was in ihm geschieht. Es gibt eine lange Zeit von Städten, die im Schatten einer Burg entstehen, von Ländern, die vom Handel reich werden, durch Krieg oder Krankheit verarmen, von Völkern, die fortziehen oder aber sich irgendwo ansiedeln. Und es gibt die längste Zeit. Das ist die Zeit der Welt, der Berge und Flüsse und Wälder und Felder. Diese Zeit war die meine geworden. Ich lebte wie die Steine. Jahrelang irrte ich umher, gehüllt in den Mantel des Verlusts, in den Schuhen das Blei der Schuld, die ich wegen Malka, wegen Julia, wegen der zweihundertvierundfünfzig empfand. Die Jahreszeiten kamen und gingen, und ich schritt dahin, als wäre ich der letzte Mensch auf Erden. Ich fand Arbeit, als Schreiber, als Schauermann, auf einer Werft an einem großen Fluss, sogar als Schafhirte. Und jedes Mal zog ich irgendwann weiter, ohne Richtung und ohne Ziel, bis ich eines Tages, es war ein trockener, heißer Sommer, über ausgedehnte Heideflächen ging, die Kehle so ausgedörrt, dass ich Kiesel aufhob und mir in den Mund steckte, um daran saugen zu können. Da waren Grabhügel und kerzengerade Wacholderbäume, da war eine blendend weiße Sonne an einem hellblauen Himmel, der trockene Geruch der dürren Heide und in der Ferne das Bimmeln einer kleinen Glocke. Ich sehnte mich nach dem Wald, der sich als grauschwarzer Strich am Horizont ankündigte, doch es würde noch bis zum Abend dauern, ehe ich ihn erreichte, und als es so weit war, streifte ich ohne Gefühl für die Richtung zwischen den Stämmen der hohen, dürren Tannen umher. Nach einer ganzen Weile kam ich zu einer Scheune, und dort legte ich mich nieder. Als am Morgen die Scheunentür aufging und das Licht der tiefstehenden Sonne hereinschien und mich weckte, stand die Frau in der Öffnung, die ich vor langer Zeit gesehen hatte, damals als das Sankt-Elms-Feuer über mich gekommen war.

»Niese …«

Sie blieb stehen, eine schwarze Silhouette im zarten Morgenlicht.

»Ich habe Zuflucht in dieser Scheune gesucht. Ich war müde und …«

»Vater!«

Ich erhob mich und rieb mir die Beine.

Ein Mann erschien im Licht. Er und die Frau sprachen miteinander. Ihr Ton war so leise, dass ich die Worte kaum verstehen konnte. Ich griff nach meinem Ranzen und wartete.

»Hast du Hunger?«, fragte der Mann, als sie fertiggesprochen hatten.

»Nein. Ja.«

Er lachte.

»Bring ihn rein«, sagte er zu seiner Tochter.

In einer großen Bauernküche mit gekacheltem Boden und einem Eichentisch mit vier Stühlen wurde mir ein Sitzplatz zugewiesen, während die Frau mit allerlei Dingen hantierte. Sie sprach nicht. Nach einer Weile kam der Bauer herein. Er hängte seinen Hut an einen Haken neben der Tür, zog sich einen Stuhl heran und setzte sich. Niese stellte drei Teller auf den Tisch, ein Brett mit einem großen Brotlaib, ein anderes mit einem Stück Käse und eine Platte mit einem Stück Speck. Als sie eine große Kanne geholt hatte, nahm auch sie Platz, und sie und der Bauer senkten den Kopf, falteten die Hände und beteten, der Bauer laut, kurz und kraftvoll. Danach schnitt sie Brot, legte auf jeden Teller eine Scheibe, goss Milch in Becher und deutete auf den Käse und den Speck. Wir aßen gemächlich und schweigend. Ich hatte lange keine so gute Mahlzeit gehabt. Das Brot war so frisch, dass es noch fast warm war, die Milch kalt und fett, und der Käse roch nach Stall und Heu. Als die letzten Krümel gegessen waren, lehnte sich der Bauer zurück. Die Frau stand auf, und als sie zurückkam, legte sie zwei weiße Tonpfeifen auf den Tisch. Sie holte einen blauweißen Tabaktopf und stopfte beide Pfeifen.

»Ein Fremder, der den Namen meiner Tochter kennt«, sagte der Bauer aus einer Rauchwolke heraus.

Seine nicht gestellte Frage hing zwischen uns.

»Mein Name ist de Zwarte«, sagte ich, und ich dankte ihm für das ungefragt gewährte Obdach und das reichliche Mahl. Ich erzählte, ich sei seiner Tochter vor langer Zeit begegnet, der Mann, der sie bedrängt habe, sei vom Sankt-Elms-Feuer in die Flucht geschlagen worden und …

Der Bauer und seine Tochter sahen einander an.

»Ich bin in keinem Wald überfallen worden, und das Feuer habe ich nie gesehen«, sagte die Frau.

Tiefe Stille trat ein.

»Aber Niese heiße ich«, sagte sie schließlich. »Niese van Esch.«

»Ein seltsamer Zufall«, sagte der Bauer.

Ich nickte.

»Wo ist das passiert?«

»Eine Stunde südöstlich von Marienkamp«, sagte ich.

»Marienkamp?«, sagte der Bauer.

Er und seine Tochter sahen einander an.

»Ihr meint das alte Kloster«, sagte sie nach einer Weile.

»Ja«, sagte ich. »Ich denke schon.«

»Davon ist nicht mehr viel übrig«, sagte der Bauer. »Der Turm ist vor Jahren eingestürzt. Sie sind gerade dabei, die Kirche wieder aufzubauen. Kanntet Ihr es?«

»Ich war auf dem Weg zu dem Kloster, um alte Bücher zu Rate zu ziehen«, sagte ich.

Ich weiß nicht, warum ich das sagte. Wahrscheinlich um der Verwirrung vorzubeugen, die meine ziellosen Wanderungen auslösen würden.

Der Bauer schüttelte den Kopf.

»Ihr kommt offenbar von weit her, de Zwarte, und habt sicher nicht gehört, dass das Kloster geschlossen wurde, als der alte Glaube abgeschafft wurde. Vor langer Zeit.«

»Aber es hatte auch kaum noch Schwestern«, sagte seine Tochter.

»Und die Bücher?«

Der Bauer zuckte mit den Achseln. Er legte seine Pfeife weg und streckte sich.

»Verkauft, denke ich. An die Verwaltung der Landschap gefallen. Ich schau jetzt nach den Tieren. Und Ihr, de Zwarte?«

»Meine Reise war vergeblich«, sagte ich und fragte mich, ob ich doch ein Ziel gehabt hatte, eines, das sich in meinem Geist vor mir verborgen hatte. Als ich an diesem Morgen wach wurde, hatte ich nicht einmal gewusst, wo ich war, nur so ungefähr: irgendwo im Norden der Niederlande. Warum war ich an diesen Ort zurückgekehrt?

»Es gibt viel zu tun hier«, sagte der Bauer. »Ihr könnt bei uns einen Schlafplatz und Essen bekommen, wenn Ihr für uns arbeitet.«

Ich nickte.

»Was könnt Ihr?«

»Schreiben, Fässer schleppen, Schiffe beladen und entladen, Trauben ernten, Holzkohle brennen, fischen, zimmern …«

Der Bauer grinste.

»Wir werden etwas für Euch finden.« Und mit einem Blick auf die unangerührte Tonpfeife: »Ihr habt nicht geraucht.«

»Ich wusste nicht, was Sitte ist.«

»Wir werden es Euch zeigen«, sagte der Bauer.

Einen Tag vor der Ernte kamen die Schnitter; Mahdhaken und Sichte, die kurze Sense, auf dem Rücken, das gesamte Hab und Gut in einem kleinen Ranzen. Einige kamen aus der Gegend, die meisten von jenseits der Grenze. Sie richteten sich ihr Lager in der Scheune ein und aßen an dem Plankentisch, den ich dort mit Arent van Esch hingestellt hatte. Am Abend setzten sich der Bauer und seine Tochter mit dazu, und aus der steifen und unbehaglichen Haltung der Schnitter wurde mir klar, dass sie daran nicht gewöhnt waren. Als der große Topf mit Bohnen und Speck aufgetischt wurde und Niese Brot schnitt und dicke Scheiben auf die Teller legte, machte die Unbehaglichkeit Löffelgeklapper und dem heftigen Kauen von Männern Platz, die lange nicht richtig gegessen hatten.

Nach der kurzen Sommernacht standen wir beim ersten Tageslicht am Rand des goldenen Meeres, und die Schnitter begannen mit ihrer Arbeit. Die Knechte und Mägde von Bauer van Esch folgten ihnen. Sie banden die Halme zu Garben und stellten sie auf. Als Letzte kamen Kinder, die Ähren lasen. Es wurde rasch warm auf dem Esch. Die Mägde sangen bei der Arbeit.

Wir Bauern und Bäuerinnen,
wir arbeiten Tag und Nacht,
wir pflügen und wir spinnen,

und singen aus aller Macht:
Lieber Herr, Kost und Kleid,
Himmelreich, alles gleich!

Am Vormittag kam Niese mit dem Heuwagen. Sie hatte ein großes Gefäß mit Milch dabei, Brote, Speck und Käse und Kannen mit Kaffee. Vom Wagen wurden Holzbänke heruntergeholt, zum Sitzen, die Leute versammelten sich, und Niese und die Mägde verteilten die Brotzeit und füllten Trinknäpfe. Eine halbe Stunde lang wurde gegessen und getrunken, dann standen die ersten Schnitter wieder auf, denn die Mahd musste vor Einbruch der Dunkelheit erledigt sein, und noch stand der größte Teil des Sommerroggens auf dem Esch.

Die Mittagsstunde rückte näher, und es wurde wärmer und wärmer. Die Schnitter zogen mit entblößten Oberkörpern durch das hohe Korn. Über ihnen schwebte eine große Staubwolke und lag wie Rauch über dem Feld. Der Heuwagen fuhr über die Stoppeln und hielt hie und da an, damit die Knechte die Garben aufladen konnten. Normalerweise würden sie auf dem Feld bleiben, um zu trocknen, doch van Esch war der Meinung, es würde regnen. Den ganzen Tag über war das Sausen der kurzen Sensen zu hören, die die Halme durchschnitten, die Rufe von Knechten und Mägden, das Knarren des Wagens, der über die Furchen holperte. Am Nachmittag hatte man noch einmal eine Pause zum Essen und Trinken gemacht. Im Schatten der Wallhecke, die den Acker begrenzte, lagen die Schnitter und ruhten sich mit geschlossenen Augen aus. Zwischen den Stoppeln gingen Wildtauben nieder, um Getreidekörner aufzupicken. Es dunkelte bereits, als die letzten Garben auf den Wagen geschwungen wurden. Die Mägde sangen.

Wenn die Sonne im Westen sinkt,
Das Korn flugs in die Scheune bringt,
Dann jubeln wir alle, frohgemut,
Dem zufriedenen Bauern zu
Dann macht die Bierkanne die Rund'
Dann tanzen wir auf dem grünen Grund
Welch' Freud', während die Fiedel erklingt,
Wenn der eine tanzt und der andre trinkt.
Sputet euch, Burschen, auf dem Feld,
Seht, wie die Sonne vorwärtsschnellt
Rundum fällt schon das reife Korn,
Seht den hochbelad'nen Wagen da vorn …

Niese hatte Bänke und Tische aufstellen lassen, und zwischen dem Scheunendach und dem Walnussbaum war ein Seil gespannt, an dem Laternen hingen. Während die Schnitter ihre Sensen schliffen und in Tücher wickelten und alle sich am Brunnen erfrischten, wurden Kannen mit Bier und Schüsseln mit Essen aufgetischt.

Man aß und trank beim Licht des Vollmonds und der Laternen über uns. Danach holte ein Schnitter seine Fiedel aus der Scheune, und während er spielte und einer seiner Gefährten sang, tanzten die jungen Männer und Frauen. Niese saß neben ihrem Vater. Niemand bat sie zum Tanz. Dort, zwischen ein paar älteren Männern, die Tonpfeifen rauchten, und einer krummen Milchmagd, die Kuchenkrümel von einem Teller auflas, saß sie und sah dem Treiben unter den Lichtern zu. Nach einer Weile stand ich auf und ging auf sie zu, bis ich vor ihr stand. Ich verbeugte mich und sagte: »Fräulein, wenn Ihr gestattet.« Sie sah erstaunt auf, ein Lächeln glitt über ihren Mund. Aus den Augenwinkeln sah ich ihren Vater. Seine Brauen gingen in die Höhe, er grinste belustigt.

Als wir uns unter die anderen mischten, wurde rasch Platz gemacht.

»Die Tänze sind mir unbekannt«, sagte ich.

»Das hab ich mir schon gedacht«, sagte sie. »Ich werde dich führen, de Zwarte.«

Sie nahm meine Hand, und einen Moment später hopsten und sprangen wir zwischen den anderen. Es wurde nicht länger als eine Stunde getanzt. Danach räumten die Mägde die Tische ab. Die Knechte trugen die Bänke und Tische ins Haus, und die Schnitter verschwanden in der Scheune. Am nächsten Morgen würden sie früh aufbrechen, um zu einem anderen Bauern zu gehen und von ihm zum nächsten. Den ganzen Sommer würden sie so umherziehen. Sie würden das Korn ernten und das Heu, und wenn alle Felder kahl waren, verschwanden sie wieder. Einige würden sich als Moorarbeiter oder Ziegelbrenner verdingen, andere in den Osten zurückkehren.

Ich kletterte auf den Baum, um das Seil zu lösen, an dem die Laternen hingen. Als ich wieder hinunterstieg, stand Niese da. Alle waren drinnen oder nach Hause gegangen. Auch der Bauer war nirgends zu sehen. Wir wickelten schweigend das Seil auf und stellten die Laternen in das kleine Häuschen auf dem Hof, das sie das Heizhäuschen nannte. Wieder draußen, standen wir auf dem Hof und schauten zum klaren Nachthimmel hinauf.

»Ich denke nicht, dass es regnen wird«, sagte Niese.

Ich schüttelte den Kopf.

Stille hing zwischen uns. Als ich zur Seite schaute, sah ich das Mondlicht auf dem Gesicht der jungen Frau neben mir, und mit einem Mal war Angst in meinem Herzen. Die Schatten in ihrem Gesicht wurden tiefer und dunkler, wo ihre Augen waren, sah ich tiefe Höhlen, ihre Kieferknochen sprangen vor, und ihre Wangen wichen. Es war der Tod, den ich da sah, im Gesicht einer Frau, die lebendig und atmend und warm neben mir stand. Ich murmelte einen raschen Abschiedsgruß und eilte so schnell zu meinem Schlafplatz in der Scheune, dass ich fast über die Pflastersteine im Hof stolperte.

In jener Nacht wollte der Schlaf nicht kommen. Ich starrte auf die Firstbalken und lauschte dem Rascheln des Ungeziefers, und ich erinnerte mich an die Geschichte von dem Gefangenen und seiner Maus, dass er sich durch die Sorge für ein anderes Wesen am Leben erhalten hatte, und ich fragte mich, weshalb ich den Tod sah, wo Leben war, und dann kam es mir, und ich begriff, dass ich den Tod in anderen sah, weil ich der Tod war. Was ich berührte, war verdammt.

Ich erhob mich von meinem Lager, raffte meine Sachen zusammen und schlich ins Freie. Es hatte sich kaum abgekühlt, und das Mondlicht kam jetzt von weit her. Lange nachtblaue Schatten lagen über van Eschs Hof. Als sein Gesicht in meinen Gedanken erschien, blieb ich stehen. Der Bauer hatte seine Schnitter höflich empfangen und gespeist, ihnen einen guten Schlafplatz gegeben und sie angesprochen wie Gleichgestellte, und die Schnitter, die Knechte und die Mägde waren ihm dafür dankbar gewesen und hatten härter gearbeitet als je zuvor. Wanderndes Arbeitsvolk wurde selten gut behandelt. Oft mussten die Leute in Zelten schlafen und für ihr Essen bezahlen, und nicht selten wurden sie von den Dörflern beschimpft. Ich wollte wie der Bauer sein und geben, um glücklich zu machen. Doch warum war meine Gabe stets ein Gift gewesen? War ich dazu verdammt, umherzuziehen und umherzuziehen, allein, stets in Furcht vor dem, was ich einem anderen, ungewollt, antat?

Ich schulterte meine Kiste, griff nach meinem Stock und verließ den Hof.

Ich schritt bereits zwischen einem noch ungemähten Feld und einer Wallhecke dahin, da hörte ich ein leises Singen. Ich erkannte Nieses Stimme, wusste aber nicht, wo sie war. Auf Zehenspitzen ging ich weiter, ganz langsam, bis ich sie sah. Sie stand auf einem Weg zwischen zwei Äckern, das Korn ging ihr fast bis zu den Schultern, und im Licht des späten Mondes glich sie den Waldnymphen, von denen Jakub mir einst erzählt hatte. Ein flüsterleises Lüftchen ging durch das Korn, und als es sie berührte, sah ich ihr weißes Nachthemd wehen. Sie sang, während sie den Weg entlangging und mit den Händen durch die Ähren strich.

Ich sag ade,
wir zwei, wir müssen scheiden,
bis zu 'ner and'ren Zeit;
ohn' Trost werd' ich dann leiden.
Ich lass bei dir das Herze mein,
denn wo du bist, da werd' ich sein.
Ob Freud, ob Pein,
Allzeit werd' ich dein eigen sein.

Ein Stück entfernt wichen die Felder Birken und, noch weiter weg, Buchen und Eichen. Als ich mich zwischen die Bäume begab, wurde es dunkel, immer dunkler. Es legte sich um mich und nahm mich auf, als würde es mich erkennen: Komm, Niekas, komm zu mir, du kannst mir nicht entfliehen ... Der stumme Abschied von van Esch und seiner Tochter lastete schwer auf mir, und ich spürte, dass ihre Güte mich mehr schmerzte als alles Schlechte, was ich in meinem Leben gesehen hatte.

Gerade als ich mich der Dunkelheit ganz anheimgeben wollte, hörte ich von fern das Geräusch von Schritten. Mein Name wurde gerufen. Ich drehte mich um, und da, wo das Mondlicht gerade noch hinkam, sah ich Niese angelaufen kommen.

»De Zwarte«, rief sie. »Wartet. Geht nicht einfach so weg.«

Ich drehte mich um und wartete auf sie, am Waldrand.

Sie keuchte, als sie vor mir stand.

»Ihr wollt gehen ohne Lohn?«

»Eure Gastfreundschaft war mein Lohn«, sagte ich.

»Und ohne Abschied?«

Ich senkte den Kopf.

»Haben wir Euch unwillentlich verletzt?«

»Nein«, sagte ich. »Im Gegenteil. Niemand war seit langer Zeit so gut zu mir.«

»Warum dann dieser heimliche Aufbruch?«

In ihrem Gesicht las ich aufrichtige Besorgnis.

Ich schaute beiseite, um ihrem Blick auszuweichen.

»Weil ich das Unglück fürchte, das ich bringe.«

Sie sah mich erstaunt an.

»Aber Ihr habt im Gegenteil Glück gebracht, de Zwarte. Ihr seid gute Gesellschaft gewesen, Ihr habt hart gearbeitet, und Ihr habt eine einsame Bauerntochter zum Tanz aufgefordert, als niemand sonst es tat.«

Ich lächelte.

»Also, de Zwarte, geht nicht so weg. Und schon gar nicht ohne Mahlzeit. Erfreut uns noch einmal mit Euch und Eurer Gesellschaft.«

Sie nahm mich bei der Hand und zog mich hinter sich her, von dem dunklen Waldrand durch das monderhellte Korn zum Bauernhof.

Am nächsten Morgen, nach wenigen Stunden Schlaf, wusch ich mich an der Pumpe. Ich hörte die Holzpantinen von Bauer van Esch auf dem gepflasterten Hof. Als ich mich umdrehte, stand er da, die Hände in die Seiten gestemmt, und betrachtete mich.

»De Zwarte.«

»Bauer van Esch.«

»Ich höre, Ihr seid bereit weiterzureisen.«

Ich nickte.

»Ich bitte nicht gern«, sagte er, »aber an Euch möchte ich eine Bitte richten.«

Ich runzelte die Stirn.

»Ich werde mich nicht mit Eurer Tochter einlassen«, sagte ich schnell. »Ich habe sie zum Tanzen aufgefordert, um …«

»Meine Tochter?«, fragte der Bauer erstaunt. »Nein, es geht nicht um meine Tochter.«

Er dachte einen Moment nach.

»Ich möchte Euch bitten zu bleiben«, sagte er. »Aus Euren Worten schließe ich, dass Ihr schreiben und rechnen könnt. Und Ihr seid außerdem ein starker und guter Arbeiter. Bleibt, und ich biete Euch Unterkunft und Essen und einen ordentlichen Lohn.«

»Ich muss …«

Der Bauer sah mich ernst an.

»Was müsst Ihr, de Zwarte? Und warum? Wohin? Und wie lange noch?«

Ein Seufzer quoll aus meiner Brust.

»Mir scheint, Ihr seid nicht auf dem Weg zu etwas, sondern wollt hauptsächlich nirgendwo sein. Ist es nicht Zeit auszuruhen?«

Es dauerte lange, bis ich nickte, bis ich merkte, dass ich nickte.

Der Bauer streckte seine Hand aus und ergriff meine. Dann drehte er sich um und ging über den Hof zurück ins Haus. Ich folgte ihm nach einer Weile und sah gerade noch, wie er in der Küche stand, Niese vor ihm, die zuhörte und dann in die Hände klatschte.

—

Montagmorgen. Harald kommt herein, zusammengebissene Zähne, ausdruckslose Augen, eine Haltung, die Widerstand und zugleich Verletztheit ausdrückt. Er will etwas erklären. Wir setzen uns. Er schaut auf seine Füße, schweigt eine ganze Weile und sagt dann, er habe Probleme mit mir als Therapeuten.

»Probleme« ist noch untertrieben.

Harald de Jong erhielt vor einem Jahr Straßenverbot – was in so einem kleinen Ort nicht viel nützt, denn dann muss man in etwa festlegen, wer wann Käse kaufen geht –, und der Richter erlegte ihm auch auf, professionelle Hilfe zu suchen.

Ein halbes Jahr vor seiner Verurteilung hatte er eine Frau gesehen, die er aus der Schulzeit kannte. Als er die Straße überqueren wollte, um sie zu begrüßen, warf sie ihm einen ängstlichen Blick zu und eilte davon. Harald de Jong blieb verdattert zurück.

Damit begann eine Spirale von Verzweiflung, Fehlverhalten und Wahnvorstellungen, die ihn zunächst vor den Richter und schließlich hierher, in dieses Zimmer, brachte.

Harald de Jong hatte die Eigenschaften, die ihn für seinen Beruf so geeignet machten – die aggressive Jagd nach Ergebnissen, die Hartnäckigkeit eines Kampfhunds und völlige Blindheit in Bezug auf die Folgen seines Handelns –, darauf verwendet, eine Antwort auf die Frage zu finden, warum Marjolein Greving vor ihm geflüchtet war. Er hatte sie angerufen und ihr gemailt, er war zu ihrer Wohnung gegangen, und zuletzt war er ihr gefolgt. Eine Antwort hatte er nicht erhalten. Da hatte er sie eines Abends bei ihrem Haus ins Gebüsch gezerrt, ihr die Kehle zugedrückt und ins Gesicht geschrien, er wolle wissen, weshalb sie Angst vor ihm habe.

»Vielleicht hatte sie gar keine Angst, damals, auf der Straße. Vielleicht hat sie erst Angst bekommen, als du sie …«

Nein. Er habe ihr Gesicht gesehen. Große, ängstliche Augen. Ein Gesicht, schreckverzerrt.

»Glaubst du, es könnte sein, dass du dich irrst?«

Er habe sie doch gesehen, oder?

»Wir interpretieren Gesichtsausdrücke, und in den meisten Fällen klappt das ganz gut. Aber manchmal liegen wir auch komplett daneben.«

Er verfüge über Intuition. In seinem Beruf sei er dringend darauf angewiesen. Er sei gut in seinem Beruf.

»Warum, wenn sie offenbar Angst hatte, hast du sie dann nicht in Ruhe gelassen? Auf diese Art und Weise bekam sie nur noch mehr Angst.«

Nun, er habe ihr klarmachen wollen, wer er sei. Also, dass er niemand sei, vor dem man Angst haben müsse. Sie kannten sich schließlich von der Schule!

Ich hatte die Möglichkeit aufs Tapet gebracht, dass Marjolein Greving ihn vielleicht nicht mehr kannte oder wiedererkannte. Dieser Gedanke war für ihn so unvorstellbar, dass er mich nur verblüfft ansah. In Harald de Jongs Welt war es undenkbar, dass jemand ihn übersah.

Er kam nun schon ein halbes Jahr zu mir, und ich hielt ihn für ein immer größeres Arschloch. Ein Monument an Selbstgefälligkeit, eindimensionalem Denken und mangelndem Einfühlungsvermögen. Der Typ, der sich in einer totalitären Diktatur als einer der Ersten für die Ausbildung zum Staatsschergen melden würde. Er glaube an das Recht des Stärkeren, sagte Harald, und daraus folge logischerweise die Rechtlosigkeit des Schwächeren. Scheitern sei eine Sache der eigenen Schuld, Erfolg das Resultat von Überlegenheit. Er nannte das »survival of the fittest«, und es hatte nicht geholfen, dass ich ihm erklärte, Darwin habe damit etwas ganz anderes gemeint, als er denke.

Im Universum von Harald de Jong gab es weder Zweifel noch Chaos, weder Zufall noch Pech. Bezüglich seines eigenen Werdegangs hatte er Theorien entwickelt, die ans Paranoide grenzten.

Klienten reagieren manchmal unangemessen, sie projizieren ihre Wut, Enttäuschung, ihren Selbsthass, was auch immer, auf den Therapeuten, und das sind Dinge, mit denen der Therapeut umgehen können muss. Manche Klienten sind unsympathisch, und wenn der Therapeut seine Antipathiegefühle nicht deuten und überwinden kann, ist es besser, den Klienten weiterzuüberweisen. Harald konnte ich nicht weiterüberweisen. Es gab genug Kollegen, die ihn übernehmen könnten. Niemand würde Einwände erheben. Das Problem war, dass ich ihn nicht loslassen konnte. Sein ungehemmter Egozentrismus, diese unerschöpfliche Quelle jubelnden Narzissmus, seine Geringschätzung für alles, was nicht war wie er; es faszinierte mich. Irgendwo unter diesem glänzenden Panzer, unter dessen Schutz Harald de Jong es mit der ganzen Welt aufnehmen konnte, musste etwas sein, was schon fast am Verrotten war, weil es das Tageslicht so lange nicht gesehen hatte. Aber was? Wo und wann war die *milk of human kindness* sauer geworden, und wie hatte sich dieser Prozess vollzogen?

Im ersten Gespräch hatte ich ihn gefragt, ob er sich möglicherweise geirrt habe, und Haralds Auffassung, er *könne* sich nicht geirrt haben, hatte sich jetzt schon ein halbes Jahr lang als unerschütterbar erwiesen. Die Sitzungen waren in einer Wiederholung von Spielzügen versandet, die jedes Mal zu einer Pattsituation führten, die Harald als »unterschiedliche Ansicht« bezeichnete. Wenn das Wort Unbeugsamkeit nicht bestünde, müsste es für Harald de Jong erfunden werden.

»Was mich so erstaunt«, hatte Speelman während der Intervision gesagt, »ist, dass du einfach weiter auf diesen Panzer einhämmerst.«

Ich hatte gefragt, ob er der Meinung sei, dass dies die falsche Methode sei.

»Nein, darum geht es mir nicht. Vielleicht ist es tatsächlich die richtige Methode. Aber warum machst du das?«

Speelman, mit seiner Schlabberhose, den viel zu grellen Jacketts und merkwürdig karierten Hemden, mochte zwar aussehen wie ein Erdkundelehrer an einer Dorfrealschule, doch an Durchblick mangelte es ihm nicht.

Ich sagte, Harald fasziniere mich auf fast schon ärgerliche Art und Weise.

»Hab ich mir schon gedacht«, sagte Speelman. »Er ist dein Spiegel.«

Wir hatten einander angestarrt, oder nein: Ich hatte ihn angestarrt. Speelman hatte unschuldig zurückgeschaut.

»Mein ... Was rätst du mir?«

Speelman hatte den Kopf geschüttelt.

»Ich habe keinen Rat, guter Freund. Wenn es um Rat geht, bin ich impotent. Meine Virilität beschränkt sich auf die Anflugphase.«

Das Problem bei Speelman war, dass seine »Theorie für alles« um diese beiden Begriffe kreiste – Virilität und Impotenz – und dass er das zu allem Überfluss auch noch als Schopenhauer'sche Psychologie bezeichnete. Alle vermuteten, dass dem etwas Persönliches zugrunde lag, doch niemand wusste Genaueres.

Einige Tage nach dieser Intervision saß Harald wieder auf seinem Stuhl, für den Kampf gegürtet, mit herausforderndem Blick in meine Richtung. Panzer, dachte ich. Und: Kolosseum. Eine kurze Vision von Harald mit Wurfnetz und Kurzschwert und mir selbst mit Dreizack und Schild. Dieser Mann, ohne Job seit seiner Verurteilung, einst aber ein Wertpapierhändler, der eine Viertelmillion an Boni eingeheimst und sich davon das größte Haus in der Stadt gekauft hatte, dieser Mann hatte nur noch ein Kampffeld im Leben. Alles, wofür er früher gekämpft hatte, wogegen er kämpfte, was seine Aggression auslöste, erwiderte und befriedigte, war verschwunden. Nur ich war noch da. Ich war sein Sparringspartner, und durch mein Verständnis und meine Analyse, meine Fragen und Anregungen versah ich ihn mit seiner vertrauten Dosis Kampf. Ich war die Quelle, aus der Harald Adrenalin und Testosteron schöpfte. Ich verstand einfach nicht, warum Harald mein Spiegel war.

»Harald«, sagte ich, wobei ich nach draußen schaute, wo die Sonne inzwischen üppigst schien in dem Versuch, einen ganzen misslungenen Sommer durch einen phantastischen halben Herbst wiedergutzumachen. »Harald, ich habe beschlossen, dich für geheilt zu erklären.«

Er beugte sich in der Peripherie meines Blickfelds vor.

»Wir sitzen uns hier schon seit sechs Monaten gegenüber, und es dürfte inzwischen wohl klar sein, dass das zu nichts führt. Ich nehme dir das nicht übel. Du kannst offenbar nicht tun, was von dir erwartet wird, und dann ist es sinnlos, damit weiterzumachen. Also«, sagte ich, während ich mich Harald zuwandte und von den sonnenbeschienenen Baumwipfeln Abschied nahm, »also ziehen wir einen Schlussstrich und …«

»Ich kann *was* nicht?«

»Hm?«

Ich schlug meine Aufzeichnungen zu und bedachte ihn mit einem Lächeln, so mild, dass mich selbst ein bisschen gruselte.

»Können? Ach so. Aus dir heraustreten. Du hast Intuition, wie du mehrmals erklärt hast, aber du bist nicht imstande, dich so zu betrachten, wie du andere betrachtest. Selbsterkenntnis also. Das ist nicht schlimm. So etwas kommt häufiger vor. Es ist einfach eine Fähigkeit, die du nicht besitzt.«

»Wer sagt das?«

»Kannst du es denn?«

»Natürlich!«

»Aber du willst nicht.«

»Was glaubst du, tue ich hier die ganze Zeit, verdammt noch mal?«

Ich schüttelte den Kopf.

»Nach außen schauen«, sagte ich. »Nicht nach innen.«

Ich warf wieder einen Blick auf die Baumlinie entlang den Gleisen.

»Aber, wie gesagt, das macht nichts. Du musst nicht alles können. Kleine Unzulänglichkeit kein Hindernis, wie das früher in Kontaktanzeigen hieß.«

Noch nie hatte ich das Wort »sieden« so überzeugend demonstriert gesehen. Harald kochte. Er raste und tobte, zwar nur innerlich, aber unübersehbar.

Ich war aufgestanden und zu meinem Schreibtisch gegangen, um im Terminkalender zu blättern.

»Aber …«, sagte Harald.

»Ich schau mal grade, wann ich dir den Entlassungsbrief schicken kann.«

»Entlassung?«

»Hm. Ja, das brauchst du fürs Gericht.«

»Du schickst mich weg.«

Ein hauchdünner Anflug von Gekränktheit in seiner Stimme.

»Ja«, sagte ich, während ich zu meinem Stuhl zurückkehrte. »Geheilt, entlassen. Du bist frei zu gehen, wohin du willst. Ich bin fertig mit dir.«

Eine perverse Art von Genuss durchströmte mich. Ich manipulierte ihn bewusst – eine riskante und auch einigermaßen dubiose Strategie –, doch zu meiner Scham und Verwunderung genoss ich es in vollen Zügen.

Harald starrte mich an. Ich lächelte.

»Du lässt mich im Stich.«

»Im Stich?«

Er nickte, langsam und entgeistert.

»Du bist doch keiner, der im Stich gelassen wird?«, sagte ich. »Ich dachte, du bist der Im-Stich-Lasser.«

Ein bitterer Ausdruck um seinen Mund.

Der Zug kurz vor halb sauste vorbei. Im Zimmer herrschte die Stille von Abweisung und Zweifel.

»Cheer up, Brian«, sagte ich. »Du kannst wieder weiter mit deinem Leben.«

»Was?«

»Ein Song. Monty Python. Nie davon gehört?«

Harald schüttelte den Kopf.

Meine Laune war jetzt so gut, dass ich beschloss, das Lied zu singen.

Some things in life are bad
They can really make you mad
Other things just make you swear and curse.
When you're chewing on life's gristle
Don't grumble, give a whistle
And this'll help things turn out for the best …
Always look on the bright side of life …

Harald sah mich an, als hätte ich ihm gerade verraten, dass ich eigentlich ein Heinzelmännchen war.

»Ich habe meinen Job verloren, die halbe Stadt sieht mich scheel an, weil alle glauben, ich sei ein Stalker …«

»Du *bist* ein Stalker.«

»Nein … nein.«

»Harald, du bist verurteilt wegen Stalking, Bedrohung und Gewaltanwendung, und wenn es nach dem Staatsanwalt gegangen wäre, dann wäre da noch versuchter Mord hinzugekommen. Aber das hatten wir alles schon. Es langweilt dich, und es langweilt mich, und es hat keinen Sinn, diesen Dialog bis in alle Ewigkeit zu wiederholen. Ich stelle dir die Bescheinigung aus, und du kannst gehen. Das willst du doch.«

Er schüttelte den Kopf.

»Nein?«

Immer noch Kopfschütteln.

»Wenn du das nicht wolltest, dann war das aber nicht zu merken.«

»Vielleicht bist du kein guter Psychiater.«

»Mag sein. Aber den bist du jetzt ja los. Wenn du willst, kann ich dich an jemand anderen überweisen. Dienst am Kunden.«

Harald warf einen Blick nach draußen, zuckte kurz mit den

Achseln und stand auf. Ohne Blick und Gruß öffnete er die Tür und trat auf den Gang hinaus.

Zum nächsten Termin erschien er nicht, und ich hatte auch nicht erwartet, ihn noch mal zu sehen, aber jetzt sitzt er wieder hier und sagt, er hatte ein Problem mit mir als Therapeuten.

»Hatte?«, sage ich. »Du *hattest* ein Problem mit mir? Und jetzt nicht mehr? Und warum überhaupt?«

»Wegen deines … Hintergrunds.«

Er spricht das Wort vorsichtig aus. Als könnte es in seinem Mund zu Scherben zerfallen. Ich runzle die Stirn.

»Als Freudianer? Ich behandle nicht nur …«

Nein, als »jüdische Person«.

»Du hast doch wohl keine Angst, dass ich dich beschneide? Das machen wir heutzutage nur auf freiwilliger Basis.«

Er schüttelt müde den Kopf.

»Mein Vater war Kollaborateur. Im Krieg.«

»NSBler?«

»Germanische SS, Ostfront.«

Ich nicke.

»Vor Leningrad hat er seine linke Hand verloren, und daraufhin wurde er zurückgeschickt. Nach dem Krieg hat man ihn natürlich eingesperrt.«

»Meine Güte. Aber warum hast du dann Probleme mit meinem Hintergrund, wie du das nennst? Du hättest übrigens auch nach einem anderen Therapeuten fragen können.«

Er rutscht auf seinem Stuhl herum, schlägt die Beine übereinander und entknotet sie wieder. Der Blick bleibt nach unten gerichtet.

Nein, nach einem anderen habe er nicht fragen können, denn das hätte so ausgesehen, als ob er wie sein Vater wäre, dann hätte er getan, was sein Vater getan hat, aber er habe auch nicht mit mir reden können, weil er der Sohn sei von …

»Das heißt, du warst von allen Seiten eingeschlossen«, sage ich.

Er blickt auf. Nach einer Weile nickt er.

»Eingeschlossen«, sagt er.

»Harald«, sage ich. »Ich urteile nicht. Das gehört zu meinem Beruf. Aber ich würde auch nicht über dich urteilen, wenn ich nicht Psychiater wäre. Du bist der Sohn deines Vaters, aber nicht dein Vater. Du trägst seine Schuld nicht. Ich weiß schon: So einfach ist es nicht. Aber wir können daran arbeiten.«

»Mein Vater«, sagt er, »konnte fast niemanden ausstehen.«

»Auch dich nicht?«

Er zuckt mit den Achseln. Es ist eine etwas hilflose Gebärde.

»Ich weiß nicht«, sagt er nach einer Weile. »Wir haben nicht miteinander geredet. Er wollte mich nicht mehr kennen, als ich nicht tat, was er wollte. Er hat nicht einmal mehr meinen Namen ausgesprochen.«

»Was er wollte?«

»Politik, Leben, alles. Es gab schon Zoff, wenn ich den Ärzten ohne Grenzen oder Amnesty was gespendet habe, solche Dinge.«

»Damit war er nicht einverstanden.«

Er schüttelt den Kopf.

»Du sagst: Er wollte dich nicht mehr kennen. Du weißt noch, warum du diese Frau angefallen hast?«

»Sie …«

Er sieht auf. Unsere Blicke treffen sich. Eine ganze Zeitlang sieht er mich an, und ich erwidere seinen Blick.

»Weil sie mich nicht kennen wollte?«

»Weil du dachtest, dass sie dich nicht kennen wollte. Kennst du dieses Gedicht von Neeltje Maria Min?«

Tiefes Stirnrunzeln.

Weil ich aus der Zeit stamme, in der es noch Literaturunterricht gab, kann ich es auswendig.

Nenn mich, bezeuge meine Existenz,
lass meinen Namen sein wie eine Kette.
Nenn mich, nenn mich, sprich mich an,
oh, nenn mich bei meinem tiefsten Namen.

Wen ich liebe, für den will ich heißen.

Haralds Mundwinkel bewegen sich abwärts. Seine Schultern fallen nach vorn, und er senkt den Kopf. Er sieht unendlich traurig aus.

»Wir sind auf dem Weg, Harald. Wir haben die ersten Schritte gemacht.«

—

Am selben Abend, ich bin gerade nach Hause gekommen, klingelt das Telefon.

»Wir haben einen Anruf bekommen«, sagt Bergkamp. »Von Helder. Du hast ihn belästigt.«

Belästigen ist ein großes Wort. Auf dem Weg nach Hause habe ich bei dem Schlachter vorbeigeschaut. Jedes Mal, wenn ich ihn anrief, ging er nicht ans Telefon, wahrscheinlich weil er die Nummer der Klinik erkennt, und auf meine E-Mail hin kam keine Antwort.

Es war bereits Abend. Die Schaufenster dunkel, hier und da

der Schein von Pseudo-neunzehntes-Jahrhundert-Straßenlaternen auf Auslagen mit Schuhen, Trainingsanzügen und Brillen. Der Schlachterladen war geschlossen, aber ich wusste wie jeder in der Stadt, dass Helder jeden Abend in der Küche hinter dem Geschäft steht und seine berühmten »hausgemachten« Rollbraten und »handwerklich hergestellten« Würste macht.

Es dauerte fünf Minuten, ehe ein blutverschmierter weißer Kittel in dem dunklen Laden auftauchte. Eine rote Hand hielt die Tür fest, die andere steckte in der Kitteltasche. Schlachter Helder war nicht groß, aber alles an ihm wirkte wuchtig.

Er hatte mich schweigend betrachtet.

»Ich war der behandelnde Psychiater Ihrer Frau. Darf ich Ihnen mein Beileid zu Ihrem Verlust aussprechen?«

Keine Reaktion.

»Ich würde gern mit Ihnen sprechen. Passt Ihnen das? Jetzt oder in den nächsten Tagen? Es gibt viele Fragen. Wenn ich …«

Er schüttelte den Kopf.

Hinter der nicht ganz geschlossenen Tür der Schlachtereiküche bewegte sich etwas.

»Ich verstehe, dass es nicht leicht für Sie ist«, hatte ich gesagt.

»Ihr«, sagte er, »habt diese Frau ganz durcheinandergebracht.«

Sein Kopf hatte sich etwas gehoben, wie in dem Versuch, auf mich herunterzuschauen, was unmöglich war, denn Schlachter Helder war ein ganzes Stück kleiner.

»Sie ist eingeliefert worden, weil sie bereits durcheinander *war*, Herr Helder. Aber darum geht es nicht. Ich würde gern mit Ihnen über ein paar Fragen sprechen, die noch ungeklärt sind. Es steht Ihnen frei, das abzulehnen, aber ich würde es sehr zu schätzen wissen.«

»Ich habe nichts zu sagen.«

Ich hatte ihn angesehen, er mich.

»Das ist schade. Sollten Sie es sich anders überlegen, hier ist meine Karte.«

Er hatte die Karte ignoriert, sich umgedreht und die Tür geschlossen.

Ich war die Straße entlanggegangen, während sich ein vages Gefühl, eine Intuition in mir regte: die Idee, dass diese störrische Widerwilligkeit nicht Wut oder Trauer entsprang, sondern dass ihr etwas anderes zugrunde lag. Ich bog nach rechts und wieder nach rechts und dann noch einmal und trat in einen dunklen Hauseingang.

Eine Viertelstunde später ging das Licht in der Schlachterei an. Helder und eine andere Gestalt bewegten sich durch den Laden. Die Tür ging auf, das Licht aus, das Geräusch von Schlössern. Von meinem Hauseingang aus sah ich im Schein einer Laterne, die ein Stück weiter entfernt stand, Helder und eine Frau. Ihre Stimmen waren zu hören. Was sie sagten, konnte ich nicht verstehen. Dann: patsch. Die Hand des Schlachters auf dem Hinterteil der Frau. Sie quietschte auf. Noch einmal unverständliche Stimmen, Kichern, und dann verschwanden sie in der dunklen Geschäftsstraße.

Ich stellte fest, dass Schlachter Helder keine Trauerbegleitung benötigte.

Als ich meinen Bericht beendet habe, ist es kurze Zeit still am anderen Ende der Leitung.

»Mein Gott«, sagt Bergkamp. »Du hast ihm nachspioniert?«

»Ich würde eher von observieren sprechen«, sage ich.

»Ich weiß nicht recht, mit diesem Helder«, sagt Bergkamp.

»Warum ist seine Frau auf einmal nachts auf die Straße gelaufen? Gab es einen Anlass? Hat diese andere Frau etwas damit zu tun?«

»Frau Helder hat in der Therapie nichts davon gesagt.«

»Und als er sie dann endlich besucht, wirft sie sich vor den Zug, sobald er weg ist. Da ist irgendwas faul.«

»Die Frage ist, ob da wirklich etwas ist oder ob die Unbegreiflichkeit des Selbstmords dir einen Streich spielt. Dein ›Warum‹ kann logische Anlässe betreffen, kann aber auch existenziellerer Art sein.«

»Welcher Art denn?«

»Warum machen Menschen so was? Warum können wir ihnen nicht helfen? Warum sind Kummer und Schmerz und Verzweiflung so groß, dass ...«

»Ich bin Kriminalbeamter. Ich will wissen, wie die Puzzleteile ineinanderpassen.«

»Aber die Frage ist doch, warum willst du das wissen. Sind es normale Ermittlungsfragen, oder fällt es dir schwer zu akzeptieren, dass manche Menschen aus dem Leben scheiden?«

Bergkamp schweigt kurz.

»Vielleicht beides«, sagt er dann. »Aber genau wie du unseren Schlachter ›observierst‹, weil du das Gefühl hast, da steckt mehr dahinter, will ich Antwort auf meine Fragen haben. Ich habe auch so ein Gefühl.«

»Und seine Beschwerde?«

»Gewäsch. Ich habe dich gebeten, Kontakt zu ihm zu suchen, oder? Das werde ich ihm sagen.«

»Ich danke dir«, sage ich. »Und frag ihn dann gleich, ob er mir für Freitag einen Rollbraten macht. Ich bekomme Gäste.«

Einen Moment ist es still.

»Du bist der beste Beweis dafür, was die Leute sagen.«

»Was sagen die Leute denn?«

»Dass Psychiater ein bisschen plemplem sind.«

»Zum Glück«, sage ich. *»It takes one to know one.«*

»Hat er übrigens was über den Spaziergang mit seiner Frau gesagt? Hat er sie zurückgebracht?«

»Er hat kaum den Mund aufgemacht«, sage ich. »Er wirkte böse, aber ich weiß nicht, ob er es auch wirklich war.«

»Tja, wir können ihn nicht zwingen ... Es gibt keine verdächtigen ...«

Einen Moment ist es still.

»Wo ich dich schon mal an der Strippe habe«, sage ich. »Ich behandle jemanden, den ihr im Wald gefunden habt, X heißt er hier bei uns. Kein Name, keine Vergangenheit. Würdest du mal nachschauen, ob bei euch schon was bekannt ist? Ob er auf der Vermisstenliste steht, Fingerabdrücke vielleicht?«

Bergkamp seufzt.

»Ich kümmere mich darum«, sagt er, »aber ich würde mir nicht zu viel davon versprechen. Es gibt Hunderte von vermissten Personen, und viele werden nie gefunden.«

Als wir das Gespräch beendet haben, gehe ich in die Küche. Ich koche eine Handvoll Pasta, brate etwas Knoblauch und eine Peperoni in Öl an und kippe die Pasta dazu, als sie gar ist. Salat, eine Dose Thunfisch, Öl und Zitronensaft, Pfeffer und Salz und ein bisschen Petersilie von der Fensterbank. Ich esse im Stehen an der Anrichte.

Helders störrische Verärgerung. Ich glaube nicht daran. Da war kein Gefühl. Kein Zittern in der Stimme, keine unterdrückte Aggression. Er wollte mich weghaben. Und warum wirkt er in keiner Weise betroffen vom Tod seiner Frau? Hatte er sie bereits abgeschrieben? Oder wollte er sie los sein? Und ich? Werfe ich ihm den Tod seiner Frau vor? Kann ich ihre Tat nicht akzeptieren und suche einen logischen Grund für das, was unbegreiflich scheint? Brauche ich einen Schuldigen?

Bergkamp und mich, uns beschäftigt noch immer dieser Selbstmord von vor drei Jahren, der Schock mit dem Kopf im Birkenwäldchen, das Bewusstsein der ungeheuren Verlassenheit, die jemanden zu so einer Verzweiflungstat treibt.

Während ich da stehe, an der Anrichte, und auf den dunklen Innenhof schaue, ist auf einmal ganz stark das Bild jener regnerischen Nacht präsent, der Wind, der über das Land tost, der Zug, der aus der Ferne angerast kommt, das Gelb der hohen, stumpfen Nase, die aus dem Schwarz auftaucht.

—

Bergkamp kommt am nächsten Nachmittag. Er hat mit Schlachter Helder gesprochen, der auf seine Bitte hin ins Polizeipräsidium gekommen ist und sich »ziemlich strenge Worte« anhören musste. Der Schlachter sei zahm wie ein Lämmchen gewesen und habe erzählt, zwischen ihm und seiner Frau habe es einen Wortwechsel gegeben, woraufhin er böse gegangen sei.

»Wortwechsel?«, sage ich.

Wir sitzen uns gegenüber, auf den Stühlen am Fenster.

»Er hat ihr gesagt, dass er sie verlassen werde.«

»Nein …«

»Er ist ein unsensibler Hund«, sagt Bergkamp. »Er wolle kein verrücktes Weib. Schlecht fürs Geschäft. Seine Worte.«

»Mein Gott. Und …«

»Keine Spur von Schuldgefühl oder was auch immer. Erinnerst du dich noch an diese staatliche Kampagne von früher, über offenes Feuer im Wald? Überall lodernde Brände und im

Hintergrund Stimmen, die rufen: Kann ich was dafür? Das war's. Kann ich was dafür? Er fühlt sich für nichts verantwortlich.«

»Und diese andere Frau?«

Bergkamp seufzt.

»Das kann ich ihm schwerlich vorhalten. Ehebruch ist nicht strafbar. Er soll im Übrigen auch nicht den Eindruck bekommen, dass wir ihn beschatten.«

Bergkamp sieht erregt und gleichzeitig müde aus.

»Und jetzt? Ich nehme an, das liefert dir keine Handhabe, oder?«

»Außer ihm einen Strafzettel wegen Falschparkens zu verpassen, wenn er mit einem Rad jenseits der Begrenzungslinie steht, und ihm eine Geldbuße aufzubrummen, wenn er bei Rot über die Straße geht? Nein, nichts. In diesem Land darf man ein Arschloch sein. Eigentlich überall. Manchmal denke ich, dass das für die meisten Menschen der Zweck der Freiheit ist: die Freiheit, ein Arschloch zu sein.«

»Du bist böse«, sage ich.

»Ja, natürlich bin ich böse. Du versuchst zu verhindern, dass Menschen sich umbringen, wir dürfen die Schweinerei wegräumen, wenn das nicht gelingt. Ganz zu schweigen von den Leuten von der Bahn. Und den ...«

»Wenn sie Verwandte hat, können die ihn vielleicht wegen Fahrlässigkeit oder so vor Gericht bringen.«

Bergkamp hält die Chance für gering, dass das klappt.

»Dann kommt so ein Anwalt und sagt: Aber die Frau war erwachsen, und die Fürsorgepflicht geht nicht so weit, dass ... Ach.«

»Manchmal würde man sich wünschen, dass mangelndes Mitgefühl strafbar ist«, sage ich.

»Dann würde es aber ganz schön ruhig auf der Straße«, sagt Bergkamp. Und dann: »Ich denke, ich höre auf. Ich habe genug Dienstjahre.«

»Der Gedanke war mir auch gekommen.«

Wir sehen einander an und grinsen.

»Vielleicht können wir zusammen eine Kochschule aufmachen«, sage ich.

»Kannst du denn kochen?«

Ich schüttle den Kopf.

»Pferde«, sagt Bergkamp.

»Was ist damit?«

»Ich werde Pferde züchten. Ich habe einen Bauernhof gekauft, gleich außerhalb der Stadt. Mein Vater hielt Pferde und verkaufte sie.«

»Das ist … etwas ganz anderes«, sage ich.

Wir schweigen kurz.

»Dieser X oder Zwart, nach dem du gefragt hast«, sagt Bergkamp. »Es gibt niemanden auf der Vermisstenliste, der mit ihm übereinstimmt. Fingerabdrücke ebenfalls Fehlanzeige. Wir können dir nicht weiterhelfen.«

»Schon okay. Wir kommen schon irgendwie klar.«

Bergkamp zieht die Augenbrauen hoch.

»Kannst du dich noch an den Pianomann erinnern? Wurde aufgefunden in einer Kleinstadt in England, in klatschnassen Kleidern, ohne die geringste Erinnerung, ohne Etiketten in der Kleidung. Er wird ins örtliche Krankenhaus eingeliefert, zeichnet einen Flügel, wird in die Kapelle gebracht und spielt auf dem Klavier, das dort steht, die Sterne vom Himmel. Es kommt in die Zeitung, und einer nach dem anderen meldet sich: Er sei der weggelaufene algerische Ehemann einer Dänin, ein tschechischer Popmusiker, ein norwegischer Seemann, ein Konzertpianist. Nach vier Monaten entpuppt er sich als junger Mann aus Bayern, ohne die geringste musikalische Ausbildung, der wahrscheinlich eine Psychose hatte.«

»Er konnte nicht Klavier spielen?«

»Ein bisschen. Aber worum es geht, ist, dass die Geschichte so verführerisch ist, dass jedes Krümelchen Information die Sache immens aufbläht. Er klimpert ein bisschen und ist ein phantastischer Pianist. Er macht eine kleine Zeichnung und ist ein Künstler. Die Leute erkennen in ihm jemanden, den sie vermissen oder nach dem sie sich sehnen. Für jeden ist er ein anderer, bedeutet er etwas anderes. Doch währenddessen ist er einfach ein Zwanzigjähriger, der eben mal die Orientierung verloren hat. Andreas Graßl. Nichts Besonderes.«

Bergkamp rutscht auf seinem Stuhl herum.

»Und du glaubst, dein Herr X …«

»Ich weiß es nicht. Ich will auch nichts wissen. Wenn ich etwas vermute, projiziere ich das auf ihn, und er wird zu meiner Geschichte oder der eines der Pfleger oder von jemandem, der davon gehört hat. Ich warte einfach ab und lasse ihn seine eigene Geschichte sein.«

»Vielleicht hat er keine Geschichte«, sagt Bergkamp, während er aufsteht und seinen Mantel anzieht. »Vielleicht ist es letztlich nur eine banale Story.«

»Sehr wahrscheinlich«, sage ich. »Sofern man an banale Storys glaubt.«

Wir stehen an der Tür. Bergkamp betrachtet mich skeptisch.

»Du und ich«, sage ich. »Vor drei Jahren haben wir uns bei einem Selbstmord in einer stürmischen Nacht zum ersten Mal getroffen. Jetzt begegnen wir uns bei einem ähnlichen Fall, mit einem Mann, einem Schlachter!, der zumindest mitverantwortlich scheint, ich habe einen Klienten ohne Namen, der von nirgendwoher zu kommen scheint, du wirst demnächst Pferde züchten. Hängt davon ab, was du banal findest.«

Bergkamp grinst.

»Wenn ich demnächst umgezogen bin, musst du mal vorbeikommen«, sagt er. »Du bist unterhaltsamer als der Fernseher.«

»Ich versuche, in das Leben jedes Menschen einen Strahl Sonnenschein zu bringen.«

»Jaja«, sagt Bergkamp.

Stephanie steht auf dem Gang, als Bergkamp geht. Während ich sie in mein Zimmer lotse, wirft er einen Blick über die Schulter.

»Ich denke, wir lassen die Couch erst mal«, sage ich und dirigiere sie in Richtung der Stühle vor dem Fenster. »Die Assoziationen, die ausgelöst werden, wenn du liegst, verstellen uns den Blick auf das Darunterliegende.«

»Ist das ›Darunterliegende‹ auch freudianisch?«

Ich lächle.

»Was ich meine, ist, dass man über die Art und Weise, wie du dein Leben gestaltest, sexuell oder sonst wie, reden kann, aber es geht um das neurotische Verhalten. Warum du alles kontrollieren musst. Warum du alles abgeschlossen und dich ins Bett gelegt hast.«

Sie sieht mich an. Ich erwidere ihren Blick.

»Vielleicht wegen der Art und Weise, wie ich mein Leben gestaltet habe?«

Ich schweige.

Sie schaut nach draußen.

Natürlich kann das der Grund sein, aber dann muss Abscheu, Selbsthass und so weiter vorgelegen haben, und was sie erzählt hat, zeugte eher vom Gegenteil. Da war Stolz: Sie war über die Mauer des Bürgerreservats geklettert. Und was war dann der Anlass für ihr Verhalten gewesen?

Das Telefon. Wenn Carla irgendetwas verhindert, dann Anrufe während einer Sitzung. Stephanie schaut zur Seite, zum Telefon, zu mir.

»Wenn es wichtig ist, rufen sie schon zurück.«

Solange das Telefon bimmelt, geht ihr Blick hin und her. Ihre Unruhe nimmt sichtbar zu.

»Möchtest du gern, dass ich …«

»Ja …«

Als ich aufstehe, hört das Bimmeln auf.

Stephanie wirft den Kopf in den Nacken und stößt eine Art Knurren aus. Ich frage, woran das Telefonklingeln sie erinnert hat.

»Ich weiß nicht.«

»Du hattest bei dir zu Hause das Telefon auch ausgestöpselt. Hat es damit angefangen?«

Sie runzelt die Stirn. Dann schüttelt sie den Kopf.

»Warum sitzen wir hier?«

»Das habe ich dir gerade gesagt. Wir müssen über den Anlass zu deinem Verhalten sprechen, nicht über die Folgen.«

Ein unwirscher Blick in meine Richtung. Und so sieht der Rest der Stunde aus. Sie verschließt sich, ist in sich gekehrt und antwortet kaum, und wenn, dann mit einsilbigen Wörtern auf meine Fragen. Es endet mit beiderseitigem Schweigen.

Als wir uns verabschiedet haben, gehe ich zum Empfangstresen. Carla schießt hoch, als sie mich kommen sieht.

»Ja, tut mir leid, aber das war dieser Polizist, und er sagte, es sei dringend.«

»Aber es war gerade …«

Carla nickt. Er habe sich hier an sie gewandt und das Telefon am Tresen benutzt.

»Hat er gesagt, worum es geht?«

Sie schüttelt den Kopf.

»Aber was anderes. Klient X ist weg.«

»Weg? Wieso weg?«

Sie zuckt mit den Achseln.

»Ich habe gerade einen Anruf bekommen. Sie können ihn nicht finden. Die Polizei ist informiert.«

»Was ist los, dass ich in letzter Zeit nicht am Tresen vorbeigehen kann, ohne dass etwas passiert ist?«

»Das reinste Irrenhaus«, sagt Carla. »Du hast Stationsevaluation, denkst du dran?«

Sie sieht mich an.

»Also hast du es vergessen. Wie lebst du?«

»Vielleicht kannst du so einen Becher für mich bestellen, aber mit DON'T ASK ME ABOUT MY WEEK drauf.«

Frau Helder wirft sich nach der Sitzung vor den Zug, X flüchtet. Diese Dinge können geschehen, aber es gelingt mir im Moment nicht recht, es unpersönlich zu sehen.

Gefühl und Verstand, der Jakob und der Engel des Geistes.

—

Bergkamp ruft am späten Nachmittag noch einmal an. Er habe mir etwas mitzuteilen und wisse nicht, ob das korrekt sei.

»Korrekt? Wolltest du mir einen unsittlichen Antrag machen?«

Er seufzt.

»Nein, es geht um deinen Patienten. Diese Frau.«

»Also, ich kann dir keine Informationen geben, aber du … Wieso? Ist sie der Polizei bekannt?«

»Nicht als … Gesetzesübertreterin.«

Einen Moment ist es still.

»Ich nehme an, sie arbeitet nicht bei der Polizei, also …«

»Als Opfer«, sagt Bergkamp.

Seine Stimme klingt schwerfällig. Als er die Geschichte zu erzählen beginnt, kommt er hörbar mühsam in Gang. Der Fall liegt eineinhalb Jahre zurück. Eine Frau wird spätabends von zwei Männern verfolgt, die in ihr Haus eindringen, als sie die Tür öffnet; sie überwältigen sie und missbrauchen sie in jener Nacht unter Bedrohung mit einem Messer.

»Herrgott …«

»Ja, sehr übel. Das gesamte Präsidium war erschüttert. Und wir haben die Kerle nie fassen können, denn es war dunkel, und sie haben ihr sofort die Augen zugebunden, das heißt, es gibt keine Personenbeschreibung.«

In der Stille, die darauf folgt, höre ich mich selbst stöhnen.

»Ich kann dir versichern«, sagt Bergkamp, »dass wir wirklich alles auf den Kopf gestellt haben, aber wir hatten keinerlei Anhaltspunkt.«

»Und war sie verletzt, war …«

»Prellungen, blaue Flecken, aber was das mit einem macht …«

Wir reden noch ein bisschen hin und her, und dann, als ich ihm gerade danken will, fällt mir etwas ein.

»Dieser Mann, der im Wald gefunden wurde …«

»Mann im …?«

»Klient X, Name und Aufenthaltsort unbekannt. Wir haben vorhin über ihn gesprochen.«

Bergkamp brummelt etwas.

»Was ich mich frage … Hatte er nichts bei sich?«

Er schweigt. Im Hintergrund höre ich seine Tasten klappern.

»Wir haben etwas beschlagnahmt«, sagt Bergkamp. »Es ist nicht viel. Ich kann dir die Liste schicken, aber vorlesen geht schneller.«

Es ist tatsächlich dürftig: ein Messer, eine Plane, eine Art Kiste und ein Hut.

Bergkamp weiß nicht, was in der Kiste ist.

»Er hat kein strafbares Delikt begangen, also gibt es keine gesetzliche Handhabe, das Ding aufzubrechen. Es sei denn, er wäre ein unerwünschter Fremder.«

»Unerwünschter Fremder … Ist das heutzutage eine Tautologie oder ein Pleonasmus?«

»Jaja«, sagt Bergkamp. »Ich denk mir so was auch nicht aus. Worum es geht: Wir wissen nicht, wer er ist. Kannst du ihn nicht vorbeibringen? Dann kann er seine Sachen gleich mitnehmen.«

Ich berichte, was passiert ist.

»Wenn es so weitergeht, hast du am Ende keine Patienten mehr«, sagt Bergkamp.

—

Ein Ehepaar hatte ihn gefunden, begraben unter einer dicken Blätterschicht. Die Frau war gestolpert, und als sie sich wieder aufgerappelt hatte, stand der schlammige Abdruck ihres Wanderschuhs auf einem bleichen, stillen Gesicht, das mit leeren Augen aus den Blättern starrte. Ich stelle mir vor, dass es einen entsetzten Aufschrei gab. Eine Viertelstunde später kam ein Streifenwagen, gefolgt von einer Ambulanz, und gemeinsam machten sich die Polizisten und die Sanitäter daran, ihn auszugraben. Die flache Kuhle, in der der Körper lag, war mit Moos und Gras ausgekleidet, darüber eine dicke Schicht frisch gefallenen Laubs. Ein zweiter Streifenwagen kam und nahm die Spaziergänger für eine Aussage mit auf die Wache. Auf dem asphaltierten Weg, ein Stück entfernt, hielt ein Polizist ein Grüppchen Neugieriger auf Abstand. Es war ein schöner herbstlicher Sonntagnachmittag, der Wald war voller Menschen, die sich an dem bunten Laub erfreuen wollten. Es dauerte eine halbe Stunde, bis die Spurensicherung da war. Kleine Schilder mit Nummern wurden in den Boden gesteckt, Fotos gemacht, Beweismaterial sichergestellt. Ein inzwischen alarmierter Arzt kam, stellte fest, dass es sich um einen natürlichen Tod handele, und fertigte die Sterbeurkunde aus. Nicht lange danach traf der Bestattungsunternehmer ein. Er und sein Assistent bahnten sich einen Weg durch das Unterholz, und als sie endlich am Fundort waren, öffneten sie einen Leichensack. Die Polizisten hatten sich ins Auto gesetzt, und die Sanitäter standen rauchend herum und schauten zu, wie der Bestattungsunternehmer Vorbereitungen traf, den Leichnam wegzuschaffen. Das war nicht ganz leicht, so im Unterholz, und einer der Sanitäter eilte zu Hilfe, um einen Zweig zur Seite zu biegen. Es wurde gescherzt, dass man ihn ja gleich zweihundert Meter weiter ausladen könne, denn dort sei der große Friedhof, und da, die beiden Bestatter wollten den Leichnam gerade in den Sack schieben, schlug der zuschauende Sanitäter Alarm. Er sah, zwar nur schwach und sehr undeutlich, eine Ader an der Schläfe der Leiche pulsieren. Die Polizisten kamen wieder aus dem Auto, der Bestattungsunternehmer und sein Assistent stapften zurück zum Leichenwagen, und die Sanitäter mühten sich mit der Trage durchs

Unterholz bis zu der Stelle, wo der reglose Mann lag, und luden ihn auf. Als sie zum Krankenhaus am Waldrand fuhren, war die eine kaum sichtbar pulsierende Ader noch immer das einzige Lebenszeichen. Davon abgesehen hätte der Mann aus dem flachen Grab genauso gut tot sein können.

Im Krankenhaus hatte der nervöse PJler in der Ambulanz Mühe festzustellen, wodurch die tiefe Bewusstlosigkeit des Patienten verursacht worden war, und der daraufhin hinzugezogene sichtlich übermüdete ältere Arzt hatte ihn zur Strafe die Bahrmann-Liste aufsagen lassen: A für Asphyxie, Alkohol und Anämie; E für Elektrokution und Epilepsie; I für *injury*; O für Opium und Anverwandtes; U für Urämie und C für *cold*. Sie entschieden sich für C, obwohl es ein ungewöhnlich milder Herbst war und es noch keine wirklich kalten Nächte gegeben hatte. Der Patient wurde auf die Intensivstation verlegt, und der PJler fasste einen kurzen Bericht ab.

Acht Stunden später sah der Pförtner des Krankenhauses auf dem Monitor der Sicherungsanlage eine weiße Gestalt, die über den dunklen Rasen hinter dem Hauptgebäude schwebte. Als er durch die verlassenen Korridore zur Gebäuderückseite gerannt war, verschwand die Spukerscheinung gerade in Richtung Wald. Die Polizei war rasch zur Stelle, und im Schein einer Taschenlampe tauchte der Mann auf, den man an diesem Tag gefunden hatte, gehüllt in ein Betttuch, das er sich über den Kopf gezogen und um den nackten Körper drapiert hatte. Der Polizeibericht meldete, dass der Krankenhauspförtner von »einem Engel« berichtet habe, der über das Gelände schwebe. Die Meldung wurde zwei Stunden später mit der Bemerkung abgeschlossen, man habe »nichts Übernatürliches« gefunden.

Jetzt, da der Patient erwacht war, konnte man ihn genauer untersuchen. Am nächsten Tag bekam er ein EEG und ein EKG, man zapfte ihm Blut ab und machte Röntgenaufnahmen von Schädel und Thorax. Die Untersuchungen ergaben nichts als die Feststellung, dass der Patient alles erstaunt und ruhig über sich ergehen lasse und nicht nur die Freundlichkeit in Person sei, sondern auch absolut nicht zu begreifen schien, wo er war, wer er war, was man mit ihm machte und warum. Er sprach wenig, schien nicht recht zu verstehen, was man zu ihm sagte, und betrachtete das Krankenhauspersonal, als sei es eine ihm bisher noch nicht bekannte Lebensform. Nach seinem Namen und Wohnort befragt, nach dem aktuellen Tag und Jahr, hatte er sie mit leerem Blick angestarrt. Zu einer Unterhaltung war er nicht zu bewegen. Der behandelnde Arzt erwähnte in seinem Bericht das Wort »Amnesie«, doch Gedächtnisverlust erklärte die Schweigsamkeit nicht, geschweige denn den scheintoten Zustand, in dem er aufgefunden worden war. Da man keine nähere Erklärung für seinen Zustand fand und der Patient sich ansonsten als überraschend gesund entpuppte, wurde er nach »Licht und Kraft« verlegt. Speelman hatte gemeint, das sei ein Fall für mich.

Licht und Kraft. In diesen Worten ist eine ganze Kultur gut gemeinter, liebevoller christlicher Fürsorge enthalten. Unwiderlegbare Tatsache ist, dass die Klinik, und auch die vielen anderen der Umgebung, als Verwahrort für das Unerwünschte, Unerklärliche und Unsoziale gegründet wurde. Diese Einrichtungen wurden im menschenleeren Norden erbaut, zwischen Wald und Heide, um die Kranken und Schwachen im Geist mit Ruhe, Licht und Raum zu versorgen und die Welt der Gesunden von ihnen zu erlösen. Das war vor beinahe hundert Jahren, als das Spannlaken, die Kaltwasserbehandlung und emsige Arbeit die Hauptbestandteile des Therapieangebots darstellten. Heutzutage werden mit den Patienten kleine Spaziergänge durch die Stadt gemacht, und man nimmt nicht nur die völlig Verrückten auf, damit sie hier ihr Leben fristen können, sondern man versucht auch, die Traurigen und Trübseligen und Süchtigen und Beschädigten von den Schmerzen und Wunden zu heilen, die ihnen das Leben und sie sich selbst zugefügt haben.

Es ist ungewöhnlich, von einem Klienten keine Geschichte zu haben, doch der Mann, der nach seinem merkwürdigen Auffinden bei mir gelandet war, hatte noch nicht einmal einen Namen. Während des ersten Gesprächs verströmte er noch immer, obwohl er inzwischen gebadet hatte, einen schwachen Geruch nach Laub, Erde und Humus. Er sah aus wie mit einem spitzen Bleistift gezeichnet. Alter schwarzer Anzug, sehnig und mager und – ich konnte es nicht anders formulieren – bescheiden. Kohlschwarze Augen unter schwarzgrauen Brauen. Der Blick einer Krähe, die nach Würmern sucht.

Der Stuhl, auf dem er saß, war alles andere als riesig, doch der Namenlose hatte auf ihm trotzdem zerbrechlich gewirkt.

»Ist es Ihnen recht, wenn ich Ihnen ein paar Fragen zu Ihrem bisherigen Leben stelle?«

Der Klient hatte genickt.

»Wo kommen Sie her?«

»Jetzt?«

»Jetzt kommen Sie aus dem Pavillon. Nein, wo sind Sie geboren?«

Er schien mit Stummheit geschlagen. Es dauerte eine Weile, bis er antwortete.

»Das ist sehr lange her.«

Ich nickte.

»Wissen Sie noch, wo das war?«, fragte ich, als die Stille zu nichts zu führen schien.

»O ja«, sagte er zufrieden und sah mich lächelnd an.

Ich ahnte langsam, dass dies ein langwieriger Prozess werden würde.

»Und wo war das?«

»Ich denke, Sie kennen den Ort nicht«, sagte er. »Es war auch kein Ort. Eher ein … Fleck.«

»Was ist der Unterschied zwischen einem Ort und einem Fleck?«

»Eigentlich«, sagte er, »waren es mehrere Flecke.«

»Sie sind doch nur an *einem* Fleck geboren, oder?«

Der Klient hatte die Augenbrauen gerunzelt, und die Falten auf seiner Stirn waren noch tiefer geworden. Er hatte die gegerbte Haut eines Menschen, der viel im Freien ist. Ich blickte auf seine Hände. Sie waren nussbraun vom Leben draußen, machten aber nicht den Eindruck schwerer körperlicher Arbeit.

»Diesen Fleck gibt es nicht«, sagte der Mann.

»Ich glaube, ich verstehe Sie nicht richtig«, sagte ich. »Sie sind an einem Fleck geboren, den es nicht gibt?«

Der Klient nickte erleichtert. Fehlte nur noch, dass er mir für die Erkenntnis dankte.

»Wo war das denn?«

Er bewegte seinen Kopf leicht hin und her.

»Tja«, sagte er.

»In einem Land, das es nicht gibt?«, fragte ich.

Ich war mir der Ironie bewusst, die sich in meine Stimme geschlichen hatte. Der Klient offenbar nicht, denn er sah überrascht auf.

»Ja«, sagte er.

»Wie nennen Sie sich selbst?«

Er hatte den Kopf geschüttelt, als begreife er nicht, was gemeint war.

»Wenn Sie sich anderen vorstellen, was sagen Sie dann? Ich bin …«

»Oh, das kommt drauf an.«

»Und wenn Sie sich mir vorstellen? Mein Name ist Adenauer. Mendel Adenauer. Und Sie sind?«

»Adonai?«

»Nein, Adenauer. Obwohl mein Großvater behauptete, der Name sei tatsächlich eine Verballhornung von Adonai. Auf Niederländisch wäre das dann so etwas wie ›der Herr‹.«

Der Klient nickte bedächtig.

»Und Sie sind …«

»Ja, das kommt drauf an.«

»Aber, Herr … Aber … Sie heißen doch nicht jedes Mal anders?«

Der Klient lächelte.

»Wie heißen Sie denn jetzt?«

Es war lange Zeit still gewesen, und aus dieser Stille heraus hatte er mich angeschaut, als könne er anhand meines Blicks, meines Äußeren, vielleicht auch anhand der Einrichtung des Sprechzimmers bestimmen, wie er sich jetzt nennen würde.

»Das ist eine lange Geschichte.«

»Ist Ihr Name eine lange Geschichte?«

Er nickte. Wir sahen einander eine Weile an.

»Eine lange Geschichte«, sagte er schließlich.

»Wollen Sie sie mir erzählen?«

Es war nicht so gewesen, dass er zögerte. Sein Blick ruhte auf mir, und er schien nachzudenken, tief und lange, als überlege er, ob er genügend Vertrauen zu mir … Nein, kein Vertrauen … Es war, als prüfe er mich, bevor er eine Entscheidung traf.

»Ich werde Ihnen ohne Urteil oder Voreingenommenheit zuhören. Lassen Sie sich Zeit.«

Er sah auf.

»Zeit?«, hatte der Klient gesagt und den Kopf gesenkt und zu Boden geblickt. Es war ein Gespräch mit vielen Schweigeminuten gewesen, doch was jetzt entstand, war mehr als das. Eine Abwesenheit von Worten, Geräuschen, dem Rauschen und Hintergrundlärm, der immer auf irgendeine Weise in ein Sprechzimmer dringt. Es war eine Stille, die aus dem Boden zu steigen schien, eine Leere, die sich um unsere Füße sammelte und den Raum füllte und mich auf irgendeine Weise an die Nebel erinnerte, die morgens aus den Wiesen aufsteigen und sich langsam verbreiten, mit tastenden dünnen grauen Fingern, die zwischen Baumstämme gleiten und über kleine Wege und Pfade kriechen.

Ich ließ die Stille währen.

Als die Zeit um war, hatten wir uns eine Dreiviertelstunde gegenüber gesessen, ohne dass ein Wort gefallen war.

—

Klein, 23 Jahre alt, ein ungarischer Jude, wird am 12. Dezember 1888 in das Hôpital de la Salpêtrière zu Jean-Martin Charcot gebracht. Er ist zu diesem Zeitpunkt drei Jahre lang ununterbrochen gegangen, von Ungarn nach Dresden, Leipzig, Breslau und Berlin, nach England (lediglich für zwei Monate, er fand, es sei »ein trübseliges Land«), nach Antwerpen, von Antwerpen nach Brüssel und dann nach Lüttich, schließlich nach Frankreich, bis er sich in Charcots Klinik meldet. Nirgends ist er lange geblieben, mitunter sogar lediglich ein paar Tage, stets weitergetrieben durch das, was Charcot ziemlich abgeklärt als »unwiderstehlichen Drang nach Wechsel der Umgebung« beschreibt. Manchmal fand er irgendwo Arbeit und konnte unterwegs für seinen Lebensunterhalt sorgen, aber es kam auch vor, dass er so mittellos war, dass er bei jüdischen Wohltätigkeitseinrichtungen anklopfen musste. Nie wegen Bett, Bad und Brot, immer um weiterreisen zu können. Aus dem Bericht ergibt sich das Bild einer zwanghaften Wanderung voller Entbehrungen. Auf dem Weg nach Lüttich geht er zwei Tage lang im strömenden Regen über unbefestigte Wege, und als das Unwetter am dritten Tag kurz nachlässt, legt er sich, von Erschöpfung übermannt und bis auf die Knochen durchnässt, auf den Weg und sinkt in einen tiefen Schlaf. Das trägt ihm eine Verkrampfung im rechten Arm ein, die, als Charcot ihn Monate später zu Gesicht bekommt, noch immer nicht verschwunden ist.

»Ich präsentiere Ihnen den Kranken als wahrhaften Nachkömmling des Ahasverus«, sagt Charcot und stellt schon bald die damals übliche Diagnose »Hysterie«.

In der Klinik wird Klein von heftigen Albträumen geplagt. Er gerät in gewalttätige Streikauseinandersetzungen, wie er sie in Belgien erlebt hat, und wird von der Polizei verfolgt. Er sieht riesige Hunde, die von allen Seiten kommen und sich auf ihn stürzen.

Charcot, von vielen als Vater der Psychologie bezeichnet (er war in den Jahren 1885/86 der Lehrmeister von Freud, der dessen *Leçons du mardi* unter dem Titel *Poliklinische Vorträge* ins Deutsche übertrug und während seiner Zeit in Frankreich entdeckte, dass er im Gegensatz zu Charcot kein guter Hypnotiseur war), zieht eine tiefer liegende Ursache für Kleins zwanghaftes und fast zur Selbstzerstörung neigendes Umherziehen kaum in Erwägung. In einem Nebensatz erwähnt er, dass Kleins Großvater 1848 in Russland »unter der Knute« gestorben sei. Charcot vermutet nicht zuletzt deshalb, dass Kleins Familie mehrmals von »heftigen Gefühlsregungen« erschüttert wurde.

Etwa hundert Jahre früher, im Jahr 1778, zog der Schriftsteller Jakob Michael Reinhold Lenz durch das Elsass, ein Opfer von Euphorie und Depressionen, sehr wahrscheinlich als Folge von Schizophrenie. Er hatte eine Reihe von Selbstmordversuchen unternommen und wurde nach seiner Wanderung durch bergiges und waldreiches Gebiet schließlich von einem gewissen Oberlin aufgenommen, Pfarrer zu Waldersbach. Ein Jahr darauf zieht Lenz nach Jena, wo er das Studium der Rechte beginnt und wieder abbricht. In Sankt Petersburg findet er Arbeit beim Militär und nimmt ein Russischstudium auf. Er unterrichtet an Privatschulen, übersetzt hie und da und wird schließlich 1792 in Moskau tot auf der Straße gefunden.

Die Zeit, in der er durch die raue Natur des Elsass streift, wurde von Georg Büchner in der schönsten und beeindruckendsten Novelle der Weltliteratur geschildert. Nirgends sonst ist der »Natureingang« so überzeugend und perfekt eingesetzt worden wie in diesem Werk.

»Den 20. ging Lenz durch's Gebirg. Die Gipfel und hohen Bergflächen im Schnee, die Täler hinunter graues Gestein, grüne Flächen, Felsen und Tannen. Es war naßkalt, das Wasser rieselte die Felsen hinunter und sprang über den Weg. Die Äste der Tannen hingen schwer herab in die feuchte Luft. Am Himmel zogen graue Wolken, aber Alles so dicht, und dann dampfte der Nebel herauf und strich schwer und feucht durch das Gesträuch, so träg, so plump. Er ging gleichgültig weiter, es lag ihm nicht's am Weg, bald auf- bald abwärts. Müdigkeit spürte er keine, nur war es ihm manchmal unangenehm, daß er nicht auf dem Kopf gehen konnte. Anfangs drängte es ihm in der Brust, wenn das Gestein so wegsprang, der graue Wald sich unter ihm schüttelte, und der Nebel die Formen bald verschlang, bald die gewaltigen Glieder halb enthüllte; es drängte in ihm, er suchte nach etwas, wie nach verlornen Träumen, aber er fand nichts. Es war ihm alles so klein, so nahe, so naß, er hätte die Erde hinter den Ofen setzen mögen, er begriff nicht, daß er so viel Zeit brauchte, um einen Abhang hinunter zu klimmen, einen fernen Punkt zu erreichen; er meinte, er müsse Alles mit ein Paar Schritten ausmessen können. Nur manchmal, wenn der Sturm das Gewölk in die Täler warf, und es den Wald herauf dampfte, und die Stimmen an den Felsen wach wurden, bald wie fern verhallende Donner, und dann gewaltig heran brausten, in Tönen, als wollten sie in ihrem wilden Jubel die Erde besingen, und die Wolken wie wilde wiehernde Rosse heransprengten, und der Sonnenschein dazwischen durchging und kam und sein blitzendes Schwert an den Schneeflächen zog, so daß ein helles, blendendes Licht über die Gipfel in die Täler schnitt; oder wenn der Sturm das Gewölk abwärts trieb und einen lichtblauen See hineinriß, und dann der Wind verhallte und tief unten aus den Schluchten, aus den Wipfeln der Tannen wie ein Wiegenlied und Glockengeläute heraufsummte, und am tiefen Blau ein leises Rot hinaufklomm, und kleine Wölkchen auf silbernen Flügeln durchzogen und alle Berggipfel scharf und fest, weit über das Lind hin glänzten und blitzten, riß es ihm in der Brust, er stand, keuchend, den Leib vorwärts gebogen, Augen und Mund weit offen, er meinte, er müsse den Sturm in sich ziehen, Alles in sich fassen, er dehnte sich aus und lag über der Erde, er wühlte sich in das All hinein, es war eine Lust, die ihm wehe tat; oder er stand still und legte das Haupt in's Moos und schloß die Augen halb, und dann zog es weit von ihm, die Erde wich unter ihm, sie wurde klein wie ein wandelnder Stern und tauchte sich in einen brausenden Strom, der seine klare Flut unter ihm zog.«

Nach seiner Wanderung findet Lenz Obdach bei Pfarrer Oberlin, der davon später in einer biographischen Notiz berichten wird. Er kommt einigermaßen zur Ruhe, doch es gibt nach wie vor Momente der Euphorie, Langeweile, Verzweiflung. Er predigt in Oberlins kleiner Kirche, und »das All war für ihn in Wunden; er fühlte tiefen unnennbaren Schmerz davon …« Wieder in seinem Zimmer, wird er von dem Gedanken übermannt, dass er allein ist, allein!

Sein alter Freund Kaufmann besucht ihn mit seiner frischen Braut, und es entspinnt sich ein Gespräch über »die Kunst«. Kaufmann hängt der modischen idealistischen Strömung an, doch Lenz behauptet, er erkenne nur hölzerne Puppen in diesen idealisierten Figuren. Schönheit, so Lenz, könne nur in Bewegung und Veränderung erlebt werden und nicht in der Abbildung einer Idee. »Die Dichter, von denen man sage, sie geben die Wirklichkeit, hätten auch keine Ahnung davon, doch seien sie immer noch erträglicher als die, welche die Wirklichkeit verklären wollten.«

Zum Schluss ist da noch die Erinnerung an eine alte Liebe, Friederike, an die Ruhe, die er bei ihr empfand, wenn sie ihren Kopf an seine Schulter lehnte: »… doch ich muß weg, zu *ihr* – aber ich kann nicht, ich darf nicht.« In seiner Verzweiflung rennt Lenz aus dem Haus und stürzt sich in das kalte Wasser des Trogs unter der Pumpe.

Die Zeit bei Oberlin geht zu Ende. Lenz reist in einem Wagen ab.

»Am folgenden Morgen bei trübem regnerischem Wetter traf er in Straßburg ein. Er schien ganz vernünftig, sprach mit den Leuten; er tat Alles wie es die Andern taten, es war aber eine entsetzliche Leere in ihm, er fühlte keine Angst mehr, kein Verlangen; sein Dasein war ihm eine notwendige Last. – So lebte er hin.«

Der ewige Jude, der wandernde Baltendeutsche, der Friseurgeselle auf der Flucht vor »der Güte der Menschen«, Frau Helder, die nachts durch die Stadt irrt, das Gesicht mit dem eigenen Blut bemalt, Stephanies Streifzüge – ob Phantasie oder Fakt – durch die erotische Unterwelt, Herr X, meine eigenen Streifzüge durch Wald, Acker und Feld. Exodus und Odyssee. »Wer jetzt kein Haus hat, baut sich keines mehr.«

In Frederic Raphaels Fernsehdrama *The Glittering Prizes* schreibt der Jude Adam Morris, zu Besuch bei der adligen Familie seines Freundes Donald, einen Brief an seine künftige Frau: *»I have no place in this country as they have one. My only place is between your legs, that's my only country. The only place I can plant my flag and feel at home.«*

Wovor flüchten, warum dieses Umherziehen und Streunen, wo ist »zu Hause«?

Es ist nicht nur eine psychologische Frage. Es ist auch politisch und kulturell bedingt. Solange Exil, die Flucht vor Armut, Gewalt und Unterdrückung als Katastrophen betrachtet werden, das heißt: als Vorfälle, die den Menschen treffen können, leugnen wir den strukturellen Charakter der Heimatlosigkeit. Flüchtlinge und Heimatlose hat es immer gegeben – psychologisch, politisch und kulturell –, und es wird sie immer geben. Die Schöpfungsgeschichten, die so vielen Kulturen zugrunde liegen, sprechen fast alle von Flucht, von Exodus, von Odyssee. Aus Eden, aus Uruk, aus Ithaka, aus dem

Russland des Zaren und der Gewalt und Dürre Afrikas, aus dem Nahen Osten, zurück ins Land der Väter, getrieben von anstürmenden Armeen, Naturkatastrophen oder aussichtsloser Armut.

Ich versuche, eine Handvoll in Bedrängnis geratener Menschen vom Schmerz des Vertriebenseins aus dem Leben und der Liebe anderer, aus sich selbst, aus dem Schutz zu heilen, den andere kennen und sie selbst nicht mehr. Es ist Eulen nach Athen tragen, eine Uhr reparieren, obwohl sie noch läuft, es ist ein Kampf gegen die Zeit und den Verfall. Es ist nicht genug. Man kann die Welt heil machen, indem man bei sich selbst beginnt, man kann die Welt Mensch für Mensch heilen wollen, man kann absolute Macht erringen und als Anführer vorangehen, auf dem Weg zum Licht. Keine dieser Methoden hat etwas anderes erbracht als die Linderung individuellen Leids oder umgekehrt, wenn der Einzelne auf dem Altar größeren oder gemeinsamen Gutes geopfert wird, oder schlimmer: der heiligen Kuh der Ökonomie. »Hängt davon ab, was man will: bessere Zitronenpressen oder eine bessere Welt«, habe ich vor langer Zeit zu Abraham Vogel gesagt, und obwohl ich die Rhetorik dieser Bemerkung heute für fragwürdig halte, kann ich mich dem dahinter schimmernden moralischen Imperativ doch nicht entziehen.

Was soll ich tun? Lebe ich so weiter?

Die Sonne schien so grell auf die Ligusterhecken, dass die Blättchen aussahen wie grünes Flaschenglas. Eine Amsel hüpfte über den Sandhaufen, auf der Suche nach Würmern, und in dem gleißenden Licht schillerte ihr Federkleid. Aus dem Kreis, der sich um das Grab versammelt hatte, erklang Gemurmel. Der Prediger nahm eine Handvoll Erde, warf sie in die Grube und nickte. Als alle ihrer Pflicht nachgekommen waren, wichen die Umstehenden zurück und schickten sich an zu gehen. Die Totengräber, die wartend hinter einem Baum gestanden hatten, traten aus dem Schatten. Während wir den kleinen Friedhof verließen, drehte ich mich um und sah, wie eine Schaufel Erde nach der anderen ins Grab fiel. In dem Sandberg, der unter der strahlenden Sonne grau getrocknet war, erschienen schwarze Löcher. Das dumpfe Geräusch von lockerer Erde auf dem schwarzen Holzsarg war viel lauter, als ich erwartet hatte. Die Amsel hockte ein Stück entfernt im Gras und sah mit schräg gelegtem Kopf den Männern zu, die den Erdberg abtrugen.

Es gab Kaffee, der lange Tisch auf dem Innenhof war schwer beladen mit Brot, Käse und Schinken. Nach dem Kaffee kamen kleine Genevergläser auf den Tisch. Pfeifen wurden geraucht, es wurde bereits wieder etwas lauter gesprochen, hier und da erklang sogar Gelächter. Ich entschuldigte mich und ging zum Heizhäuschen. Als niemand auf mich zu achten schien, ging ich weiter, bis ich an der großen Scheune vorbei war und die Wiese vor mir lag. Dort lehnte ich mich über den Zaun und schaute zu den beiden Kälbern, die japsend im Schatten ihrer Mütter lagen. In der Ferne wölbte sich der Esch. Das Korn stand hoch. In einem Monat würde man es ernten müssen. Dann kamen die Schnitter wieder von nah und fern, sie würden noch vor dem Morgenlicht losgehen, und wenn sie beim Feld angekommen waren, würden die ersten Sonnenstrahlen gerade über dem Horizont sichtbar werden. Sie würden ihre Sensen wetzen, die Schnittordnung festlegen und dann, wenn das Licht den hohen Esch berührte, in einer Reihe vorrücken, und das lange Korn würde unter dem *schwick-schwick, schwick-schwick* der scharfen Klingen fallen, und während die Schnitter vorrückten und hinter ihnen die zu Boden gefallenen Ähren gesammelt wurden, würde zwischen den Stoppeln die schwarze Erde sichtbar werden, der reiche Boden, der wieder eingesät und neues Korn hervorbringen würde, bis im nächsten Jahr …

»Die Gesellschaft bedrückt dich.«

Der Bauer hatte sich neben mich gestellt. Er roch nach Tabak und Kaffee.

Ich richtete mich auf und nickte ihm zu.

»Wirf ihnen ihr scheinbares Fehlen von Trauer nicht vor«, sagte er. »Es ist eher Erleichterung.«

Ich schüttelte den Kopf.

Wir blickten auf die Wiese und die Tiere.

»Wir sind jetzt beide allein«, sagte er. »Aber ich werde dich nicht bitten zu bleiben. Ich würde deine Gesellschaft vermissen, denn du bist mir wie ein Sohn geworden. Aber ich weiß, dass du von etwas getrieben wirst, was ich nicht kenne und nicht verstehe, und dass du hier nur durch sie Ruhe gefunden hast.«

Er sprach ihren Namen nicht aus, und ich verstand, warum. Sie war sein Augapfel gewesen und meine Liebe, und jetzt lagen sie und das Kind in ihr in einem schwarzen Grab.

Wir hatten im November geheiratet. Neun Monate später hatte ich meine Frau verloren und auch das Kind, dem wir bis auf einen Monat die ganze Zeit sehnsüchtig entgegengesehen hatten. Unser Haushalt hatte in einem Taumel von Glück und Erwartung gelebt. Bauer van Esch lief strahlend vor Stolz herum, er hatte eine Wiege machen lassen und war mit Niese in die Stadt gefahren, um Leinenzeug zu kaufen. Zwischen ihm und mir war eine Vertrautheit entstanden, die mir unbekannt war. Als hätte ich ihm ein großes und ganz besonderes Geschenk gebracht. Ich selbst war närrisch vor Glück und Verwirrung. Ich wusste nicht recht, wie mir geschah. Wenn wir abends beim Essen saßen und ich über den Tisch hinweg meine Frau ansah, dann spürte ich in meiner Brust sowohl Freude wie Kummer. Ich hatte das »Glücksschmerz« genannt. Niese ihrerseits war in sich gekehrt. Etwas in ihr glühte, und mehrmals hatte ich sie dabei überrascht, dass sie, eine Hand auf ihrem Bauch, ins Nichts starrte und nicht hier zu sein schien, sondern weit, weit weg. Zu Beginn des achten Monats war sie krank geworden. Ihre Hände wurden dick und die Knöchel schwollen, und sie klagte über Kopfschmerzen und Stiche im Bauch. Bauer van Esch und ich hatten für sie in der vorderen Stube ein Lager bereitet. Dort lag sie am Fenster und schaute hinaus, wo der Frühling in den Sommer übergegangen war und im Garten alles wuchs und blühte. Sie hatte zu fiebern begonnen, und der Bauer hatte einen Arzt aus der Stadt kommen lassen. Er hatte sie untersucht und viel gemurmelt und hm gemacht und schließlich seinen Koffer zugeklappt und uns in der Küche gesagt, es liege in Gottes Hand. Er könne nicht sagen, was ihr fehle. Als er fort war, ging ich zu Niese, die mit abgewandtem Kopf nach draußen starrte. Noch bevor ich mich zu ihr setzte, sagte sie: »Ich habe Angst, Niekas.« Ich hatte ihre Hand genommen und ihre Stirn gestreichelt. »Ich bin bei dir«, sagte ich, und ich hatte sagen wollen, dass alles gut werde und sie sich keine Sorgen machen solle, aber ich merkte, dass auch ich Angst hatte. In jener Nacht schlief ich neben ihr in einem Sessel, und jedes Mal, wenn Niese sich bewegte, wurde ich wach. Ich hatte Wasser für sie geholt und ihr mit einem nassen Tuch die Stirn gekühlt und ihre Hand gehalten, und dann wurde es Morgen, die ersten Sonnenstrahlen drangen durch einen Spalt im Vorhang und vertrieben die Dunkelheit aus der Stube, und ich schlug die Augen auf, und als ich wieder wusste, wo ich war und warum ich hier saß, spürte ich ihre Hand und merkte, die Hand war kalt, und ich stand auf und sah sie an, und ich wusste, sie war nicht mehr.

»Ich werde dich nicht im Stich lassen«, sagte ich zu dem Bauern.

Er nickte langsam.

Wir schauten vor uns hin, um einander nicht in die Augen zu sehen. Van Esch entrang sich ein Seufzer.

Die beiden Kälbchen waren aufgestanden und sprangen tollpatschig umeinander herum. Eine der Mütter muhte.

»Gottes Schöpfung«, sagte van Esch.

Der Bauer schüttelte den Kopf und gab sich einen Ruck. Er steckte die Hände in die Taschen und blieb noch einen Augenblick stehen, bevor er noch einmal den Kopf schüttelte, sich umdrehte und ging.

Es wurde gemäht, es wurde gesät, der Herbst kam und der Winter, ein langer, kalter Winter, und es wurde Frühling und

Sommer, und ein Jahr war vergangen. An der Grabstätte war ein Stein aufgestellt worden, auf dem unter einer kunstvoll herausgehauenen Trauerweide ihr Name stand. Bauer van Esch hatte einen jungen Birnbaum hinter den Stein gepflanzt und begoss ihn in jenem ersten Jahr regelmäßig. Jedes Mal, wenn ich mitging, legte ich einen Kieselstein auf das Grab, unter den Blicken des Bauern. Eine neue Magd war gekommen, die den Haushalt versorgte, die Kälber vom Vorjahr waren gewachsen und würden, sobald sie selbst gekalbt hatten, unsere neuen Milchkühe werden. Ihre Mütter würden geschlachtet werden. Zusammen mit den Knechten hatte ich die Wassergräben gemäht und vertieft, und eines Tages hatten wir den Walnussbaum auf dem Innenhof umgehackt, nachdem ein großer Ast herabgefallen war und wir sahen, dass der Baum krank war. Der Platz war jetzt merkwürdig leer, und es war, als würden wir erst jetzt erkennen, dass nichts mehr jemals so sein würde, wie es einmal gewesen war. An jenem Abend, während wir das Holz von dem gefällten Baum an der Scheunenrückseite stapelten, sagte van Esch auf einmal: »Geh.« Ich hatte aufgeblickt und die Stirn gerunzelt. »Du bist für mich eine Erinnerung an sie und ich für dich. Wir müssen weiterleben.« Ich hatte genickt.

In jener Nacht, als alles im Bauernhof und ringsum still war, packte ich meine alte Reisekiste, hob sie mir auf den Rücken und verließ den Hof. Ich ging an der Scheune vorbei, über den Weg zum Esch und von dort den Acker entlang. Als ich kurz vor dem Waldrand war, blieb ich stehen. Es schien kein Mond, und trotzdem sah ich sie, auf dem Weg zwischen den beiden Äckern: einen undeutlichen weißen Schemen im Nachthemd, ihre Stimme, die schwach und wie aus weiter Ferne klang …

Ich sag ade,
wir zwei, wir müssen scheiden,
bis zu 'ner and'ren Zeit;
ohn' Trost werd' ich dann leiden.
Ich lass bei dir das Herze mein,
denn wo du bist, da werd' ich sein.
Ob Freud, ob Pein,
allzeit werd' ich dein Eigen sein.

»Warum leidet der Mensch?«, hatte ich Jakub einmal gefragt. Er hatte mich mit seinen milchweißen Augen angesehen.

»Was meinst du damit, mein Junge? Woher es kommt, dass der Mensch leidet, oder was der Sinn des Leidens ist?«

Ich hatte geschwiegen, denn ich wusste nicht, dass meine Frage weitere Fragen in sich barg.

»Manche sagen, der Mensch leidet, weil er strebt, und dass Streben Widerstand auslöst, Schwierigkeiten, die überwunden werden müssen und die Unglück und Unfrieden verursachen. Wer ein Ziel hat, weiß, dass es selten einfach zu erreichen ist. Andere sagen, der Mensch leidet, weil er nicht genug Wissen besitzt, dass nur reines, vollständiges Wissen Erkenntnis bieten und Leiden verhindern kann. Und dann gibt es noch die, die denken, dass die Endlichkeit des Daseins uns erkennen lässt, dass wir uns nur kurze Zeit im Licht aufhalten, den größten Teil davon mit der Entdeckung simpler Wahrheiten vertun, und dass das von keinerlei Nutzen ist, wenn wir sterben, weil alles vorbei ist, kurz bevor wir erkennen, wie alles zusammenhängt.«

»Aber …«, sagte ich.

»Ich denke«, sagte Jakub, »dass Leid zum Leben gehört genauso wie Glück, wie es Regen und Sonnenschein gibt, das Meer und die Küste, Feuer und Wasser, Krankheit und Gesundheit. Ich denke, dass das Leid nicht gebannt werden kann, genauso wie neben dem Guten stets auch das Böse existieren wird, dass wir aber trotzdem die Aufgabe auf uns nehmen müssen, die Welt zu verbessern, selbst wenn sie nicht besser zu werden scheint. Nicht indem wir Reichtum anhäufen oder uns möglichst viel Genuss verschaffen, sondern indem wir heil machen, was zerbrochen ist, oder zumindest danach streben.«

»Wie kann *ein* Mensch die Welt heil machen?«

»Nicht *ein* Mensch«, sagte Jakub. »Wir alle. Dafür braucht es Vertrauen. Zu uns selbst und zueinander. Dazu braucht es Fürsorge, für uns selbst und füreinander. Wer vertraut, weckt Vertrauen. Wer fürsorglich ist, ruft Fürsorge hervor. Du kennst die Geschichte von Alexander dem Großen und dem Pflaumenbaum?«

Ich nickte.

»Denk dran. Man pflanzt einen Baum nicht für sich selbst, auch wenn du vielleicht in seinem Schatten sitzen und seine Früchte pflücken kannst.«

An diese Worte Jakubs dachte ich, als ich van Esch verlassen hatte, um nicht eine Erinnerung an das zu sein, was er vermisste und niemals wiederbekommen würde. Ich dachte auch an das, was Jakub von dem chinesischen Mönch erzählt hatte, dem er einmal begegnet war und der ihm gesagt hatte, Leid werde verursacht, wenn der Mensch nicht im Jetzt lebe, denn die Vergangenheit sei vorbei und lasse sich nicht mehr ändern, und die Zukunft sei noch nicht da, und unser Einfluss auf sie sei fragwürdig. Ich dachte: Wo ist das Jetzt?

Ich war in einem Wald angelangt und machte mir ein Lager im Unterholz. Als ich meine Kiste abgestellt und mir einen Liegeplatz bereitet hatte, schloss ich die Augen und dachte nach, denn zum ersten Mal in all den langen Jahren des Umherziehens suchte ich ein Ziel. Ich hatte mich von meinen Füßen leiten lassen, vom Zufall und vom Wunsch anderer. Jetzt wollte ich das Rätsel ergründen, nicht das des Lebens oder des Menschen, sondern mein eigenes. Vielleicht, dachte ich, ist das Jetzt hier und ist mir stets entschlüpft, weil ich immer nur ging und ging. Und wenn das Jetzt hier ist, ist es immer, und ich muss bleiben, um zu erfahren, was es ist. Ich spürte, wie mich eine große Müdigkeit überkam. Ich legte mich hin und blickte auf die Unterseite der Äste und Blätter. Ich dachte an Niese und an das Glück, das sie mir geschenkt hatte, und obwohl ich den Schmerz über ihre Abwesenheit und das Glück fühlte, das ich entbehren musste, wusste ich auch, dass ich sowohl auf die Vergangenheit gehofft hatte wie auch auf die Zukunft, und ich begriff, was Jakubs Mönch gemeint hatte, als er sagte, dass die Vergangenheit und die Zukunft den Menschen unglücklich machen. Der Schlaf zerrte an mir, und ich spürte, wie ich langsam wegglitt. Ich hörte noch immer einen sanften Wind durch die Blätter gehen, ich roch die Erde noch, aber gleichzeitig war ich schon weit weg. Bilder und Erinnerungen begannen, langsam durch meinen Kopf zu strömen, und ich sah die Jahreszeiten kommen und gehen, Laub fiel herab, die Zweige wurden kahl, ein Sturm kam auf, Regen prasselte auf die Erde; die Sonne ging auf, und die Zweige begannen zu knospen, Kräuter schossen empor, und Waldanemonen sprengten ihre Knospen; unter mir spürte ich, wie die Erde kreiste, und ich war eins mit der Erde, genau wie einst, als ich eins war mit dem Wald und den Ameisen und den Eichen, mit dem Hecht, der im Wasser stand und schlaflos lauerte, mit den Bibern, die endlos nagten und Dämme bauten, mit dem Wisent, der dampfend zwischen den Stämmen stand und in die Ferne starrte; da war der Klang von Kinderstimmen und Kochgeschirr, von Axthieben und Sägen und der Geruch von Holz und Harz und Humus; Malka ritt auf ihrem Tarpan durch den Wald, die Jungen schwammen im Fluss; Julia nahm ein Bad, und der ganze Wald duftete nach Honig und den Schinken und Speckseiten, die im Räucherschuppen hingen, der Pferdehändler kam mit einem Fohlen vom Markt zurück, der Priester saß auf einer Bank vor seinem Haus, das Gesicht in der Sonne; in der unterirdischen Bibliothek des Schlosses beugten der Herr und sein Bibliothekar sich über die Karte eines Landes, in dem Zimtvögel vor Gewürzjägern herflogen, um ihnen den Schatz zu zeigen; die Sonne schien auf Kaffa und seine Zitadelle, auf den großen Fluss in China und den Mönch, der am Ufer saß und sich die Füße wusch; ich sah eine Waschfrau, die ihr Oberteil aufknöpfte und eine Brust hervorholte, um ein hungriges Kind zu stillen. Zum Schluss sah ich einen Mann, der im Wald lag, auf dem Rücken, einen Stock, braun glänzend wie eine Natter, neben sich, in der Tasche eine Uhr. Er stand auf, sah sich um, nahm die Uhr in die Hand, und während er auf sie starrte, sah er mich und ich sah ihn, und beide sahen wir alles, was war und ist, was hier ist und dort, die Welt.

—

Halb zwölf, stockdunkel, ein eisiger Wind, der sogar hier drinnen zu spüren ist, und Bergkamp, der irgendwo im Tosen des Novembersturms steht und in sein Telefon brüllt. Unverständliche Wortfetzen, Geräusche, die ich nicht identifizieren kann, eine zuschlagende Autotür und plötzlich Stille.

»Es ist kalt, und es stürmt gnadenlos. Dein Patient ist im Wald. Wir haben ihn noch nicht zu fassen gekriegt, aber er ist gesehen worden. Was sollen wir tun?«

»Ich komme. Fünfzehn Minuten.«

»Geh nicht in seine Nähe. Du weißt, wo er beim ersten Mal gefunden wurde? Komm dorthin.«

Ich blicke auf das Glas Whisky, aus dem ich erst einen Schluck getrunken habe, zucke mit den Achseln und gehe in die Diele, wo ich mir den Mantel von der Garderobe schnappe. Der Stock fällt klappernd zu Boden. Ein Moment des Zögerns. Dann nehme ich ihn mit und binde ihn mit meinem Schal an die Fahrradstange.

Auf halber Strecke einer Allee stelle ich das Rad an einen Baum. Bergkamp hat recht: Der Wind ist gnadenlos. Er rast durch die Baumkronen, reißt Blätter ab und jagt sie durch den Wald. Hoch über mir jammert und ächzt und knarrt das Holz. Ich stakse, mit dem Stock tastend, durch die Dunkelheit wie ein Reiher, der sich einen Weg durch einen Schlammtümpel sucht. Nach ungefähr zweihundert Metern, auf Höhe der Stelle, die Bergkamp genannt hat, versuche ich, unter den belaubten Zweigen durchzuschauen, und während ich da vorgebeugt stehe, fällt etwas herunter. Vom Wind getrieben, schießt es durch die Finsternis. Es landet vor meinen Füßen und zerfließt. Als ich mich aufrichte und nach oben schaue, sehe ich ein paar Schneeflocken durch die Dunkelheit trudeln. In der Ferne, irgendwo zwischen den Baumkronen, bewegt sich etwas unruhig hin und her und auf und ab, wie das Mastlicht eines Fischerboots bei Sturm, blau flackernd, ein schwaches Licht, das gegen Wind und Dunkelheit kämpft. Es verändert seine Form und beginnt, einer langgereckten Flamme zu ähneln. Das Telefon in meiner Hosentasche vibriert. Ich öffne die obersten Knöpfe an meinem Mantel und tauche mit dem Kopf zwischen die Aufschläge.

»Bergkamp?«, flüstere ich.

»Was machst du da um Himmels willen?«

»Nichts. Ich weiß nicht, was los ist.«

»Bleib, wo du bist. Wir gehen von der Straße zu der Stelle. Wenn er abhaut, verlasse ich mich auf dich.«

Er unterbricht die Verbindung, bevor ich protestieren kann. Die blaue Flamme flattert durch die Wipfel. Hinter mir ächzt ein Baum. Ich knöpfe meinen Mantel zu und gehe zu einem Pfad, der in dem Waldstück verschwindet, in dem X Bergkamp zufolge hockt. Ich stütze mich krumm vorgebeugt auf den langen Stock, eine Gestalt aus einem Bild von Caspar David Friedrich. Irgendwo ertönt ein schwacher Schrei. Das blaue Licht streicht in etwa fünfzig Meter Entfernung bodenwärts. Es wird kleiner, als falte es sich zusammen, und dann, nach kurzem Zucken, erlischt es.

»Verdammt.«

Ich erschrecke derart, dass ich nach Luft schnappe. Bergkamp und ein uniformierter Beamter stehen in der Mündung des Pfades.

»Hast du ihn gesehen?«

Ich schüttle den Kopf.

»Was war das … Hast du mit dem Telefon …«

»Ich weiß nicht, was es war. Eine Lichterscheinung. Und auf einmal war sie verschwunden.«

Der Polizist knipst eine Taschenlampe an und leuchtet zwischen die Bäume. Schneeflocken schießen durch das Lichtbündel.

»Sieht verdammt noch mal aus wie in *Sturmhöhe*«, sagt Bergkamp.

Ich sehe ihn erstaunt an.

»Er ist weg. Wir haben ihn die ganze Zeit im Auge behalten, sofern das im Dunkeln möglich war, aber als wir auf ihn zugingen, war er nirgends mehr zu sehen. Er ist hier nicht …«

»Ich habe nichts gesehen. Nur dieses Licht, dort drüben, im Wald.«

Bergkamp seufzt. Sein Blick fällt auf den Stock. Als er mich anschaut, zieht er eine Augenbraue hoch.

»Den hab ich hier gefunden. Es stehen Zeichen drauf. Ich dachte, er gehört meinem Klienten.«

»Wann? Was hast du hier gemacht?«

»Also«, sage ich, »soweit ich weiß, ist dieser Teil des Waldes nicht gesperrt, das heißt …«

Bergkamp bewegt seinen Kopf ungeduldig.

»Ich versuche, mich in ihn hineinzuversetzen. Das ist … Man nennt es situationale Psychologie.«

»Wie?«

»Eine Disziplin, die ich gerade erfunden habe«, sage ich müde.

Aus den einzelnen Flocken, die vom Wind vorangetrieben wurden, ist inzwischen ein Schauer geworden.

»Wir gehen zum Wagen zurück«, sagt Bergkamp. »Können wir dich irgendwo absetzen?«

»Mein Fahrrad steht da vorn.«

Bergkamp und der Polizist grüßen und suchen dann beim Schein der Taschenlampe den Weg zurück durch das Waldstück zu ihrem Auto. Ich ziehe mir den Mantelkragen fester ums Kinn und gehe zu meinem Fahrrad.

Der Schnee stiebt durch die Wipfel. Es wird lange dauern, bis er auch zwischen den Bäumen dicht zu fallen beginnt, doch von Zeit zu Zeit findet ein Windstoß eine Öffnung, und dann wirbelt plötzlich eine Wolke von Flocken über die Allee, als hätte jemand ein Kissen ausgeschüttelt. Wo ist X? Wo ist Zwart?

Bis ich mein Rad gefunden habe, ist mein Gesicht wie Stein. Schmelzender Schnee tropft mir in den Mantelkragen, und vom Wind sind meine Hände eiskalt geworden. Ich wische den Sattel ab und steige steif wie ein alter Mann aufs Rad. Der Rückweg dauert dreimal so lange wie der Hinweg. Die Straßen werden jetzt glatt, und der Wind bläst mal von links, mal von rechts, meist von vorn, nie von hinten.

Daheim glühen die letzten Reste des Feuers noch. Ich trockne mir Gesicht und Haar und will gerade ins Schlafzimmer gehen, als es an der Haustür klingelt.

Bergkamp steht steif an die Tür gedrückt. Hinter ihm ziehen dichte Schneeschauer durch die Straße. Am Bordstein steht ein Streifenwagen mit gelöschten Scheinwerfern.

»Du hast noch nicht geschlafen.«

»Wir können uns nicht ewig so begegnen, Bergkamp.«

Bergkamp lächelt mühsam.

»Er sitzt auf der Wache.«

»Was?«

Als sie ins Auto gestiegen waren, sahen sie jemanden die Ringstraße überqueren, in Richtung des Waldstücks auf der anderen Seite. Bergkamp hatte ihn im Rückspiegel gesehen und sofort erkannt.

»Soll ich …«

Bergkamp nickt. Als ich nach meinem Mantel greife, fällt der Stock wieder um. Bergkamp hebt ihn auf.

»Den hast du im Wald gefunden?«

»Ja. Oben sind Zeichen.«

»Nimm ihn mit.«

Die Augen von Klient X gehen zu dem Stock, als wir den Raum betreten. Danach zu mir.

Er sitzt an einem Tisch mit einer weißgrauen Resopalplatte, auf einem der vier undefinierbar grauen Stühle, die um ihn herumstehen. Als ich ihm die Hand schütteln will, schaut er immer noch auf den Stock.

»Sie halten uns ganz schön in Trab.«

Sein Blick trifft meinen.

»Ist Zwart ein richtiger Name, in diesem Moment?«

Er nickt.

Bergkamp nimmt den Ast und stellt ihn an die Wand.

»Zwart?«, sagt er, nachdem er X eine Weile angeschaut hat.

Zwart schaut zu mir.

»Da war was …«, sagt er. »Ich sollte wiederkommen, um zu tun, worum Sie gebeten haben.«

Bergkamp blickt zur Seite.

»Was hat Sie gezwungen, wieder in den Wald zu gehen?«, frage ich.

Zwart starrt auf den Stock.

»Können Sie sich ausweisen?«, fragt Bergkamp.

»Mein Stock«, sagt Zwart. »Mein Packen.«

»Ihren Stock habe ich im Wald gefunden«, sage ich. »Was meinen Sie mit Ihrem ›Packen‹?«

Bergkamp steht auf und verlässt den Raum. Zwart und ich sehen einander an und schweigen. Es ist eine Stille, die eher vertraulich als unbehaglich ist. Als Bergkamp wieder hereinkommt, sitzen wir noch immer schweigend da und sehen uns an. Bergkamps Blick geht von Zwart zu mir und von mir zu Zwart. Er schüttelt den Kopf.

»Ist dies ›der Packen‹?«

Er stellt eine Kiste auf den Tisch. Sie ist fünfzig, sechzig Zentimeter hoch und ungefähr dreißig breit. Zwei Lederbänder sind an ihr befestigt, so dass sie auf dem Rücken getragen werden kann.

»Wollen Sie das mal aufmachen?«

Zwart sieht mich an. Dann steht er auf. Er zieht ein schmales Seitenteil heraus, das als Klappe dient. Fünf Schubladen unterschiedlicher Größe werden sichtbar. Wieder richtet er den Blick auf mich. Bergkamp macht eine ungeduldige Kopfbewegung. Zwart zieht die oberste Lade heraus.

Die Innenseite ist mit derart tiefblauem Samt ausgeschlagen, dass sie glüht wie der Nachthimmel. Sogar im kalten Licht der Neonröhren ist die Illusion so stark, dass es scheint, als würden winzige Sternchen im Stoff funkeln. In der Mitte der Lade ist eine Aussparung. Darin liegt eine große Taschenuhr, über die der sanfte Glanz alten Goldes spielt. Sogar Bergkamp hält kurz den Atem an. Die zweite Lade enthält eine Auswahl seidener Einstecktücher mit Paisleymuster, Polkatupfen und Phantasieblumen. Die dritte ist höher und bietet Platz für ein zusammengerolltes Leinenfutteral, aus dem Stifte, Pinsel und sogar ein schmales Holzlineal hervorschauen. Daneben, säuberlich geordnet, in kleinen Aussparungen: Töpfchen mit Tinte in verschiedenen Braun- und Rottönen, ein Schabemesser, ein Flakon mit etwas, das wie Wasser aussieht, und eine Art Pfefferstreuer. Die vierte Schublade ist noch höher, in ihr liegen Papierbögen von schwerer Qualität. Sie werden von einem grellroten Band zusammengehalten. Die letzte Lade enthält ein Stück Öltuch. Zwart zieht es heraus und wickelt es ab. Ein lederner Bucheinband kommt zum Vorschein.

Die ganze Zeit über, während Zwart seine Schätze enthüllte, war es still im Raum. Und das ist es noch immer. Nur das leise Summen der Neonröhren ist zu hören. Bergkamp starrt auf das Buch.

»Was ist das?«, fragt er.

»Gibt es etwas«, sage ich, »womit Sie Ihre Identität nachweisen können?«

Während ich diese Worte ausspreche, geht mir plötzlich auf, wie lächerlich diese Frage ist, wie lächerlich diese ganze Idee von Identität und der daraus abzuleitenden Rechtmäßigkeit. Weniger als fünf Kilometer von der Stadt entfernt, in der ich aufgewachsen bin, beginnt ein anderes Land. Meine Identität wurde durch die Zufälligkeit dieser paar Kilometer bestimmt: durch den Unterschied zwischen einem niederländischen und einem deutschen Pass. Hier, in diesem hell erleuchteten Raum auf der Polizeiwache, wirkt diese Idee von Nationalität, von Ländern und Grenzen und den dazugehörigen Verboten und Geboten abstruser denn je.

»Einen Pass?«, sagt Bergkamp.

Zwart antwortet nicht.

Ich spüre, dass Bergkamp »Führerschein« sagen will, sich aber gerade noch der Sinnlosigkeit dessen bewusst wird.

»Das Buch ...«, sage ich.

»Das ist die Karte«, sagt Zwart.

»Die Karte? Welche Karte?«

»Von der Zeit«, sagt Zwart.

—

Weit nach Mitternacht bin ich wieder zu Hause. Ich lösche die Lichter im Wohnzimmer, kippe den Whisky in den Ausguss und schenke mir einen neuen ein. Im Schlafzimmer, im Bett, sitze ich im kleinen Lichtkreis der Leselampe und starre ins Nichts, während ich zu ergründen versuche, warum ich mich Zwart so verbunden fühle. Dass es eine Verbundenheit ist, die weiter geht als normal, habe ich akzeptiert. Aber da ist noch mehr. Obwohl ich es nicht zugeben will, weiß ich, dass ich Zwart und seine Geschichte ernster nehme, als vernünftig ist. Ich *glaube* ihm. Auf irgendeine bizarre Art und Weise halte ich die Geschichte seiner Wanderschaft für wahr, dass sie Dutzende, Hunderte von Jahren gedauert hat, dass sein Geist aus seinem Körper aufsteigen kann wie eine Lerche am strahlend blauen Sommerhimmel. Es ist unlogisch, es ist unwissenschaftlich, es ist unerhört. Ich weiß es, kann aber trotzdem keine Skepsis empfinden. »Du glaubst an ihn«, sage ich zu mir selbst, da im Halbdunkel des Schlafzimmers, »wie du einem Roman glaubst.« Ich weiß nicht, warum.

Wir hatten in dem Raum auf der Polizeiwache gesessen, mit den Kaffeebechern, die Bergkamp geholt hatte, und im Licht der Neonröhren hatten unsere Gesichter bleich und müde ausgesehen. Bergkamp hatte in seinen Kaffee gestarrt. Er sagte nichts, aber ich wusste, dass er eine Art inneren Dialog führte, und war mir ziemlich sicher, worüber.

Was wollte Bergkamp mit Zwart? Seine Identität ließ sich

nicht feststellen. Dafür konnte er mit einem Bußgeld belegt werden, aber das Problem war größer. Nicht für Zwart, der für den einen dies und für den anderen das sein konnte und damit kein Problem hatte. Seine Identität war fließend wie Wasser, auf keinen Fall eine Tabelle mit Daten, die sich in Computern vervielfachten und an andere Daten gekoppelt wurden, wodurch seine »Identität« nicht länger ein Name war und ein Geschlecht, sondern auch eine Krankheitsgeschichte, eine Liste von Arbeitgebern, Wohnungen, Fahrzeugen, die er besessen, Reisen, die er gemacht, und Versicherungen, die er abgeschlossen hatte. Je mehr von uns in all diesen Systemen festgehalten ist, umso weniger Identität haben wir, hatte ich gedacht, und Zwart ist all dem entstiegen. Er war mehr und gleichzeitig weniger als das. Die Frage, die Bergkamp am meisten beschäftigte, musste die der Rechtmäßigkeit sein, der Legalität. Zwart sprach zwar fließend Niederländisch und erhob keinen Anspruch auf irgendwelche Sozialleistungen, doch vor dem Gesetz war das nicht genug. Wenn er existierte, dann musste er im System vorkommen, und wenn er administrativ nicht existierte, dann musste er zum Leben erweckt werden. Sonst konnte er uns hier nicht gegenübersitzen. Und das Problem bestand darin, dass Zwart sich allen diesen Begriffen zu entziehen schien: Es gab ihn, und es gab ihn nicht. Ich dachte nicht daran, Bergkamp zu erzählen, was Zwart mir erzählt hatte. Eine Phantasiegeschichte über ewiges oder zumindest über ein sehr, sehr langes Leben schien mir nicht hilfreich.

»Ich bekomme Kopfschmerzen davon«, sagte Bergkamp, und ich nickte.

»Ich weiß nicht, wer er ist, was er ist und was er will.«

Zwart warf uns einen interessierten Blick zu.

»Es würde schon verdammt viel helfen, wenn er uns einfach seinen Namen sagen würde.«

Zwart lächelte.

»Warum«, sagte ich, »sind wir nicht pragmatisch? Du verzeichnest ihn als eine Person, die sich Zwart nennt und in einem Zustand offensichtlicher Verwirrung aus ›Licht und Kraft‹ weggelaufen ist. Ich nehme ihn mit, dorthin, und alles ist ...«

Bergkamp schüttelte den Kopf.

»Irgendwas sagt mir, dass ich damit Scherereien bekomme«, sagte er.

»Ja.«

»Ja«, sagte Bergkamp. Und dann: »Was schlägst du vor? Dass du ihn hinten auf dein altes Fahrrad setzt?«

»Um Himmels willen. Nein.«

Ich trinke von dem Whisky, kann ihm aber wenig abgewinnen. Vom Fenster strahlt Kälte herein, durch die Vorhänge dringt der Schein von Schneelicht. Auf dem Rückweg von der Polizeiwache bin ich durch einen dichten Schauer gegangen. Die Straßen waren weiß. Offenbar schneite es zu stark, um zu streuen. Zwart war in diesem Moment in einem Streifenwagen auf dem Weg zu unserer Einrichtung. Ich hatte von der Polizei aus angerufen, um sicherzustellen, dass man ihn dort aufnahm. Bergkamp und ich hatten uns in der Eingangshalle verabschiedet und dabei auf die würdevoll herabsinkenden Flockenvorhänge geschaut.

»Die Kiste«, sagte Bergkamp, »was machen wir damit?«

»Ist sie beschlagnahmt?«

Er schüttelte den Kopf.

»Soll ich ...?«

»Wenn du unterschreibst, kannst du sie mitnehmen. Ich

hoffe, dass ich diesen Typen und seine Kiste hier nie mehr sehe. Vielleicht kannst du dafür sorgen, dass bei euch etwas weniger Leute weglaufen.«

»So läuft das nicht«, sagte ich.

Bergkamp seufzte in einer Weise, die suggerierte, dass er wenig Zutrauen zu mir und der Einrichtung hatte, in der ich arbeitete.

»Ich frage mich, warum ich das alles tue«, sagte er.

»Ich auch«, sagte ich. »Aber oft sind das die bedeutungsvollsten Momente in unserem Leben.«

Bergkamp warf mir einen leeren Blick zu.

Ich fühle mich gefangen in Zwarts Bericht, aufgesogen von einer Geschichte, von der ich nicht weiß, ob sie wahr ist, und, falls sie es ist, wie wahr. Da gibt es etwas, wodurch sich die Geschichte des Mannes ohne Namen, des Zeit- und Heimatlosen, der Vorstellung von Wahrheit entzieht.

Ich trinke den letzten Rest, ignoriere die Pflicht, mir die Zähne zu putzen, lösche das Licht und sinke in mein Kissen. Ich schlafe fast im selben Moment ein.

—

»Herr Zwart, wir gehen spazieren.«

Er schaut wie ein Spatz, der einen Wurm sprechen hört.

»In den Wald. Haben Sie einen warmen Mantel? Ich habe einen mitgebracht.«

Es ist ein knielanger Wollmantel, von dem ich mich nicht trennen konnte. Zwart steht leicht verlegen im Sprechzimmer, während ich ihm den Mantel hinhalte und er darin verschwindet. Ich weiß nicht, ob es durch dieses Kleidungsstück kommt oder ob meine Erinnerung mich trügt, jedenfalls wirkt er auf einmal ein ganzes Stück kleiner. Als ich ihm erst die Kiste und dann den Stock reiche, komme ich nicht umhin, an ein Puzzle zu denken, das Teil, das gefehlt hat und sich jetzt, nicht ganz unerwartet und dennoch überraschend, an die richtige Stelle schiebt. Hausierer, circa 1850. Wandelnder Jude, seit Menschengedenken. Wenn er nicht atmen würde, könnte er als rustikales Standbild auf einem Platz in der Stadt stehen.

Carlas Platz hinter dem Empfangstresen wird von einem Werkstudenten eingenommen, der den Abenddienst versieht. Ich führe Zwart zu den Toiletten und gehe zum Tresen, wo ich den Studenten um die Kopierkarte bitte. Er verschwindet im Archivraum, und ich ziehe Zwart aus der Toilette, durch die Halle und schiebe ihn durch den Windfang ins Freie. Als der Student zurückkommt, fällt mir ein, dass ich noch nicht einmal einen Ausdruck gemacht habe. Jaja, diese Psychiater! Wir lachen. Draußen steht Zwart mit Sack und Pack und wartet.

Wir gehen um das Gebäude herum, überqueren die Klinkerstraße neben den Gleisen und marschieren unter den kahlen Bäumen zum Fahrradweg, der in die Bahnunterführung taucht, durch einen Bungalowpark zum Wald. Ein Spaziergang von zehn Minuten. Der Zug von kurz vor halb sieben donnert über unsere Köpfe, als wir gerade in der Unterführung sind. Der Schnee vom Wochenende ist verschwunden, aber es ist noch ziemlich kalt. Zwart ist so tief in seinem Kragen vergraben, dass sein Kopf kaum noch herausschaut.

»Stephanie«, habe ich an diesem Nachmittag gesagt, »hast du diesen Mann gesehen, vor ein paar Tagen, als du reinkamst?«

Es war dunkel gewesen, peitschender Regen an den Fenstern. Ich hatte alle Lampen, mit Ausnahme der unbarmherzigen Neonröhre an der Decke, eingeschaltet.

»Du kamst rein, er ging weg.«

Sie spitzte die Lippen.

»Ein Polizeibeamter. Er war wegen etwas anderem da, aber er hat dich erkannt.«

Ihr Gesicht verlor auf einen Schlag jeden Ausdruck. Ein leerer Blick, der Mund ein lebloses Artefakt.

»Ich ziehe es vor, gemeinsam herauszufinden, was das Problem ist und wo und wie es entstanden ist. Jetzt ist da etwas dazwischengekommen, und ich glaube, ich sollte nicht so tun, als ob das nicht geschehen wäre.«

Sie hatte geseufzt. Ihre Schultern sanken. Ihr Blick schweifte ab, nach draußen, wo der Herbststurm durch die Bäume raste.

»Ich wollte wieder frei sein«, sagte sie, ohne den Blick von der Baumreihe an den Bahngleisen abzuwenden. »Um wieder ich selbst zu sein, um nicht mehr … um zurückzubekommen …«

Keine Emotion. Ihre Stimme war tonlos, mechanisch.

»Um wieder *bei* dir selbst zu sein?«

Sie wich meinem Blick aus.

»Denn jemand, andere, haben dich …«

»… mir selbst weggenommen«, sagte sie. »Ich wollte wieder frei sein.«

Auf der anderen Seite des Bungalowparks überqueren wir die Straße. Wir gehen an einem Friedhof vorbei, zwischen Bäumen, biegen rechts in den Wald. Der Wind hat sich etwas gelegt, doch der Regen hat beschlossen, dass es noch nicht genügt. Zwischen den Bäumen liegen große Wasserpfützen, die Eichenstämme sind schwarz vor Feuchtigkeit, und für Zwart und mich ist »trocken« inzwischen nur noch eine Erinnerung. Der Regen trommelt auf die Äste, Tropfen zerplatzen auf dem Weg. So, an diesem dunklen Herbstabend, bei Wind und Regen, ist es, als wäre es schon Nacht, eine ausgedehnte, endlose Nacht.

Zwart geht schweigsam und scheinbar ungerührt neben mir durch das Wetter und die Dunkelheit. Ich frage mich, was in ihm vorgeht, aber ihn frage ich nicht.

Nach ungefähr fünfhundert Metern biegen wir nach links in einen gewundenen Weg, der durch niedriges Gebüsch führt. Hier bin ich mit Benthe gegangen, die wusste, dass der Weg Twijfelveldspad, Zweifelsfeldweg, heißt, weil er in Richtung Twijfelveld führt, wo der jüdische Friedhof liegt. »Zweifelsfeld?«, hatte ich gesagt. »Was ist das? Ein Märchenwald? *Geh übers Zweifelsfeld und dann durch die Täler der Verdammnis …*« Sie hatte zur Seite geschaut. »Das ist heutzutage ein *adventure game*. Du musst schon mit der Zeit gehen, Doktor Adenauer.«

Hinter einer kleinen Holzbrücke biegen wir nach rechts. Wir haben jetzt den Weg verlassen und gehen durch kniehohes Gras am Ufer eines Baches entlang, der weiter hinten im Wald verschwindet. Hier gibt es keinen Schutz, und der Regen ergießt sich gnadenlos über uns. Zwart scheint es nichts anhaben zu können. Er geht vor mir her, sein Stock streift durchs Gras. *Schwick-schwick, schwick-schwick*.

»Wo war dein Geist? In jener Nacht …«

Zum ersten Mal hatte sie mich angesehen. Ich sah, dass ihre Gedanken zurückgingen. Ich sah es an ihrem Blick, der erst vage wurde, an ihren Augen, die sie kurz zusammenkniff, an dem gequälten Zug, der erschien und wieder verschwand.

»In einem schwarzen Raum.«

Ich nickte.

»Nicht da«, sagte sie mit einem Mal entschieden.

»Du warst …«

»Weg«, sagte sie nach einer Weile.

»Frei?«, sagte ich.

»Man ist nicht frei, wenn man irgendwo anders sein *muss*.«

»Entschuldige.«

Sie sah mich stirnrunzelnd an.

»Ich fürchte, ich habe gerade ›den heilenden Psychiater‹ gespielt«, sagte ich. »Ich habe einen Ausweg für dich gesucht, aber das war Blödsinn.«

Sie schnaubte.

»Du warst eher wie ein salbungsvoller Pfarrer.«

»Ja«, sagte ich. »Es war ziemlich schlimm.«

Wir schwiegen eine Weile.

»Was willst du mir eigentlich sagen?«, fragte sie dann.

»Eigentlich«, sagte ich, »eigentlich will ich sagen: Dir ist etwas Schreckliches passiert, niemand kann das ungeschehen machen, niemand kann das fühlen, wie du es fühlst. Niemand kann dir deine Erinnerungen wegnehmen. Den Schmerz, den würde ich gern lindern, aber ich glaube, dass nur die Zeit das wirklich kann. Zeit heilt. Aber ich kann dir zuhören. Wenn du deine Geschichte erzählen willst, dann bin ich da, um sie mir anzuhören.«

Sie hatte den Kopf geschüttelt.

»Was habe ich davon? Ich war dabei. Ich weiß, was geschehen ist.«

»Ja. Aber ich glaube an die heilende Kraft des Erzählens.«

»Es war dunkel«, hatte sie gesagt.

Der Regen, der Wind, ein Auto in einer Wolke aufstiebenden Wassers. Eine schmale Mondsichel in einer Wolkenlücke. Im Unterholz, unter einem Dach aus gebogenen Zweigen, die hohen Eichen über uns, ist es fast trocken. Wir sitzen auf einem umgefallenen Baum und starren in die Dunkelheit.

Der Wind fährt durch die Kronen, dunkle Wolkenmassen jagen über den Nachthimmel, alles ist Geräusch, Wind, Regen, peitschende Zweige, Tropfen, die auf die Zweige spritzen, ein sumpfiges Sauggeräusch, als ich den Fuß auf dem nassen Humusbrei woandershin setze, der den Boden bedeckt. Wie spät ist es? Es scheint, als seien Stunden verstrichen und als sei alles eine große kosmische Suppe geworden, der Wald, das Wetter, er und ich. Über uns, nein, über der Straße, weiter im Süden, beginnen die dunklen Wolkenflächen auseinanderzutreiben, dahinter der Widerschein des Mondes, ein düsterer marmorierter Himmel. Noch immer das Geräusch von Tropfen, doch der Guss scheint an Stärke nachgelassen zu haben, vielleicht hat es sogar schon aufgehört zu regnen, das lässt sich in dieser Finsternis, unter den nachtropfenden Bäumen nicht sagen. Das Gefühl, als würden wir hier nicht mehr unter einem Dach aus Unterholz sitzen, sondern im All schweben, eher schwimmen, auf einer trägen Woge.

»Ich weiß nicht einmal, was … es ist, als ob die ersten Minuten … ein Spiegel, der in Scherben daliegt … nur Fetzen, Panik, Hand auf meinem Mund, Tür, dunkel, etwas über meinem Kopf … verzerrte Stimmen, auf den Boden gestoßen, kalt und hart, alles wird mir vom Leib gerissen, gezerrt, sehr schnell und sehr langsam, alles geht sehr schnell und gleichzeitig sehr langsam.

Ich habe zuerst versucht, mit ihnen zu reden, aber es gab überhaupt keine Reaktion. Als ob keine Menschen da wären, aber doch irgendetwas. Verstehst du? Du wirst festgehalten, und dir werden die Kleider vom Leib gerissen … ich hörte, wie die Knöpfe meiner Bluse auf den Boden fielen … du spürst Hände auf deinen Oberarmen, um die Fußknöchel, aber niemand spricht, kein menschlicher Laut, und als ich anfing zu reden, ich flehte, ich heulte, da kam keine Reaktion, und ich dachte für einen Moment, ich hätte einen Anfall oder so, und das geschähe alles in meinem Kopf, eine Art elektrischer Sturm, in meinem Gehirn.

Und dann war ich weg. Ich denke, ich bin in Ohnmacht gefallen. Ich war wirklich weg. Und ich kam wieder zu mir … ich weiß nicht genau, was passiert ist … und alles war aus mir verschwunden, ich hatte keine Kraft mehr, ich hatte keinen Willen, ich war das nicht. Ich meine das. Der Körper, ich, ich selbst, mich.«

Ich muss eingedöst sein, jedenfalls nicht ganz da, denn ich schrecke hoch, mein Kopf fliegt mit einem Ruck nach hinten, und ich sehe plötzlich wieder, wo ich bin. Der Himmel ist fast völlig klar, nur hier und da noch eine dunkle Wolke, die im Mondlicht aussieht wie ein Tümpel.

»Zwart«, sage ich, und ich schaue um mich und sehe, dass er nicht mehr neben mir sitzt.

Ich erhebe mich, steif von der Kälte und vom langen Sitzen, doch ich habe keine Ahnung, wie lange ich hier gesessen habe und wie lange mein Nickerchen gedauert hat, und ich blicke mich um, und erst dann sehe ich ihn, er geht den Bach entlang, gebeugt, mit seinem Stock tastend, gemächlich, wie einer, der noch einen langen Weg vor sich hat. Etwas in mir zögert. Ich will ihn gehen lassen, und ich will ihn aufhalten. Ich folge ihm. Mit Abstand. Als er zur kleinen Brücke kommt, bleibt er stehen. Er sieht sich um, als würde er seinen Standort in der Landschaft bestimmen. Ich bin ungefähr zwanzig Meter von ihm entfernt, und irgendwie wirkt er im spärlichen Licht des Mondes kleiner und zugleich größer, als ich ihn in Erinnerung habe. Vielleicht sehe ich ihn bereits als Erinnerung, eine, die durch das wiederholte Sich-Erinnern unzuverlässig geworden ist, so wie ich auch nicht mehr genau weiß, wie Anna eigentlich aussah, ihre Stimme, ihre Haltung, ihre Gesten, nur noch Teile davon, Ikonen: ihre Augen, ihr Haar, ihr Mund. Kein Ganzes. Und Renate. Sie habe ich zu vergessen versucht, und woran ich mich jetzt noch erinnere, hat mehr mit dem zu tun, wie es zwischen uns war, als mit dem, wie sie war. Es ist merkwürdig, doch wenn ich ihre Namen denke, dann ist da mehr Gefühl als Bild. Anna: Reue, Schuld, Kummer. Renate: Verlust. Ein Verlust, so groß, dass ich fast darin verschwinde. *O Haupt voll Blut und Wunden.*

»Es ist sehr viel weg, vieles, woran ich mich nicht erinnern kann. Fetzen von Schmerz, Erniedrigung, Unverständnis. Unverständnis, weil man sich nicht vorstellen kann, was ein Mensch mit einem anderen macht. Dass jemand den Schmerz und die ... Scham ... und die Verletztheit, dass jemand das nicht sieht und nicht fühlt und nicht imstande ist, dich als jemanden zu sehen, der fühlt und denkt, sondern dass du wie ein Ding ... Und ich begann, mich in ein Ding zu verwandeln. Eine ausgetretene Zigarettenkippe. Etwas, das zerbricht. Etwas, das man wegschmeißt. Schmutzige Wäsche. Etwas, das kaputt ist.

Und dann war alles vorbei. Ich bin wieder in Ohnmacht gefallen, und als ich die Augen aufschlug, lag ich auf dem Boden in meinem Haus, und um mich herum war alles normal. Keine zertrümmerten Möbel, keine Scherben von Geschirr und Glas. Die Fenster heil, die Türen ... Nur ich war anders. Ich lag auf dem Boden, und ich war, was hier nicht mehr hingehörte, denn ich war schmutzig und kaputt und zerbrochen und ... Ich passte nicht mehr in die Welt, in mein Haus, zwischen meine Sachen. Ich wollte, dass jemand mich von mir erlöste. Ich wollte von mir abgezogen werden wie ein Pflaster von einer Wunde. Ich wünschte, dass jemand mich wie einen Ast von einem Baum riss. Ich wollte, dass etwas oder jemand mich zerlegte, zertrümmerte, zerstampfte und zermalmte. Ich wollte zu einem Nichts reduziert werden, ausgetreten wie eine Kippe, durchgestrichen und weggekratzt. Ich wollte nichts mehr sein und nichts mehr fühlen. Ich wollte aus sein, weg.«

Wir stehen auf der anderen Seite der kleinen Brücke. Vor uns die Ringstraße. Ein Auto jagt vorbei. Eine feine Wolke aus Tropfen stiebt auf, bleibt kurz im Natriumlicht der Straßenlaterne hängen und sinkt dann langsam herab. Zwart setzt seinen Stock auf, scheint tief Luft zu holen und überquert dann die Ringstraße, diesen Fluss aus Asphalt, der glänzt und glitzert unter dem Licht der Lampen und dem Lichtschein des Mondes. Ich folge ihm jetzt in ungefähr zehn Meter Abstand, und es kann keine Rede davon sein, dass er nicht wüsste, ich bin da, hinter ihm, wie ein Echo, ein Nachbild, eine Erinnerung an den zurückgelegten Weg.

Ein Pfad aus eingesunkenen Klinkern, Schutt, mit dem der schlammige Weg begehbar gehalten werden soll, und Haufen abgefallener Blätter führt zwischen Sträuchern und jungen Bäumen weiter. Wir gehen durch einen Tunnel aus dunklem Unterholz. Nasse Zweige streichen über meinen Kopf. Wasser tropft mir ins Haar, auf die Schultern, in den Nacken. Zwart verschwindet in der Dunkelheit, eine Biegung, mehr tiefhängende Äste. Dann bleibt er stehen. Er dreht sich um. Im Dunkel zwischen dem Unterholz kann ich sein Gesicht nicht erkennen. Nur eine Silhouette, etwas Dunkles in etwas Dunklem, einen Schatten in den Schatten. Er hebt den Arm, seine weiße Hand leuchtet schwach auf.

—

»Ich möchte das persönlich tun.«

»Was willst du persönlich tun?«, fragt Speelman.

»Meine Kündigung einreichen.«

»Deine was?«

»Ich habe eine Kündigungsfrist von drei Monaten, minus Urlaubstage bleibt nicht viel mehr als ein Monat übrig, aber ich schließe die wichtigsten laufenden Behandlungen noch ab.«

Speelman steht am Fenster und schnippelt mit einer Nagelschere an seinen Fuchsien herum.

»Kündigung? Wofür ist das denn gut?«

»Für mich«, sage ich.

Er legt seine Schere weg und setzt sich. Ich nehme ihm gegenüber Platz. In der linken Hand hat er noch ein paar vertrocknete Knospen.

»Das ist aber ein sehr dicker Brief.«

»Mir wäre es lieber, dass du ihn erst aufmachst, wenn ich weg bin. Den offiziellen Brief habe ich über die interne E-Mail geschickt.«

Er wiegt den DIN-A4-Umschlag in der Hand, während er mich fragend ansieht.

»Ich denke«, sage ich, »dass meine Arbeit eine Fortsetzung der Haltung geworden ist oder vielleicht immer war, die ich als junger Mann entwickelt habe.«

»Da wirst du nicht der Einzige sein«, sagt Speelman.

»Nein, aber jetzt empfinde ich mein Unvermögen, Unvermögen, was meine Patienten betrifft und was mich selbst betrifft. Und ich fange jetzt an, so viel in meinen Patienten wiederzuerkennen, dass ich mich manchmal frage, wer wen behandelt.«

»Auch das ist kein unbekanntes Phänomen. Was um Himmels willen willst du machen, wenn du hier weggehst?«

»Ich habe nie viel Geld verbraucht, und ich habe auch noch etwas aus dem Erbe meiner Großeltern und meiner Mutter. Ich komme schon zurecht.«

»Daran zweifle ich nicht«, sagt Speelman, »aber ich habe gefragt, was du tun willst, nicht, ob du zurechtkommst.«

Ich nicke. Die Fuchsien auf dem Fensterbrett stehen frisch und gesund im schon fast winterlichen Nachmittagslicht. Wenn Speelman in Rente geht, in fünf Jahren, wird er seine Tage wahrscheinlich in dem Gewächshaus hinter seinem Haus verbringen. Ich sehe ihn mühelos vor mir: Arbeitsschürze, Mütze auf dem Kopf, kleine Schere in der einen Hand, Bestäubungspinsel in der anderen. Kein schlechtes Leben, denke ich. Warum, denke ich, machen wir die Dinge, die wir schön und wichtig finden, immer erst dann, wenn es fast zu spät ist? Warum akzeptieren wir, dass die Dinge sind, wie sie sind? Hat das System uns so erzogen?

»Denken«, sage ich. »Ich werde mal in aller Ruhe nachdenken. Und ich werde Leute kennenlernen. Ich habe eine halbe Freundin, die ich letzte Woche mehr oder weniger verjagt habe, keine Freunde, keine Familie. Ich habe mir nie Mühe gegeben, Kontakte zu knüpfen, weil ich dachte, ich bin eben so. Ein *loner*. Aber vielleicht sollte ich es einfach mal probieren.«

Speelman nickt zustimmend.

»Ich sehe dich ungern gehen«, sagt er. »Wir können jemanden wie dich gut gebrauchen. Inmitten von all dem Effizienzdenken muss es einen geben, der uns daran erinnert, worum es eigentlich geht, und ich fand, du hast das gut gemacht.«

Ich grinse.

Als wir zusammen zur Tür gehen, sagt Speelman: »Und jetzt? Meldest du dich bei Tinder an, oder was?«

Der Botanische Garten in Helsinki. Es nieselt auf den Schnee, der Park eine weiß gefleckte Fläche mit vereisten Stellen. Sie stehen in einem Gewächshaus, in dem eine Großmutter mit zwei Enkelkindern Begeisterung vortäuscht.

Später: Kaffee im Café des Museums für Zeitgenössische Kunst. Popmusik von vor zwanzig Jahren im Hintergrund.

Als sie die Toilette aufsucht, geht er hinaus. Er ruft ein Taxi und lässt sich zum Flughafen bringen.

Zwei Stunden später sieht er, wie die Lichter der Stadt unter ihm verschwinden.

–

Dass er Geld hätte dalassen müssen.

(Und was das impliziert: Er mag zwar ein Arschloch sein, aber finanziell hat er sie nicht hängenlassen?)

–

Die Aussicht aus einem Hotelzimmer in Toronto. (Ein Jahr, anderthalb Jahre zuvor.) Er starrt über einen See – Felsenküste gegenüber und dichte graugrüne

Nadelwälder. Hinter ihm, im Badezimmer, macht sie sich fertig. Auf einmal das Bewusstsein, dass sie nie zurückschaut. Und die Erinnerung an ihre erste Verabredung, als sie wegging, den Blick entschlossen nach vorn gerichtet, und er, der darauf wartete, dass sie sich umdrehen und winken würde. Nie, nicht ein einziges Mal, ein Blick über die Schulter, eine erhobene Hand, ein Kuss in dem Nichts, das sich zwischen ihnen ausbreitet.

Sein Blick, als sie aus dem Bad kommt und fragt, was los sei.

–

Nichts ist los.

–

Das Bedürfnis, weg zu sein.

Von ihr?

Von dieser Stadt, diesem Land?

Von allem?

–

Er ist nie ihre sexuelle Phantasie gewesen. Im Hotelbett erzählt er in einem Rausch postkoitaler Lust, dass sie das für ihn ist. Ihre Antwort, überraschend beiläufig: er nicht für sie.

Was ihre Phantasie denn sei.

Eine Geschichte, von der er sofort vermutet, dass sie nicht begreift, was sie sagt.

–

Ist er gegangen, weil er nicht ihre Phantasie ist?

–

(Erklären)

–

Wieder in den Niederlanden, träumt er, sie habe einen Traum gehabt, der ihrer Phantasie hundertprozentig entspricht, und dass er ihn analysiert. Sie starrt ihn erst verdutzt, dann perplex und zum Schluss schockiert an.

Er sitzt auf der Bettkante und erinnert sich daran, was sie ganz zu Beginn zu ihm gesagt hat, nämlich dass ein Mensch einen anderen nicht kennen könne, »denn man kann nicht in den Kopf eines anderen schauen«. Und seine Antwort: dass diese beiden Aussagen nichts miteinander zu tun hätten.

–

In einem Notizbüchlein: Ich habe Emotionen, so wie ein Papagei Sprache hat.

–

Er hat eine Frau allein gelassen in einem fremden Land, einer fremden Stadt. Er hat sich nicht verabschiedet. Sie konnte nicht ahnen, dass er gehen würde, geschweige denn die Gründe dafür kennen.

Eine bestürzende Tat. Eine verächtliche Tat.

Warum bereut er sie nicht?

–

Er wird sie nie wiedersehen. Sie wohnen in verschiedenen Städten. Ihre Beziehung (»Lass es uns nicht so nennen«) war eine Sache von Logistik und Planung.

Das ist jetzt alles vorbei. Trotzdem verspürt er keine Erleichterung.

Er ist vor ihr geflohen, aber er ist nicht entkommen.

–

(*Ist* er geflohen? Vor ihr?)

–

Ein unangenehmer Mann. Wenn er an sich selbst denkt und an das, was er getan hat – was er ihr *an*getan hat –, dann denkt er das. Ein kalter, emotionsloser Mann, der die Flucht ergreift, ohne dass es dafür Gründe oder Veranlassungen gibt.

–

Eine Liste möglicher Erklärungen.

–

(...)

–

Selbst nach zwei Tagen – das schwarze Notizbuch auf seinem Schreibtisch liegt aufgeschlagen da, fragend, fast klagend – regt sich nichts in ihm. Er hat sie in einem Museumsrestaurant zurückgelassen, in einer fremden Stadt, in einem anderen Land, und er kann sich nicht vorstellen, warum er das getan hat, und wenn er sich deshalb als »unangenehmen Mann« bezeichnet, fehlt dieser Beschreibung jegliche Überzeugung. In ihm ist kein Gefühl, kein Verständnis, kein Gedanke. Es hätte genauso gut jemand anders sein können.

–

Er ist weggegangen, ohne sich umzuschauen.

–

Ein Mann, der immer dafür gesorgt hatte, dass die Frauen *ihn* verließen. Darin war er gut – Frauen davon zu überzeugen, dass sie ohne ihn besser dran waren.

»Aber ich liebe dich!«

Nein, du liebst meine

a) guten Manieren
b) Interessiertheit
c) angenehmen Umgangsformen.

–

(Nicht Zutreffendes streichen etc.)

–

Es kostete manchmal etwas Zeit, doch letztlich hatte er allen klarmachen können, wie ungeeignet er war. Dass er eher eine Art Haustier war, ein Hund, der abends an einem hochsprang, wenn man nach Hause kam, und einem das Gefühl gab, nicht allein zu sein. So einer, der einem den Kopf in den Schoß legt und einen mit traurigen Augen ansieht, wenn man selbst traurig ist, wodurch man …

–

(Nicht Zutreffendes streichen etc.)

–

Eine Beziehung, hat er mal zu einer Frau gesagt, ist eine Nutzungsvereinbarung zwischen zwei Menschen mit übereinstimmenden Bedürfnissen. Ihre Frage: ob er denn nie von Gefühlen/Emotionen/Verlangen überwältigt worden sei? Ja sicher, hatte er gesagt, aber wir dürfen Biochemie nicht mit einer Lebensform verwechseln.

–

Ein Mann sitzt in einem Zimmer. Eine andere Person betritt dieses Zimmer und verlässt es 50 Minuten später wieder. Schluchzend. Verstört.

Ist das gut oder schlecht?

–

Was Menschen meinen, wenn sie sagen: wirklich?

Keine Frage zum realistischen Gehalt von etwas (einer Situation, einem Ereignis, einer Sache).

»Wirklich« bedeutet: Das glaube ich nicht.

–

... weil du das Zimmer nicht verlassen kannst. Weil du bei Wind und Regen und Sonnenschein, am Rande eines Fußballfelds, im Schwimmbad oder in einem griechischen Restaurant nicht von Belang bist.

–

Warum ein »griechisches« Restaurant?

–

Wie war's in Helsinki?

–

Vier Menschen sitzen in einem Zug, der sich auf dem Weg zum Flughafen verspätet. Alle vier nervös. Drei, weil sie befürchten, ihren Flug zu verpassen. Einer, weil er Angst hat, dass er seinen Flug bekommt. Jemand, der hofft, dass höhere Gewalt ihn vor Unvermögen bewahrt. Das heißt: seinem Unvermögen, so zu handeln, wie es ihm gutdünkt, in seinem eigenen, besten Interesse.

–

Die roten Hände des Schlachters.

Er steht hinter zwei Frauen, die darauf warten, dass der Schlachter ein Pfund Gemischtes durch den Fleischwolf gejagt hat, eine Mischung aus einem Teil Schweine- und einem Teil Rinderhack, wie er soeben gelernt hat. In der Hand des Schlachters ein Bogen Fettpapier, auf das er mit einer weißen Plastikschaufel Hack lädt.

Darf's sonst noch was sein?

–

Als er noch in einer anderen Stadt lebte und abends mit R., einer aus Deutschland stammenden Psychiaterin, ausgegangen war. Sie wohnte ungefähr fünfzehn Kilometer entfernt. Der schnellste Weg zur Autobahn führte an einem alten, halb verlassenen Industriegebiet vorbei, und während sie da fahren, sehen sie eine junge farbige Frau, die vor einem Mann im Auto davonrennt. Der Mann holt sie ein, steigt aus und hält sie fest. Er biegt ab und fährt dorthin. Der Bedränger springt in seinen Wagen, fährt ungefähr hundert Meter und bleibt stehen. Er spricht die Frau an. Können wir Sie irgendwo hinbringen? Können wir Ihnen helfen? Sie sagt, schluchzt, dass sie keine Hilfe will: »Ich bin nicht zu retten, es ist vorbei.«

Ihnen bleibt nichts anderes übrig, als schweigend weiterzufahren.

Wie hilft man jemandem, der keine Hilfe will?

–

Dass er noch immer nicht weiß, nach all den Jahren, weshalb er A. verließ. A., die ihn liebte. A., die ihn umsorgt hatte. A., mit ihrem tiefschwarzen glänzenden Haar, ihren betauten dunklen, ernsten Augen, ihren zarten Händen, ihrem schmalen Körper und der zerbrechlichen Taille. A., die nichts anderes wollte, als bei ihm zu sein, ihn glücklich zu machen, seinen Blick auf sich zu wissen, seinen Mund auf ihrem zu spüren. Warum hat er sie verlassen? Warum hat er ihre Briefe nicht beantwortet? Er hat sogar einmal so getan, als funktionierte das Telefon nicht, als sie ihn wegen seines langen Schweigens bei der Arbeit anrief. Er ist umgezogen und hat ihr keine Benachrichtigung geschickt, und als sie tot war, war er nicht einmal bei ihrer Beerdigung. Nichts hat er mehr von ihr. Die Geschenke, die Karten, die Briefe, das Band, das er mal aus ihrem Haar zog, den Korken einer Champagnerflasche, alles hat er weggeworfen. Nur die Schuld ist noch da. Und die Frage, warum er das getan hat.

–

(Weil er ihr nicht glaubte)

–

… ein Flur mit abgewetztem Teppichboden, kahlen Stellen vor gelb gewordenen Türen, an denen mit Reißzwecken Namensschilder befestigt sind, und noch höher, durch eine Tür und eine schmale, steile, dunkle Treppe hinauf und dort, ganz oben im Haus, das Dach schon spürbar, ihr kleines Zimmer.

Bett.

Teppich.

Ein kleiner Tisch.

Ein Schrank mit achtundzwanzig Büchern.

Und über dem Tisch eine Schusterlampe, eine gelbe Lichtpfütze, spärliches Licht, die Art Licht, bei dem man sich seiner Kleider entledigt und nicht hinschaut.

Und während er da steht, in seinem Mantel, seinen plötzlich großen, schweren Schuhen, seinem kittfarbenen Körper, sitzt sie auf der Bettkante, und er sieht das graugrün gestrichene Stahlrohr hinter ihren Knien, die rot karierte Decke als Überwurf, die unter ihrem Hintern eingedrückt wird, ihre magere Brust über dem hellblauen …

Ach, mein Gott …

Lust?

Kein bisschen mehr.

Verlangen?

Das ist irgendwo auf diesen dunklen Treppen geblieben.

Liebe?

Nie.

Nur noch Mitleid.

Mitleid und das öde Gefühl, ohne Gefühl zu sein.

In dem Moment, während er hinunterschaut, sie auf der Bettkante, er in Mantel-Schuhe-Anzug vor ihr, die kalte, erstaunliche Erkenntnis, ohne Gefühl zu sein.

Würde sie jetzt sterben, hier an Ort und Stelle, Blut hustend, röchelnd, in Krämpfen liegend ...

Er würde dastehen und zuschauen.

Nicht ungerührt.

Um ehrlich zu sein: mit einem kaum unterdrückten Gefühl der Erlösung.

Wie ein Polizist, der einen Obdachlosen mit durchschnittener Kehle festnehmen will.

Nicht auf die Fliesen tropfen. Hier ist gerade geputzt worden.

Ein Problem organisatorischer Art.

(Und in seinem Kopf Szenarien in rascher Abfolge: Schlüpft er ungesehen davon und überlässt die Entdeckung dem Vermieter, einem Mitbewohner, der nach einigen Tagen etwas Merkwürdiges riecht? Oder wappnet er sich, schauspielert Entsetzen und meldet sich gespielt erschrocken beim Vermieter/Mitbewohner mit der sorgfältig konstruierten halben Panik eines Menschen, der ...)

–

Wie war's in Helsinki?

–

Über das figurative Töten (Totschweigen, X ist tot für mich etc.) und den figurativen Selbstmord (Zurückziehen, Isolation, Eremitentum, »ich bin nicht zu retten, es ist vorbei«). Der heldenhafte Tod als Selbstmord und umgekehrt: der Selbstmörder als Held.

Wie leicht es ist, jemanden zu töten. Du schreibst: Er/Sie ist tot.

Oder: Du drehst dich nach einem Gespräch um, und jemand existiert nicht mehr.

Jeder, den du noch nicht kennst, ist tot, bis du ihm/ihr begegnest und ihn/sie zum Leben erweckst (in deinem Leben, in deinen Gedanken etc.), und wenn du dich dann umdrehst ...

W. Jahrelang nicht gesehen oder gesprochen, keine Ahnung, wo er steckt etc., und dann, nach all der Zeit, die Nachricht, dass er verstorben ist. Leute, die dich darauf ansprechen. Weißt du, dass W. tot ist? Ja, aber das war er schon seit Jahren, schließlich existierte er nicht mehr in deinem Leben.

Nein, das ist nicht tot. Das ist abwesend. Aber es ist wie tot, denn W. oder wer auch immer ist in gar keiner Weise mehr eine »lebende« Entität in deinem Dasein.

–

»Nothing but the dead and dying back in my little town.«
(Paul Simon)

–

Sie gehen in die stockdunkle Stadt, als es gerade zu schneien beginnt. Sie schlittern über Pflastersteine, durch steile Gassen zu einem Restaurant, das sich auf die Sami-Küche spezialisiert hat. Man will kein »Tourist« sein. Das heißt: Man sucht die Authentizität des Ortes. Es gibt eine Schankstube mit Tischen, dunkel, braun, gemütlich, und dahinter einen Speisesaal, in dem eine Familie an einem langen Tisch etwas feiert. Riesige daunengefütterte Mäntel an Haken. Unter den Mänteln Moonboots.

Es war ein Tipp der gepiercten Serviererin in einer Cafébar, die, während sie bediente, ein Schwätzchen machte. *»Where are you guys from? I lived in Amsterdam for a year. My friend is a Dutchman. We live here now.«*

Und so weiter.

Sie schreibt die Adresse auf den Bon und dahinter: *»Real Lappi food!«*

Da sitzen sie nun, in einem Restaurant, das aussieht wie eine Kuckucksuhr. Die Speisen kommen auf Holzbrettern und in Tonschalen. Eine Art »lappische Tapas«, hat die Bedienung erklärt. Und: die beste Art und Weise, diese Küche kennenzulernen.

Er schaut zu der Familie am langen Tisch. Er denkt an Tolstois Ausspruch über glückliche Familien. Er denkt: Ich erkenne das Einzigartige des Unglücks, aber nicht das Alltägliche des Glücks.

Später, in ihrem Hotel, das Bett. Er ist ein aufgebahrter Toter.

–

Er spricht.

- über die Unklarheiten zwischen ihnen
- über Verlangen
- über Gefühle (vor allem verborgene Verlangen und Gefühle)
- über Erwartungen
- über Enttäuschung
- warum sie nicht reden will

Sie »glaubt« nicht an Reden.

Weil?

Weil Reden Zurückblicken ist und man besser vorwärtsgeht.

Weil es alten Mist aufwühlt und man besser etwas Neues baut.

Weil sie »lösungsorientiert« ist.

Er fragt, seit wann eine Lösung der Erforschung des Problems im Wege stehe.

Gibt es dann also ein Problem?

Er finde, ja.

Stille.

Dann ihre Worte: »Sich im Dreck suhlen.«
Und sein tiefes Stirnrunzeln.
»Das ist Reden?«
»Hör auf, alles zu analysieren!«

–

Wie war's in Helsinki?

–

Wie ein Gebiet, das wegen einer Atomkatastrophe oder Ähnlichem kein Mensch mehr betreten darf. Und keine fünf Jahre später: jedes Anzeichen von Zivilisation verschwunden. Junge Birken wachsen aus dem Asphalt. Wilde Hunde leben in den verlassenen Häusern. Tische in den verlassenen Häusern verfaulen. Türen hängen verfallen in den Angeln, Dächer werden zu kleinen Gärten.

Alles zerbröckelt und verfällt.

Zivilisation ist eine Anstrengung. Sobald die Kraft fehlt, verflüchtigt sich alles.

Kein Ziel. Kein Sinn.

Liebe?

–

Eine große, kahle Leere in ihm. Eine Leere, in die er unbemerkt, ungewollt hinabsteigt und dort entdeckt, dass es ein riesiger kuppelförmiger Raum ist, der ganz in der Ferne, auf der anderen Seite, eine mattschwarze Tür aufweist. Er geht, klein und fast unsichtbar, im Dunkeln durch die Kuppel (hier Vogelperspektive) und hört das Echo seiner Schritte in der hohen Finsternis über ihm. Dann: die Tür.

Und dahinter: ein langer, dunkler Gang aus fahlgrauem Beton, kahl und kalt.

Und dahinter: ein großer rechteckiger Saal, leer und verfallen.

Und dahinter ...

Und so weiter.

Usw.

Eine endlose Aneinanderreihung großer, dunkler, leerer Räume.

Da steht er, da sitzt er. Sie in ihrem hellblauen ... Er ...

Und in ihm ist nur Leere und das Bewusstsein, dass nicht sie es ist, die ihm dieses Gefühl von Leere verschafft, dass es nicht die Situation ist (die Treppen, das kleine Zimmer mit dem kleinen Tisch und der Lampe mit dem gelben Lichtkreis und das graugrün gestrichene Stahlbett), sondern er selbst.

In ihm ist nichts.

Und in diesem Moment, als er diese Leere in sich verspürt, eine Leere, fast größer als er selbst, viele Male größer, in diesem Moment schwappt eine Flutwelle überwältigender Traurigkeit über ihn hinweg, alles wird schwarz, sein Körper schwankt hin und her, er schließt die Augen, will Luft holen, kann aber nicht.

Fünfzehn Faden tief schwarzes Wasser über ihm. Und er torkelt auf seinen Beinen, er stolpert wie ein alter Säufer zur Seite, aus der Flanke, ein Soldat, der die Linien durchbricht, jetzt, da ihm auf einmal die Sinnlosigkeit des Schlachtens aufgegangen ist, jetzt, da er eine Probe des Schlamms gekostet hat, der aufgeworfenen Erdklumpen neben den Bombentrichtern, der umgewühlten Erde, der toten Pferde, einer leeren, schwarzen, toten Welt ... Er wankt zur Tür, eine abwehrende Handbewegung ...

Neindubistesnichtesliegtnichtandiresliegtanmirnimmesmirnichtübelnimmesmirnicht

Er steigt abwärts. Die langen Treppen hinunter. Ein steiler dunkler Weg. Geräusche hinter Türen. Leute reden. Jemand lacht. Ein Ehepaar kämpft. Die Wände schwellen und schrumpfen. Als würde das ganze Gebäude atmen. Die Treppe wogt wie die lange Dünung der See an dem Abend, als er den Pier entlangging nicht mehr als zwei Gläser Bier und der heftige Wind der ihn fast taub machte der salzige stiebende Wind das Knallen der Fahnen und der rasende Windmesser und über allem der ungerührte stetig kreisende Lichtkegel des Leuchtturms.

Ein endloser Weg nach unten.

Und dann, endlich, ist die Tür da, und während er das Straßenlicht durch die kleinen Scheiben hereinfallen sieht und das Schattenkreuz, das auf der Matte liegt, sieht er, mit bestürzender Klarheit: sie.

Wie sie dort oben sitzt, direkt unter dem Dachfirst

dieses Gebäudes, auf ihrem alten Stahlbett, in ihrem gottverdammten hellblauen Unterkleid ...

Ah ...

Und vor sich hin starrt. Im Zwielicht ihres Zimmers. Die Lampe. Die Decke, die sich noch immer weich von unten an ihren Hintern schmiegt. Und er sieht, wie ihre Augen glitzern und eine Träne sich einen Weg entlang ihrer Nase sucht, in der kleinen Vertiefung neben ihrem Nasenflügel verharrt, über die Oberlippe rollt, in den Mundwinkel, wo nach einer Weile ihre Zungenspitze treu die Träne wegleckt.

Die Stadt ist dunkel und nass, und die Pflastersteine auf der Straße schimmern wie die Glimmerscheiben im Ofen seiner Großmutter. Er steht am Fuße der Eingangsstufen vor der Haustür, hebt das Gesicht in den nassen stiebenden Wind und biegt dann nach links.

Sinestra. Die sinistere, dunkle Seite. Die linke Seite. Dort, wo er allein sein wird und alles so dunkel und kahl und kalt, wie es in ihm ist.

–

Wie war's in Helsinki?

Die »historischen« Teile in *Eden* sind aus der Adobe Jenson gesetzt, die Essays aus der Calluna, die »heutigen« Teile aus der Oranda und der Helsinki-Text aus der American Typewriter ITC Pro.

Dank schulde ich Ariëlla Kornmehl, Harry Cock, Bernd Otter, Gerda Frijda, Leo van de Wetering und ganz besonders meiner Lektorin Suzanne Holtzer.

Quellen:

German Colonialism: Race, the Holocaust, and Postwar Germany, Volker Max Langbehn und Mohammad Salama, Columbia University Press, New York 2011

Juden in Deutschland, Leo Sievers, Goldmann Stern-Bücher, München 1980

Warmaisa, 1000 Jahre Juden in Worms, Fritz Reuter, Stadtarchiv Worms 1984

Geschiedenis van Assen (Geschichte von Assen), H. Gras e.a., Van Gorcum, Assen 2000

Het archief der abdij te Assen (Das Archiv der Abtei Assen), J. G. C. Joosting, E. J. Brill, Leiden 1906

»De abdij Mariënkamp« (Die Abtei Marienkamp), Maria M. de Bakker, Nieuwe Drentse Volksalmanak, Van Gorcum, Assen 1959

Der Igel und der Fuchs: Essay über Tolstojs Geschichtsverständnis, Isaiah Berlin, Suhrkamp, Frankfurt/M. 2009

Landscape and Memory, Simon Schama, Knopf, New York 1995

Poliklinische Vorträge (1887–1888), Jean-Martin Charcot, Deuticke, Leipzig-Wien 1892

Lenz, Georg Büchner, (1839), Georg-Büchner-Portal